Retrato Mortal

J. D. ROBB

SÉRIE MORTAL

Nudez Mortal
Glória Mortal
Eternidade Mortal
Êxtase Mortal
Cerimônia Mortal
Vingança Mortal
Natal Mortal
Conspiração Mortal
Lealdade Mortal
Testemunha Mortal
Julgamento Mortal
Traição Mortal
Sedução Mortal
Reencontro Mortal
Pureza Mortal
Retrato Mortal
Imitação Mortal
Dilema Mortal
Visão Mortal
Sobrevivência Mortal
Origem Mortal
Recordação Mortal
Nascimento Mortal
Inocência Mortal
Criação Mortal
Estranheza Mortal
Salvação Mortal
Promessa Mortal
Ligação Mortal
Fantasia Mortal
Prazer Mortal
Corrupção Mortal
Viagem Mortal
Celebridade Mortal

Nora Roberts
escrevendo como
J. D. ROBB

Retrato Mortal

Tradução
Renato Motta

2ª edição

Rio de Janeiro | 2022

Copyright © 2003 *by* Nora Roberts

Título original: *Portrait in Death*

Capa: Leonardo Carvalho

Editoração: DFL

Texto revisado segundo o novo
Acordo Ortográfico da Língua Portuguesa

2022
Impresso no Brasil
Printed in Brazil

CIP-BRASIL. CATALOGAÇÃO NA PUBLICAÇÃO
SINDICATO NACIONAL DOS EDITORES DE LIVROS, RJ

	Robb, J. D., 1950-	
R545r	Retrato mortal/Nora Roberts escrevendo como J. D. Robb;	
2ª ed.	tradução Renato Motta. – 2ª ed. – Rio de Janeiro: Bertrand Brasil, 2022.	
	448p.: 23 cm	
	Tradução de: Portrait in death	
	ISBN 978-85-286-1499-2	
	1. Romance americano. I. Motta, Renato. II. Título.	
11-1806	CDD: 813	
	CDU: 821.111(73)-3	

Todos os direitos reservados pela:
EDITORA BERTRAND BRASIL LTDA.
Rua Argentina, 171 – 3º andar – São Cristóvão
20921-380 – Rio de Janeiro – RJ
Tel.: (21) 2585-2000

Não é permitida a reprodução total ou parcial desta obra, por
quaisquer meios, sem a prévia autorização por escrito da Editora.

Atendimento e venda direta ao leitor:
sac@record.com.br

A luz do corpo está no olho.

— NOVO TESTAMENTO

Mãe é sempre mãe,
A coisa mais sagrada que existe.

— SAMUEL COLERIDGE

PRÓLOGO

Começamos a morrer no instante em que inspiramos pela primeira vez. A morte vive dentro de nós, tiquetaqueando sua chegada depressa, muito depressa, cada vez mais depressa, a cada batida do coração. Mesmo assim, nos agarramos à vida e a adoramos, apesar de sua transitoriedade. Ou, quem sabe, até mesmo por causa dela.

E, o tempo todo, nos maravilhamos com a morte. Construímos monumentos em homenagem a ela, a reverenciamos em nossos rituais. Como será a nossa morte?, nos perguntamos. Será repentina e rápida, ou longa e vagarosa? Haverá dor? O fim chegará depois de uma vida longa e frutífera, ou a vida nos será cortada — de forma violenta e inexplicável — no auge da nossa existência?

Quando será a nossa vez? Porque a morte vem a qualquer hora.

Criamos uma vida depois da morte porque não conseguimos correr ao longo da vida perseguidos pelo espectro de um fim. Construímos deuses para nos guiar, para nos receber em portões dourados e para nos levar à terra eterna de onde jorra leite e mel.

Somos crianças, de mãos e pés atados às correntes do bem, com suas eternas recompensas, e aos grilhões do mal, com suas eternas punições. Por isso a maioria de nós nunca vive de forma verdadeiramente livre.

Estudei a vida e a morte.

Existe um único propósito em tudo isso. Viver. Tornar-se livre. Transformar-se. Saber, cada vez que o ar nos entra nos pulmões, que somos mais do que sombras. Você é luz, e a luz deve ser alimentada e absorvida a partir de todas as fontes. Então, o fim não será a morte. No fim, nos transformaremos em luz.

Dirão que isso é loucura, mas o fato é que descobri a sanidade. Descobri a Verdade e a Salvação. E, quando eu me transformar, tudo o que sou, o que faço e o que criei serão magníficos.

E todos nós viveremos para sempre.

Capítulo Um

A vida não podia estar melhor. Eve tomou quase num gole só a primeira xícara de café do dia e pegou uma blusa no closet. Escolheu algo com tecido fino, sem mangas, pois o verão de 2059 parecia sufocar, com seus punhos fortes e suarentos, a cidade de Nova York e toda a Costa Leste.

Mas tudo bem, porque ela gostava mais de calor que de frio.

Nada conseguiria estragar seu dia. Absolutamente nada.

Vestiu a camiseta e, depois de se certificar de que estava sozinha com uma espiadela na direção da porta, seguiu rebolando suavemente até o AutoChef, onde pretendia pegar mais uma dose de café. Uma olhada no relógio de pulso informou-a de que havia tempo de sobra para um desjejum, e ela se rendeu a isso, programando duas panquecas com geleia de amora.

Voltou ao closet para pegar as botas. Eve era uma mulher alta, esbelta. Vestia calças cáqui e uma camiseta regata azul. Seus cabelos eram curtos, castanhos, em um corte repicado, com pontas mais louras, ressaltadas pelo sol de verão, cruel e brilhante. O conjunto combinava com seu rosto anguloso, seus olhos castanhos imensos e a boca generosa. Havia uma covinha em seu queixo — um traço especial que seu marido, Roarke, gostava de explorar carinhosamente, com a ponta do dedo.

Apesar do calor que teria de enfrentar assim que colocasse os pés para fora do quarto imenso e refrigerado, ou quando saísse da casa gigantesca e refrigerada, Eve escolheu uma jaqueta leve. Colocou-a sobre o coldre que repousava nas costas do sofá, na saleta de estar da suíte.

Seu distintivo já estava no bolso.

A tenente Eve Dallas pegou o café e as panquecas no AutoChef e se atirou no sofá, pronta para curtir um café da manhã turbinado antes de enfrentar a luta diária na Divisão de Homicídios.

Com seu desenvolvido sexto sentido felino para comida, o gato gordo Galahad surgiu do nada e se aboletou sobre o sofá olhando fixamente para o prato de Eve com seus olhos bicolores.

— Isso é meu. — Ela deu uma garfada nas panquecas e encarou o gato com firmeza. — Roarke tem coração mole, meu chapa, mas eu sou durona. Além do mais, você já deve estar de barriga cheia — acrescentou, colocando os pés sobre a mesa e continuando a curtir o desjejum. — Aposto que você estava agora mesmo na cozinha, se esfregando entre as pernas de Summerset.

Ela se inclinou para frente até seu nariz quase tocar no focinho do animal.

— Aproveite, porque a moleza de ganhar comida fácil vai acabar durante três maravilhosas e gloriosas semanas. Sabe por quê? Quer saber *por quê*?

Transbordando de alegria, ela cedeu e ofereceu ao gato uma pontinha da panqueca.

— Porque o magricelo filho da mãe de bunda apertada vai sair de férias! Vai para longe, muito longe. — Eve quase cantou ao dizer as palavras, cavalgando a felicidade de saber que o mordomo sargentão de Roarke, seu maior castigo naquela casa, não estaria lá naquela noite, nem nas muitas outras noites que se seguiriam.

Retrato Mortal

— Estarei livre de Summerset por vinte e um dias gloriosos, e estou quase explodindo de alegria.

— Não sei se o gato vai compartilhar essa felicidade com você — avisou Roarke do portal, onde estava encostado havia alguns minutos, observando a esposa.

— Claro que vai. — Ela pegou mais uma garfada de panqueca antes de Galahad farejar a beira do prato. — Está só fingindo desinteresse. Pensei que você estivesse participando daquela megateleconferência interestelar.

— Já acabei.

Ele entrou no quarto e Eve sentiu o prazer aumentar só de ver Roarke se mover com suavidade pelo aposento, com seu corpo alto de pernas compridas e seu jeito sexy, perigosamente másculo.

Ele poderia ensinar um gato a caminhar, refletiu. Sorrindo para Roarke, decidiu que não haveria nenhuma mulher no mundo que não se empolgaria de ter um rosto lindo como aquele ao seu lado para o café da manhã.

Em se tratando de rostos, o dele era uma obra-prima, entalhado em um dos dias mais inspirados de Deus. Fino, com maçãs do rosto marcantes e uma boca firme e cheia, que lhe provocava água na boca. Tudo isso emoldurado por uma camada de cabelos pretos muito sedosos e ressaltado por olhos azuis de origem celta.

O resto do pacote também não era mau, pensou. Ele tinha membros longos, musculosos e firmes.

— Chegue mais, garotão bonito. — Ela o agarrou pela gola da camisa, puxando-o com força. Então, enterrou os dentes, com muito entusiasmo, no lábio inferior dele. Passando a língua de leve, afastou o corpo. — Você é melhor do que panquecas, a qualquer hora do dia.

— Vejo que você acordou muito alegrinha.

— E como! Esse é o termo exato. Tenho vontade de sair porta afora para espalhar alegria e risos para toda a humanidade.

— Que bela mudança de astral. — Havia um ar divertido em sua voz, acompanhando o leve sotaque irlandês. — Você pode treinar toda essa felicidade descendo comigo agora para se despedir de Summerset.

Eve fez uma careta.

— Isso vai estragar meu apetite. — Pensando melhor, deu uma garfada na última panqueca e decidiu. — É o contrário: nada me faria mais feliz. Dá para encarar isso numa boa. Vamos descer e dar tchauzinho para ele.

— Que simpático de sua parte — elogiou ele, erguendo as sobrancelhas e acariciando-lhe os cabelos.

— Prometo não executar minha dancinha feliz até ele sair de casa. Três semanas! — Depois de um leve estremecer de alegria, ela se levantou e colocou o prato fora do alcance do gato. — Não vou ver a cara horrível dele nem ouvir sua voz rouca de taquara rachada por três orgásticas semanas.

— Por que será que eu acho que ele está sentindo a mesma coisa com relação a você? — Suspirando, Roarke se colocou em pé. — Na verdade, estou tão certo disso quanto do fato de que vocês vão sentir falta da implicância e da troca diária de desaforos.

— Eu, não! — Ela pegou a arma e a prendeu no coldre. — Hoje à noite, para celebrar, e será uma celebração memorável, vou circular pela sala de estar comendo pizza com a mão. Completamente nua.

— Vou curtir muito essa cena — garantiu Roarke, com as sobrancelhas erguidas.

— Mas nada de comer a minha pizza. Traga a sua. — Ela vestiu a jaqueta. — Vou descer para dar adeusinho para ele. Eu já devia estar na Central.

— Treine algumas frases comigo, antes. — Ele colocou as mãos sobre os ombros dela. — Repita comigo: "Faça uma boa viagem, Summerset. Curta bastante suas férias."

— Você não avisou que eu teria de dirigir a palavra a ele. — Ela bufou com força ao ver o olhar calmo de Roarke. — Tudo bem, tá legal. Vai valer a pena. "Faça uma boa viagem." — Ela abriu um sorriso forçado. — Curta muito suas férias, seu babaca. Tudo bem, não vou chamá-lo de "babaca", vou só pensar.

— Eu sei. — Ele desceu as mãos pelos braços dela e a tomou pela mão. O gato saiu correndo do quarto, na frente deles. — Summerset deve estar ansioso por tirar essas férias. Ele não teve tempo para si mesmo nos últimos dois anos.

— Porque não queria desgrudar aqueles olhinhos miúdos de mim, o tempo todo me vigiando. Mas tudo bem, tudo bem — aceitou ela, com voz alegre. — Porque ele vai ficar fora por um tempo, e isso é o que importa.

Nesse instante ouviu-se um miado desesperado, alguém praguejando e uma série de baques surdos. Eve saiu correndo, mas Roarke chegou antes dela no alto da escadaria, e já descia os degraus de dois em dois em direção a Summerset, que estava caído sobre uma pilha de toalhas de linho e roupas de cama dobradas.

Eve olhou a cena ao pé dos degraus e murmurou

— Ai, merda!

— Não se mova. Não tente se mexer — murmurou Roarke, em busca de possíveis lesões em Summerset.

Assim que chegou à base da escada, Eve se agachou. O rosto pálido de Summerset estava ainda mais branco do que de costume, e ele suava frio. Eve notou um ar de choque em seus olhos, e também viu muita dor neles.

— Minha perna — balbuciou ele, com a voz meio esganiçada. — Acho que está quebrada.

Eve constatou por si mesma que sua perna estava realmente fraturada, pelo ângulo estranho em que o osso ficara, logo abaixo do joelho.

— Vá procurar um cobertor — ordenou ela a Roarke, enquanto pegava o *tele-link* portátil. — Ele está em estado de choque. Vou chamar uma ambulância.

— Mantenha-o imóvel. — Movendo-se com rapidez, Roarke retirou alguns dos lençóis e toalhas espalhados sobre o corpo do mordomo e subiu de volta as escadas. — Cuidado, pode ser que ele tenha sofrido outras lesões.

— Foi só a perna. E o ombro — garantiu Summerset, fechando os olhos enquanto Eve chamava os paramédicos. — Tropecei na porcaria do gato. — Cerrando os dentes com força, ele tornou a abrir os olhos e fez um esforço para lançar um sorriso de sarcasmo para Eve, embora o calor da queda já estivesse se transformando em uma sensação de frio que fazia os seus dentes baterem. — Aposto que você está lamentando eu não ter quebrado o pescoço, em vez da perna.

— Esse pensamento me passou pela cabeça, sim. — Ele está lúcido, percebeu ela, com alívio. Não perdeu a consciência, mas seus olhos estão meio vidrados. Olhou para Roarke, que já voltava com um cobertor. — O socorro já está a caminho. Ele está falando de forma coerente e com o mau humor habitual. Acho que não bateu com a cabeça. De qualquer forma, não é um tombinho de escada que conseguiria quebrar sua cabeça dura. Ele tropeçou no gato, no alto da escada.

— Por Deus!

Eve notou que Roarke tomou a mão do mordomo e a apertou com força. Apesar de ela e o babuíno magricelo mal se aturarem, Eve sabia muito bem que Summerset representava a figura de um pai para Roarke, mais do que seu pai verdadeiro havia sido.

— Vou abrir os portões para a ambulância — avisou ela.

Seguiu para o painel de segurança da mansão e abriu os portões que isolavam do mundo exterior a casa e seus imensos gramados, o fantástico espaço pessoal que Roarke construíra dentro da cidade grande. De Galahad não havia nem sinal. Certamente não reapareceria tão cedo, pensou Eve, com amargura.

Aquele diabo de gato provavelmente aprontara tudo de propósito para estragar o prazer dela, só por não ter recebido uma porção generosa de panqueca.

A fim de ouvir a sirene da ambulância assim que ela chegasse ao portão, Eve abriu a porta da frente e quase cambaleou ao receber no

Retrato Mortal

rosto, em cheio, um bafo do ar quente. Ainda não eram oito da manhã e o calor já dava para cozinhar o cérebro. O céu exibia uma cor de leite talhado, e o ar parecia tão denso quanto o melaço que ela curtia quando sentia alegria no coração e vontade de dançar.

Faça uma boa viagem, pensou ela. Filho da mãe.

O *tele-link* tocou assim que ela ouviu a sirene.

— Estão chegando! — avisou a Roarke, e se afastou um pouco para atender à ligação.

— Dallas falando... Droga, Nadine — reclamou, assim que viu na tela do *tele-link* a imagem da repórter mais famosa do Canal 75. — Esse não é um bom momento para a gente bater papo.

— Acabei de receber uma dica. Parece coisa importante. Encontre-me na rua Delancey, esquina com avenida D, Dallas. Estou indo para lá.

— Ei, espere aí, segure sua onda. Não vou despencar daqui até o Lower East Side só porque você resolveu me ligar do nada e...

— Acho que alguém morreu. — A repórter saiu da frente da tela, para que Eve pudesse enxergar as fotos espalhadas sobre sua mesa. — Acho que essa menina está morta.

Eram fotos de uma jovem com cabelos pretos em várias posições, algumas naturais e outras obviamente produzidas.

— Por que você acha que ela está morta?

— Conto quando a gente se encontrar. Estamos perdendo tempo.

Eve apontou o caminho para os paramédicos e olhou com cara feia para o *tele-link*.

— Escute, Nadine... Vou enviar uma viatura para o local e...

— Não liguei para você mandar um monte de tiras na minha frente e estragar minha festa. Isso é coisa quente, Dallas. Vá se encontrar comigo no local, ou eu vou lá sozinha e coloco no ar, ao vivo, tudo o que encontrar.

— Que merda de dia isso está virando! Tudo bem. Fique quietinha na esquina e compre uma rosquinha para mastigar enquanto me espera. Não faça nada até eu chegar. Tenho uma cagada para limpar aqui em casa, antes. — Soprando com força, olhou para trás. Os paramédicos já examinavam Summerset. — Estou indo para lá.

Ela desligou e enfiou o *tele-link* no bolso. Foi até onde Roarke estava. Não conseguiu pensar em nada para dizer e simplesmente deu um tapinha em seu braço enquanto observava os profissionais trabalhando. — Pintou uma informação que eu preciso verificar.

— Não sei quantos anos ele tem. Não consigo me lembrar.

— Ei! — Ela apertou o braço dele com carinho. — Vaso ruim não quebra, sabia? Escute, eu dispenso esse chamado se você quiser que eu fique por aqui.

— Não, vá resolver o problema. — Ele estremeceu. — Summerset tropeçou naquela porcaria de gato. Poderia ter se quebrado todo, ou morrido. — Ele se virou e a beijou de leve na testa. — A vida é cheia de surpresas desagradáveis. Cuide-se bem, tenente, porque já chega de notícias ruins por hoje.

O tráfego estava um inferno, mas isso combinava com o mau humor que se instalara no espírito de Eve. Um maxiônibus com defeito em plena Lexington fez com que tudo desse um nó a partir da rua 75, até onde a vista podia alcançar. As buzinas protestavam. No alto, os jetcópteros de controle de tráfego giravam e zuniam em meio ao caos, tentando afastar os curiosos que se aproximavam pelo ar.

Cansada de esperar em meio àquele mar de gente que ia ou vinha do trabalho e das aulas, Eve ligou a sirene e fez o carro se projetar na vertical subitamente. Cortou para leste e tornou a seguir rumo ao sul até encontrar uma área com ruas novamente livres.

Tomou a precaução de ligar para a emergência, e comunicou que iria tirar uma hora de folga do trabalho para resolver assuntos pessoais. Não havia necessidade de relatar que, na verdade, ela ia atender ao chamado inesperado de uma repórter, ainda que sem autorização nem motivos claros para isso.

A verdade é que ela confiava nos instintos de Nadine. O faro daquela mulher para uma boa história era semelhante ao de um cão de caça. Eve também ligou para Peabody, sua auxiliar e ordenou que ela mudasse de rota e seguisse para a rua Delancey.

Aquela era uma movimentada rua de comércio. Uma colmeia de delicatéssen, cafés e lojas de diversos ramos que se enfileiravam ao longo da calçada e serviam os moradores dos apartamentos acima delas. O padeiro atendia ao sujeito da loja de ferragens ao lado e preparava um café da manhã no AutoChef para a mulher da butique de roupas do outro lado da rua, enquanto ela ia até a calçada comprar frutas de uma barraquinha.

Era um sistema organizado, imaginou Eve. Aquela região da cidade era muito antiga, mas sua estrutura fora estabelecida há décadas. Embora ainda exibisse algumas cicatrizes das Guerras Urbanas, o bairro havia se recuperado muito bem.

Não era um local para se curtir uma caminhada tarde da noite. E nos poucos quarteirões ao sul havia comunidades não tão organizadas, formadas por moradores de rua e viciados em drogas diversas. Numa abafada manhã de verão, porém, aquele pedaço da rua Delancey era bom para fazer compras.

Eve estacionou atrás de uma van de entregas, em fila dupla, e colocou o seu luminoso de "policial em serviço" sobre a capota.

Não sem relutância, abandonou o casulo gelado da viatura e sentiu no rosto o ar quente e úmido do verão. Os aromas chegaram antes — maresia, café e suor. Um cheirinho agradável do melão do vendedor de frutas foi logo sufocado pelo vapor de uma carrocinha de lanches e seu cheiro inconfundível de substituto de ovo e cebolas.

Eve fez o que pôde para não respirar fundo — quem é que *comia* uma porcaria daquelas? — e ficou em pé na esquina, olhando à sua volta.

Não avistou Nadine nem Peabody, mas reparou em três sujeitos que imaginou serem lojistas e um funcionário de manutenção urbana. Os três discutiam diante de um imenso reciclador de lixo verde.

Manteve-se de olho nos três enquanto analisava a hipótese de ligar para Roarke, a fim de saber de Summerset. Quem sabe os paramédicos haviam realizado um milagre? Quem sabe tinham conseguido colar o osso de volta e o mordomo estava, naquele instante, a caminho das férias. E depois viria a parte melhor: como resultado do trauma, ele não ia mais tirar apenas três semanas de férias, e sim quatro.

Durante a viagem, ele se apaixonaria perdidamente por uma acompanhante licenciada — afinal, quem toparia fazer sexo com aquela múmia a não ser que fosse paga? — e se estabeleceria de vez com ela na Europa.

Não, Europa não. Era perto demais. Eles iriam morar na Colônia Alpha, no satélite Taurus I, e nunca mais voltariam ao planeta Terra.

Se ela não ligasse para casa, poderia se agarrar a essa pequena fantasia prateada pelo tempo que quisesse.

Mas se lembrou da dor nos olhos de Summerset e do jeito carinhoso com que Roarke segurara a mão dele.

Dando um suspiro de tristeza, pegou o *tele-link* de bolso. Antes mesmo de ter chance de usá-lo, um dos lojistas empurrou o funcionário municipal com força. Ele empurrou o lojista de volta. Eve notou o soco que vinha pelo ar antes do funcionário público, e ele acabou de bunda na calçada. Enfiando o *tele-link* no bolso sem usá-lo, foi até lá para separar a briga.

Estava a alguns passos de distância quando sentiu o cheiro. Eve já se deparara com o fedor da morte tantas vezes que não se enganava mais.

Em volta dos brigões havia se formado um grupo na calçada, e todos se puseram a torcer ou reclamar; das lojas, não parava de sair gente para assistir ao show.

Retrato Mortal

Eve não se deu ao trabalho de mostrar o distintivo. Simplesmente puxou pela camisa o sujeito que estava por cima do outro e apoiou o pé sobre o peito do que jazia caído de costas na calçada.

— Vamos parar com essa zona!

O lojista era um baixinho invocado. Desvencilhou-se das garras de Eve, deixando-a com uma camisa velha e suada na mão. Seus olhos estavam esbugalhados e vermelhos de raiva, e seus lábios não se demoraram em expressar revolta.

— Isso não é da sua conta, dona. Caia fora antes que se machuque.

— Meu nome é dona tenente! — avisou Eve. O sujeito caído parecia conformado em ficar no chão. Era barrigudo, respirava com dificuldade devido ao soco que levara, e seu olho esquerdo já começava a inchar. Porém, como Eve não sentia um pingo de simpatia por ninguém que trabalhasse em manutenção, deixou a bota sobre o peito dele enquanto pegava o distintivo.

O sorriso que lançou para o lojista tinha um monte de dentes.

— Quer apostar em quem vai sair machucado daqui, meu chapa? Dê um passo para trás e feche a matraca.

— Uma tira. Ótimo! Devia levar em cana esse babaca caído, dona. Eu pago meus impostos. — O lojista ergueu as duas mãos, virando-se para a multidão em busca de apoio como um lutador de boxe que circula pelo ringue entre dois rounds da luta. — Pagamos o olho da cara e babacas como esse aí estragam a nossa vida.

— Ele me agrediu — reclamou o funcionário de manutenção. — Quero dar queixa.

Eve olhou de relance para o homem sob sua bota e avisou:

— Cale a boca. Quanto a você, qual é o seu nome? — quis saber, apontando para o lojista.

— Waldo Remke. — Ele fechou os punhos e os colocou sobre os quadris estreitos. — Sou *eu* quem vai dar queixa

— Sei, sei. Esta é a sua loja? — perguntou, apontando para a delicatéssen.

— Possuo a loja há dezoito anos, e meu pai já era dono antes de mim. Nós pagamos impostos e...

— Sim, já ouvi essa parte. Este reciclador de lixo pertence à loja?

— Pagamos por esse latão vinte vezes mais do que ele vale. O aparelho é usado pela minha loja, e também por Costello e por Mintz. — Com o suor escorrendo pelo rosto, ele torceu o polegar na direção de dois sujeitos atrás dele. — Metade do tempo a máquina está quebrada. Tá sentindo o cheiro? Tá sentindo esse futum? Quem é que vai fazer compras na minha loja com o ar empestado desse jeito? É a terceira vez que chamamos alguém para vir consertar esse reciclador nas últimas seis semanas, mas sujeitos como esse aparecem e não fazem merda nenhuma.

Ouviram-se murmúrios de apoio e concordância vindos da multidão em volta, e algum engraçadinho berrou:

— Morte aos fascistas!

Com ajuda do calor intenso, do fedor e o sangue que já fora derramado com um soco, Eve sabia que a sossegada vizinhança podia se transformar em uma turba enfurecida de um instante para outro.

— Sr. Remke, quero que o senhor, o sr. Costello e o sr. Mintz deem um passo para trás. O resto de vocês, em volta, vão fazer suas compras em outro local, por hoje.

Eve ouviu um típico som de *clop-clop* caminhando pela calçada atrás dela; um som que só podia ser emitido pelos sapatos de uma tira em especial.

— Peabody! — chamou Eve, sem se virar para trás. — Afaste esse povo para longe daqui antes que eles encontrem uma corda e resolvam linchar e enforcar este sujeito.

— Sim, senhora — atendeu Peabody, ofegando, assim que chegou ao lado de Eve. — Vambora, pessoal, todos circulando! Por favor, vão cuidar das suas vidas.

A visão de uma policial fardada fez com que a maior parte das pessoas saísse de fininho, apesar do calor que continuava a aumentar.

Retrato Mortal 21

Peabody ajeitou o quepe e os óculos escuros, que ficaram tortos devido à corridinha final pela calçada.

Seu rosto quadrado estava brilhante de suor, mas os olhos escuros por trás das lentes fumê se mantinham firmes. Ela olhou para o latão de reciclagem e, em seguida, para Eve.

— Pronto, tenente.

— Muito bem. Informe seu nome! — ordenou ela, ainda com a bota sobre o peito do rapaz da manutenção.

— Larry Poole. Escute, tenente, vim aqui só para fazer meu trabalho. Atendi a um chamado para consertar esse reciclador e os caras apareceram voando em cima de mim.

— Quando você chegou?

— Faz menos de dez minutos. O filho da mãe não me deu nem a chance de eu examinar o aparelho, antes de me agredir.

— Pois você vai poder examiná-lo agora. Não quero problemas com você — avisou a Remke.

— Vou dar queixa. — Ele cruzou os braços e fez um bico com os lábios quando Eve levantou Poole do chão.

— Eles jogam todo tipo de lixo aqui dentro — explicou o técnico. — Isso é que causa problemas, entende? Ninguém usa as entradas certas para cada material. Quando alguém joga lixo orgânico pelas entradas de lixo não orgânico, o aparelho não funciona direito e começa a fedentina.

Ele saiu mancando até o latão e colocou uma máscara contra gases com toda a calma do mundo.

— Bastava seguir as instruções certas para usar a máquina, mas é claro que todos preferem ligar reclamando a cada cinco minutos.

— Como é que a trava funciona? — quis saber Eve.

— Temos um código. Os lojistas alugam o aparelho da prefeitura, mas só nós podemos abri-lo. Meu scanner emite um sinal e... Droga, esse fecho está quebrado.

— Eu lhe disse logo de cara que o troço estava assim.

Erguendo o corpo e tentando aparentar dignidade, Poole encarou Remke com os olhos firmes, um deles já ficando roxo.

— O trinco e o lacre foram quebrados. Os moleques de rua às vezes fazem isso, a culpa não é minha. Ninguém sabe por que os garotos fazem isso. Provavelmente vandalizaram a máquina ontem à noite e jogaram um gato morto lá dentro, a julgar pelo fedor.

— Não vou pagar por trincos defeituosos nem... — começou Remke.

— Sr. Remke — avisou Eve. — Dá um tempo, sim? O trinco está quebrado e o lacre foi violado? — perguntou a Poole.

— Sim. Agora eu vou ter de convocar a equipe de limpeza. Pestes de garotos! — Ele começou a erguer a tampa, mas Eve o impediu com a mão.

— Afaste-se do aparelho, por favor. Peabody?

O cheiro já estava deixando Peabody nauseada, mas ela sabia que o fedor ia piorar ainda mais.

— Se eu soubesse disso não teria comido aquele enroladinho de ovo a caminho daqui — lamentou.

— Você come essas porcarias? Tá maluca? — Eve colocou a mão na tampa e balançou a cabeça para os lados.

— Eles até que são gostosos, Dallas. E matam a fome. — Peabody inspirou fundo, prendeu a respiração e fez que sim com a cabeça. Juntas, elas ergueram a tampa pesadíssima.

O fedor insuportável de alguém morto se espalhou pelo ar.

A vítima estava apertada no canto do reciclador designado para lixo orgânico. Só uma parte do seu rosto aparecia. Dava para ver que seus olhos eram em um forte tom de verde-garrafa. Ela era uma mulher muito jovem, e provavelmente fora bonita.

A morte e seus efeitos, acentuados pelo calor, haviam manchado o seu corpo de menina de forma obscena.

— Que diabo eles enfiaram aí dentro? — perguntou Poole, esticando a cabeça e olhando dentro. Na mesma hora se desequilibrou e se afastou cambaleando, com ânsias de vômito.

Retrato Mortal

— Dê o alarme, Peabody. Nadine já está vindo para cá. Deve ter ficado presa no tráfego, senão já estaria aqui. Quero que você mantenha tanto Nadine quanto a câmera dela longe daqui. Ela vai subir nas tamancas e tentar passar por cima de você, mas quero o espaço em volta do reciclador liberado.

— Tem alguém aí dentro? — Toda a raiva havia desaparecido do rosto de Remke. Ele simplesmente fixou os olhos em Eve, aterrorizado. — Uma pessoa?

— Quero que o senhor vá para a loja, sr. Remke. Todos para dentro! — ordenou, olhando para os outros. — Vou até lá conversar com vocês daqui a pouco.

— Quero ver quem é. — Ele pigarreou para limpar a garganta. — Pode ser que... Se for alguém da vizinhança, talvez eu conheça a pessoa... Se puder ajudar, eu gostaria de ver quem é

— Prepare-se — avisou Eve, chamando-o com a mão.

Seu rosto empalideceu, mas ele se aproximou e ergueu o corpo. Manteve os olhos apertados por um instante, e então cerrou os dentes e abriu os olhos, devagar. A pouca cor que havia em seu rosto desapareceu por completo.

— Rachel. — Ele tentou não gaguejar e cambaleou para trás. — Por Deus Todo-Poderoso! É Rachel. Não sei o sobrenome dela. Ela... Minha nossa! Ela trabalhava na loja de conveniência vinte e quatro horas que fica do outro lado da rua. Era uma menina. — Lágrimas lhe escorreram pelo rosto pálido e ele se virou para o outro lado, a fim de limpá-las. — Tinha vinte, vinte e um no máximo. Fazia faculdade. Estava sempre estudando.

— Vá para dentro da sua loja, sr. Remke. Vou cuidar dela, agora.

— Era apenas uma criança. — Ele enxugou o rosto. — Que tipo de animal faz isso com uma criança?

Eve poderia lhe explicar que existem vários tipos de animais, muitos deles mais cruéis e mortais do que qualquer força da natureza.

Mas não disse nada e o viu se aproximar de Poole, o funcionário que agredira.

— Entre na minha loja — convidou ele, colocando a mão em seu ombro. — Lá dentro está mais fresco. Vou lhe oferecer um pouco d'água.

— Peabody! — chamou Eve. — Pegue o kit de serviço na viatura.

Virando-se para o corpo, ela prendeu o gravador na lapela.

— Muito bem, Rachel — murmurou. — Vamos ao trabalho. Ligar gravador! A vítima é do sexo feminino, branca, com mais ou menos vinte anos de idade.

Eve mandou erguer barricadas de proteção, criou um cordão de isolamento e os guardas convocados para o local mantinham os curiosos afastados. Depois de gravar o corpo, a máquina de reciclagem e toda a área em torno, passou Seal-It, o spray selante, nas mãos e se preparou para subir no latão.

Foi quando viu a van do Canal 75 virando a esquina. Nadine devia estar soltando fumaça pelos ouvidos, calculou Eve, e o motivo não era o calor. Perdeu... Agora ela teria de esperar pela sua vez.

Os vinte minutos que se seguiram foram terríveis.

— Tome isto, senhora. — Peabody ofereceu uma garrafa de água a Eve assim que ela desceu do reciclador.

— Obrigada. — Eve tomou uns dez goles antes mesmo de respirar. Mesmo assim, não conseguiu se livrar do gosto horrível que insistiu em permanecer em sua boca. Usou uma segunda garrafa de água para lavar as mãos. — Peça para os lojistas me esperarem — disse, acenando com a cabeça para a delicatéssen. — Vou lidar com Nadine antes.

— Conseguiu a identidade da vítima, senhora?

— Sim, suas digitais foram confirmadas. Rachel Howard, estudante em meio período da Columbia. — Eve enxugou o suor do rosto. — Remke acertou em cheio na idade. Vinte anos. Ensaque e etiquete o corpo. Não identifiquei a *causa mortis*, e o equipamento não conseguiu determinar a hora da morte, pois ela já estava cozinhando nesse forno há algum tempo.

Eve olhou para o reciclador mais uma vez.

— Vamos ver o que os peritos descobrem, e depois os legistas.

— Quer que eu comece a interrogar a vizinhança?

— Espere um pouco até eu conversar com Nadine. — Entregando a garrafa vazia para Peabody, Eve caminhou lentamente pela calçada. Um dos curiosos chegou a abrir a boca para lhe perguntar alguma coisa, mas se encolheu ao notar sua cara de poucos amigos.

Nadine saltou da van, muito linda, já maquiada para ir ao ar e furiosíssima.

— Que droga, Dallas! Você pretende me deixar aqui pastando por mais quanto tempo?

— O tempo que for necessário. Preciso ver as fotos que você citou. Depois, preciso que vá até a Central para interrogatório.

— Ah, precisa?!... E acha que eu vou me ligar no que você precisa?

Aquela fora uma manhã desagradável. Eve morria de calor, devia estar fedendo, e o desjejum que consumira tão alegremente já não lhe caía tão bem. A carrocinha de lanches ali perto dobrara a clientela, graças às pessoas que se espalhavam pelo lugar com esperança de ver um cadáver de perto, e o cheiro engordurado que lançava no ar tornava a atmosfera ainda mais pesada e sufocante.

Sequer ocorreu a Eve aturar a raiva da repórter, e ela olhou longamente para Nadine diante de si, fresca como uma manhã de primavera, segurando uma xícara de café com suas mãos lindas, de unhas bem-cuidadas.

— Muito bem, Nadine. Você tem o direito de permanecer em silêncio...

— Ei, que papo é esse?

— Trata-se da sua declaração de direitos e obrigações legais. Você é uma testemunha em um caso de homicídio. Ei, você! — Ela chamou um dos guardas com o dedo. — Leia os direitos da srta. Furst e acompanhe-a até a Central. Ela deverá ser mantida lá para interrogatório.

— Você é uma vaca, Dallas.

— Isso eu já sabia. — Eve girou nos calcanhares e seguiu para consultar o legista.

Capítulo Dois

Dentro da delicatéssen, o ar era mais gelado e cheirava a café, salmão defumado e pão quentinho. Ela bebeu a água que Remke lhe ofereceu. Agora, ele já não tinha a aparência de um foguete prestes a ser lançado. Parecia exausto.

Pela experiência de Eve, as pessoas geralmente ficavam assim depois de testemunhar um ato violento.

— Qual foi a última vez que usou o reciclador, sr. Remke? — perguntou-lhe Eve.

— Às sete da noite de ontem, logo depois de fechar a loja. Quem fecha geralmente é o meu sobrinho, mas ele está de férias esta semana. Levou a mulher e os filhos ao Planeta Disney, sabe Deus por quê.

Com os cotovelos sobre o balcão, pousou a cabeça sobre as mãos, apertou os dedos sobre as têmporas e disse:

— Não consigo tirar o rosto daquela menina da minha cabeça.

Nem conseguirá, pensou Eve. Nunca por completo.

— A que horas o senhor veio para a loja hoje de manhã?

— Seis. — Ele suspirou longamente e deixou as mãos caírem.

— Percebi o... o fedor logo que cheguei. Chutei o latão com raiva. Por Deus, eu chutei o reciclador e a menina estava lá dentro!

— O senhor não poderia tê-la ajudado nessa hora, mas poderá ajudá-la agora. O que fez em seguida?

— Liguei para a manutenção e pedi um técnico com urgência. Costello e Mintz chegaram logo depois, creio que às seis e meia, e reclamamos muito, entre nós, por causa do problema. Tornei a ligar para a manutenção às sete, porque ninguém tinha atendido ao chamado. Tornei a ligar não sei quantas vezes, fiquei muito pau da vida, até que Poole apareceu. Tinha chegado havia dez minutos quando eu lhe dei aquele soco.

— O senhor mora no andar de cima?

— Sim. Eu, minha esposa e nossa filha mais nova. Ela tem dezesseis anos. — Sua respiração ficou mais ofegante. — Poderia ter sido ela a estar ali dentro. Ela saiu ontem à noite, mas voltou às dez. Essa é a hora fixada para ela voltar para casa. Saiu com alguns amigos. Não sei o que faria se... Não sei o que eu faria. — Sua voz falhou. — O que um pai faz nessas horas?

— Sei que é difícil. O senhor se lembra de ter ouvido ou visto alguma coisa, ontem à noite? Algo lhe vem à lembrança?

— Shelley voltou para casa dentro do horário. Somos muito rígidos quanto à hora de ela chegar em casa, por isso eu sei. Eu assistia ao jogo de futebol na tevê, mas basicamente estava à espera dela. Fomos todos para a cama antes das onze. Eu tinha de abrir a loja cedo, então dormi logo. Não ouvi nada a noite toda.

— Muito bem. Fale-me de Rachel. O que sabe sobre ela?

— Não muito. Ela trabalha na loja de conveniência há um ano, mais ou menos. Está lá quase todo dia. Algumas vezes trabalha à noite, mas seu horário geralmente é diurno. Quando não atendia ninguém, ela estava sempre estudando. Queria ser professora. Tinha um sorriso doce. — Sua voz falhou novamente. — A gente se sentia bem só de olhar para aquela menina. Não sei como alguém poderia tratá-la daquela forma.

Ele se virou na direção da vidraça e fixou os olhos no reciclador.

— Não sei como alguém poderia ter feito isso com ela — tornou a dizer.

Retrato Mortal

Com Peabody ao lado, Eve caminhou até a loja de conveniência.

— Preciso que você entre em contato com Roarke. Pergunte como está Summerset.

— Ele saiu de férias, Dallas. Você marcou o dia de hoje no calendário, com estrelinhas, pequenos raios coloridos e fogos de artifício.

— Ele quebrou a perna.

— O quê? Quando? Como? Caraca!

— Rolou pela porcaria das escadas abaixo agora de manhã. Aposto que fez isso de propósito, só pra me sacanear. Acho isso, sim, de verdade. Ligue para saber das novidades. Avise a Roarke que só vou poder ligar para ele depois de resolver mais algumas coisas por aqui.

— Também direi o quanto você está preocupada, lhe transmitirei seu apoio e seus votos de melhoras. — Peabody manteve o rosto admiravelmente sério quando Eve parou de andar e lhe lançou um olhar duro. — Ele vai saber que é mentira, mas não importa, é isso que as pessoas fazem — explicou Peabody.

— Tudo bem.

Eve entrou na loja. Alguém com um mínimo de sensibilidade desligara a musiquinha alegre e irritante que sempre tocava nas lojas de conveniência, dentro e fora do planeta. O lugar parecia um túmulo, mas estava abastecido de comida pronta e mantimentos diversos. Em uma das paredes havia uma fileira de AutoChefs. Um guarda olhava com alguma atenção para a vitrine de discos e um funcionário atendia o balcão. Seus olhos estavam vermelhos e tristes.

Mais um jovem, pensou Eve. Funcionários de lojas de conveniência vinte e quatro horas geralmente eram jovens, ou então gente na terceira idade com disposição para trabalhar em horários absurdos por um salário irrisório.

O jovem era magro, negro e tinha um punhado de cabelos laranja que lhe saíam em pontas do alto da cabeça. Tinha um piercing de lábio e usava um relógio barato, imitação de marca famosa.

Ele olhou para Eve e começou a chorar novamente, em silêncio.

— Os policiais disseram que eu não podia ligar para ninguém e me mandaram ficar aqui. Não quero ficar aqui.

— Você será liberado logo. — Ela fez um sinal com a cabeça e mandou o guarda sair.

— Disseram que Rachel está morta.

— Sim, é verdade. Você era amigo dela?

— Deve haver algum engano. Só pode ser um engano. — Ele passou a mão sob o nariz. — Se me tivessem deixado ligar para ela, saberiam que é um engano.

— Sinto muito. Qual é o seu nome?

— Madinga. Madinga Jones.

— Não há engano algum, Madinga, e eu sinto muito porque percebo que vocês eram amigos. Há quanto tempo você a conhecia?

— Isso não está certo. Não pode ser real. — Ele tornou a enxugar o rosto. — Ela veio trabalhar no verão passado, bem no início da estação. Entrou para a faculdade e precisava de um emprego. Nós saíamos juntos, às vezes.

— Eram muito chegados? Vocês tinham algum envolvimento pessoal?

— Éramos só amigos. Eu tenho namorada. Só saíamos para a balada algumas vezes ou alugávamos um filme para assistir.

— Rachel tinha namorado?

— Nada sério. Ela não queria compromisso, pois se dedicava muito aos estudos. Adorava estudar.

— Alguma vez ela falou de alguém que a estivesse importunando? Talvez um rapaz interessado nela?

— Não sei se... Bem, teve um cara que conhecemos em uma boate, faz um tempo. Rachel saiu com ele uma vez, depois disso. Foi a um restaurante que pertence a ele, ou algo assim. Mas reclamou que ele não tirava as mãos dela e se livrou do cara. Ele não gostou muito disso e a perseguiu por algum tempo. Só que isso aconteceu há muitos meses. Foi antes do Natal.

— Sabe o nome dele?

— Diego. — Encolheu os ombros. — Não sei o sobrenome. — Ele é um cara pintoso, usa roupas caras. Avisou que gostava de paquerar pela noite, mas sabia dançar bem, e Rachel adorava dançar.

— Qual o nome da boate onde isso aconteceu?

— Make The Scene. Fica na Union Square, esquina com a rua 14. Ele... alguém a machucou antes de colocá-la dentro do reciclador?

— Ainda não sabemos.

— Rachel era virgem. — Os lábios dele tremeram ao contar isso. — Dizia sempre que não estava a fim de dar para ninguém só por dar. Eu costumava pegar no pé dela por causa disso, só de zoação, porque éramos amigos. Se ele a maltratou... — As lágrimas secaram e seus olhos ficaram vidrados como duas bolas de gude. — Vocês devem surrá-lo também. Ele deve ser tratado do mesmo jeito que a tratou.

Ao sair, Eve passou as mãos pelos cabelos e desejou estar de óculos escuros. Mas não sabia onde os guardara.

— Perna quebrada — informou Peabody. — E um ombro deslocado, com alguns danos na articulação.

— O quê?

— Summerset. Roarke disse que vão mantê-lo internado essa noite, e já está providenciando uma equipe que cuidará do paciente em casa assim que ele tiver alta. Ele também machucou feio o joelho da perna que não quebrou, de modo que vai levar um bom tempo até poder caminhar normalmente.

— Merda.

— Ah, Roarke agradeceu pela sua preocupação e vai passar o recado para o paciente.

— Merda — repetiu ela.

— Para aumentar sua alegria, acabamos de receber um comunicado do advogado de Nadine. Você tem uma hora para solicitar e realizar o interrogatório dela, Dallas, senão um processo será aberto pelo Canal 75 em nome da srta. Furst.

— Pois ela vai ter de esperar. — Eve pegou os óculos escuros que estavam na farda de Peabody e os colocou no rosto. — Precisamos avisar o parente mais próximo sobre a morte de Rachel Howard.

A coisa que Eve mais desejava quando chegou à Central era tomar uma ducha. Isso, porém, teria de esperar. Foi direto para o local que os tiras chamavam de Lounge, uma sala de espera para quem ia ser interrogado, e também para familiares e testemunhas que não fossem suspeitos em uma investigação.

Havia cadeiras, mesas, máquinas de venda automática e algumas telas para entreter quem esperava. Nadine, sua equipe de reportagem e um sujeito engravatado que Eve imaginou ser advogado eram as únicas pessoas presentes.

Nadine se levantou já em posição de combate assim que viu Eve.

— Venha, estou pronta para o primeiro round.

O advogado, muito alto, magro, com abundantes cabelos castanhos ondulados e frios olhos azuis segurou Nadine pelo braço.

— Nadine, permita-me lidar com a situação. Tenente Dallas, meu nome é Carter Swan, advogado do Canal 75, e vim representar a srta. Furst e seus colegas. Devo dizer que considero inaceitável o tratamento dado à minha cliente, respeitável profissional da mídia. Uma queixa será feita aos seus superiores.

— Ah, é? — Eve se virou e foi até uma das máquinas automáticas. O café ali era podre, mas ela precisava tomar alguma coisa. — A srta. Furst... — começou, digitando sua senha de acesso à máquina e xingando em seguida, baixinho, ao ser informada que seu crédito era zero — ... é testemunha de uma investigação criminal. Eu lhe pedi que ela viesse até aqui de forma voluntária, para ser interrogada, mas ela não demonstrou cooperação.

Eve enfiou as mãos nos bolsos em busca de moedas ou fichas de crédito, mas não achou nada.

— Eu estava no meu direito e era minha autoridade — continuou — trazer sua cliente até aqui, assim como era direito da srta. Furst arrastar o senhor até aqui só para me irritar. Preciso das cópias das fotos, Nadine.

Nadine voltou a sentar e cruzou suas pernas compridas. Afofou os cabelos louros raiados e sorriu suavemente.

— Você deve apresentar um mandado para o meu advogado, Dallas, e, quando a autenticidade do documento for confirmada, poderemos conversar sobre as fotos.

— Você não vai querer dificultar as coisas para mim, vai?

Os olhos de Nadine, verdes e como os de uma gata, brilharam de raiva.

— Acha que não, Dallas?

— De acordo com as leis federais e estaduais — começou Carter —, a srta. Furst não tem obrigação nenhuma de apresentar à polícia objetos pessoais ou profissionais sem uma ordem judicial.

— Eu liguei para você — disse Nadine, com a voz calma. — Não precisava ter feito isso. Eu poderia ter ido direto até a rua Delancey para fazer meu furo de reportagem. Mas avisei você antes, Dallas, por respeito ao seu trabalho e por amizade. Você conseguiu chegar lá antes de mim... — nesse instante, ela fez uma pausa longa e lançou um olhar fulminante para um dos colegas de equipe, que pareceu se encolher — ... e me deixou de fora do lance. Essa é a minha versão.

— Você vai conseguir o seu furo de reportagem, Nadine. Acabei de passar a última meia hora em uma casinha no Brooklyn, junto dos pais de uma menina de vinte anos que se desmontaram de pesar, pedaço por pedaço, quando eu lhes contei que sua filha estava morta; e ainda tive de contar onde é que ela passou essa última noite.

Nadine se levantou devagar, enquanto Eve veio do outro lado da sala. Elas ficaram frente a frente e os bicos dos seus sapatos se tocaram.

— Você não a teria encontrado se não fosse por mim.

— Engano seu. Talvez não fosse eu, mas alguém a teria encontrado. Depois de cinco ou seis horas em um latão de reciclagem, a uma temperatura de 33 graus do lado de fora e 50 do lado de dentro, aposto que ela ia ser descoberta rapidinho.

— Escute, Dallas... — tentou Nadine, mas Eve vinha embalada.

— O assassino provavelmente pensou nisso quando a jogou lá dentro e enviou as fotos para você. Talvez ele tenha até curtido a cena, imaginando a cara do pobre infeliz que a descobriria, ou a situação da tira que iria chapinhar pelo lixo ao lado do cadáver. Você sabe o que acontece a um corpo depois de algumas horas sob um calor de 50 graus, Nadine?

— Isso não vem ao caso.

— Não? Pois deixe que eu lhe explique o quanto essa informação vem ao caso. — Ela pegou a filmadora do bolso e a ligou no telão da sala. Em segundos, a imagem de como estava Rachel Howard no instante em que Eve a encontrou apareceu na tela.

— Essa menina tinha vinte anos, estava estudando para ser professora e trabalhava em uma loja de conveniência dessas que ficam abertas vinte e quatro horas. Gostava de dançar e colecionava ursinhos de pelúcia. — A voz de Eve ficou entrecortada enquanto ela olhava para o que restara de Rachel Howard. — Tinha uma irmã mais nova, chamada Melissa. Sua família achava que ela tinha ido dormir com amigas, como fazia uma ou duas vezes por semana, e não estavam preocupados. Até que eu bati na sua porta agora de manhã.

Ela virou o rosto e olhou para Nadine.

— Sua mãe perdeu a força das pernas e caiu de joelhos, quase sem ar. Você devia dar uma passada na casa deles assim que acabarmos aqui. Acho que dá para conseguir imagens fortes para colocar na sua reportagem. Mostrar esse tipo de sofrimento cruel sempre faz a audiência do seu programa bombar.

— Isso é apelação — reagiu Carter, quase cuspindo as palavras. — É intolerável. Minha cliente...

— Deixe comigo, Carter. — Nadine pegou sua bolsa de couro. — Quero conversar com você a sós, tenente.

— Nadine, meu conselho profissional é que...

— Cale a boca, Carter. A sós, Dallas.

— Tudo bem. — Eve desligou a filmadora. — Na minha sala.

Ela não disse nada enquanto caminhava ao lado da repórter, e continuou calada ao entrar na passarela aérea que as levaria até sua divisão.

Passaram pela sala de ocorrências, mas os urros iniciais de saudação foram se dissolvendo enquanto as mulheres seguiam em frente.

A sala de Eve era apertada e quase sem mobília, com uma única janela estreita. Ela fechou a porta, sentou-se junto de sua mesa e deixou a outra cadeira, velha e com molas soltas, para Nadine.

Mas a repórter não se sentou. O que vira e sentira lhe marcara o rosto de forma óbvia.

— Você me conhece bem, muito bem, Dallas. Sabe que eu não merecia ser tratada daquele jeito, nem ouvir as coisas que você disse.

— Talvez não, mas foi você quem chamou um advogado e pulou na minha garganta só porque eu a impedi de fazer uma reportagem.

— Porra, Dallas, você me prendeu!

— Eu não prendi você, apenas a mantive sob custódia para interrogatório. Não vai ficar registro disso.

— Estou cagando e andando para o registro. — Nauseada e furiosa, Nadine empurrou a cadeira com força. Aquele era um gesto que Eve entendia e respeitava, apesar de a perna da cadeira ter atingido sua canela.

— Eu liguei para sua casa! — rugiu Nadine. — Avisei você sem ter nenhuma obrigação disso. E você boicotou meu trabalho, me prendeu e me tratou como uma malfeitora.

— Eu não boicotei nada, simplesmente cumpri minha obrigação. Mandei trazer você para cá porque havia informações que eu precisava obter, e também porque você estava irritadinha.

— Ah, *eu* é que estava irritadinha?

— Sim, você mesma. — Puxa, bem que eu preciso de um café. — Eve se levantou e empurrou Nadine para o lado, a caminho do AutoChef. — Eu também estava irritada, mas não tinha tempo para a nossa usual troca de desaforos. Peço desculpas por tratá-la como malfeitora, pois sei que você é do bem. Quer um gole disto?

Nadine pensou em dizer algo, mas desistiu. Então bufou com raiva e aceitou.

— Quero um café, sim. Se você me respeitasse...

— Nadine! — Com o café na mão, Eve se virou. — Se eu não respeitasse você, estaria com um mandado judicial em mãos no instante em que você entrou no Lounge. — Ela esperou um segundo e completou: — Para que o advogado?

— Só por garantia. — Nadine provou o café. — Fiz cópias das fotos para lhe entregar antes de seguir para a rua Delancey, e teria chegado lá muito antes de você se Red, o motorista, não tivesse batido de leve em outro carro. — Dizendo isso, pegou as fotos na bolsa.

— A Divisão de Detecção Eletrônica vai ter de examinar seu *tele-link*.

— É, eu já imaginava. — A batalha se encerrara, e ambas ficaram se encarando, caladas. Duas mulheres feridas em combate. — Ela era uma linda jovem — continuou. — Tinha um belo sorriso.

— É o que todos dizem. Essa aqui foi tirada quando ela estava trabalhando — comentou Eve, analisando as fotos. — Dá para ver o balcão de doces. Esta aqui... no metrô, talvez. Essa outra não dá para saber. Um parque, em algum lugar. Ela não fez pose para nenhuma delas. Provavelmente não sabia que estava sendo fotografada.

— Ele a seguia?

— Pode ser. Agora, veja isso. Esta aqui foi posada.

Eve ergueu a última foto. Rachel estava em uma cadeira, com uma parede branca ao fundo. Suas pernas estavam cruzadas, com as mãos cuidadosamente colocadas pouco acima dos joelhos. A luz era suave, favorável ao objeto da foto. Ela usava a blusa branca e os jeans com os quais havia sido encontrada. Seu rosto era jovem e lindo, lábios e maçãs do rosto rosadas. Seus olhos, porém, com o forte tom de verde, pareciam vazios.

— Ela está morta, não está? Quando esta foto foi tirada, ela já estava morta.

— Provavelmente. — Eve colocou a imagem de lado e leu o texto que veio com a transmissão.

ELA FOI A PRIMEIRA, E SUA LUZ ERA PURA. BRILHARÁ PARA SEMPRE E VIVE EM MIM AGORA. ELA VIVE EM MIM. PARA RESGATAR O RECEPTÁCULO VAZIO, VÁ ATÉ A ESQUINA DA RUA DELANCEY COM A AVENIDA D. DIGA AO MUNDO QUE ISTO É SÓ O COMEÇO. UM COMEÇO PARA TODOS.

— Vou ligar para Feeney e pedir que ele mande alguém da DDE pegar o seu *tele-link* para análise, Nadine. Já que estamos cheias de respeito uma pela outra, não preciso nem lhe explicar que certos detalhes, tais como o conteúdo desta transmissão, devem ficar fora da reportagem, para não perderem o valor jurídico durante a investigação.

— Eu sei. Com o mesmo respeito, nem preciso lhe pedir para me deixar sempre atualizada, sem falar nas entrevistas exclusivas que faremos ao longo dos trabalhos.

— Tudo bem. Só não me peça uma entrevista exclusiva agora. Preciso correr atrás de um monte de coisas.

— Só uma declaração, então. Algo que eu possa citar no texto e que mostre aos telespectadores que a Polícia de Nova York já entrou em ação.

— Pode anunciar que a investigadora principal deste caso está atenta a toda e qualquer pista que surja, e que nem ela nem este departamento aceitarão que uma jovem seja tratada literalmente como lixo.

Ao se ver sozinha, Eve se recostou na cadeira. Precisava fazer a roda girar, e sua primeira parada seria o Instituto Médico Legal. Só que, antes disso, tinha outro dever a cumprir.

Ligou para o *tele-link* pessoal de Roarke e ouviu a mensagem automática de que ele não podia atender no momento. Viu-se transferida para a assistente pessoal do marido antes de ter a chance de desligar.

— Ahn, olá, Caro — cumprimentou Eve. — Imagino que ele esteja ocupado.

— Como vai, tenente? — O rosto simpático da assistente exibiu um largo sorriso. — Roarke estava terminando uma reunião neste instante, já deve estar livre. Vou passar a ligação para ele.

— Escute, eu não queria atrapalhar... Droga. — Eve foi transferida novamente e se remexeu na cadeira, sentindo-se desconfortável ao ouvir uma sucessão de bipes. De repente, o rosto de Roarke apareceu na tela. Embora sorrisse, dava para perceber que ele estava distraído ou preocupado.

— Olá, tenente. Por pouco você não me pega.

— Desculpe por não ter ligado mais cedo, mal tive tempo para respirar. Como Summerset está?

— Foi uma fratura complicada, e ele está irritado. O ombro, o joelho, outras batidas e inchaços pioraram as coisas. O tombo foi feio.

— Eu sei. Escute, eu... Sinto muito pelo que aconteceu. Sinceramente.

— Humm. Eles vão mantê-lo internado até amanhã. Se ele estiver bem o bastante para ser removido, vou levá-lo para casa. Ele não conseguirá se movimentar nos primeiros dias e vai precisar de cuidados especiais. Já providenciei tudo.

— Será que eu posso... ajudar em alguma coisa?

— Como o que, por exemplo? — Dessa vez, o sorriso dele pareceu mais descontraído.

— Não faço a mínima ideia. Você está bem?

— Um pouco abalado. Bastante, para ser franco. Costumo reagir de forma exagerada quando alguém de quem gosto se machuca. Pelo menos, foi o que me disseram. Ele está quase tão chateado por eu *jogá-lo* em um hospital, segundo palavras dele, quanto você ficaria, em circunstâncias similares.

— Summerset vai superar isso logo. — Ela queria tocar o rosto dele e afastar as rugas de preocupação que rondavam seus olhos. — Eu quase sempre consigo.

— Ele foi a única pessoa que esteve sempre presente na minha vida, até eu conhecer você. Fiquei apavorado quando o vi ferido daquele jeito.

— Eu lhe disse que vaso ruim não quebra com facilidade. Ele vai se recuperar depressa. Agora preciso ir. Não sei quando vou poder voltar para casa.

— Nem eu. Obrigado por ligar.

Eve desligou e, depois de resolver pequenas pendências, colocou as fotos na bolsa, saiu da sala e parou no cubículo de sua auxiliar.

— Peabody! Vamos trabalhar na rua.

— Consegui o horário de aulas da vítima na faculdade. — Peabody apressou o passo para acompanhar o ritmo acelerado das pernas compridas de Eve. — Peguei os nomes dos professores e dos seus colegas de trabalho também, mas ainda não comecei a pesquisá-los individualmente.

— Faça isso a caminho do necrotério. Verifique especialmente as aulas de fotografia e digitalização de imagens. Veja se a vítima tinha algum interesse por essas áreas.

— Isso eu já posso lhe confirmar de imediato. Um dos seus cursos eletivos era digitalização de imagens. E ela era fera nessa matéria. Puxa, na verdade ela era fera em todas. Muito inteligente e dedicada. — Peabody seguiu pesquisando pelo *tablet* enquanto elas desciam para a garagem. — As aulas de digitalização de imagens eram às terças à noite.

— Terça foi ontem.

— Exato, senhora. A catedrática dessa matéria chama-se Leeanne Browning.

— Investigue-a em primeiro lugar. — Eve ergueu a cabeça e cheirou o ar enquanto atravessava a garagem. — Que cheiro estranho é esse?

— Na qualidade de sua auxiliar mais chegada e fiel, devo informá-la de que a origem deste futum é você, Dallas.

— Droga!

— Tome. — Procurando na bolsa, Peabody achou um frasco de perfume.

Por instinto, Eve recuou.

— Que é isso? Deixa esse troço longe de mim.

— Dallas, quando chegarmos à viatura, mesmo com o ar-condicionado no máximo, respirar vai ser um desafio. Seu cheiro está nojento. Provavelmente o fedor só vai sair dessa jaqueta se você tacar fogo nela, o que vai ser uma pena, porque esse modelo é simplesmente espetacular.

Antes de Eve ter tempo de desviar, Peabody mirou, apertou o spray e, com muita coragem, envolveu sua tenente em uma névoa perfumada, sem dar ouvidos aos gritos.

— Fiquei cheirando a... flores podres.

— As flores são do perfume, o podre é você. — Peabody se inclinou e inspirou fundo. — Mas está muito melhor. Mal dá para perceber a catinga, se a pessoa estiver a três ou quatro metros de distância. Eles devem ter um desinfetante daqueles poderosos, no necrotério — lembrou Peabody, com voz animada. — Você pode se lavar lá, e talvez eles até consigam dar um jeito em suas roupas.

— Feche a matraca, Peabody.

— Fechando, senhora. — Peabody apertou o passo, chegou ao carro e começou a pesquisa sobre Leeanne Browning. — A professora Browning tem cinquenta e seis anos. Dá aulas na Columbia University há vinte e três. Tem um casamento homossexual com Angela Brightstar, de cinquenta e quatro. Mora no chiquérrimo Upper West Side. Não tem ficha na polícia. O casal possui uma residência de férias nos Hamptons. Browning tem um irmão casado;

ele mora no Upper East Side e tem um filho de vinte e oito anos. Os pais dela ainda vivem, são aposentados e têm duas casas, uma no Upper East Side e outra na Flórida.

— Pesquise os registros criminais de Angela Brightstar e seus parentes.

— Aqui há um registro — afirmou Peabody, depois de um instante. — Posse de drogas ilegais, doze anos atrás. Exótica, mas em pouca quantidade, apenas para uso pessoal. Ela admitiu a culpa e cumpriu três meses de serviços comunitários. Angela Brightstar é uma artista plástica, tem um estúdio em casa. O irmão está limpo e os pais também, mas tem um sobrinho com duas passagens pela polícia. Uma por posse de drogas, quando tinha vinte e três anos, e uma por agressão, nessa primavera que passou. Atualmente mora em Boston.

— Talvez valha a pena bater um papo com ele. Coloque-o no alto da lista; vamos verificar se ele visitou nossa bela cidade recentemente. Agora eu quero os horários de aula da professora Browning. Vamos começar por ela, ainda hoje.

No necrotério, Eve seguiu a passos largos pelo corredor branco. Sim, eles realmente usavam um desinfetante forte, mas não dava para esconder de todo a sensação desagradável. O cheiro das atividades que se desenrolavam ali parecia penetrar pelas frestas, entre os azulejos, e empestava o ar.

Como esperava, Rachel Howard já fora colocada sobre a mesa de autópsia. Morris, o chefe dos legistas, trabalhava nela. Usava um avental verde-folha sobre o terno amarelo-limão. Seus cabelos lhe desciam pelas costas em três tranças sobrepostas; apesar de as tranças saírem juntas de sob a touca de proteção que usava para trabalhar, o resultado não parecia ridículo, e sim estiloso.

Eve foi até o corpo. Acompanhou o trabalho de Morris por alguns instantes, e descobriu de imediato a causa da morte, pois certamente não foi o legista que perfurara o corpo com um finíssimo estilete cuja marca do sulco ia da pele ao coração.

— O que já descobriu com certeza, Morris?

— Que a torrada sempre cai com a geleia para baixo.

— Vou colocar essa informação no relatório. Foi a ferida no coração que provocou a morte?

— Certamente. Tudo muito rápido e limpo. Usaram um estilete, um picador de gelo ou uma arma similar. Ele não queria sujeira nem bagunça.

— Ele? A vítima sofreu abuso sexual?

— Não, não houve sexo. Falei "ele" no sentido genérico. Encontrei algumas marcas e arranhões pequenos, que podem ter sido provocados durante o transporte do corpo. Sem sujeira, nem bagunça — repetiu. — O assassino colocou um curativo no ferimento. Há traços de cola em torno do furo. Usou um curativo comum, pequeno e redondo. Provavelmente da marca NuSkin, mas foi removido depois que tudo acabou. Temos isso aqui também. — Ele virou a mão de Rachel com a palma para cima. — Uma marquinha abrasiva, provavelmente feita por uma seringa de pressão.

— Ela não parecia o tipo de garota que curtia drogas, e a palma da mão é um local inusitado para aplicar uma dose. Ele injetou algo nela? Um tranquilizante, talvez?

— Vamos descobrir isso quando o relatório toxicológico ficar pronto. Não há traços de violência no corpo, exceto o buraco do estilete. Mas achei marcas de cordas finas nos pulsos, no joelho esquerdo e no cotovelo direito. Veja aqui...

Ele entregou a Eve um par de micro-óculos.

— Para imobilizar a vítima? — perguntou Eve, pegando os óculos. — Cordas finas é um jeito estranho de imobilizar alguém.

— Podemos discutir jogos de domínio e outras travessuras sexuais outra hora. Dê uma boa olhada.

Eve ajeitou melhor os micro-óculos e se inclinou sobre o corpo. Dava para ver melhor agora; linhas fracas, finas e levemente arroxeadas.

— Arames finíssimos — garantiu Morris. — Não eram cordas.

Retrato Mortal 43

— Para colocá-la em uma determinada pose. Ele usou os arames para isso. Dá para perceber a forma como o arame envolve um dos pulsos e segue por baixo do outro. Ele dobrou suas mãos sobre o joelho. Depois, cruzou as pernas dela e a prendeu à cadeira. Não dá para ver os arames na foto, mas ele deve tê-los tirado ao digitalizar as imagens.

Eve endireitou as costas e pegou uma das fotos na bolsa.

— Essa foto bate com o que eu descrevi? — perguntou ao legista.

Morris ergueu os micro-óculos e analisou a imagem.

— A posição do corpo foi exatamente essa. Matamos a charada: ele tira fotos de gente morta. Era um costume comum, dois séculos atrás, que voltou à moda nas primeiras décadas do século XXI.

— Que tipo de costume era esse?

— Colocar os mortos em determinada pose, com uma aura de paz e quietude, e depois tirar fotos deles. As pessoas mantinham essas recordações em álbuns específicos para isso.

— Eu sempre me espanto com o quanto as pessoas podem ser doentes da cabeça.

— Não era uma tara. A finalidade era trazer consolo e boas recordações para as pessoas que ficavam.

— Talvez ele queira se lembrar dela — refletiu Eve —, mas o mais provável é que queira ser lembrado. Preciso ver o relatório toxicológico.

— Logo, logo, minha lindeza.

— Ela não lutou, ou não teve como fazer isso. Ela o conhecia e confiava nele, ou estava incapacitada para reagir. Então ele a transportou para o lugar onde a fotografou. — Eve guardou a foto novamente na bolsa. — Ela já estava morta, ou ele a matou no local. Aposto nessa segunda hipótese. Colocou um curativo para ela não sangrar e sujar a blusa na hora do retrato, montou uma pose bonita e tirou as fotos. Depois, tornou a carregá-la e a jogou em um reciclador de lixo em frente à loja onde ela trabalhava.

Eve começou a caminhar de um lado para outro.

— Talvez o assassino seja alguém da vizinhança. Alguém que a via todos os dias e criou uma obsessão por ela. Não de cunho sexual, mas certamente uma obsessão. Ele tira fotos dela, segue-a por toda parte. Costuma fazer compras na loja, mas ela não vê nada de estranho nisso. Ela é simpática e provavelmente o conhece pelo nome. Ou então é algum colega de faculdade. Tem um rosto familiar para ela, um rosto confiável. Talvez ele lhe ofereça uma carona para casa ou para a faculdade. De um jeito ou de outro, ele a pega.

"Ela conhecia o rosto dele", murmurou Eve, quase para si mesma. "E ele também conhecia muito bem o rosto dela."

Sentindo-se mais refrescada e limpa depois de passar pela máquina desinfetante do necrotério, Eve estacionou a viatura na entrada do sofisticado prédio da professora Browning.

— Eu achava que os professores tinham um salário menor que o dos tiras — comentou.

— Posso dar uma pesquisada básica na vida financeira dela — ofereceu Peabody.

Eve saltou do carro e empertigou-se ao ver o porteiro que chegava, apressado.

— Sinto muito, mas a senhora não pode deixar esse... *veículo* aí.

— Esse *veículo* é uma viatura da polícia. E isto — acrescentou, levantando a capinha do documento — ... é um distintivo. Como eu estou aqui a serviço, o carro fica exatamente onde está.

— Há um estacionamento para visitantes aqui ao lado. Ficarei feliz de orientá-la quanto ao local.

— O que você vai fazer é abrir o portão, entrar no saguão comigo e informar à professora Browning que a tenente Dallas, do Departamento de Polícia da Cidade de Nova York, está aqui para falar com ela. Depois disso você pode voltar aqui fora e orientar as pessoas a estacionar no Marrocos, se elas quiserem, eu pouco me importo. Fui bem clara?

Retrato Mortal 45

Pelo visto, sim, pois ele não disse nada, escoltou-as até o portão do prédio e digitou um código para entrar.

— Se a professora Browning está à sua espera, eu deveria ter sido informado.

Ele era tão impecável e pomposo que Eve lhe lançou um sorriso de deboche e comentou:

— Lá em casa eu tenho um cara igualzinho a você atendendo a porta. Vocês formam um clube, ou algo assim?

Ele fungou, com ar arrogante, e fez dançar os dedos sobre o teclado, com muita agilidade.

— Aqui é Monty falando, professora. Sinto muitíssimo incomodá-la, mas temos uma tal de tenente Dallas aqui no saguão. Ela quer autorização para subir. Sim, senhora — confirmou, baixinho.

— Verifiquei sua identidade. Ela veio acompanhada por uma policial fardada. Sim, é claro, professora.

Ele se virou para Eve, formando um bico fino com os lábios.

— A sra. Browning vai atendê-la. Por favor, pegue o elevador até o décimo quinto andar. As senhoras serão recebidas.

— Muito obrigada, Monty. Por que será que os porteiros sempre me odeiam? — perguntou Eve a Peabody enquanto caminhavam em direção ao elevador.

— Acho que eles percebem o seu desdém como se fossem feromônios. É claro que, se você tivesse dito a ele que é casada com Roarke, ele imediatamente se colocaria de joelhos e faria mesuras.

— Prefiro ser temida e odiada — decidiu Eve, entrando no elevador e ordenando ao sistema, em voz clara: — Décimo quinto andar.

Capítulo Três

As portas do elevador se abriram no décimo quinto andar e um androide doméstico já estava à espera. Tinha cabelos pretos cuidadosamente penteados para trás sobre a cabeça redonda e exibia um bigode fino. Vestia uma roupa idêntica às que Eve costumava ver nos mordomos dos filmes antigos da videoteca de Roarke. Tinha um fraque preto muito curto na frente, com pontas compridas atrás; a camisa era dura, engomada em demasia e absurdamente branca.

— Por favor, tenente Dallas, a senhora se incomodaria de me mostrar sua identificação? — pediu ele, com uma voz viril e suave, com forte sotaque britânico.

— Tudo bem. — Eve pegou o distintivo e notou os finíssimos raios vermelhos que saíram das retinas do androide quando ele escaneou o distintivo. — Você pertence ao novo modelo lançado para servir de segurança com alta tecnologia?

— Sou uma unidade multitarefa, tenente. — Com uma leve reverência, devolveu o distintivo. — Sigam-me, por favor.

Ele deu um passo atrás para que elas saíssem do elevador. Havia uma espécie de saguão ali, ou hall de entrada, com piso de mármore e um móvel obviamente antigo sobre o qual havia um vaso sofisticado cheio de flores.

Ao lado estava a estátua de uma mulher nua com a cabeça voltada para trás, os braços levantados e as mãos nos cabelos longos, como se os estivesse lavando. Um arranjo de flores fora colocado, de forma artística, aos seus pés.

Em uma das paredes havia imagens fotográficas emolduradas e telas finíssimas, igualmente emolduradas, exibindo vídeos e arquivos multimídia. Havia outros nus artísticos, reparou Eve. Todos eram em um tom mais romântico do que erótico. As cortinas eram leves, muito vaporosas, e inundavam o ambiente com uma luz difusa e calma.

O mordomo androide abriu outro par de portas e fez uma nova reverência, convidando-as a entrar no apartamento.

Embora a palavra *apartamento*, refletiu Eve, não servisse para descrever aquilo. A sala de estar era gigantesca, cheia de cores, muitas flores e tecidos leves em tons pastéis. Mais obras de arte decoravam as paredes ali.

Eve reparou nas amplas portas duplas que saíam das paredes à direita e à esquerda do salão. Uma terceira porta dupla postava-se do outro lado do imenso aposento, e Eve chegou à conclusão de que Browning e Brightstar não moravam, simplesmente, no décimo quinto andar. Elas *ocupavam* o andar inteiro.

— Por favor, queiram sentar — ofereceu o androide. — A sra. Browning já virá ter com as caras damas. Permitam que eu lhes ofereça alguma bebida para refrescá-las?

— Estamos numa boa, obrigada — agradeceu Eve.

— Isso é dinheiro de herança — afirmou Peabody com o canto da boca, assim que elas se viram sozinhas. — Dos dois lados, mas Brightstar é a mais rica das duas. Não tão rica quanto Roarke, é claro, mas dava para ela dar umas boas braçadas em uma piscina cheia de grana, se quisesse. Nua em pelo, naturalmente. Angela Brightstar *é* a herdeira da famosa galeria Brightstar, na avenida

Madison. Um lugar frequentado por gente que tem dinheiro saindo pelo ladrão. Fui a uma mostra lá uma vez, com Charles.

Eve foi olhar de perto um quadro que não passava de borrões de cor e bolhas feitas com texturas diversas.

— Por que as pessoas não pintam casas ou algo parecido? Coisas reais, entende?

— Realidade é apenas a percepção individualizada, tenente — explicou Peabody.

Leeanne Browning entrou em cena. Não dava para dizer que ela simplesmente havia chegado, analisou Eve. Quando uma mulher tinha mais de um metro e oitenta, um corpo esbelto, generoso, bem-modelado, e vestia unicamente um roupão drapejado cortado em tecido prata cintilante, ela *entrava em cena*.

Seus cabelos eram uma cascata dourada que lhe descia até a cintura, e seu rosto não menos impressionante tinha lábios grossos e um vinco marcante sobre a boca. Seu nariz longo era levemente arrebitado, e seus olhos grandes tinham um forte tom de violeta.

Eve a reconheceu como a modelo da estátua branca colocada no hall.

— Desculpem minha aparência desleixada. — Ela sorriu com o jeito casual que as mulheres exibem quando sabem que impressionaram a plateia ao entrar no palco. — Eu estava posando para minha companheira. Por que não nos sentamos, tomamos algo gelado e a senhora me diz o que traz a polícia à minha porta?

— A senhora tem uma aluna chamada Rachel Howard?

— Tenho muitas alunas. — Ela se recostou em um sofá cor de papoula com um gesto tão estudado quanto as obras de arte espalhadas pela sala. E com a mesma finalidade. *Olhe* para mim e me *admire.* — Mas, sim, tenente, eu confirmo: conheço Rachel. Ela é o tipo de aluna da qual uma professora se lembra com facilidade. Uma menina jovem, brilhante, com sede de aprender. Apesar de estar fazendo o meu curso como matéria eletiva, é muito dedicada.

Seu sorriso ficou mais descontraído.

Retrato Mortal 49

— Espero que ela não tenha se metido em nenhuma encrenca, embora, eu deva admitir, considero uma pena que as jovens de hoje em dia não se metam em alguma pequena encrenca, de vez em quando.

— Pois ela se meteu em uma grande encrenca, professora Browning. Está morta.

O sorriso desapareceu e Leeanne endireitou o corpo.

— Morta? Mas como isso aconteceu? Ela é apenas uma criança. Houve algum acidente?

— Não. Quando foi a última vez em que a senhora a encontrou?

— Na aula, ontem à noite. Por Deus, mal consigo raciocinar direito. — Ela apertou os dedos sobre as têmporas. — Rodney! Rodney, sirva-nos algo bem gelado. Sinto muito, tenente, é terrível ouvir isso.

O ar de flerte e a estudada arrogância feminina haviam desaparecido por completo. Sua mão despencou sobre o colo e depois pareceu desejar se erguer novamente, sem forças.

— Não posso crer. Com toda a honestidade, isso é inacreditável. A senhora tem certeza de que a moça morta é Rachel Howard?

— Tenho. Qual era o seu relacionamento com ela?

— Ela era minha aluna. Eu a via apenas uma vez por semana. Ela também frequentava uma oficina que eu organizo no segundo sábado de cada mês. Eu gostava muito dela. Como disse, Rachel era brilhante, com sede de conhecimento. Uma coisinha linda, com a vida toda pela frente. Uma professora vê muito isso no campus, entra ano e sai ano, mas ela era mais brilhante que a média dos alunos. Tinha mais garra para captar as coisas, e era mais atraente. Por Deus, isso é horrível. O que aconteceu? Foi um assalto? Um namorado?

— Rachel tinha namorado?

— Não sei dizer. Para ser franca, não sei muita coisa sobre sua vida pessoal. Um rapaz a pegou na saída da aula uma vez, disso eu me lembro. Ela geralmente estava rodeada de gente jovem, era o tipo de menina que atraía as pessoas como um magneto. Mas reparei que ela estava em companhia de outro rapaz, algumas vezes, e isso me impressionou porque eles formavam um casal maravilhoso de se ver. Representavam a jovem esperança americana. Obrigada, Rodney — disse ela quando o androide que atendeu à porta colocou sobre a mesa uma bandeja com três copos de um líquido borbulhante rosa.

— Algo mais que eu possa fazer, madame?

— Sim. Avise a srta. Brightstar de que eu preciso da presença dela, por favor.

— Imediatamente.

— A senhora lembra se alguma vez ela mencionou um rapaz chamado Diego?

— Não. Para ser honesta, não trocávamos confidências. Ela era uma das minhas alunas. Eu reparava nela por causa da sua aparência e vitalidade, mas não sei o que ela fazia fora da faculdade.

— Professora, a senhora poderia me informar o que fez ontem à noite, depois das aulas?

Houve uma leve hesitação e um suspiro.

— Entendo que isso é o tipo de coisa que a senhora precisa investigar. — Ela pegou o copo. — Vim direto para casa, devo ter chegado por volta de nove e vinte. Angie e eu fizemos uma ceia juntas e conversamos a respeito de trabalho. Como eu não tinha aulas para dar hoje de manhã, ficamos acordadas até mais tarde, quase uma da manhã. Ouvimos um pouco de música, fizemos amor e fomos dormir. Acordamos só de manhã, e depois das dez. Nenhuma das duas saiu de casa hoje. O calor está insuportável lá fora e Angie está trabalhando no estúdio.

Ela se virou e estendeu a mão para Angela Brightstar, que entrava na sala. Ela usava uma espécie de jaleco ou guarda-pó azul que lhe descia até a altura das canelas e exibia um arco-íris de respingos de tinta. Seus cabelos muito encaracolados, da cor de vinho do Porto, estavam presos no alto da cabeça por um lenço cujas pontas lhe desciam pelas costas.

Seu rosto era delicado, com feições finas, uma boca rosada que parecia de uma boneca e suaves olhos cinza. Seu corpo era muito miúdo e estava perdido dentro do jaleco largo.

— Angie, uma das minhas alunas foi morta.

— Oh, querida. — Angie pegou a mão dela e, apesar das manchas de tinta, sentou ao lado da companheira. — Quem foi? Como isso aconteceu?

— Foi aquela jovem sobre a qual eu comentei com você. Rachel Howard.

— Não sei quem é. Não sou muito boa para guardar nomes. — Ela pegou a mão de Leeanne, levou-a até o rosto e a esfregou de leve, como forma de carinho. — Vocês são da polícia? — perguntou a Eve.

— Somos. Sou a tenente Dallas.

— Ora, mas eu a conheço. Não sei exatamente de onde, e fiquei matutando sobre isso desde que Monty anunciou sua chegada, mas não consegui descobrir de onde conheço seu nome. A senhora pinta?

— Não. Srta. Brightstar, será que consegue lembrar a que horas a professora Browning chegou em casa ontem à noite?

— Não sou muito boa com horários também. Nove e meia? — Ela olhou para Leeanne em busca de confirmação. — Foi em torno disso.

Ela não demonstrou nenhum desconforto ou vibração estranha, avaliou Eve, pelo menos num primeiro momento. Curiosa, abriu a bolsa e pegou uma das fotos que tinham sido tiradas de Rachel, aparentemente sem o seu conhecimento.

— O que acha disso, professora Browning?

— É Rachel.

— Oh, que garota linda! — exclamou Angie. — Que belo sorriso. Tão jovem e com ar puro.

— A senhora poderia me dar sua opinião sobre a imagem propriamente dita, em termos profissionais?

— Bem... — Leeanne respirou fundo e virou a cabeça de lado. — É um trabalho muito bom, para ser franca. Excelente uso da luz e da cor. Enquadramento e ângulo perfeitos. Uma foto limpa e despojada. Demonstra a juventude e a vitalidade da jovem retratada de um modo tal que a atenção do observador é atraída, como aconteceu com Angie, para o sorriso e o frescor da moça. Era isso que a senhora queria saber?

— Sim. Seria possível conseguir uma imagem dessas sem a pessoa saber que estava sendo fotografada?

— Certamente, se quem a clicou tiver um bom instinto. — Ela baixou a foto. — Foi o assassino que tirou esta foto?

— É possível.

— Ela foi assassinada? — Angie enlaçou o braço com o de Leeanne. — Deus, isso é terrível! Como é que alguém poderia ferir uma jovem doce como essa?

— Doce? — ecoou Eve.

— Olhe só para esse rosto... Olhe para os olhos. — Angie balançou a cabeça. — É possível saber. Dá para olhar para o rosto dessa menina e perceber a inocência dela.

Ao descerem de volta pelo elevador, Eve relembrou as imagens de Rachel. Como ela era e como ele a tinha deixado.

— Talvez fosse exatamente isso que ele desejasse — murmurou. — A inocência dela.

— Mas ele não a estuprou.

— Não foi um desejo sexual. Foi do tipo... espiritual. A jovem tinha uma aura de pureza — lembrou Eve. — Isso tem a ver com a alma. Não existe um lance desses, uma superstição, talvez, que afirma que uma câmera fotográfica pode roubar sua alma?

— Já ouvi essa história, sim. Para onde vamos agora, tenente? — perguntou Peabody.

— Para a faculdade.

— Beleza! Lá tem um monte de universitários gatíssimos. — Encolheu os ombros quando Eve lhe lançou um olhar frio. — Ora, só porque McNab e eu temos um relacionamento maduro, com compromisso mútuo...

— Não quero ouvir sobre o seu compromisso com McNab, maduro ou não. Isso me dá arrepios.

— Só porque estamos juntos... — continuou Peabody, sem se deixar intimidar, enquanto saíam pelo saguão — ... isso não quer dizer que eu não possa olhar para outros carinhas. Qualquer mulher que tenha olhos repara em outros homens além do dela. Tudo bem, você não, já que não tem motivos para isso.

— Talvez eu deva lembrar a você que estamos investigando um homicídio aqui, e não saindo para paquerar outros caras.

— Sou multitarefa sempre que tenho chance. Por falar nisso, bem que poderíamos comer alguma coisa com substância. Assim, a gente investiga o caso, alimenta o corpo e paquera um pouco, tudo ao mesmo tempo.

— Não vai haver paquera nenhuma. Desse momento em diante eu decreto que toda paquera ou qualquer tipo de azaração é proibida durante uma investigação em curso.

— Puxa, você está muito malvada hoje. — Peabody apertou os lábios.

— Sim, estou mesmo. — Eve respirou fundo o ar quente e pesado, e sorriu. — E me sinto ótima com isso.

O anúncio de uma morte súbita e violenta sempre gerava muitas reações. Lágrimas eram apenas uma delas. Depois de conversar com meia dúzia de amigas e professores de Rachel na Columbia, Eve se sentiu nadando em um mar de lágrimas.

Estava sentada em uma cama, em um dos quartos do dormitório feminino. O espaço era escasso, avaliou. Em um local pouco maior que um closet se apertavam duas camas, duas escrivaninhas e dois armários. Todas as superfícies estavam cobertas com o que Eve considerava misteriosas coisas femininas. As paredes exibiam muitos pôsteres e desenhos, nas mesas havia caixas de discos e brinquedinhos de menina. As colchas tinham um tom rosado de algodão-doce, e as paredes eram verde-hortelã. Aliás, o quarto todo cheirava a algodão-doce, e seu estômago roncou.

Ela devia ter seguido o conselho de Peabody e comido alguma coisa antes de ir para lá.

Duas jovens estavam sentadas diante dela na outra cama, enganchadas fortemente uma à outra como dois amantes, e choravam copiosamente.

— Não pode ser *verdade.* Não pode *ser!*

Não dava para saber qual das duas falou isso, entre miados e choramingos, mas Eve percebeu que quanto mais elas uivavam de dor, mais dramática ficava a cena. Começou a achar que elas estavam curtindo a situação.

— Sei o quanto isso é difícil, meninas, mas preciso fazer algumas perguntas.

— Não consigo acreditar. Simplesmente *não consigo!*

Eve apertou o alto do nariz com dois dedos para aliviar um pouco da tensão.

— Peabody, vá até aquela unidade de refrigeração e veja se encontra algo para elas beberem.

De forma obediente, Peabody se agachou diante de um frigobar e achou várias latas de Diet Coke. Abriu duas.

— Pronto! — disse, servindo as jovens. — Bebam devagar e respirem fundo. Se quiserem ajudar Rachel, vocês precisam conversar com a tenente. Rachel faria isso por vocês, não faria?

— Sem *pensar duas vezes.* — A loura baixa ficara mais feia com o choro. Seu rosto estava inchado e o nariz não parava de escorrer. — Ela sugou o refrigerante de forma ruidosa. — Rachel faria *qualquer coisa* para ajudar uma amiga.

A morena, Randa, continuava chorando, mas teve a presença de espírito de pegar alguns lenços de papel e colocá-los na palma da mão da colega de quarto.

Retrato Mortal   55

— Queríamos que Rachel dividisse o quarto conosco no próximo semestre — explicou Randa. — Ela estava economizando alguma grana para isso. Queria curtir a experiência completa de estudar em uma universidade, entende? E quando três garotas dividem um quarto é melhor ainda.

— Ela *nunca mais* vai *voltar*. — A loura enterrou o rosto entre os lenços de papel.

— Vamos lá. Seu nome é Charlene, certo?

— Charlie. — Ela ergueu os olhos e fitou Eve. — Todo mundo me chama de Charlie.

— Charlie, você precisa se controlar para nos ajudar. Qual foi a última vez que viu Rachel?

— Jantamos na cafeteria, antes da sua aula de digitalização de imagens. Eu recebo vale-refeição da universidade, e não consigo dar conta de todos cada mês, e paguei o prato de Rachel.

— A que horas foi isso?

— Seis da tarde, mais ou menos. Eu tinha um encontro com um rapaz com quem estou saindo; estava marcado para as oito. Então foi isso: Rachel e eu jantamos, e ela foi para a aula. Voltei aqui para trocar de roupa. E agora, não vou mais vê-la, nunca, nunca mais.

— Peabody. — Eve acenou na direção da porta.

— Tudo bem, Charlie. — Peabody deu um tapinha solidário no braço da jovem. — O que acha de irmos lá fora dar uma volta? Você vai se sentir melhor se tomar um pouco de ar.

— Eu nunca mais vou me sentir melhor. Nunca mais.

Mesmo assim, ela se deixou levar por Peabody.

Quando elas saíram e a porta se fechou, Randa assoou o nariz.

— Ela é assim mesmo. As duas eram muito amigas, e Charlie é a rainha do drama.

— Ela estuda teatro ou é sempre assim?

Como Eve esperava, um sorriso leve surgiu nos lábios de Randa.

— As duas coisas. Mas eu também acho que vai ser difícil superar esse trauma algum dia. Acho que isso nunca vai me sair da cabeça.

— E não vai mesmo. Nunca conseguirá esquecer, mas aprenderá a superar. Reparei que você, Charlie e um monte de gente com quem conversei gostavam de Rachel.

— Era impossível não gostar dela. — Randa fungou. — Ela era o tipo de pessoa que ilumina tudo à sua volta, sabe como é?

— Sei — concordou Eve. — Há quem sinta ciúmes de gente desse tipo. Ou não gosta de pessoas assim porque se sabem diferentes por dentro. Você se lembra de alguém que sentisse isso com relação a Rachel?

— Não. Para ser franca, ela só estava aqui em uma parte do dia, mas fez um monte de amigos. Era muito inteligente, realmente esperta, sem ser do tipo nerd.

— Existe alguém que gostaria de ser mais que amigo dela?

— Um garoto? — Randa respirou fundo. As lágrimas secaram enquanto sua mente trabalhava. — Ela ficava com alguns rapazes, mas não dormia com eles. Era muito firme com relação a isso, e resolveu que só se entregaria a alguém quando se sentisse pronta. Quando um cara forçava a barra, ela transformava tudo numa brincadeira e eles acabavam virando só amigos. Quando isso não funcionava, ela caía fora.

— Alguma vez ela mencionou um rapaz chamado Diego?

— Ah, ele. — Randa torceu o nariz. — Um supergato, do tipo latino. Ele deu em cima dela um dia, na boate. Ela saiu para jantar com ele uma noite. Foram a um restaurante mexicano do qual ele *disse* ser dono. Mas tentou avançar o sinal e não ficou nem um pouco feliz quando ela o recusou. Apareceu aqui no campus uma vez, e ficou revoltado porque ela o dispensou. Isso já faz alguns meses, eu acho.

— Sabe o sobrenome dele?

— Não. Humm... Era um cara baixo, cabeludo, com cavanhaque. Usava sempre botas com esporas, mas dançava bem pra caramba.

— Mais alguém tentou abordá-la com tanta determinação?

— Bem, tem o Hoop. Jackson Hooper. Ele é professor-assistente de literatura. Outro cara gatíssimo, só que esse não é moreno. Coleciona garotas como troféus, mas Rachel não estava nessa. Ele chegou cheio de vontade, e ia atrás dela por toda parte. Não a perseguia propriamente, entende? — explicou Randa. — Simplesmente aparecia onde ela estava e brincava com a situação. Todos achavam que isso era porque Rachel foi a primeira garota a dispensá-lo, e ele não queria estragar o seu currículo de conquistador.

— Ele só aparecia nos lugares onde ela estava aqui na faculdade ou isso acontecia em toda parte?

— Ela me contou que ele apareceu na loja onde ela trabalhava umas duas vezes. Só circulou por lá e jogou um charme. Ela bem que curtia a situação.

— Quando foi a última vez em que você a viu, Randa?

— Eu não fui jantar com elas, precisava estudar. Rachel comentou que iria voltar mais tarde e passar a noite aqui conosco. Ela fazia isso às vezes, quando tinha aulas até tarde. Isso não é permitido, mas ninguém reclamava. Todos gostavam de ter Rachel por perto. Ela não apareceu, mas achamos que tinha resolvido ir para casa, e eu nem pensei mais no assunto.

Duas lágrimas novas lhe escorreram pelo rosto.

— Tirei Rachel da cabeça, por completo. Charlie tinha saído e eu fiquei com o quarto só para mim. Achei até bom, porque com a calma e o silêncio eu iria poder estudar um pouco. E enquanto pensava nisso, alguém matou Rachel.

Elas procuraram Jackson Hooper em outro dormitório. No instante em que ele abriu a porta para recebê-las, Eve notou que a notícia sobre a sua vinda já tinha se espalhado. O rosto dele estava um pouco pálido, e seus lábios estremeceram de leve antes de se firmarem em uma linha reta.

— Vocês são da polícia?

— Jackson Hooper? Gostaríamos de entrar para conversar um pouquinho.

— Claro. — Ele passou a mão pelos cabelos abundantes, descoloridos pelo sol nas pontas, e recuou um passo.

Era alto e musculoso. Exibia um tipo de corpo moldado por muita malhação ou caros tratamentos de escultura corporal. Considerando que era apenas um assistente, seu quarto era ainda menor que os dos alunos e seu salário era baixo. Eve decidiu que aquele corpo fora construído no ginásio da faculdade.

Isso mostrava que ele era forte, disciplinado e motivado.

Tinha feições belíssimas, a imagem do rapaz americano perfeito. Pele clara, olhos azuis, queixo firme e reto. Era fácil perceber o motivo de seu sucesso com as alunas.

Ele se largou sobre a cadeira diante de sua mesa de trabalho e apontou vagamente para a cama.

— Acabei de saber tem dez minutos. Estava indo para a aula e alguém me contou. Não consegui ir em frente.

— Você se encontrava com Rachel?

— Saímos juntos algumas vezes. — Ele hesitou, e então esfregou o rosto como se tivesse acabado de acordar. — Alguém já lhe contou, não foi? Tem sempre alguém louco para falar dos outros. É verdade, eu queria tornar a sair com ela, e é verdade também que eu queria transar com ela, mas Rachel sempre recusava.

— Isso deve tê-lo deixado irritado — comentou Eve, vasculhando lentamente, com os olhos, as imagens emolduradas nas paredes. Todas as fotos eram dele, em várias poses. O rapaz era um poço de vaidade, avaliou Eve.

— Sim, me incomodou um pouco. Não tenho dificuldades para levar garotas para a cama, sou bom nisso — confessou ele, encolhendo os ombros. — Fiquei meio injuriado quando ela não aceitou e depois continuou a recusar meus convites para sair. Poxa, eu me senti, meio assim... desbundado. Afinal — exibiu um sorriso branquíssimo, com dentes perfeitos, enquanto apontava para as fotos —, a mercadoria aqui é de primeira qualidade.

— Só que Rachel não se interessou.

— Nem um pouco. Fiquei furioso... e confuso. Depois, meu interesse aumentou. Fiquei imaginando quando ela iria ceder. Afinal, qual era a dela? Acabei fisgado. — Ele enterrou a cabeça nas mãos. — Porra!

— Você começou a segui-la por toda parte.

— Como um cachorrinho androide. Sempre que descobria que ela ia à boate, à biblioteca ou a qualquer outro lugar, eu arrumava um jeito de estar lá. Ia até a loja onde ela trabalhava só para falar com ela. Peguei emprestada a scooter do meu colega de quarto e tentei convencê-la a me deixar levá-la para casa, algumas vezes. Ela aceitou. Eu não a deixava nem um pouco abalada.

— Você brigou com ela?

— Reclamei da situação algumas vezes. Ela simplesmente ria, o que eu poderia fazer? Outra garota teria mandado eu me catar, mas ela simplesmente ria. Acho que eu estava apaixonado por ela. — Ele deixou as mãos caírem no colo. — Talvez estivesse, como é que eu posso saber?

— Onde você estava na noite passada, Hoop?

— Combinei de pegá-la depois da aula; planejava convencê-la a tomar um café comigo, comer uma pizza, qualquer coisa. Mas acabei me atrasando. Dois caras saíram na porrada e eu tive de separá-los. Quando cheguei para apanhá-la, ela já tinha saído. Fui correndo para a estação do metrô, achando que talvez a alcançasse lá, e, quando isso não aconteceu, fui até a casa dela, no Brooklyn. Mas a luz do seu quarto estava apagada. Ela sempre acende a luz quando entra em casa. Fiquei por ali uma hora, talvez mais, não sei. Fui tomar uma cerveja na esquina e voltei, mas a luz continuava apagada. Por fim, pensei "Ela que se dane!", e vim para cá.

— A que horas você chegou aqui?

— Não sei. Quase meia-noite, eu acho.

— Alguém o viu chegando?

— Não sei. Eu estava irritado e com a autoestima arrasada. Não conversei com ninguém.

— E o seu colega de quarto?

— Ele anda transando com uma garota de fora. Vive mais lá do que aqui. Não estava aqui quando eu cheguei. Eu não machuquei Rachel. Não faria isso.

— Onde foi que você tomou a cerveja?

— Em um bar. Tem um monte deles na saída do metrô perto da casa dela. — Ele fez um gesto vago, indicando o Brooklyn. — Não sei o nome do lugar.

— Essas fotos parecem trabalho profissional — disse Eve.

— O quê? Ah, são, sim. Às vezes eu trabalho como modelo. A grana é boa. Estou escrevendo uma peça. É isso que eu pretendo ser: um dramaturgo. Tenho de viver modestamente para conseguir isso, e não desperdiço a chance de ganhar uns trocados. Sou assistente aqui na faculdade, monitor de dormitório e faço bicos como modelo. Consegui autorização para trabalhar como acompanhante licenciado, no ano passado, mas a coisa não foi tão boa quanto eu imaginava. Nunca pensei que sexo poderia ser um trabalho... e chato, ainda por cima.

— Você tem uma câmera?

— Tenho. Está em algum lugar por aí. Por quê?

— Estou pensando se você não gosta de tirar fotos também.

— Não sei em que... Ah, Rachel e suas aulas de digitalização de imagens. — Ele sorriu de leve. — Devia ter pensado nisso. Como professor-assistente eu poderia ter me oferecido como monitor dessa matéria, só para ficar perto dela. — O sorriso desapareceu. — Eu estaria lá ontem à noite quando a aula acabou. E poderia ter ficado com ela.

* * *

Retrato Mortal 61

— Vamos mantê-los na nossa curta lista de suspeitos — Eve disse a Peabody quando elas voltaram para o carro. — Ele tinha motivos, meios e oportunidades. Vamos investigá-lo mais a fundo, para ver se aparece alguma coisa.

— Ele me pareceu desconcertado pelo que aconteceu.

— É, estava desbundado por causa de uma garota que riu dele, não caiu aos seus pés implorando pelo seu lindo pênis e ainda deixou que suas amigas soubessem que ela o tinha dispensado.

Eve entrou no carro.

— Esse cara tem um ego do tamanho de Saturno e, trabalhando como modelo fotográfico, tem um potencial conhecimento da área e acesso ao equipamento necessário. Sabia onde a vítima morava, onde trabalhava, estava familiarizado com seus movimentos e hábitos. Ela confiava nele e acreditava que conseguiria lidar com o gostosão. Portanto, vamos dar uma olhada longa e cuidadosa nele.

Ela seguiu até a Central para amarrar algumas pontas soltas. O relatório toxicológico de Rachel Howard já estava à sua espera. Pelo menos, ela nem soube o que a atingiu, refletiu Eve, analisando os resultados. Não com tantos narcóticos no organismo.

Quer dizer que ele aplicara um tranquilizante nela, refletiu, recostando-se na cadeira. Antes de levá-la ou durante o transporte? De um jeito ou de outro, ele tinha um veículo para isso, ou então a atraiu para algum lugar; um apartamento, um estúdio. Tinha de ser um lugar privado. Foi então que ele a drogou.

Se a coisa correu desse jeito, ela já o conhecia. Era esperta demais para ser atraída por um estranho.

Ela foi a primeira vítima, foi o que ele disse na mensagem. Mas ele estava bem preparado. Fez tudo passo a passo. Selecionou, observou, gravou. Juventude e vitalidade, pensou Eve. Ele queria incorporar esses atributos. Além da inocência dela.

Rachel tinha saído da aula às nove horas. Será que ele esperou por ela? Ela o viu e lançou seu sorriso especial. Talvez ele tenha lhe oferecido uma carona para casa, mas ela recusou. *Vou estudar com umas amigas; mesmo assim, obrigada.* Duas colegas haviam confirmado isso. Ela combinou de ficar no campus para estudar com amigas.

Se ele não podia se arriscar a ser visto com ela, como a atraiu?

Veio com o papo do "estava só de passagem", decidiu. Ele era bom nisso. Talvez surgisse a pé, pois assim era mais fácil se misturar com as pessoas. Mas ele teve de obrigá-la a se desviar do caminho, pois tinha de levá-la até o carro. Não podia se arriscar a ir com ela num transporte público.

O assassino queria o rosto dela no noticiário — a foto que *ele* tirou. Sabe que ela seria reconhecida depois do assassinato e alguém também poderia reparar nele e descrevê-lo. Portanto, nada de metrô, nem ônibus, nem táxis. Foi um carro particular.

Mas por que ela foi com ele?

Eve começou a preparar seu relatório com a esperança de que alguns daqueles fatos ultrapassassem o âmbito da teoria.

O *tele-link* tocou.

— Dallas falando! — O rosto de cachorro cansado apareceu na tela. Reparando nas migalhas e farelos no canto de sua boca, ela se inclinou em direção à tela.

— Aí tem biscoitos dinamarqueses?

— Não. — Ele limpou a boca com as costas da mão. — Não sobrou nenhum.

— Por que os policiais da DDE sempre ganham biscoitos finos e comidinhas espertas? Os tiras que investigam homicídios precisam ingerir tantos substitutos de açúcar quanto os outros policiais.

— Somos da elite, como você sabe. Terminamos de examinar o *tele-link* de Nadine.

— E...?

— Nada que vá ajudar muito. Ele transmitiu as imagens e o texto de um computador público, de uma dessas espeluncas onde as pessoas dançam, bebem e se encontram. Foi enviado logo depois das seis da manhã, mas ele preparou tudo mais cedo e programou o sistema para transmitir só nesse horário. Ele esteve no local às duas da manhã. Mandou o arquivo diretamente para Nadine, em vez de fazê-lo rebater em outros provedores, antes. Ou não sabia fazer isso ou estava pouco ligando. Esses lugares ficam apinhados a essa hora da madrugada. Ninguém vai se lembrar de um cara que apareceu para tomar um drinque e se conectar.

— Mesmo assim, nós temos de verificar. Qual foi o lugar?

— Uma boate chamada Make The Scene.

— Bingo!

— Significa algo?

— É um lugar que ela frequentava. Obrigada, Feeney. Você foi rápido.

— É por isso que somos da elite e ganhamos biscoitos dinamarqueses.

— Vá enxugar gelo! — resmungou Eve, e desligou.

Ela passou pela sala de ocorrências. Ali também não havia biscoitos finos. Não havia nem migalhas. Ela teria de se contentar com uma barra de cereais comprada na máquina, ou então se arriscar a comer alguma coisa na boate.

A comida de lá não poderia ser pior que a barra de cereais.

— Peabody, vamos para a rua.

— Mas eu ia abrir meu sanduíche. — Ela mostrou um pacote comprido e volumoso.

— Então aproveite a chance de exibir seu estilo multitarefa. Coma e caminhe ao mesmo tempo.

— Isso faz mal para o estômago — replicou Peabody, mas enfiou o sanduíche na bolsa e pegou uma lata de OrangeAde.

— A DDE descobriu o local de onde foi transmitida a mensagem para Nadine.

— Eu sei. McNab me contou.

Eve forçou a passagem pela multidão que seguia rumo ao elevador e analisou o rosto de sua auxiliar.

— Acabei de falar com Feeney pelo *tele-link*, que é o superior de McNab, assim como eu sou sua superiora. Como é que você explica isso: minha ajudante e o detetive dele batendo papo a respeito da minha investigação?

— O assunto simplesmente veio à baila, em meio a beijos ardentes... — ela sorriu ao ver que a pálpebra do olho esquerdo de Eve começou a tremer — ... e insinuações de cunho sexual.

— Assim que eu encerrar este caso, vou procurar uma nova auxiliar. Quero alguém sem nenhum tipo de impulso sexual. Você será transferida para o almoxarifado.

— Óóó... Agora você me magoou, e eu me sinto inclinada a não dividir meu sanduíche.

Eve esperou dez segundos e perguntou:

— É sanduíche de que tipo?

— Do tipo que pertence a mim.

Conforme Eve descobriu, tratava-se de um sanduíche de presunto falso submerso em um creme de falsa maionese. Eve colocou o carro no piloto automático e agarrou a lata de OrangeAde para ver se o líquido ajudava a fazer descer as duas mordidas que dera no sanduíche.

— Por Deus, Peabody, como é que você consegue beber esse lixo?

— Eu acho refrescante, além de combinar perfeitamente com os biscoitinhos amanteigados que eu trouxe para sobremesa. — Ela pegou um pacote menor na bolsa e fez uma grande encenação para abri-lo.

— Me dá uma porcaria de biscoito, senão eu vou te machucar, e você sabe que eu consigo.

— Meu medo é quase tão grande quanto o meu amor pela senhora, tenente.

Eve achou uma vaga no segundo andar, no lado do meio-fio, e entrou na rampa com tanta velocidade e num ângulo tão inclinado que o lanche de Peabody pulou perigosamente no seu colo.

Com toda a delicadeza, Eve limpou as migalhas do biscoito que caíram sobre a blusa.

— Os metidos a esperto sempre se dão mal.

— Você nunca se dá mal — disse Peabody, baixinho.

Capítulo Quatro

Durante o dia os frequentadores de boates eram, basicamente, geeks e nerds que se achavam muito radicais só por frequentar uma espelunca que exibia uma banda holográfica e telões de esportes.

As estações individuais prateadas eram tão apertadas que nem mesmo o mais tímido dos nerds conseguiria escapar de uma bunda alheia se esfregando em sua cara, nas horas de mais movimento.

A banda holográfica estava em ritmo suave, com guitarras e teclados sussurrantes, e vocais melancólicos e queixosos. A cantora vestia um tubinho preto que combinava com sua pele negra e brilhante. O único ponto de cor era seu cabelo, em um tom de vermelho brilhante como um sinal de trânsito, que lhe escorria pelo rosto enquanto ela murmurava algo sobre mágoas e corações partidos.

A clientela era formada basicamente por homens, quase todos desacompanhados. Como ninguém exibiu ansiedade nem interesse pela farda de Peabody, Eve percebeu que uma batida policial no lugar não conseguiria confiscar drogas suficientes nem para encher o bolso do colete de um anão.

Ela foi direto ao quase deserto bar circular instalado no centro da boate.

Havia dois atendentes, um rapaz humano e uma jovem androide. Eve optou pelo único dos dois que respirava.

A roupa dele era moderna, uma camisa larga colorida com os tons do pôr do sol e um exército de pequenos aros multicoloridos presos ao longo da orelha, sem falar no cabelo castanho que se espalhava espetado por toda a cabeça, como um porco-espinho.

Seus ombros eram largos e os braços, compridos. Eve percebeu um jeito brusco e inseguro no rapaz, o que mostrou que ele atendia a clientela da tarde havia pouco tempo. Seu rosto era branco, levemente pálido.

Eve calculou que ele devia ter quase trinta anos. Provavelmente era um estudante do tipo não intelectual que ganhava a vida atendendo o console central da ciberboate e batendo papo com os clientes.

Ele parou de trabalhar no pequeno sistema instalado no bar, lançou um sorriso leve e distraído para Eve e perguntou:

— Em que posso ajudá-la?

Eve colocou sobre o balcão o distintivo e uma foto onde Rachel Howard aparecia sorrindo.

— Você reconhece esta jovem?

Ele trouxe a foto mais para perto, com o dedo, e a analisou com muita atenção, o que confirmou que era realmente novo na função.

— Eu a conheço, sim. Deixe ver, ahn, Rebecca, Roseanne, não... Rachel? Sou bom para guardar nomes. Acho que essa é a Rachel. Ela vem aqui quase toda semana. O que ela sempre pede, mesmo? — perguntou a si mesmo, fechando os olhos. — Ela gosta de toreador, um drinque de laranja com lima e licor de romã. Ela não está em apuros, está?

— Está, sim. Você se lembra dos drinques favoritos de todos os clientes?

Retrato Mortal

— Dos que vêm sempre aqui, sim, especialmente as gatas. Rachel tem um lindo rosto e é muito simpática.

— Qual foi a última vez em que ela esteve aqui?

— Não sei dizer exatamente. Este é um dos meus empregos de meio expediente. Mas a última vez em que eu a vi por aqui foi na sexta-feira passada, eu acho. Esse é o dia em que eu trabalho de seis da tarde à meia-noite. Olha, ela nunca causou problemas por aqui. Só aparece de vez em quando, com amigos. Eles escolhem uma estação multimídia, ouvem música, dançam, navegam um pouco pela rede. Ela é uma garota gente fina.

— Alguma vez você reparou se alguém a assediava?

— Nada em especial. Como eu disse, ela é muito bonita e os caras dão em cima, mesmo. Às vezes ela corresponde à paquera e bate um papo, outras vezes manda o cara vazar, mas sempre numa boa. A agitação aumenta aqui depois das nove, especialmente nos fins de semana. Sempre tem uns caras solitários azarando as garotas, mas essa aqui chega com uma amiga ou vem em grupo. Nunca apareceu procurando transa de uma noite só. Dá para sacar.

— Hã-hã. Você conhece um sujeito chamado Diego?

— Ah... — Ele pareceu sem expressão por alguns instantes e juntou as sobrancelhas, com ar concentrado. — Acho que sei quem é esse cara. Baixinho, paquerador. Gosta de circular por aqui. Dança muito bem, está sempre animado e vai embora quase sempre acompanhado.

— Alguma vez ele saiu com Rachel?

— Deixe-me pensar. — Ele franziu o cenho. — Não. Ele não faz o tipo de Rachel. Ela o dispensaria, embora tenha dançado com ele algumas vezes. Mas ela dança com todo mundo e não está atrás de nada além disso. Talvez ele tenha forçado a barra algumas vezes, pensando melhor, mas nunca rolou nada. A mesma coisa acontece com o carinha da universidade.

— Que carinha?

— Um sujeito grande e pintoso que dava em cima dela. O típico rapaz bonito americano. Ele ficava um pouco emburrado quando a via dançando com outro cara.

— Como você se chama?

— Steve. — Ele pareceu confuso, mas não nervoso. — Steve Audrey.

— Você é do tipo observador, não é, Steve?

— Sou, sim. Quem trabalha aqui no bar vê de tudo pelo menos uma vez na vida. Às vezes mais de uma. É como assistir a uma peça com gente de verdade em um palco à sua frente e ainda receber dinheiro para isso.

Certamente ele era novo no emprego, pensou Eve.

— Vocês têm câmeras de segurança?

— Claro. — Ele olhou para cima. — Quando elas funcionam. Mas é muita gente, não dá para ver quase nada na hora em que o lugar fica bombando. O show começa às nove, a música muda e todo mundo se agita e cai na balada. Não temos muitos problemas por aqui. Os clientes são, basicamente, garotos da faculdade e nerds. Todos vêm aqui curtir um tempo juntos, dançar, surfar on-line e trabalhar com fotos e imagens.

— Imagens?

— Isso mesmo. Temos seis cabines para digitalização. Os amigos curtem se enfiar lá dentro para tirar fotos engraçadas e passar depois para o computador. Não temos licença para cabines de imagens pornôs, então as fotos são sempre do tipo "censura livre". Também não há cabines de privacidade. Então é isso: o lugar fica lotado, mas é tudo tranquilo e leve. As gorjetas são irrisórias, mas o trabalho é fácil.

— Preciso analisar os discos das últimas vinte e quatro horas.

— Puxa, não sei se eu posso fazer isso. Sou só um empregado. Acho que a senhora vai ter de falar com o gerente, ou alguém acima de mim. Ele só chega às sete da noite, policial, e...

— Tenente — corrigiu Eve.

— Claro, tenente. Escute, eu apenas trabalho no bar quase todo dia, vinte horas por semana. Converso com os clientes e os ajudo quando eles não conseguem mexer direito nas estações ou cabines. Não tenho autoridade para liberar os discos.

— Pois eu tenho. — Ela bateu com o dedo no distintivo. — Posso conseguir um mandado e convocar o gerente agora mesmo. Ou você pode me entregar os discos. Eu lhe dou um recibo oficial do material, emitido pela Polícia de Nova York. Fazendo do outro jeito vai levar tempo, e eu não gosto de atrasar uma investigação de assassinato.

— Assassinato? — Seu rosto quase sem cor ficou branco de vez. — Alguém morreu? Quem? Ah, não! Não pode ser Rachel. — Seus dedos se afastaram da foto que continuava sobre o balcão e ele agarrou a própria garganta, horrorizado. — Ela está *morta*?

— Vocês nunca veem nada, a não ser os canais de esporte, por aqui?

— Como?!... Não, apresentamos clipes e gravações de shows depois das nove.

— Aposto que você não assiste aos noticiários.

— Quase nunca. Eles são muito deprimentes.

— Nisso você tem razão. O corpo de Rachel foi encontrado hoje de manhã. Ela foi assassinada ontem à noite. — Eve se inclinou sobre o balcão, com jeito amigável. — Onde você estava na noite passada, Steve?

— Eu? *Eu?*... — O terror se estampou em seus olhos. — Não estava em lugar nenhum. Quer dizer, é claro que eu estava em um lugar, todo mundo sempre está em algum lugar. Deixe ver... Eu fiquei aqui até nove horas e depois fui embora. Comi uma pizza pelo caminho e assisti a um pouco de tevê ao chegar em casa. Tinha trabalhado oito horas seguidas e precisava relaxar, entende? Vou pegar os discos e a senhora vai ver que eu estive aqui o tempo todo.

Ele saiu do balcão.

— Pizza e tevê não vão servir de álibi para ele — comentou Peabody.

— Não, mas eu vou conseguir os discos.

Só duas horas depois do fim do expediente é que Eve conseguiu passar pelos portões de entrada de sua casa. Considerou isso uma façanha. É claro que ela ainda iria trabalhar durante, pelo menos, mais duas horas antes de ir dormir, mas faria isso do seu escritório doméstico.

A casa parecia mais linda do que nunca no verão, reparou Eve, mas balançou a cabeça logo em seguida. A verdade é que a mansão era belíssima em todas as estações do ano e a qualquer hora do dia ou da noite. Mas era admirável o jeito com que a elegância casual da pedra se exibia com mais força tendo como fundo o céu muito azul do verão. Havia um mar de gramados verdes em toda parte; atraentes explosões de cores diversas pontilhavam os jardins; sombras marcantes acompanhavam a alameda, junto das árvores; tudo era um milagre de privacidade e conforto em meio a uma paisagem fortemente urbana.

Um contraste chocante com um latão reciclador de lixo no centro da cidade.

Ela estacionou, como de hábito, na frente da casa, e então ficou simplesmente sentada quieta, tamborilando no volante com os dedos. Summerset não estaria de tocaia no saguão, com alguma observação sarcástica na ponta da língua sobre o atraso de Eve. Ela, por sua vez, não poderia retribuir os desaforos, e sentiu-se chateada por isso.

Ele não estava ali para se irritar por ela deixar o carro na frente da escadaria de entrada da casa, em vez de guardá-lo na garagem. Isso quase a fez estacionar o carro no lugar correto, mas se conteve.

Não havia necessidade de pirar.

Resolveu deixar o carro exatamente onde estava, avançou em meio à massa quase sólida de calor e entrou no geladinho glorioso da parte interna da casa.

Já ia ligar o monitor para perguntar ao sistema de segurança onde Roarke estava quando ouviu sons melodiosos ao longe. Seguindo a música, ela o encontrou na sala de estar.

Roarke estava sentado em uma das poltronas antigas que tanto adorava, com um cálice de vinho na mão e os olhos fechados. Era tão raro vê-lo daquele jeito, completamente absorto, que Eve sentiu uma fisgada no coração. Então, os olhos dele se abriram em uma explosão de azul e, quando ele sorriu, a tensão que certamente sentia se desfez.

— Olá, tenente.

— Como vão as coisas?

— Melhores do que de manhã. Quer vinho?

— Quero, mas pode deixar que eu pego. — Ela atravessou a sala, foi até a garrafa que ele deixara sobre a mesa de centro e serviu um cálice para si mesma. — Você já está em casa há muito tempo?

— Não. Cheguei há uns dez minutos.

— Você comeu?

As sobrancelhas dele se arquearam de espanto e seus olhos se aqueceram de humor com a pergunta dela.

— Comi, se é que dá para considerar comida de hospital algo comestível. E você?

— Mastiguei alguma coisa, mas a gororoba do hospital não pode ser pior do que a da Central. E, então, você foi visitar o Sr. Simpatia e Agilidade?

— Ele também lhe mandou lembranças igualmente calorosas. — Roarke tomou um gole de vinho, observou-a por sobre a borda do cálice e esperou.

— Tá legal, você venceu. — Ela se largou em uma poltrona. — Como é que ele está?

— Relativamente bem para alguém que rolou de uma escadaria hoje de manhã. Algo que não teria acontecido se ele usasse a droga do elevador. Sua perna se quebrou como um graveto e ele destroncou o ombro com muita violência, mas está bem.

Roarke voltou a fechar os olhos, batucou no braço da poltrona com os dedos e tornou a abri-los. Eve se perguntou se ele se comportava daquele jeito quando tentava se acalmar, depois de encarar um dos "chiliques" dela, como ele costumava chamá-los.

— Ele está bem — repetiu. — Imobilizaram sua perna com um molde que parece pele artificial, e o ombro também, e me garantiram que ele vai ficar como novo. Foi uma fratura simples, de impacto. O ombro é que vai dar trabalho por mais tempo. Ele está com sessenta e oito anos. Não consegui lembrar qual era a sua idade hoje de manhã. Ele devia ter usado o elevador, já que estava com os braços cheios de lençóis e toalhas. Por falar nisso, o motivo de ele se importar com as roupas da casa no instante em que devia estar saindo de férias foge à minha compreensão.

— Será que o motivo é ele ser um filho da mãe teimoso e travado que gosta de resolver tudo sozinho e do seu jeito?

Roarke soltou uma gargalhada e bebeu mais um gole de vinho.

— Ele é assim mesmo — concordou.

E você o ama, pensou Eve. *Ele é um verdadeiro pai para você, de todas as formas possíveis.*

— Você vai trazê-lo para casa amanhã? — perguntou ela.

— Vou. Ainda estou com as orelhas ardendo de ouvir as reclamações dele por ter de passar a noite lá. Até parece que eu o larguei em um covil de cobras quando, na verdade, ele está em uma suíte de luxo no melhor hospital da cidade. Eu já devia ter me acostumado com esse tipo de coisa.

Eve apertou os lábios quando ele se levantou da poltrona e foi até a garrafa de vinho.

— Aposto que você também reclama de mim com ele quando eu me revolto por estar internada num centro médico. Acho que Summerset e eu devíamos arrumar um jeito de deixar *você* em um hospital. Seria um bom motivo para finalmente nos unirmos.

— Ah, eu ficaria felicíssimo.

Retrato Mortal   73

— Já vi que você teve um dia de cão, não foi, garotão? — Ela colocou o cálice de lado e se levantou.

— E amanhã promete ser melhor ainda. Ele não está nem um pouco satisfeito com a ideia de ter uma enfermeira cuidando dele aqui em casa por, pelo menos, mais uma semana.

— Não posso culpá-lo. Ele deve estar se sentindo idiota, desconfortável e pau da vida. Desconta em você porque é a pessoa de quem mais gosta. — Ela pegou o cálice da mão de Roarke e o colocou sobre a mesa. — Sei disso porque é exatamente o que eu faço.

— Pelas marcas roxas no meu traseiro, vocês dois devem me amar loucamente.

— Eu garanto que amo. — Ela enlaçou os braços em torno do pescoço dele e se colou nele. — Por que não me deixa provar isso?

— Você está tentando levantar meu ânimo?

— Não sei. — Eve roçou os lábios dele com os dela. — Talvez seja isso.

— Que bom. — Ele apertou os quadris dela com força e a trouxe para junto de si. — Meu ânimo já está levantando.

Ela riu baixinho e o mordeu.

— Estamos só nós dois nesta casa imensa. O que vamos fazer primeiro?

— Vamos fazer alguma coisa que nunca fizemos.

Ela se afastou dele e analisou seu rosto.

— Se ainda não fizemos é porque é anatomicamente impossível.

— Que mente poluída. — Ele a beijou na ponta do nariz. — Adoro essa sua qualidade. — Ele a puxou de volta para perto. — Estava pensando em dançarmos coladinhos aqui na sala de estar.

— Humm... — analisou ela, balançando o corpo junto com o dele. — Até que não está mal, para começar a noite. Na minha fantasia nós também estamos dançando coladinhos, mas completamente nus.

— Conseguiremos chegar a essa parte. — Obrigando-se a relaxar, ele passou o rosto sobre os cabelos dela. Era isso que faltava, pensou ele. Eve era tudo o que ele precisava. Alguém para segurar, alguém onde mergulhar. — Ainda não perguntei como foi o seu dia.

Ela estava se deixando levar agora, tanto pela música quanto pelos movimentos lentos dele.

— Tão terrível quanto o seu.

Eve queria perguntar a Roarke sobre a professora Browning e Angela Brightstar. Ele provavelmente conhecia ambas, pelo menos de nome. Elas eram o tipo de gente com quem ele se relacionava, e poderia dar a ela um novo ângulo para explorar. Mas isso podia esperar. Eve resolveu que não tocaria no assunto até sentir toda a tensão dele se dissolver.

— Mais tarde eu conto sobre o meu dia — prometeu ela.

Eve apertou o rosto contra o dele, deslizou os lábios ao longo do seu maxilar e foi pontilhando o caminho até a boca. Com um gemido longo e rouco de prazer, ela deslizou os dedos por entre os cabelos dele e usou os lábios, os dentes e a língua para seduzi-lo.

Os problemas do dia foram desaparecendo à medida que a presença dela o preenchia por completo. Sua pele morna trazia promessas de calor, e seu desejo leve certamente se transformaria em fome e urgência. Enquanto ele a guiava pela sala em lentos passos entremeados por pequenos giros, ela foi além, numa dança mais íntima baseada em beijos que enevoavam a mente e em mãos ágeis que lhe excitavam o corpo.

Quando sua boca se tornou mais exigente, ela agarrou o paletó dele e o despiu por sobre o ombro para, depois, marcar um caminho pelas costas dele, usando as unhas.

A música era uma pulsação que aumentava por dentro, enquanto ele saboreava a pele da garganta dela. O coração que batia dentro do seu peito batia por ela, e sempre seria assim. Os dedos dela estavam ocupados, agora, com os botões da sua camisa, ao mesmo tempo que ele lhe despia a jaqueta.

Ela se livrou da roupa de vez e enterrou os dentes com mordidas leves nos ombros nus dele.

Retrato Mortal

— Você está mais adiantada que eu — conseguiu dizer, quase sem fôlego.

— Então corra para me acompanhar. — Com muita agilidade, ela arriou as calças dele e agarrou seu membro.

O sangue dele acelerou, roubando-lhe o fôlego no instante em que ele tentou soltar o coldre dela. Embora tivesse conseguido soltar o fecho, a correia se enganchou na blusa dela, ainda semiaberta.

— Droga! — reclamou ele.

A sua risada foi abafada pela boca dele, mas as mãos dela, implacáveis, trabalhavam sem parar.

Dava para sentir o coração dele batendo com mais força contra o dela, e ele lutava para manter o controle. Só que ela decidiu que o faria perder o controle dessa vez, até não conseguir pensar em mais nada que não fosse ela, nem sentir nada além do sangue quente e latejante.

Ela sabia o quanto a carência iria aumentar nele — e nela —, crescendo em intensidade e em calor, tão marcante quanto uma pancada cuja dor se espalhava pelo organismo ao tentar se libertar.

Era essa sensação que ela provocava nele; era isso que um proporcionava ao outro.

Eles se jogaram no chão, rolando sobre o tapete enquanto se livravam do resto das roupas, as mãos percorrendo carnes úmidas e as bocas procurando uma à outra.

Ela o queria de forma selvagem, descuidada, furiosa; conhecia bem o corpo dele, sabia quais os seus pontos fortes e quais os fracos, e resolveu explorar ambos. Travou-se uma batalha de poder, um contra o do outro, e ela sentiu uma nova onda de excitação quando ele perdeu o fôlego ao tentar pronunciar o seu nome.

As mãos dele eram rudes, e ela as queria exatamente desse jeito, se espalmando por todo o seu corpo. A boca dele fervia e parecia voraz no instante em que se fechou sobre um dos seus seios.

Alimentando-se daquela energia, ele também a alimentava, e, quando ela se lançou no primeiro orgasmo, ele a fez desejar mais.

Quando ele apertou os pulsos dela com as duas mãos e a prendeu no chão, ela não se debateu. Fez com que acreditasse que era ele quem controlava tudo; deixou-o conquistar e tomar o que queria até achar que ambos estavam saciados. Então arqueou o corpo, se oferecendo àquela boca insaciável, e absorveu cada estímulo como um choque elétrico.

Quando ela sentiu que ele se preparava para penetrá-la, rolou de lado, rápida como uma serpente, e inverteu as posições. Agora eram as mãos dela que agarravam os pulsos dele, e o peso dela o mantinha preso ao chão.

— Pra que tanta pressa?

Os olhos dele pareciam mais intensamente azuis e sua respiração se tornou mais ofegante.

— Por Deus, Eve.

— Você vai ter de esperar até eu acabar com você.

Ela esmagou a boca de encontro à dele.

O corpo dele parecia um nervo exposto, mas ela continuava a arrancar prazer daquilo, sem piedade. A pele dele estava escorregadia de suor, seu coração não parava de lhe martelar as costelas, o sangue parecia troar em seus ouvidos. E ela continuava usando o corpo dele.

Ele se ouviu repetindo o nome dela sem parar, muitas vezes, até se perder em palavras estranhas, emitidas em idioma celta; talvez preces, talvez maldições.

Quando ela se ergueu acima dele, com a pele brilhando à luz dos últimos raios de sol rubro, ele não conseguia balbuciar mais nada.

Os dedos dela se uniram com força aos dele e ela o tomou por inteiro, profundamente, dentro dela.

Ela arqueou as costas para trás e seu corpo pareceu um lindo arco de energia, estremecendo com violência no mesmo ritmo do corpo dele. Então ela baixou os olhos, cravou-os nos dele. E começou a cavalgá-lo.

Retrato Mortal

Ele quase perdeu os sentidos e pareceu perder também a noção das coisas, enquanto ela subia e descia sem parar. As sensações o atingiam com força, e tudo era tão rápido que ele se viu indefeso. Mesmo com a vista embaçada, conseguiu ver o rosto dela e seus olhos escuros focados nele com intensidade.

Então ficou cego quando uma sensação de gozo o atravessou como uma lança quente e se esvaziou dentro dela.

Estavam ambos ainda trêmulos quando ela deslizou sobre ele e tombou para o lado, no chão, como um trapo suado. Ele voltava a ouvir agora, à medida que o troar em sua cabeça diminuía, e percebeu que ela engolia imensas golfadas de ar.

Era bom saber que não era só ele que tinha perdido o fôlego por completo.

— Já anoiteceu — ele conseguiu dizer.

— É que seus olhos estão fechados.

Ele piscou duas vezes, só para ter certeza.

— Não. Está realmente escuro lá fora.

Ela grunhiu e, ainda respirando com dificuldade, se colocou de barriga para cima.

— É, realmente está escuro.

— Engraçado... Como é que, mesmo com tantas camas nesta casa, nós muitas vezes acabamos no chão?

— É mais espontâneo e primitivo. — Ela se virou para massagear o traseiro. — Mais duro também.

— Tudo ao mesmo tempo. — Devo lhe agradecer por você cumprir sua missão de esposa dedicada?

— Eu faço objeções a qualquer coisa que tenha a palavra "esposa", mas aceitaria o agradecimento por uma trepada tão boa que chegou a te deixar vesgo.

— Foi mesmo. — O coração dele continuava disparado, mas ele já recuperara o fôlego. — Obrigado por isso, querida.

— De nada. — Ela se espreguiçou de forma sexy e indulgente.

— Preciso tomar uma ducha e trabalhar algumas horas em um caso que surgiu hoje. — Ela esperou dois segundos. — Talvez você queira me dar uma mãozinha.

Ele não disse nada por um momento, simplesmente continuou a contemplar o teto com atenção.

— Eu devia estar com uma aparência realmente patética quando você chegou em casa. Primeiro você me faz suar, quase queima o tapete com o seu fogo e agora me pede para ajudá-la em um caso sem eu precisar pressionar. Não existe melhor definição para a palavra "esposa".

— Não comece, meu chapa.

Quando ela se sentou, ele acariciou-lhe as costas lentamente.

— Querida Eve... Eu adoraria lhe dar uma mãozinha debaixo do chuveiro, mas depois preciso resolver uns pepinos de trabalho. Esse problema com Summerset atrasou minha agenda. Mas você poderia me fazer um resumo do caso, antes de nos separarmos pelas próximas duas horas.

— Foi uma universitária que trabalhava meio expediente em uma loja de conveniência vinte e quatro horas — começou Eve, ao se levantar para recolher as roupas espalhadas por toda parte. — Alguém lhe enfiou um estilete no coração ontem à noite e jogou o corpo em um latão para reciclagem na Delancey, bem em frente ao lugar onde ela trabalhava.

— Que frieza.

— A coisa ficou ainda mais fria.

Ela lhe contou das fotos e da dica oferecida por Nadine enquanto eles subiam pela escada, rumo ao chuveiro. Eve sabia o quanto ajudava descrever passo a passo o desenrolar do caso, em voz alta, ainda mais para um ouvinte que captava nuances e ângulos diferentes.

Roarke não deixava passar os detalhes sutis.

— Foi alguém que ela conhecia e em quem confiava — afirmou ele.

— Quase com toda certeza, porque ela não reagiu.

Retrato Mortal

— É alguém ligado ao ambiente universitário — acrescentou ele, pegando uma toalha. — Assim, se ele, ou ela, fosse visto circulando por lá, ninguém acharia estranho.

— Ele ou ela é cuidadoso. — Por força do hábito. Eve entrou no tubo secador de corpo e curtiu o ar morno circulando em torno de si. — É metódico também — acrescentou, elevando um pouco a voz. — Organizado, gosta de planejar tudo com cuidado. O perfil que Mira vai me apresentar dirá que o assassino provavelmente possui um emprego, paga todas as contas em dia e nunca se mete em confusão. Tem uma queda por digitalização de imagens, e eu acho que ele faz disso um hobby sério ou trabalha na área.

— Tem uma coisa que você não disse — acrescentou ele, no instante em que Eve saiu do tubo. — Ele já planeja o segundo ataque.

— Não creio. — Ela passou a mão pelos cabelos enquanto caminhava até o quarto. — Mas talvez conheça a vítima e a tenha escolhido. E já deve ter tirado as primeiras fotos.

Ela escolheu calças cinza velhas e uma camiseta regata.

— A ciberboate pode ser um lugar que ele frequente com regularidade. Vou ver o que descubro nos discos de segurança e nos arquivos dos empregados. — Ela olhou para trás. Por acaso você é dono da boate Make The Scene?

— Não que eu me lembre — disse ele, com naturalidade, enquanto vestia uma camisa nova. — Mas andei comprando algumas boates pela cidade, e quase todas são próximas a escolas ou universidades. Mais gente significa mais lucros.

— Humm. Alguma vez você fez faculdade?

— Não. A escola e eu sempre tivemos um péssimo relacionamento.

— Eu também não fiz, não consigo entrar nesse mundo, é como se fosse outro planeta. Estou com medo de perder algum detalhe importante, se houver, porque não consigo montar um quadro. Veja essa professora Browning, por exemplo. Por que dá aulas de digitalização de imagens em uma faculdade? Ela não precisa do dinheiro e, se gosta da área, por que não atua nela profissionalmente?

— Quem sabe faz; quem não sabe ensina. Não existe um ditado que fala exatamente isso?

Ela olhou para ele, sem entender.

— Se você não sabe fazer alguma coisa, como é que vai poder ensinar?

— Não faço a mínima ideia. Talvez ela curta dar aulas. Há pessoas que gostam disso.

— Só Deus sabe por quê. Gente fazendo perguntas o tempo todo, olhando para você à espera de respostas, aprovação, sei lá. Lidar com alunos com a cabeça fodida, outros metidos a espertos, sem falar nos imbecis arrogantes. E tudo isso para eles saírem dali e conseguirem empregos com salários muito melhores que o do professor que os preparou para os tais empregos.

— Tem gente que diz coisas muito similares a respeito dos tiras. — Ele passou o dedo de leve sobre a covinha do queixo de Eve. — Se você ainda estiver trabalhando quando eu acabar, prometo lhe dar uma ajudinha.

Ela exibiu um sorriso forçado e rebateu:

— E, se você ainda estiver trabalhando depois de mim, vou até lá dar uns palpites no seu trabalho.

— Puxa, essa foi uma ameaça cruel.

Ao chegar ao seu escritório, Eve foi direto à pequena cozinha com AutoChef e programou café. Sentou à mesa, colocou os discos de segurança da boate e então, com ar distraído, pegou a estátua da deusa que a mãe de Peabody tinha dado a ela.

Talvez ela lhe trouxesse sorte, pensou. Recolocando-a sobre a mesa, ordenou que as imagens aparecessem na tela.

Passou a primeira hora olhando as gravações de forma genérica, analisando o movimento e estudando a multidão. A iluminação era fraca, muito escura nos cantos, mas forte e ofuscante na pista de dança. Se ela precisasse identificar alguém pelas feições, poderia contar com os mágicos da DDE para clarear as imagens. Por ora, no entanto, tudo o que reparou foi uma multidão de jovens dançando, se misturando, se enturmando e se azarando.

Como ele havia informado, Steve Audrey trabalhou no bar até nove horas, momento em que as luzes do show se acenderam e a música passou de simplesmente alta para o nível de ensurdecedora. Ele trabalhava com competência, passava um tempão conversando com os clientes, mas servia a todos com rapidez e eficiência.

A maioria dos frequentadores, homens e mulheres, chegava em dupla ou em bando. Não havia quase ninguém desacompanhado. O assassino devia estar sozinho, refletiu Eve. Não era de circular por aí cercado de amigos.

Ela reparou em um dos poucos homens sozinhos que viu e marcou a seção do disco.

Ali, bem no centro, viu Diego. Eve sabia que só podia ser ele; era capaz de apostar uma grana alta nisso. Baixinho, com ar de superioridade, vestia uma camisa de seda vermelha, calças apertadas e botas com esporas. Era ele mesmo, se achando um deus.

Ela o viu observar o grande grupo em volta até escolher o alvo para a ação daquela noite.

— Computador, congelar a imagem. Ampliar da seção vinte e cinco à trinta. — Apertou os lábios enquanto estudava o rosto. Um homem moreno, muito bonito, para quem gosta do tipo "macho latino", com feições atraentes. — Computador, rodar programa de identificação do homem em tela. Quero o nome completo — murmurou.

Aquilo ia levar algum tempo, então ela se lançou em outra pesquisa.

Alguém daquela boate havia transmitido as imagens para Nadine. Alguém havia atravessado aquela pista de dança, sob a luz e por entre as sombras, tinha se conectado a uma unidade e também ligado para Nadine, no Canal 75, a fim de enviar o material.

Enquanto a DDE vasculhava cada computador do lugar, dissecava cada unidade e cada drive interno até achar os rastros e ecos da transmissão, a pessoa que matara Rachel Howard talvez já estivesse se preparando para tirar o retrato da próxima vítima.

Sinto minha energia no ponto máximo. Não é exagero dizer que sofri uma transformação. Como um renascimento, talvez. Ela está em mim agora, e consigo perceber sua vitalidade aqui dentro. Como uma mulher sente quando carrega um filho no ventre. Não, é mais que isso. Muito mais. Não se trata de algo que precisa de mim para viver, que precisa de mim para crescer e se desenvolver. Ela está inteira e completa dentro do meu corpo.

Quando eu me movimento, ela se movimenta. Quando eu respiro, ela respira. Somos uma única pessoa, agora, e seremos para sempre.

Eu lhe dei a imortalidade. Existe amor maior que esse?

Como foi surpreendente vê-la com os olhos grudados nos meus no instante exato em que fiz seu coração parar de bater. Percebi que foi naquele instante que ela se deu conta de tudo. E compreendeu. Como ela deve ter se rejubilado quando eu suguei a essência dela para dentro de mim, a fim de que seu coração continuasse a bater de novo.

Para sempre.

Veja como ela parece bela nas imagens que eu criei, uma ao lado da outra, na galeria que eu lhe ofertei. Ela nunca vai envelhecer agora, nem sofrer; jamais conhecerá a dor. Será para sempre uma linda garota com sorriso doce. Esse é o meu presente para ela, em troca do dom que ela me deu.

Preciso de mais agora. Tenho de sentir aquele fluxo de luz novamente e dar o meu presente para alguém que o mereça.

Vai ser logo. Muito em breve, outras imagens vão trazer graça e beleza à minha galeria pessoal. Estaremos juntos, Rachel, eu e quem vier depois.

Um dia, no momento certo, vou compartilhar com o mundo meus registros completos, em vez de apenas frases curtas. Muitos me condenarão, me contestarão, talvez até me amaldiçoem. Só que será tarde demais.

Eu serei muitos.

Capítulo Cinco

Eve acordou de um pesadelo em que se viu presa ao chão depois de um desastre de trem, mas percebeu que era só o gato que se aboletara em cima do seu peito. Ronronando sem parar, ele olhava fixamente para ela. Ao ver que ela simplesmente o olhava de volta, ele movimentou o seu peso considerável para frente e bateu de leve com a cabeça sobre a testa dela, em uma demonstração de carinho.

— Está se sentindo péssimo, não é? — Ela ergueu a mão para acariciar seu pescoço, o local onde ele mais curtia. — Não foi de propósito, e ele vai voltar para casa hoje. Você vai poder se sentar em cima da barriga dele.

Ainda acariciando o gato, Eve se sentou. Ela e Galahad estavam sozinhos na cama. Não eram nem sete horas, notou ela, mas Roarke já se levantara. Quando ela foi para a cama, à uma da manhã, ele ainda estava trabalhando.

— Roarke é um homem ou uma máquina? — perguntou ao gato. — O que você acha? De um jeito ou de outro, ele é todo meu.

Ela franziu a testa ao olhar para a saleta de estar da suíte. Geralmente ele acordava antes dela, e a primeira coisa que Eve via,

Retrato Mortal

de manhã, era Roarke tomando café e conferindo as cotações da bolsa no telão, com o som desligado. Era uma espécie de rotina com a qual ela se acostumara.

Mas aquela manhã era diferente.

Pegando Galahad, ela saiu da cama e foi para o escritório de Roarke.

Conseguiu reconhecer a voz dele, calma e com sotaque irlandês, antes mesmo de chegar à porta. Quanto ao assunto sobre o qual ele conversava, isso era outra história, mas parecia ter relação com análise de custos, projeções e níveis de despesa. Deu uma olhadinha pela porta e o viu em pé, diante da mesa, já pronto para trabalhar, com um terno escuro. Três dos telões do escritório estavam ligados, cheios de números, gráficos, diagramas e Deus sabe mais o quê.

Havia imagens holográficas de dois homens e uma mulher sentados em cadeiras. Havia também uma quarta imagem tridimensional projetada ao lado de Roarke. Era Caro, sua assistente pessoal.

Curiosa, Eve disfarçou um bocejo e se apoiou na ombreira da porta com o gato nos braços. Eve quase nunca tinha oportunidade de apreciar Roarke em seu estilo "magnata total". Se ela não estava errada — e parte da conversa parecia estar rolando em alemão —, eles estavam discutindo o projeto e a fabricação de uma espécie de veículo para qualquer superfície.

Roarke estava usando um tradutor humano, em vez de um programa de tradução eletrônica. Assim era mais confiável, imaginou Eve. Roarke estava no comando absoluto da conversa.

A discussão entrou pelos detalhes e fundamentos de propulsão e empuxo, aerodinâmica, hidroponia, e Eve se desligou do papo.

Como é que ele conseguia manter tudo funcionando?, perguntou a si mesma. Quando deu uma olhada nele, antes de ir deitar na noite anterior, ela o viu atolado nos problemas de um resort de última geração que ele estava construindo no Taiti. Ou talvez nas ilhas Fiji. Agora, o assunto era um veículo que andava na terra, na água e no ar, dirigido para os entusiastas de esportes.

Isso tudo antes das sete da manhã.

Ela tornou a se ligar no papo quando viu que ele estava encerrando a reunião.

— Vou precisar de relatórios de cada departamento até quinta-feira, antes do meio-dia. Espero dar início à produção daqui a um mês. Obrigado.

Os hologramas apagaram, a não ser o de Caro.

— Deixe um disco com os detalhes deste projeto na minha mesa — disse ele à assistente. — Vou precisar que você resolva o assunto dos Tibbon.

— Pode deixar. Você tem uma reunião às oito e quinze, pelo horário da Costa Leste, com o Ritelink Group, e uma link-conferência às dez com Barrow, Forst e Kline, com relação ao Projeto Dystar. Também trouxe a sua agenda para a parte da tarde.

— Vamos cuidar disso depois. Marque o Ritelink para esta sala, em modo holográfico, e a link-conferência também. Preciso ficar livre entre meio-dia e três da tarde. Todo o resto que estiver marcado para hoje será resolvido a partir daqui de casa. Provavelmente a agenda de amanhã também.

— Claro. Aposto que Summerset vai se sentir mais animado só por voltar para casa. Não se esqueça de ligar para dizer como ele está passando.

— Pode deixar. Mas acho que ele não vai ficar tão satisfeito assim quando souber que terá uma pessoa para cuidar dele vinte e quatro horas por dia, durante uma semana. Vai querer me dar uns chutes por isso, mesmo que quebre a outra perna ao tentar.

— Você já devia estar acostumado com isso — brincou ela, sorrindo e virando-se para Eve. — Bom-dia, tenente.

— Olá, Caro. — Galahad pulou do colo de Eve, caminhou com a cauda empinada na direção de Roarke e ficou se esfregando nas pernas dele. O terninho belíssimo da assistente de Roarke e seus cabelos platinados penteados de forma perfeita fizeram Eve perceber que ela estava ali com o mesmo conjunto velho de moletom cinza com o qual dormira. — Não está cedo demais para você trabalhar?

— Não é cedo para os clientes que estão em Frankfurt. — Ela olhou para baixo e riu de leve ao ver o gato se aproximar para cheirar sua imagem e tentar bater com a cabeça em sua canela. — Então eis aqui o culpado. — Agachando-se com elegância, virou a cabeça de lado enquanto Galahad olhava para ela. — Você está bem grande, não é?

— Come mais que um cavalo de fazenda — explicou Roarke. — Obrigado, Caro, por se levantar a uma hora ingrata como essa.

— Parei de reparar nas horas desde que vim trabalhar com você, há muitos anos. — Ela se levantou. — Pode deixar que eu cuido dos Tibbon. Dê lembranças minhas a Summerset.

— Darei, sim.

— Tenha um bom dia, tenente.

— Tá, muito obrigada. Até logo. — Eve balançou a cabeça para os lados no instante em que a imagem holográfica desapareceu. — Alguma vez ela chegou desarrumada? Com um fio de cabelo fora do lugar ou uma mancha de café na roupa?

— Não que eu me lembre.

— Já imaginava. Qual vai ser o nome do produto?

— Que produto?

— O veículo. Você estava conversando com os caras alemães sobre um veículo, não estava?

— Ah, sim. Ainda não decidimos qual vai ser o nome. Quer café?

— Quero — aceitou ela, e ele foi até o AutoChef. — Você dormiu essa noite?

— Umas duas horas. — Ele olhou para trás enquanto pegava as xícaras. — Está preocupada comigo, tenente? Isso é lindo!

— Você está com um prato cheio de problemas para resolver ao mesmo tempo. Sei que isso sempre acontece — acrescentou ela, quando ele lhe entregou o café —, mas normalmente eu não reparo.

— Quando a gente está com muita fome, é preferível um prato cheio a um vazio. — Ele se inclinou e a beijou. — E o seu prato, como está?

— Com um monte de comida misturada. Escute, se eu conseguir, dou uma passadinha aqui em casa mais tarde. Para... sei lá... ajudar você em alguma coisa.

O sorriso que ele abriu foi caloroso e brilhante.

— Viu só? Você está agindo como uma esposa.

— Não enche!

— Eu gosto — garantiu ele, encostando-a na porta. — Gosto muito. Qualquer hora dessas eu vou te encontrar na cozinha preparando um bolo.

— E qualquer hora dessas vou te dar umas porradas, e é você quem vai precisar de cuidados vinte e quatro horas por dia.

— Podemos brincar de enfermeira e paciente?

Ela ergueu a xícara com um sorriso relutante.

— Não tenho tempo para suas fantasias pervertidas. Vou nadar um pouco antes de ir trabalhar. — Ela pegou o queixo dele e tascou-lhe um beijo molhado na boca. — Dê comida para o gato — ordenou ela, e foi embora.

Para economizar tempo, Eve passou no apartamento de Peabody para lhe oferecer uma carona, e ambas seguiram direto para o laboratório. Era mais fácil arrancar os resultados do dr. Cabeção Berenski pedindo a ele pessoalmente.

Presa no engarrafamento, Eve olhou para sua auxiliar. Suas maçãs do rosto rosadas e seus olhinhos brilhantes não combinavam muito com o uniforme impecável e os sapatos de tira, pretos e pesados.

— Por que você está sorrindo o tempo todo hoje? Isso está começando a me dar nos nervos.

— Estou sorrindo? — Peabody continuou com cara de boba alegre. — É que eu tive um despertar muito agradável, hoje de manhã. Isso é um eufemismo para...

Retrato Mortal   89

— Eu sei o que você está dizendo. Por Deus! — Eve conseguiu uma brecha no tráfego, trocou de pista a toda e por pouco não bateu no para-choque de um táxi da Cooperativa Rápido. — Faça o favor de tirar a cabeça da cama e carregá-la com o resto do corpo.

— Mas eu adoro a minha cama. É quentinha, macia e... — Ela parou ao ver o olhar fulminante que Eve lançou, e passou a analisar o teto do carro. — Estou vendo que alguém não teve um despertar agradável hoje de manhã.

— Sabe de uma coisa, Peabody? Quando você começou a fazer sexo regularmente, se é que podemos usar essa expressão para descrever as coisas que acontecem entre você e McNab, eu achei que você ia parar de pensar e falar nisso o tempo todo.

— Não foi uma surpresa agradável saber que você estava errada? Tudo bem, já que você fica rabugenta, podemos falar de outra coisa. Como vai Summerset?

— Não sou rabugenta — resmungou Eve. — Aqueles velhos que ficam nas praças jogando cartas e implicando com as criancinhas é que são rabugentos. Summerset está melhor. Sente-se tão bem que não para de reclamar com Roarke por estar no hospital.

— Ele já devia estar acostumado com isso.

Eve sugou o ar com força pelas narinas.

— A próxima pessoa que repetir essa frase para mim hoje vai conhecer a minha ira.

— Sou amiga de infância da sua ira, senhora. Acho que este não é o melhor momento para lhe contar que McNab e eu estamos pensando em morar juntos.

— Ai, meu Deus. Meu olho! — Desesperada, Eve pressionou o pulso sobre o olho. — Não me conte isso na hora em que estou dirigindo.

— Vamos começar a procurar um lugar maior, porque os nossos apartamentos são muito pequenos. — Peabody falava depressa, tentando colocar tudo para fora antes de a tenente implodir. — Eu estava pensando no seguinte: depois que as coisas acalmarem na sua casa, você podia perguntar a Roarke se ele tem algum apartamento bom para alugar, no centro da cidade. Qualquer coisa que fique a um raio de dez quarteirões da Central seria ótimo.

— Meu ouvido está zumbindo. Não ouvi nada do que você disse porque estou com um zumbido esquisito e horrível no ouvido.

— Dallas — pediu Peabody, com um olhar sofrido.

— Não olhe para mim desse jeito. *Odeio* quando você olha para mim assim, como se fosse um cocker spaniel. Eu pergunto, pode deixar. Mas, por favor, por tudo que é mais sagrado, não me fale mais dessas coisas.

— Não, senhora. Obrigada, senhora. — Embora apertasse os lábios com força, Peabody não conseguiu disfarçar o risinho convencido.

— E tire esse sorriso da cara. — Eve puxou o volante com violência e conseguiu avançar um quarteirão, antes de o trânsito ficar novamente lento. — Pode ser que você esteja interessada, pelo menos de leve, em um trabalho de investigação chatinho no qual estou trabalhando quando pinta um tempo livre.

— Pode falar, senhora. Meus ouvidos estão ótimos, sem zumbidos.

— Diego Feliciano. Ele trabalha no Hola, um restaurante mexicano que pertence à sua família. Fica na Broadway, esquina com rua 125, entre o City College e a Columbia University. Muitos universitários fazem refeições lá. Diego tem espírito empreendedor e, segundo dizem, consegue um troco extra servindo zoner e push a alguns dos alunos e seus dedicados professores, além dos burritos. Foi preso várias vezes, mas sempre escapou da condenação.

— Isso quer dizer que teremos tacos para o almoço, senhora?

— Eu aprecio um taco bem preparado. Ligue para Feeney. Quero saber o que a DDE descobriu sobre a transmissão feita para Nadine.

— Eles já tinham conseguido eliminar trinta por cento dos computadores da boate até as dez da noite de ontem, e iam retomar os trabalhos na Make The Scene às oito da manhã de hoje. Esperam encontrar o computador de onde partiu a transmissão antes do meio-dia.

— E como foi que minha auxiliar teve acesso a todos esses detalhes antes de mim?

— Bem, sabe como é... Conversa de travesseiro. Viu só? Sexo, nesse caso, é uma vantagem para você, Dallas. McNab disse que eles poderiam estar mais adiantados na varredura, mas os computadores de boates desse tipo vivem entulhados de dados. Mesmo assim está focado nisso, é sua prioridade máxima.

Peabody pigarreou e, ao ver que Eve não fez nenhum comentário, perguntou:

— Devo ligar para o capitão Feeney mesmo assim?

— Ah, Feeney e eu nos tornamos supérfluos, a essa altura. Você e o McVara podem nos informar sobre o que julgarem importante.

— McVara. — Peabody soltou uma gargalhada. — Essa foi boa. Vou chamá-lo assim.

— Foi um prazer ajudar. — Eve lançou um olhar enganosamente amigável. — Pode ser que eu esteja perdendo tempo indo até o laboratório. Talvez você e Cabeção também tenham conversas de travesseiro.

— *Blergh!*

— Minha fé em você acaba de ser parcialmente restaurada, Peabody.

Cabeção Berenski vestia um guarda-pó branco sobre uma camisa amarela com bolinhas azuis. Seus cabelos escuros, finos e com brilhantina estavam penteados para trás em sua cabeça oval. Sua atenção estava totalmente voltada para uma das muitas telas à sua frente, enquanto ele mastigava os restinhos de um donut com recheio de morango.

Acenou com a cabeça ao ver Eve entrar e exclamou:

— Finalmente ela voltou à minha espelunca. Não aguenta ficar longe de mim, não é, meu raio de sol?

— Tive de me vacinar antes de voltar aqui. Desembuche!

— Você não vai me perguntar onde eu consegui este espetacular bronzeado tropical?

— Não. Quero saber de Rachel Howard, Cabeção.

— Cheguei há dois dias de uma semana agitada no The Swingers Palace, o elegante resort para nudistas de Vegas II.

— Você circulou por lá pelado e ninguém vomitou, nem morreu, nem enlouqueceu?

— Qual é, Dallas? Tenho um corpo malhado por baixo dessas roupas largas. Se você quiser conferir...

— Pode parar antes que a coisa piore. Fale-me de Rachel, Cabeção.

— Trabalho, trabalho, trabalho. — Balançando a cabeça, ele se lançou pela sala com seu banquinho com rodinhas até parar diante de outro monitor. — Morris determinou a hora exata da morte, a causa e outros blá-blá-blás. Encontrou narcóticos no organismo da vítima, ingeridos com a última refeição. Não houve contato sexual. A garota era virgem, pura como neve. Consegui achar algumas fibras em suas roupas e sapatos.

Ele fez seus dedos compridos como patas de aranha dançarem sobre o teclado até uma imagem aparecer.

— Nas solas dos sapatos eu achei fibras de tapete de carro. Já identifiquei a origem, mas é de uma marca comum, usada em muitos veículos baratos, geralmente vans, picapes e caminhonetes fabricadas entre 2052 e 2057. Os modelos recentes vêm com um tapete diferente, mas tem gente que o substitui pelos tapetes antigos. Veja só: a cor é uma mistura de marrom, bege e preto.

— Me dê algo melhor que isso.

— Mais paciência e respeito, por favor. — Ele enfiou o resto do donut na boca e continuou, com a boca cheia: — As fibras nas roupas dela são da cadeira onde ela estava na foto. As cores conferem, mas o tecido também é comum, típico de móveis baratos. Nosso rapaz não gasta muita grana com carros e móveis, a julgar pelo que temos. No entanto...

Ele deslizou no banquinho até outra imagem.

— Ele não é pão-duro quando se trata de maquiagem — informou. — Olhe só, essas são as fotos anteriores, e aqui está a foto tirada *post-mortem*. Ele a maquiou para o retrato mortal.

— Sim, disso eu já sabia.

— Nenhum dos produtos bate com o que a vítima tinha em casa. Na verdade, dá para ver pelas fotos tiradas sem ela saber que essa jovem quase não se pintava. Não precisava. Tinha um frescor natural na pele. Mesmo assim, ele a maquiou antes da última foto. As amostras colhidas no rosto são caríssimas, produtos de uso profissional, do tipo que as modelos e atrizes usam. Essa marca, Barrymore, de tintura labial, e a sombra First Blush, por exemplo, custam mais de cento e cinquenta doletas, em qualquer loja por aí.

— Preciso da lista de todos os produtos que você identificou.

— Tá legal, tá legal. — Ele lhe entregou um disco. — Encontrei outro petisco interessante. Traços de NuSkin no peito da vítima.

— É, Morris me falou disso.

— Um curativo sem ação medicinal. Ele fechou a ferida, mas não havia motivo para aplicar algo que ajudasse a ferida a cicatrizar, porque a garota já estava morta, mesmo. Só que ele não queria que o sangue empapasse a blusa. — Ele colocou na tela uma imagem ampliada da ferida. — Não temos um buraco correspondente na blusa que aparece na foto. Ela não estava com blusa nem sutiã quando ele a furou com a arma do crime.

— Ele a despiu antes — murmurou Eve. — Talvez não. Pode ser que tenha apenas lhe afrouxado as roupas e a espetado. Depois, colocou um curativo de pressão para evitar o sangramento na hora em que a clicou. Abotoou tudo bonitinho, e a colocou na pose desejada. Mas depois de acabar ele retirou o curativo. Por quê?

Eve caminhou pela sala enquanto pensava.

— Porque tinha terminado o serviço — disse, quase para si mesma. — Ele acabou e ela se tornou apenas lixo. Talvez ele tivesse receio de encontrarmos impressões digitais no curativo, ou descobrirmos algo que nos levasse a ele. Quem sabe ele não pensou em nada disso e só quis guardar o curativo usado como uma droga de suvenir. — Ela passou a mão pelos cabelos.

— Já vi muita gente maluca — comentou Cabeção.

— É, mas sempre tem alguns ainda mais malucos.

— Trina pode ser uma boa consultora para os produtos de beleza — sugeriu Peabody quando elas voltaram ao carro. — Ela conhece todos os fornecedores da cidade, e também os que vendem on-line.

— É. — Eve já pensara nisso. E também no que lhe aconteceria se ela entrasse em contato com a estilista. Acabaria presa a uma cadeira, em uma espécie de sessão de sadismo que envolvia cortes de cabelos e tratamentos de pele para o rosto e para o corpo.

Estremeceu só de pensar nisso.

— Você podia falar com ela, Peabody.

— Covarde.

— Sou mesmo. Vai reclamar disso?

— Você bem que está precisando de um trato — sentenciou Peabody, analisando os cabelos de Eve.

— E você está precisando de uma boa irrigação de cólon.

— Nossa, eu só comentei. — Peabody encolheu os ombros.

— Entre em contato com ela assim que voltarmos à Central. Não quero estar por perto quando isso acontecer. Se ela perguntar por mim, diga que estou fazendo uma investigação altamente secreta fora do planeta. Talvez só volte daqui a algumas semanas. Não... talvez leve alguns anos.

— Combinado. E, enquanto isso, fazemos o quê?

— Diego.

— Mas ainda não está na hora do almoço.

Retrato Mortal

— Você pode comer um burrito como complemento do café da manhã.

Mas Peabody sabia que iria ficar com fome em menos de quinze minutos assim que entrou na linda cantina. O cheiro estava ótimo. Temperos fortes e exóticos. Jovens mastigavam suas refeições matinais em mesas e cabines para quatro pessoas, emitindo um zumbido alegre de risos e bate-papos; os atendentes se moviam com rapidez e eficiência pelo salão, tornando a encher as canecas vazias com mais café do tipo sofisticado.

Diego não trabalhava no turno da manhã, segundo informações de uma das ocupadíssimas garçonetes. Ninguém colocava os olhos nele antes de meio-dia, quando ele surgia de seu apartamento em cima da cantina.

— Ele só está aqui na hora do almoço e na hora do jantar — disse Eve, enquanto subiam para o apartamento. — Muito movimento e gorjetas mais generosas. Para sorte dele, seu tio é o patrão. Verifique se existe algum veículo registrado em seu nome, Peabody. Depois veja se o tio ou a cantina tem uma van.

— Pesquisando...

Peabody começou a busca no instante em que Eve bateu na porta. Como ninguém respondeu, ela usou o punho. Instantes depois, ouviram-se gritos em espanhol. Pelo tom, imaginou que eram xingamentos. Ela tornou a socar a porta e levantou o distintivo na altura do olho mágico.

— Abra, Diego!

— Não existe nenhum veículo no nome dele — cochichou Peabody. — O tio tem um sedã do ano e uma caminhonete.

Ela parou de falar no instante em que Diego abriu a porta, e se viu ofuscada pela explosão colorida do pijama que ele usava, em azul-néon.

McNab iria adorar essa cor, avaliou Peabody.

— Qual é o lance? — Seus olhos escuros estavam sonolentos, mas sua pose conseguia ser preguiçosa e exibida ao mesmo tempo. Enquanto avaliava Eve de cima a baixo, abriu um sorriso malicioso, levantou um dedo e coçou o queixo pequeno, com a barba por fazer.

— Tenho algumas perguntas — informou Eve. — Você quer responder a elas aqui fora ou aí dentro?

Ele ergueu um dos ombros, indiferente, espalmou a mão em um gesto supostamente de cortesia e recuou um passo.

— Sempre gosto de receber as damas dentro de casa. Querem café?

— Não. Anteontem à noite. Você já conhece a música.

— Conheço o quê?

— Onde você estava anteontem à noite, Diego? Esteve em companhia de quem e o que fez?

Ela olhou em volta enquanto falava. O apartamento era pequeno, decorado todo em vermelho e preto, em estilo "deus do sexo". O ambiente estava quente demais e exalava um cheiro exagerado de colônia masculina almiscarada.

— Estava com uma dama, é claro. — Ele exibiu dentes muito brancos e brilhantes. — Fizemos amor docemente, a noite toda.

— Essa dama tem nome?

Ele baixou os olhos com pestanas muito espessas e compridas.

— Sou um cavalheiro, não cito nomes.

— Pois eu vou lhe informar um nome: Rachel Howard.

Ele continuou a sorrir e ergueu as mãos com as palmas para cima.

Eve fez um sinal para Peabody, que pegou uma foto de Rachel e a entregou a ele.

— Isso lhe refresca a memória?

— Ah, sim. A linda Rachel dos pés que adoram dançar. Curtimos um romance curto e lindo, mas tudo acabou. — Ele pousou a mão sobre o coração, em um gesto dramático, e um anel de ouro

Retrato Mortal

rebrilhou no dedo mindinho. — Ela exigiu muito de mim. Sou de todas as damas, não posso pertencer apenas a uma.

— Foi você quem terminou o relacionamento? Furando o coração dela com um estilete, antes de atirá-la num reciclador de lixo?

O sorriso debochado desapareceu, seu queixo se abriu de espanto e seu rosto pareceu brilhar de medo.

— Como disse?!

— Ela foi morta na noite de anteontem. Ouvi dizer que você a estava assediando, Diego.

— Não, nada disso. — O leve sotaque mexicano desapareceu e sua voz se tornou puramente nova-iorquina. — Dançamos juntos algumas vezes, só isso, em uma boate com lan house onde a galera da faculdade se reúne. Tudo bem, confesso que dei em cima dela, mas isso não é crime.

— Você foi até a loja onde ela trabalhava.

— E daí? Que mal tem isso? Queria dar uma olhada nela.

— E quanto ao seu romance curto e lindo?

Ele se sentou, parecendo levemente enjoado.

— Não chegamos a essa fase. Eu a levei para jantar, passamos um tempo agradável juntos, mas ela me dispensou. Eu me senti desafiado e forcei um pouco a barra. Achei que ela estava apenas se fazendo de difícil.

— Agora você vai me informar o nome da dama de anteontem?

— Não sei. Por Deus. Fiquei pulando a noite toda de boate em boate. Acabei me dando bem com uma garota, no apartamento dela, no East Side. Droga... Segunda Avenida. O nome dela é Halley, Heather, Hester, sei lá! Foi só uma *chica* loura a fim de uma trepada.

— É melhor me informar mais que isso.

— Escute... — Ele colocou as mãos na cabeça por um instante e depois passou os dedos pelos cabelos muito pretos e lisos. — Estávamos doidões, certo? Tomamos um pouco de zoner e depois uma dose de erótica. Fomos para a casa dela. Só sei que fica na

Segunda Avenida, perto da rua 30, por aí... Sei que tem uma estação de metrô ali perto, porque voltei para casa às três da manhã, ou talvez às quatro. Foi transa de uma noite só; quem é que se liga nos detalhes?

Eve concordou com a cabeça, observando as fotos de mulheres nuas ou seminuas que enfeitavam as paredes do apartamento.

— Você gosta de tirar fotos, Diego?

— Hein? Ai, caraca, qual é o lance, afinal? Eu baixo essas fotos pela internet e coloco molduras. Gosto de olhar para mulheres, isso é algum problema? *Curto* as mulheres, e elas me curtem. Não saio por aí matando nenhuma delas.

— Ele é repugnante e metido a gostoso. — Foi a opinião de Peabody quando elas voltaram para o carro.

— É. Ser repugnante é desagradável, mas não é crime. Vamos pesquisar os carros do tio para ver se os tapetes batem com o material que temos. Não consigo imaginá-lo planejando esse crime. Talvez fizesse algo violento num impulso de momento, mas armar todo esse teatro? Ele é peixe miúdo. Mesmo assim, tem acesso a drogas, teve contato com a vítima e motivos para estar irritado com ela. Além disso, frequenta a boate de onde a transmissão foi feita e tinha acesso a um veículo semelhante ao que foi usado para transportá-la. Vamos mantê-lo em nossa lista de suspeitos.

— E agora?

— Vamos às compras.

— Como assim? A senhora levou alguma pancada na cabeça?

— Câmeras, Peabody. Vamos dar uma olhada em câmeras fotográficas.

Na véspera, Eve havia preparado uma lista das lojas de foto e vídeo mais sofisticadas na cidade. O assassino era alguém que se considerava um profissional, até mesmo um artista, e se orgulhava do seu trabalho. Para Eve, isso mostrava que ele também tinha orgulho do equipamento que usava.

Um bom investigador precisava compreender a arma do crime. Foi uma câmera que matara Rachel, tanto quanto o estilete que perfurara seu coração.

Ela parou na Image Makers da Quinta Avenida.

A loja era especializada, notou Eve, analisando as prateleiras e balcões. E muito bem organizada. Além dos muitos produtos, havia dois telões de parede inteira que apresentavam uma infinidade de fotos, todas muito coloridas e artísticas.

Um homem baixo com cabelos pretos e camisa branca de tecido mole veio correndo atendê-la.

— Posso ajudá-la?

— Depende. — Eve abriu a jaqueta de leve para exibir o distintivo que prendera no cinto. — Tenho algumas perguntas.

— Juro pelo sangue de Cristo que paguei *todas* aquelas multas de trânsito atrasadas. Tenho o recibo e tudo.

— Bom eu ser informada disso, mas não estou aqui para tratar de multas de trânsito. Quero saber sobre câmeras, fotografias, digitalização de imagens. — Eve mostrou um dos instantâneos de Rachel, tirado na loja em que trabalhava. — O que acha dessa foto?

Ele pegou a foto pelos cantos, com cuidado, usando as pontas do indicador e do polegar. Na mesma hora bufou com força.

— Eu já vi essa foto no noticiário. Foi a garota que encontraram no centro da cidade. Uma pena. Um absurdo, uma vergonha.

— Sim, foi sim. Quero saber da qualidade da foto. Ela é boa, artisticamente falando?

— Eu vendo câmeras, não sei xongas sobre arte. A imagem tem uma boa resolução, a foto não foi tirada com uma câmera descartável. Espere um instantinho.

Ele se afastou e fez sinal para uma mulher atrás do balcão.

— Nella, venha dar uma olhada nisso.

A mulher era esquelética e tinha cabelos fúcsia que formavam uma espiral de quinze centímetros a partir do topo da cabeça. Por baixo do elaborado arranjo, seu rosto era um triângulo de pele muito branca, onde sobressaíam apenas os lábios e a sombra, igualmente em tom de fúcsia.

Ela analisou a foto e só então olhou para Eve.

— É a garota morta. — Sua voz tinha um tom anasalado, típico do Queens. — Vi a cara dela no noticiário. Foi o assassino doente mental que tirou essa foto?

— Essa é a nossa teoria. Como você avaliaria o doente mental, como fotógrafo?

Nella colocou a foto sobre o balcão e a analisou de perto. Depois, levou-a para perto da luz, recolocou-a sobre o balcão e tornou a examiná-la com uma lupa.

— Muito boa. Tirada por um profissional, ou amador talentoso. A imagem tem uma resolução excelente, boa textura, luz, sombra e ângulo. Demonstra uma ligação entre o fotógrafo e a pessoa retratada.

— Como assim, uma ligação?

Nella abriu uma gaveta e pegou um pacote de gomas de mascar. Continuou a examinar a foto enquanto desembrulhava um dos chicletes.

— Ele não estava apenas tirando fotos do cão da família, nem da porcaria do Grand Canyon. Essa foto demonstra uma afeição e uma compreensão da pessoa retratada. Um apreço pela sua personalidade. É um bom instantâneo. Foi tirado por alguém que tem olho bom e mão firme.

— Que tipo de câmera ele usou?

— Ah, qual é? Sou o Sherlock Holmes, por acaso? — Ela riu da própria piada e deu duas voltas com o chiclete na boca.

— Que máquina você usaria, se levasse a fotografia a sério? E se quisesse clicar uma pessoa sem que ela soubesse?

— A Bornaze 6000 ou a Rizeri 5M, se eu nadasse em dinheiro. Se não tivesse tanta grana, escolheria a Hiserman DigiKing. — Ela pegou na vitrine uma câmera que cabia na palma de sua mão. — Esta é a Rizeri. É topo de linha entre as portáteis. Para tirar fotos sem a pessoa perceber, a gente precisa de uma câmera pequena, mas com qualidade. Quem quer fotos artísticas não escolhe câmeras de lapela nem do tipo "espião"; quem é esperto escolhe esta, especialmente para um trabalho sério. Ela se conecta a qualquer computador.

— Quantas dessas vocês vendem por mês?

— Sei lá, em torno de uma dúzia por ano. O lado bom dessa câmera é que ela é praticamente indestrutível. Para nós, esse é o lado ruim também. Quem compra sabe que ela é para a vida toda, a não ser que a pessoa resolva trocá-la por um modelo mais novo.

— Você tem uma lista de clientes para os modelos que citou?

Nella estalou o chiclete na boca.

— Você acha que o doente comprou a câmera aqui na minha loja?

— Preciso começar a investigar em algum lugar.

— Vamos pesquisar as vendas dos três modelos — avisou Eve a Peabody, ao sair. — No início, apenas nas lojas aqui de Nova York, para ver se pinta alguma coisa. Vou rodar o programa de probabilidades nelas, mas estou apostando na topo de linha. Depois, cruzamos os dados com as vendas dos produtos de maquiagem, e talvez tenhamos sorte.

— E se ele alugou o equipamento?

— Não estrague a minha festa. — Mas Eve se encostou no carro antes de abrir a porta. — Na verdade, eu já pensei nessa possibilidade, mas vamos investigar as máquinas compradas, antes. Quantos fotógrafos profissionais você acha que existem na cidade?

— Posso chutar cinco opções, tipo múltipla escolha?

— Pois é, vamos ter que descobrir. Vamos atacar em quatro frentes: a cena do crime, a residência da vítima, a faculdade e a ciberboate. Ele a via com frequência, para desejá-la. Ela certamente o conhecia, pelo menos de vista, para aceitar ir com ele. Quando conseguirmos isso, voltamos aos interrogatórios. Vamos checar as pessoas que a conheciam, que lhe davam aulas ou trabalhavam com ela, fotógrafos que circulam pela área e artistas de digitalização de imagens.

O *tele-link* no painel do carro tocou enquanto Eve costurava pelo tráfego, e o rosto bonito de McNab apareceu na tela.

Seus cabelos louros, muito compridos, estavam presos em um rabo de cavalo, e dava para ver com destaque os três pequenos aros de prata presos em sua orelha.

— Tenente... policial. Encontrei o computador de onde foram enviadas as fotos. Se quiserem dar uma passadinha aqui para fazer a festa, eu...

— Leve-o para a Central — ordenou Eve. — A transmissão de Nadine foi feita à uma e vinte da manhã, com instruções para só ser enviada mais tarde. Olhe nos discos de segurança. Vou ver quem estava usando essa máquina na hora, e quero confirmar sua identificação o mais rápido possível. Estou indo para lá.

— Sim, senhora. Mas talvez eu leve um tempinho até...

— Reunião da equipe às onze em ponto. Vou reservar a sala de reuniões agora mesmo. — Eve olhou para Peabody, que, na mesma hora, pegou o comunicador para reservar a sala. — Esteja lá com todos os dados. — Ela esperou um segundo. — Você trabalhou rápido, detetive.

O rosto dele se iluminou com o elogio, mas Eve desligou em seguida.

— Sala de reunião A, tenente — informou Peabody.

— Ótimo. Ligue para Feeney e peça para ele se encontrar conosco lá.

Eve teve chance de organizar os próprios dados, rodar programas de probabilidades e analisar tanto os relatórios do IML quanto os laboratoriais. Atualizou tudo. Depois, por remorso, ligou para Nadine.

— Pensei em colocar você a par das novidades, mas não há nada que eu possa acrescentar.

— Não há nada que você *queira* acrescentar — corrigiu Nadine.

— Possa ou queira, dá no mesmo. Estou trabalhando em alguns ângulos, e tenho uma pista que pretendo investigar mais de perto.

— Que pista?

— Quando tiver algo de concreto, eu conto. Você tem minha palavra. Não estou te deixando de fora, Nadine, estou apenas sem nada sólido para repassar.

— Tem sempre alguma coisa nova. Me dê uma migalha de informação, Dallas.

Eve hesitou. Então, soprando com força, cedeu.

— Você pode divulgar que uma fonte da Central de Polícia confirmou que a vítima não foi sexualmente violada, e os investigadores acreditam que ela conhecia o assassino. A investigadora principal não foi encontrada para fornecer comentários adicionais.

— Espertinha. Viu só? Sempre tem algo novo. O corpo já foi entregue à família da jovem?

— O IML vai liberar o corpo amanhã. Agora preciso ir, Nadine. Tenho uma reunião.

— Mais uma coisinha. Você confirma que a investigadora principal e sua equipe acreditam que o assassino de Rachel Howard voltará a matar?

— Não, não confirmo. Não faça isso, Nadine. Não mostre o jogo sem saber as cartas do oponente.

Eve desligou e passou as mãos pelo rosto. Porque sabia que o oponente ia exibir novas cartas em breve.

Ela foi a primeira a chegar à sala de reuniões e se instalou, pegou o notebook e começou a anotar palavras esparsas.

Imagens, juventude, pureza, retrato, luz.

Sua luz era pura.

Virgindade?

Como é que o assassino poderia saber se ela era virgem ou não?

Será que ele era um confidente? Um amante em potencial? Um conselheiro ou figura de autoridade?

Em quem Rachel confiava?, perguntou-se Eve, trazendo de volta à mente seu rosto lindo e sorridente.

Ela confiava em todo mundo.

Será que Eve alguma vez confiara nas pessoas de forma tão completa e descomplicada? Nunca, reconheceu. Mas ela não viera de um lar simples e estável, com pais generosos, focados, e uma irmã caçula feliz e descolada. Tudo sempre fora absolutamente *normal* na vida de Rachel, até as horas finais de sua existência. A jovem tinha família, amigos, educação de qualidade, um emprego insignificante em meio expediente, uma vizinhança acomodada e calma.

Com a idade de Rachel, Eve já estava formada pela Academia de Polícia e usava uma farda de tira. Já tinha visto a morte de perto. E também já a tinha provocado.

E não era mais virgem, desde os seis anos. Sete, talvez? Com quantos anos ela estava quando seu pai a estuprou pela primeira vez?

Ora, que diferença isso fazia? Sua luz certamente nunca fora pura.

E foi isso que atraiu o assassino de Rachel. Foi isso que ele quis pegar dela. Sua simplicidade, sua inocência. Ele a matou para obter tudo isso.

Eve olhou para trás ao ouvir McNab chegar, carregando nos braços o pesado computador da boate.

Ela não conseguiu deixar de observar o ritmo com o qual ele se movimentava. Um mês antes, McNab fora atingido com gravidade durante a investigação de um caso; enfrentou vários dias preocupantes, sem saber se a sensibilidade iria voltar no lado esquerdo do seu corpo, que fora afetado pela rajada de laser.*

Ele ainda não estava saltitando como antes, notou Eve. Mas não mancava mais, nem arrastava o pé. A musculatura de seus braços

---

* Ver *Pureza Mortal.* (N. T.)

parecia estar respondendo bem ao desafio de carregar o computador pesado.

— Desculpe, tenente. — Ele ofegou um pouco e suas faces ficaram vermelhas com o esforço. — Vou levar só um minutinho para ligar tudo.

— Você não está atrasado — comentou ela, observando-o trabalhar.

McNab vestia calças largas de verão em um tom de verde-folha, e uma camiseta colante listrada em verde e branco. Para completar o traje, envergava um paletó rosa-avermelhado, no mesmo tom dos sapatos com sola de gel.

Rachel usava jeans, blusa branca e sapatos baixos de lona. Trazia dois brincos muito simples, de prata, espetados nas orelhas.

A vítima e o tira que investigava sua morte pareciam pertencer a planetas diferentes.

Mas, então, por que uma menina jovem e conservadora frequentava uma ciberboate? Ela não era do tipo geek, não parecia esquisita, não era nerd, nem paqueradora. O que a atraía a um local como aquele?

— Você frequenta boates com lan house nas horas livres, McNab?

— Ahn, não muito. Aquilo é uma chatice só. Eu fazia isso quando era moleque, recém-chegado à cidade. Achava que ia agitar todas e impressionar as gatas com minhas espantosas habilidades no computador.

— E conseguia isso? Agitar as coisas e impressionar as gatas?

— Claro. — Ele lançou um sorriso curto e malicioso para Eve. — Tudo isso rolou antes da era She-Body, é claro.

— O que ela fazia em um lugar desses, McNab?

— Quem? Peabody?

— Não. Rachel. — Ela pegou a foto na mesa onde ele trabalhava. — O que ela procurava em uma boate como essa?

Ele virou a cabeça meio de lado para analisar a foto.

— Um local desses é uma grande curtição para estudantes, especialmente os que ainda não têm idade para beber. Eles podem ir lá para se sentirem adultos. Eles servem drinques não alcoólicos com nomes sofisticados, a música é boa; tem muitos computadores lá, é possível fazer os trabalhos de casa, dar um tempo, relaxar um pouco na pista de dança, conversar sobre as aulas, paquerar, um monte de coisas. É uma espécie de... sei lá... ponte entre a adolescência e a vida adulta. É por isso que não se vê muita gente com mais de trinta anos nesses lugares.

— Legal, isso eu saquei. — Eve se levantou, foi pegar café e viu Peabody chegando, poucos passos à frente de Feeney.

— Parece que a galera já está toda reunida. — Feeney se largou junto de uma mesa. — Que tal me oferecer um pouco dessa merda, garota?

Eve serviu café em uma caneca. Garota, pensou. Feeney era a única pessoa que sempre a chamou de "garota". Estranho ela só ter percebido isso agora.

Se tinha havido alguma ponte entre sua adolescência e a vida adulta, refletiu Eve, Feeney fora essa ponte.

Ela colocou a caneca diante dele e começou:

— Vamos ao que conseguimos apurar até agora.

Depois de recitar as informações atualizadas, fez um gesto para McNab.

— Passo a bola para você, que é superfera.

— A transmissão foi enviada deste computador diretamente para o de Nadine Furst, repórter do Canal 75. Temos o momento exato em que a máquina de Nadine recebeu a mensagem, e a confirmação de envio. Ao analisar os discos de segurança no momento em questão, vemos... um monte de luzes piscando, muita gente, uma massa compacta. Ligar telão! — ordenou.

— Este computador estava... Esperem um instantinho. — Ele procurou em vários dos seus bolsos até achar um laser portátil. — Aqui. — Ele circundou com a luz uma parte da tela. — A visão da pessoa que estava no computador ficou bloqueada pela multidão que circulava sem parar de um lado para outro, se acotovelando. Aqui, porém, olhem só... Pausar reprodução! Dá para ter uma visão rápida de quem operava a máquina — explicou. — Dividir tela e exibir imagem separada deste setor. Não levou muito tempo e apareceu uma brecha, vocês vão ver. Ampliar!

— Uma mulher. — Com olhos frios, Eve se levantou e chegou mais perto do telão. — Vinte e poucos anos, mulata. Ela não tem nem cinquenta quilos, isso se contarmos a roupa e as botas. Não existe a mínima chance de essa garota ter matado Rachel Howard, muito menos de ter arrastado o corpo e o levantado para atirá-lo dentro do reciclador. Essa mulher é magra como um palito.

— Viciada em dados — informou McNab.

— O quê?

— VD, ou viciada em dados. Gente fissurada em computador que não consegue se fartar de ficar on-line. Muitos deles se enfiam numa salinha e passam o dia todo com pouco ou nenhum contato com outros seres humanos. Tudo o que importa na vida é a máquina. Outros gostam de interagir com as pessoas, ou sentir gente em volta. Faturam um troco enviando e recebendo mensagens, digitando relatórios de negócios, apresentações, trabalhos de escola, qualquer coisa desse tipo, desde que lhes dê a chance de lidar o tempo todo com dados.

— Como os geeks da DDE — comentou Eve.

— Ei! — reagiu Feeney, mas sorriu de leve. — Os viciados em dados não têm emprego fixo, e quando arrumam um não conseguem mantê-lo. — Ele tamborilou na mesa enquanto olhava para a tela. — Olhem só! Acabou de chegar uma nova remessa. A garçonete colocou uma pilha de discos na mesa. Provavelmente ela fica com uma parte da grana, e a boate também. É uma porcentagem do que o VD cobra por transmissão ou pelo trabalho completo.

— Não é ilegal fazer isso — acrescentou McNab. — É o equivalente a dizer "Ei, Dallas, dá para você enviar algumas mensagens e e-mails para mim? Meu computador pifou, eu estou sem tempo e lhe pago dez paus pelo tempo e pelo trabalho".

— Se for o caso de um traficante de drogas ilegais, por exemplo, basta entregar mensagens para um VD e as transmissões serão feitas de vários locais que não poderão ser rastreados até ele — analisou Eve.

McNab ergueu os ombros e confirmou:

— É mais ou menos por aí. Mas quem iria confiar em um VD para enviar transmissões importantes?

— O assassino fez exatamente isso. — Eve soltou o ar pela boca, com força. — Vamos identificar essa magricela. Precisamos conversar com ela. Peabody, entre em contato com a boate e veja se alguém sabe informar o nome dessa VD. Ela vê os dados que envia?

— Às vezes, sim. Faz parte da emoção — garantiu Feeney. — Dá para ter relances da vida de outras pessoas, de suas ideias e pensamentos sem ter de lidar pessoalmente com elas.

— Isso eu consigo sacar — resmungou Eve.

— Dá para bloquear os dados para impedi-los de serem vistos por quem transmite — acrescentou McNab. — Caso você queira enviar alguma informação pessoal. Mesmo assim, um bom VD é capaz de hackear as mensagens. Mas ela não está metendo o bedelho em nada. Está enviando tudo rápido demais para isso.

— O que acontece com os discos originais quando ela acaba de enviar as mensagens?

— A garçonete leva tudo de volta e traz uma remessa nova. Os discos usados voltam para o bar ou vão para uma prateleira específica. Quem pediu para enviar os pega de volta, se quiser. Os outros, a boate manda para reciclagem. Eles devem ser etiquetados — explicou McNab. — Se você precisa receber dados ou respostas de volta, essa requisição também é especificada no disco, mas ele é encaminhado para outro local, e a taxa é mais alta. Essa garota está só enviando.

Retrato Mortal

— Ele poderia chegar a qualquer momento para pegar o disco de volta. Circula pelo lugar, toma um drinque e observa o instante em que ela envia a mensagem. Depois, dá mais um tempo — disse Eve, baixinho. — Faz questão de se manter no meio da multidão, para não aparecer nos discos de segurança. Depois do drinque, curte um pouco a pista de dança, talvez em busca da próxima vítima. Por fim, pega o disco enviado, coloca no bolso e vai embora. Chega em casa e aproveita uma boa noite de sono. Aposto que ele dormiu como um bebê. Mas acordou cedo para assistir ao noticiário e ver a divulgação do seu grande trabalho durante o desjejum.

— Foi fácil ele fazer isso — concordou Feeney. — Correu tudo tranquilo, sem falhas. Ele já deve estar planejando repetir a dose.

— Vamos pesquisar as câmeras, os produtos de maquiagem e os fotógrafos das regiões designadas. Verifiquem todos os discos usados que a boate ainda não tenha mandado para a reciclagem, caso ele tenha deixado o material lá. McNab, saia em busca da VD magricela, porque vocês falam a mesma língua.

— Fui!

— Vou voltar para a faculdade. Quero dar uma olhada na aula de digitalização de imagens para tentar reconstruir as últimas horas da vítima. Depois, vou precisar de uma hora para resolver assuntos pessoais. Peabody, você vai com Feeney.

Eve guardou as fotos. Ainda não estava pronta para pregar no quadro a foto do corpo sem vida de Rachel Howard.

— Estarei de volta às duas da tarde.

Capítulo Seis

O ambiente teria sido diferente para Rachel, refletiu Eve, colocando-se nos fundos do laboratório de digitalização de imagens, assistindo à aula e acompanhando o trabalho dos alunos. Era de noite, e a sala não devia estar tão cheia. De qualquer modo, Rachel estaria junto de uma estação de trabalho, como muitos daqueles jovens, refinando, definindo, ajustando, admirando as imagens que transferira da realidade para dentro da câmera e, depois, da câmera para a tela.

O que será que passou pela cabeça dela durante a última aula? Será que ela se mantivera focada no trabalho, ou deixara a mente vagar, pensando na noite que iria ter com as amigas, estudando? Teria prestado atenção ao que a professora Browning falava, como alguns dos estudantes naquele momento? Ou se ligara apenas no trabalho e no seu mundo?

Talvez tivesse flertado com algum dos rapazes que trabalhavam junto dela. Naquele exato momento rolavam alguns flertes. Dava para perceber pela linguagem corporal, pelo contato olho no olho e por alguns cochichos mais íntimos. Tudo isso fazia parte da dança da sedução.

Rachel gostava de sair com rapazes e gostava de dançar. Adorava ter vinte anos. E não teria nem um dia de vida a mais.

Eve viu o instante em que a professora Browning recolheu suas coisas e passou os trabalhos a serem apresentados na próxima aula. Eve fez questão de que ela a visse e reconhecesse, assim que a turma começou a se dispersar.

Todos saíam em grupos. Ou se enturmavam na porta da sala, com uma ou outra figura passando direto. Esse tipo de coisa não havia mudado desde seus dias de escola, refletiu Eve.

Deus, como ela odiava a escola.

Eve tinha sido uma pessoa solitária, por escolha pessoal. Não servia de nada andar em bando, pensou. Afinal, ela estava só de passagem, contando tempo até sair do maldito sistema para poder, então, fazer suas próprias escolhas.

Que acabaram sendo a academia. O Departamento de Polícia. Outro sistema.

— Tenente Dallas — cumprimentou a professora Browning, fazendo sinal para que Eve se aproximasse. Ela domara um pouco os cabelos exuberantes, puxando-os para trás e prendendo-os, mas continuava com a aparência marcante e exótica. Muito longe da imagem que Eve fazia de uma professora universitária.

— Alguma novidade, tenente? — perguntou. — Sobre Rachel?

— A investigação continua caminhando. — Foi tudo que Eve informou. — Tenho algumas perguntas, doutora. Em que, exatamente, Rachel estava trabalhando nas últimas semanas?

— Deixe-me ver. — Leeanne pegou um caderno de anotações. — Ela estava cursando introdução, uma matéria de verão. Temos vários alunos que têm aulas apenas em uma parte do dia, como no caso de Rachel, sem contar os alunos de tempo integral que resolvem fazer algumas matérias no verão — explicou, enquanto procurava a informação no caderno. — A carga horária não é tão pesada quanto nos semestres do outono e da primavera, mas... Ah, aqui está: "Rostos; retratos urbanos; a ligação entre o fotógrafo e a pessoa fotografada."

— A senhora teria algum dos seus trabalhos mais recentes?

— Sim, devo ter algumas amostras e trabalhos dela prontos em minhas pastas. Espere um instante, sim?

Ela foi até o computador, digitou uma senha e deu uma série de comandos.

— Como eu lhe disse, tenente, Rachel era uma aluna muito meticulosa. Mais que isso, estava se divertindo com o curso. Digitalização de imagens não era essencial para ela, servia apenas para cumprir a grade curricular, mas Rachel se esforçava muito nas apresentações, não vinha aqui só para esquentar a cadeira. Veja isso, dê só uma olhada.

Ela recuou para Eve enxergar a tela inteira.

— Remke. É o dono da delicatéssen em frente à loja de conveniência onde ela trabalhava.

— Dá para ver que ela capturou o jeito rude do retratado, pelo ângulo de sua cabeça e o formato do maxilar. Ele é um sujeito durão, pelo visto.

Eve se lembrou do jeito como ele reclamara do atraso do responsável pela manutenção do reciclador.

— Acertou em cheio — confirmou Eve.

— No entanto, existe uma gentileza em seus olhos que ela também conseguiu captar. Aqui, vemos o cuidado na preparação da foto, o brilho da perspiração em seu rosto e as gotículas nas embalagens de salada da unidade de refrigeração atrás do retratado. Bom contraste e excelente noção de ângulo. É um belo retrato. Há outros, mas este aqui é o melhor deles.

— Gostaria de uma cópia de todos os trabalhos que ela apresentou.

— Claro. Computador, copiar e imprimir todos os documentos das aulas de Rachel Howard. — Ela se virou para Eve enquanto o sistema trabalhava. — Não entendo em que isso poderia ajudá-la a encontrar o assassino.

Retrato Mortal

— Quero ver as coisas que ela via. Talvez assim eu consiga enxergar o que o seu assassino viu. Os alunos que acabaram de sair carregavam bolsas e mochilas grandes, embalagens com discos e portfólios — comentou Eve.

— Os alunos sempre carregam muito peso. Eles precisam de um notebook, computadores de mão, discos, provavelmente um gravador e, para este curso, é claro, uma câmera fotográfica. Sem falar na bolsa de maquiagem, refrigerantes e energéticos, *tele-links*, os trabalhos para entregar e os itens pessoais que eles carregam por todo o campus.

— Que tipo de bolsa Rachel usava?

Browning piscou, sem expressão.

— Não sei dizer. Sinto muito, mas nunca reparei.

— Mas ela carregava uma bolsa, certo?

— Claro, todos eles andam com bolsas ou mochilas grandes. — A professora esticou o braço atrás da mesa e pegou uma bolsa imensa. — Até mesmo eu.

O assassino tinha ficado com a bolsa da vítima ou a jogou fora em outro lugar, decidiu Eve. Não a descartou junto com o corpo. Por quê? Que uso ela teria para ele?

Eve foi fazendo algumas anotações enquanto caminhava ao longo do corredor, como Rachel provavelmente teria feito.

Não devia haver tanta gente circulando pelo local na noite da sua morte. Só um punhado de gente aqui e ali, saindo das aulas noturnas. Numa noite de verão o campus não fica tão cheio, pensou Eve.

Ela saíra da aula com um grupo. Risos, conversas. Vamos comer uma pizza, tomar uma cerveja ou um café.

Rachel recusou. Preciso ir para o dormitório, vou estudar com umas amigas. A gente se vê outra hora.

Eve saiu do prédio, como Rachel havia feito, parou um instante nos degraus, olhando em torno, como imaginou que Rachel teria parado. Então acabou de descer as escadas e virou à esquerda na calçada.

Devia haver outros universitários fazendo o mesmo caminho, seguindo para os dormitórios ou indo para as estações de transporte público. Devia estar uma noite tranquila, imaginou Eve. Bem calma. O barulho do tráfego e das pessoas ficara para trás, com a maioria dos alunos seguindo para seus quartos ou indo para clubes, boates ou cafeterias.

Outros iam para apartamentos ou cuidar da vida fora do campus. Pegavam o metrô, o ônibus ou iam para o estacionamento buscar o carro. Haveria alunos mais velhos também, adultos decididos a expandir os horizontes fazendo um curso noturno de verão.

Qualquer pessoa podia circular livremente pelo campus. A Columbia University era parte de Nova York, e se misturava com o ritmo da cidade. A forma como o campus se espalhava por toda a região de Morningside Heights transformaria em piada qualquer tentativa de aumentar a segurança no local. Rachel, porém, não se preocuparia com isso. Ela era uma garota da cidade, e devia considerar o campus uma espécie de refúgio.

Será que ele a seguira? Será que tinha cruzado a área aberta entre os prédios? Ou teria vindo na direção dela?

Eve parou, avaliando a distância até o dormitório, as opções de estacionamento, os prédios. Ele esperaria, decidiu. Por que ser visto com ela se isso pudesse ser evitado? Era melhor observá-la e esperar até ela tornar a virar a esquina, seguindo pela calçada até o dormitório. Era uma boa caminhada, cerca de cinco minutos, mas passava por áreas mais isoladas.

Ela não tinha pressa, pois a noite estava só começando. *Devia estar escuro àquela hora, mas as ruas são bem iluminadas e ela conhece o caminho. É jovem e invulnerável.*

É uma noite quente de verão e ela está curtindo o calor.

Rachel! Oi!

Muito amigável, muito simpático. Ele a viu por acaso. E ela certamente parou para conversar, pois o reconheceu. E lançou seu sorriso belíssimo.

Mas o assassino não quer ficar ali no meio do caminho, de bobeira. Alguém pode aparecer. Talvez tenha acompanhado os passos dela, para mantê-la caminhando; talvez tenha conversado sobre as aulas. Que matérias você está fazendo, como vão as coisas? Se quiser, eu carrego essa bolsa para você, ela parece muito pesada.

Ele não pode derrubá-la ali, precisa que ela vá até o carro dele, e isso significa levá-la para o estacionamento.

Ele diz que tem algo para mostrar a ela ou lhe entregar. Algo na van, no carro, na caminhonete. Estou estacionado bem ali, perto da Broadway. Vai levar só um minutinho. Eles seguem juntos, mantendo o papo animado.

Não tem muita gente circulando pelo campus, agora. E precisa haver algum risco, para dar mais emoção à coisa.

Eve desviou e seguiu rumo ao edifício-garagem de quatro andares junto à Broadway, usado como estacionamento para os universitários da região. Todos os veículos dos estudantes e funcionários da universidade tinham um selo holográfico colado no vidro. Eles podiam entrar e sair quando bem quisessem. Os visitantes pagavam para estacionar por hora ou pelo dia todo. Eve lembrou a si mesma de averiguar quantos veículos tinham saído do estacionamento entre nove e dez horas, na noite do assassinato.

É claro que ele poderia ter parado o carro em outro lugar, ou poderia ter tido sorte e encontrado uma vaga ali perto, na rua, mas aquele prédio era o ponto mais perto do dormitório e da sala de aula. E o estacionamento era também mais isolado, com menos possibilidade de gente passar ao lado do que em uma vaga de rua.

O local estava lotado àquela hora da tarde, mas certamente não estaria tão cheio à noite. E ninguém prestaria atenção a duas pessoas caminhando em direção a um veículo.

O último andar seria a opção mais inteligente, porque ali haveria menos carros e menos movimento. *Leve-a pelo elevador, se ele estiver vazio, ou pela passarela aérea, se ele estiver cheio. O elevador seria o ideal.* Uma vez dentro da cabine, basta um movimento rápido com a seringa de pressão cheia de narcótico e ela praticamente flutua no ar.

Na hora de saltar, refletiu Eve, subindo rumo ao quarto andar, ela já está com a cabeça leve. *Não se preocupe, vou deixar você perto do dormitório. Não me custa nada lhe dar uma carona até lá. Puxa, você me parece um pouco pálida, vamos entrar no carro.*

Eve saltou do elevador e observou a área em volta. Havia androides de patrulha fazendo a segurança do local a cada trinta minutos, mas o assassino certamente saberia disso e se programou devidamente. É só colocá-la no carro e está tudo acabado.

Ela devia estar grogue ou talvez já desmaiada quando eles chegaram ao nível da rua. É só levá-la pela Broadway até o lugar preparado. É necessário ajudá-la a sair do carro, então precisa ser um local fechado. Nada de saguão por onde passar, nem câmeras de segurança para registrar a entrada. Uma casa, talvez, um pequeno apartamento no centro, uma loja fechada, um velho prédio em restauração.

Uma loja, talvez, com um apartamento em cima. Todas as facilidades no mesmo lugar. Ninguém para perguntar o que acontece lá dentro quando a porta se fecha.

Ela deu um passo até a grade e olhou para baixo, para o campus e, depois, para a cidade.

A ação toda deveria ser feita em menos de quinze minutos. Mesmo com o transporte, haveria tempo de sobra para preparar aquele retrato final.

De volta ao carro, Eve entrou em contato com Peabody na Central.

— Consiga-me uma lista das lojas próximas da universidade que forneçam produtos e serviços aos universitários. Roupas, comida, recreação, guias de estudo, sei lá. Quero também as galerias e estúdios

Retrato Mortal

fotográficos na mesma área. Marque todos os locais onde houver também uma residência particular. Depois dispense as que abrigarem famílias. O assassino certamente não tem mulher e filhos circulando à sua volta. Vou tirar uma hora para resolver assuntos pessoais — avisou —, mas me ligue na mesma hora se encontrar alguma coisa que se encaixe com o que procuramos.

Ela desligou e seguiu para casa.

Eve não gostava de se afastar do trabalho para resolver assuntos pessoais, mas detestava saber que se sentiria culpada e egoísta se não o fizesse. Casamento era um troço complicado demais para gerenciar, e tinha um monte de sutilezas. Como navegar por essas águas estranhas?

Ela devia estar indo para a Central naquele momento, a fim de fazer, ela mesma, a pesquisa que jogara sobre Peabody. Para, depois, deixar os dados assentarem lentamente em sua cabeça, sem interferências externas.

Por que será que as pessoas diziam que uma vida pessoal agitada torna a pessoa mais equilibrada? Na opinião de Eve, isso servia só para tornar a criatura mais insana. As coisas eram mais simples em sua vida no tempo em que as fronteiras pessoais eram delimitadas.

Ela fazia o seu trabalho e voltava para casa. Às vezes, quando estava a fim, saía um pouco com Mavis, para espairecer. E de vez em quando tomava uma cerveja depois do turno, com Feeney.

Não havia tanta gente em sua vida com quem se preocupar. De quem cuidar, admitiu. Agora, não havia volta.

Nas horas boas e nas más, lembrou ela, ao passar pelos portões da casa. Certamente havia muito mais horas boas com Roarke em sua vida. Não dava nem para comparar. E se o pior das horas más era o mordomo esquálido com cara amarga e jeito de cobra cascavel, ela seria obrigada a aturá-lo.

Enquanto subia os degraus da entrada, quase pulando, Eve decidiu que, no minuto exato em que sua hora para tratar de assuntos pessoais terminasse, ela voltaria ao trabalho. Roarke teria de lidar com o paciente por conta própria.

A casa estava silenciosa e calma. A primeira coisa que lhe veio à cabeça é que talvez tivesse surgido alguma complicação ou um atraso na saída do hospital; quem sabe ela tinha chegado em casa antes de Roarke? Virou-se para o monitor do saguão.

— Onde está Roarke?

QUERIDA EVE, SEJA BEM-VINDA AO NOSSO LAR...

O tom educado e terno do computador a fez girar os olhos de impaciência. Roarke tinha um senso de humor esquisitíssimo.

ROARKE ESTÁ NOS APOSENTOS DE SUMMERSET. VOCÊ DESEJA FALAR COM ELE?

— Não. Droga! — Será que ela ia ter de ir até lá? Entrar na cova da cascavel? Ela *nunca* descia até os aposentos particulares de Summerset. Enfiando as mãos nos bolsos, começou a andar em círculos. Não queria ir até lá. Ele devia estar na cama. Será que ela conseguiria apagar da memória o horror da imagem de Summerset deitado em uma cama?

Provavelmente não.

A única alternativa era ir embora de mansinho, mas isso a faria se sentir idiota pelo resto do dia.

Idiotice ou pesadelo?, perguntou-se ela, e soltou o ar por entre os dentes. Resolveu seguir até os fundos da casa, mas *não iria* entrar no quarto dele. Planejou ficar na sala de estar, apenas, uma cortesia tanto para si mesma quanto para o paciente. Perguntaria se Roarke precisava de alguma coisa — embora não conseguisse imaginar o quê — e cairia fora logo em seguida.

Missão cumprida, bola pra frente.

Eve raramente ia àquela parte da casa. Por que precisaria ir até a cozinha se havia AutoChefs instalados em quase todos os cômodos? O apartamento de Summerset ficava depois da cozinha; o acesso a

Retrato Mortal

ele era via elevador, mas uma escada o conectava ao resto da casa. Eve sabia que, às vezes, o mordomo usava os outros aposentos da mansão para ouvir música e curtir outros entretenimentos, e costumava imaginar que ele realizava rituais secretos.

A porta da suíte estava aberta, e os risos que saíram lá de dentro fizeram Eve melhorar de astral na mesma hora. Aquela era a inconfundível gargalhada de Mavis Freestone.

Eve espiou e viu sua amiga mais antiga, ainda às gargalhadas, parada em pé, no meio do quarto. Mavis nascera para estar sempre no centro.

Tinha uma compleição miúda, parecia uma pequena fada. Se é que as fadas usavam macacões colantes e sandálias em néon.

Os cabelos de Mavis estavam louros, pois era verão. Uma cor discreta, mas só até as pontas cacheadas em tons de rosa e azul, acompanhadas de sininhos de prata que tilintavam alegremente a cada movimento que ela fazia. O macacão era curto, sem costas, com uma série complexa de faixas que se entrecruzavam em rosa e azul, lhe cobriam os seios, seguiam até a barriga, que ficava de fora, e terminavam em um short minúsculo.

Embora a barriga de Mavis continuasse lisa como uma tábua, Eve lembrou, com um sobressalto, que havia um bebê crescendo ali dentro.

Aquilo provavelmente, analisou Eve, era um novo modelo de roupa para grávidas, desenhado pelo grande amor da vida de Mavis, o estilista Leonardo, que olhava embevecido, do alto dos seus quase dois metros, para a futura mamãe, e com tanta adoração que Eve não se surpreenderia se suas pupilas assumissem o formato de dois coraçõezinhos.

Também olhando para Mavis, sentado em uma cadeira de rodas elétrica e com a cara azeda aberta em sorrisos, estava Summerset.

Eve sentiu uma fisgada de pena ao ver sua perna implacavelmente rígida e o ombro igualmente imobilizado, com uma tipoia para o braço. Ela sabia como era terrível quebrar um osso ou sofrer uma lesão muscular, e o quanto isso era ainda pior para alguém acostumado a fazer tudo sozinho.

Pensou em emitir alguma expressão de consolo, longinquamente amigável, mas ele virou a cabeça de repente e a avistou. Um ar de agradável surpresa tomou seu rosto por um décimo de segundo, mas logo sua cara se fechou e ele lançou um sorriso gélido.

— Olá, tenente. Precisa de alguma coisa?

— Dallas! — Mavis gritou de alegria, e abriu os braços. — Vamos lá, entre nessa festa!

Eve olhou na direção para onde as mãos de Mavis apontavam e viu uma faixa colorida em letras garrafais: BEM-VINDO DE VOLTA, SUMMERSET. A mensagem fora pregada entre as elegantes cortinas das duas janelas do quarto.

Só Mavis para pensar nisso, reconheceu Eve.

— Quer um drinque? Temos fizzies gelados. — Mavis se voltou para um camiseiro antigo sobre o qual se via um carnaval de gelo picado, águas cintilantes e xaropes diversos. — É tudo sem álcool, porque o caroninha de barriga aqui dentro ainda é muito novo para beber. — Ela deu um tapinha no abdome e rebolou de leve.

— Como é que vão as coisas?

— Totalmente mais que demais. Absolutamente ultramega. Leonardo e eu soubemos o que aconteceu com Summerset, esse docinho de coco — murmurou, ao mesmo tempo que se virava e dava um beijo no alto da cabeça do mordomo.

Eve sentiu uma quase incontrolável vontade de rir ao ouvir a palavra "Summerset" e a expressão "docinho de coco" usadas na mesma frase.

— Arrumamos algumas coisas divertidas e viemos correndo para lhe fazer companhia.

— Estivemos no hospital hoje de manhã também — completou Leonardo, sem parar de sorrir para Mavis. Ele vestia calças brancas muito largas e uma camisa imensa que se espalhava em torno do seu corpo impressionante e brilhava muito, contrastando com o tom dourado de sua pele. A lateral do seu rosto exibia um rabo de cavalo feito de barba que, como os cachos de Mavis, tinha as pontas pintadas de rosa e azul, com pequenos sinos pendurados.

— Você passou mal, Mavis? — quis saber Eve, preocupada, esquecendo a sua aversão ao quarto e correndo para junto da velha amiga. — O bebê não está bem, ou algo assim?

— Não, está tudo CCP, "correndo conforme o planejado" — explicou. — Fomos só fazer o acompanhamento mensal. Adivinha só! Tiramos fotos.

— Do quê?

— Do *bebê*, ora. — Mavis girou os olhos de um tom azul-bebê. — Você quer ver?

— Escute, acho que eu não tenho tempo para...

— As fotos estão bem aqui. — Leonardo pegou um portfólio em alguma dobra da camisa imensa. — Só trouxemos as que não mostram a área de recreação do bebê, porque ainda não decidimos se queremos saber.

— Mas esse espaço todo... — Eve apontou vagamente para a barriga de Mavis — ... não é a área de recreação dele?

— Não, Dallas, é que nós não queremos ver as fotos que mostram se o bebê tem um pênis ou uma vulva, entende?

— Ah. — Eve sentiu o sangue desaparecer do rosto. — Minha nossa.

— Vamos lá, veja a foto do seu afilhado ou afilhada. — Mavis pegou o portfólio da mão de Leonardo e o abriu. — Óóó... Dá pra acreditar? Não é lindo demais?

Eve se viu diante de algo que parecia um macaco careca com um cabeção.

— Uau!

— Olha só, dá até para contar os dedinhos.

Aquilo, para Eve, tornava tudo ainda mais horripilante. O que será que o bebê *fazia* com aqueles dedinhos lá dentro?

— Leonardo ficou de copiar as melhores fotos para imprimir num tecido e fazer uns tops para mim. — Mavis fez biquinho e atirou um beijo para Leonardo.

— Que legal, muito legal. Ahn... — Como aquilo a deixava nervosa, Eve olhou por cima das fotos para Summerset. — Só dei uma passadinha aqui para ver como iam as coisas.

— Vou lhe preparar um drinque gelado — ofereceu Leonardo, dando um tapinha no ombro de Eve.

— Tá ótimo, obrigada. Onde está Roarke?

— Ele está no quarto ao lado com a assistente do médico, certificando-se de que está tudo o.k. Mavis e eu vamos ficar aqui mais um pouco.

— Claro que vamos. — Para provar sua dedicação, Mavis se empoleirou no braço da cadeira de Summerset. — Vamos ficar aqui na cidade nas próximas semanas, e passaremos para visitá-lo todos os dias, se você quiser, docinho. E se estiver se sentindo solitário ou com farol baixo, é só dar uma ligada que eu venho correndo. — Ela pegou a mão boa de Summerset e a acariciou.

Eve provou o fizzy gelado que Leonardo lhe entregou.

— Bem, vou ver se Roarke precisa de... alguma coisa, e depois torno a sair. Tenho um trabalho para... — Ela deixou a frase no ar, grata quando Roarke apareceu, vindo da sala ao lado.

— Olá, tenente — saudou ele. — Não tinha certeza se você conseguiria passar por aqui.

— Eu estava aqui perto. — Ele pareceu perturbado por alguma coisa, avaliou Eve. Era algo sutil, que não dava para notar, a não ser que a pessoa conhecesse cada centímetro daquele rosto fabuloso, como era o caso dela. — Tive uma chance e resolvi aparecer para ver se vocês precisavam de alguma ajuda.

— Acho que está tudo sob controle. A sra. Spence está satisfeita com os arranjos.

Summerset soltou uma bufada curta, mas alta, e reclamou:

— Garanto que ela está satisfeitíssima com a possibilidade de ficar aqui sentada sem fazer nada, a não ser me irritar, ao longo dos próximos dias, enquanto você lhe paga um salário exorbitante.

— Tudo bem, então — assentiu Roarke, com ar simpático. — Posso descontar o salário dela do seu.

— Não quero aquela mulher pairando sobre mim a cada minuto do dia e da noite. Sou perfeitamente capaz de cuidar das minhas próprias necessidades.

— É ficar com ela ou voltar para o hospital. — O jeito simpático estava começando a mudar, e a voz de Roarke assumiu um tom que Eve conhecia muito bem.

— Além do mais, sou perfeitamente capaz de tomar decisões relativas aos cuidados médicos que devo receber.

— Já vi que você não passou pelo exame de toque retal quando estava no hospital — intrometeu-se Eve, antes de Roarke ter chance de falar. — Eles poderiam ter aproveitado para tirar esse cabo de vassoura da sua bunda.

— Eve. — Roarke beliscou o alto do nariz. — Não comece.

— Aqui estamos nós! — A mulher que surgiu do quarto ao lado já estava com cerca de cinquenta anos e vestia um guarda-pó comprido, branco, por cima das calças e da blusa cor-de-rosa. Tinha um busto muito grande, com seios redondos e macios, e uma bunda igualmente avantajada. Tudo combinava com o seu rosto, igualmente redondo e bonachão. Seus cabelos alaranjados e cacheados estavam presos em um rabo de cavalo.

Sua voz tinha o tom ríspido e determinado do tipo "é melhor se comportar", comum em pessoas que cuidavam de crianças pequenas e também em oficiais de livramento condicional.

— É maravilhoso ter tantas visitas, mas está na hora da nossa soneca.

— Madame... — O tom de Summerset parecia arame farpado. — *NÓS* não tiramos sonecas.

— Mas tiraremos hoje — garantiu ela, sem perder o rebolado. — Uma hora para o cochilo e, depois, mais uma hora para fisioterapia.

— Eve, esta é a enfermeira Spence. Ela vai fornecer cuidados médicos domiciliares para Summerset nos próximos dias. Sra. Spence, esta é minha esposa, tenente Dallas.

— Ora, uma policial. Que empolgante! — Ela marchou até Eve, agarrou-lhe a mão e a sacudiu com força. A aparência podia ser suave, pensou Eve, mas seu aperto de mãos era o de alguém que praticava luta livre. — Não se preocupe com nada, absolutamente nada. O sr. Summerset estará em boas mãos.

— Claro, aposto que sim. Acho que devíamos sair do quarto, agora.

— Eu *não aceito* ser colocado para dormir como uma criança de dois anos. Não quero ser alimentado na boquinha nem paparicado por essa... por essa pessoa. — Summerset quase rosnou. — Se não puder ser deixado na tranquilidade dos meus aposentos, vou procurar outro lugar onde possa ficar em paz.

— Mas, Summerset, docinho... — Ainda sentada no braço da cadeira dele, Mavis fez um cafuné em sua cabeça. — É só por alguns dias.

— Já transmiti meus sentimentos a respeito desse assunto com bastante clareza. — Summerset apertou os lábios e lançou sobre Roarke olhares penetrantes como uma broca.

— Eu também já expressei meus pensamentos — retrucou Roarke. — Enquanto você estiver morando debaixo do meu teto e trabalhando como meu empregado, você terá que...

— Essa circunstância também poderá ser reavaliada.

— Ah, pode apostar que sim!

Não foi a resposta de Roarke — música para os ouvidos de Eve — que a fez dar um passo à frente. Foi o seu tom, cheio de sotaque irlandês, que serviu de aviso de que ele estava prestes a explodir.

— Muito bem, todo mundo fora daqui! Você. — Eve apontou para Spence. — Nos dê cinco minutos.

— Não posso acreditar que...

— Cinco minutos! — repetiu Eve, no tom que fazia tremer até os oficiais veteranos. — Agora! Mavis, Leonardo, me deem um minutinho, por favor.

— Claro! — Mavis se inclinou para frente e beijou Summerset no rosto. — Vai ficar tudo bem, favinho de mel.

— Você também. — Eve torceu o polegar para Roarke. — Fora!

— Como é que é?! — Os olhos azuis dele se estreitaram.

— Mandei cair fora. Vá até o ginásio e dê umas porradas em alguns androides ou vá para o escritório e compre a Groenlândia. Você vai se sentir melhor. Fora! — repetiu ela, empurrando-o com determinação.

— Ótimo. — Ele falou quase mordendo as palavras. — Vou sair e deixar vocês dois se engalfinhando até a morte. O bom é que não vou mais precisar aturar os dois implicando um com o outro o tempo todo.

Ele saiu e bateu a porta com força.

Summerset se manteve de braços cruzados e a cara amarrada. E preso à cadeira.

— Não tenho nada a dizer à senhora.

— Excelente. — Eve concordou com a cabeça e tomou mais um gole do fizzy gelado. — Fique calado, então. Por mim, não ligo a mínima se você se arrastar para fora daqui nessa cadeira e acabar esmagado debaixo de um maxiônibus ali na esquina, mas Roarke se importa. Ele passou as últimas, deixe-me ver... — ela olhou para o relógio de pulso — ... trinta e seis horas morrendo de preocupação por sua causa, acertando as coisas, rearrumando tudo para você se sentir confortável e tão feliz quanto sua alma penada conseguiria ser. Você o deixou apavorado, e ele não é de se apavorar com qualquer coisa, não.

— Eu não imaginei...

— Cale a boca! Você não quer ficar no hospital, tudo bem, eu entendo. Nesse ponto, nós concordamos. Você não quer a enfermeira...

— Ela sorri demais da conta.

— Você vai tirar o sorriso dela em dois tempos. Eu também não gostaria de ter alguém como sombra o tempo todo, e certamente espernearia um pouco. Mas, se você saísse por alguns instantes do seu mundinho rabugento e reclamão e visse o quanto Roarke está sofrendo, iria parar com a frescura na mesma hora. E é exatamente isso que você vai fazer, senão vai ter que se ver comigo.

— Ele não precisa se preocupar com o meu estado.

— Talvez não, mas se preocupa, e você sabe disso. Ele ama você. E fica destroçado por dentro quando alguém que ele ama sofre.

Summerset abriu a boca para argumentar alguma coisa, mas tornou a fechá-la e suspirou.

— Você tem razão. Minha língua queima por eu reconhecer isso, mas você está certa. Odeio essa situação. — Ele deu um soco no braço da cadeira. — Não gosto de ser paparicado.

— Não posso culpá-lo por isso. Tem algum álcool por aqui? Do tipo que se bebe?

— Talvez. — Um ar de suspeita invadiu seu rosto. — Por quê?

— Acho que Spence vai vetar qualquer bebida alcoólica, e se eu me visse obrigada a aturá-la, iria precisar de um gole de vez em quando para rebater o sorriso animado e a voz alegrinha dela. Além do mais, se for absolutamente necessário, você pode dar uma garrafada na cabeça dela e colocá-la a nocaute por algum tempo, para ter um pouco de sossego.

Eve enfiou os dedos nos bolsos, olhou para Summerset com atenção e o ouviu emitir um som que talvez fosse uma risada.

— Gostou da ideia? Aproveite a chance para esconder a garrafa perto da cama, em algum lugar onde ela não a encontre.

Um ar divertido fez com que os lábios de Summerset relaxassem um pouco.

— Excelente ideia. Obrigado.

— De nada. Agora, vou chamar Risadinha de volta e vocês dois podem tirar sua soneca.

Retrato Mortal

— Tenente — disse ele, quando ela seguiu rumo à porta.

— Fale.

— Ela não quer que o gato fique no quarto.

Ela olhou para trás e percebeu que ele ficou vermelho. Como isso a deixou sem graça, tanto quanto ele, Eve olhou para um ponto trinta centímetros acima da sua cabeça e perguntou:

— Você quer o gato aqui?

— Não sei por que ele deveria ser banido dos meus aposentos.

— Vou resolver isso. É melhor pegar a garrafa agora — avisou. — Vou segurá-la por alguns minutos, mas depois você estará por sua própria conta e risco.

Ela ouviu o suave ruído da cadeira de rodas elétrica no instante em que fechou a porta.

Seguiu até a cozinha e encontrou Roarke tentando acalmar a enfermeira Spence. A mulher continuava sorrindo, mas havia algo de aterrorizante em seu olhar.

— Dê a ele um ou dois minutos para se recompor — sugeriu Eve, e foi pegar um café. — Ele quer o gato.

— Eu prefiro manter a área totalmente antisséptica — explicou a enfermeira.

— Ele quer o gato — repetiu Eve, sem expressão, e lançou para Spence um sorriso inesperado, aquele que fazia os suspeitos e novatos terem uma súbita vontade de fazer xixi nas calças. — Ele vai ter o gato. A propósito, seria bom diminuir o nível do seu sorrisômetro. Ele foi médico durante as Guerras Urbanas e certamente responderá melhor a ordens diretas do que a arrulhos. Está com um problemão nas mãos, Spence, e eu estou com pena de você. De verdade. — Eve fez um gesto solidário com a caneca. — Se precisar de um tempo para ir lá fora bater com a própria cabeça contra a parede, basta nos avisar.

— Tudo bem, então. — A enfermeira Spence ajeitou os ombros. — Vou cuidar do meu paciente agora. Com licença.

Roarke se aproximou, pegou a caneca da mão de Eve e a bebeu inteira enquanto a enfermeira deixava a cozinha.

— Você lidou com isso com muito mais habilidade do que eu.

— Não precisei me desgastar com a preparação do circo, entrei só para limpar a bagunça. Onde estão Mavis e Leonardo?

— Sugeri que eles dessem um mergulho na piscina. Vão ficar por aqui para animar Summerset durante a fisioterapia. Estou tão grato que se eles já não tivessem encomendado um bebê eu ia ver se conseguia comprar um para eles. — Ele massageou o próprio pescoço. — Vai me contar o que rolou no papo entre vocês dois, lá dentro?

— Não.

— Ele vai contar?

— Não. Vou voltar para o trabalho. Você devia fazer o mesmo. Deixe a poeira assentar por aqui. Ah, e tome um analgésico para essa dor de cabeça. — Ela riu. — Não consigo expressar o quanto me agrada dizer isso para você.

Ele se inclinou e beijou sua testa, sua face e seus lábios.

— Apesar dessa última observação, eu amo você. E vou tomar um analgésico, sim, embora não precise da dose tripla que seria necessária dez minutos atrás. Depois, também vou voltar para o trabalho. Tenho uma reunião agendada no Dochas — comentou, referindo-se ao abrigo que mantinha para mulheres vítimas de abuso. — Acho que vai dar tempo de eu comparecer.

— A gente se vê mais tarde, então. — Ela ia sair, mas parou. — Ah, onde foi que você encontrou essa figura, a dona Risadinha?

— Quem? Ah... — Ele deu uma risada. — A enfermeira Spence? Foi Louise quem a recomendou.

— Ela deve ter algum motivo para isso.

— Vou estar com ela daqui a pouco. — Roarke abriu um armário e pegou o frasco de analgésico. — Pode ter certeza de que vou perguntar a ela qual foi esse motivo.

Capítulo Sete

Eve seguiu direto para sua sala na Central de Polícia, mergulhou de cabeça no trabalho e abriu o arquivo de Rachel Howard no computador, para ver se Peabody já havia acrescentado os dados que ela solicitara.

Diante da lista com as lojas que tinham apartamentos em cima, ela se recostou na cadeira. Puxa, aquilo ia levar um bom tempo. Ela escolheu a dedo as lojas que lidavam com fotografia ou digitalização de imagens e se concentrou em uma lista mais viável, com apenas nove nomes.

A partir deles, pesquisou a lista de possíveis suspeitos, tentando encontrar alguma outra ligação.

Diego Feliciano. Conhecia a vítima, e também a seguia e paquerava. Gastou tempo e dinheiro com ela e não conseguiu retorno da grana que investiu. Tinha várias detenções por porte ilegal de drogas e acesso a elas. Seu álibi era furadíssimo. Frequentava a ciberboate e tinha acesso a um veículo. Era um cara baixinho, não muito musculoso, mais do tipo cabeça quente do que sangue-frio. Aparentemente não tinha nenhum conhecimento de digitalização de imagens.

Jackson Hooper. Conhecia a vítima e a desejava. Sabia onde ela trabalhava e onde morava. Frequentava a Columbia University. Conhecia as instalações do campus e talvez soubesse os horários de aulas da vítima. Álibi fraco. Frequentava a ciberboate. Talvez tivesse um carro. Era grande, com porte atlético e um bom cérebro. Tinha contato com fotografia, pelo menos nas sessões em que atuava como modelo.

Professora Leeanne Browning. Conhecia a vítima. Foi uma das últimas pessoas a vê-la com vida. Dá aulas de digitalização de imagens. Talvez uma fotógrafa frustrada? Tem como álibi a companheira e os discos de segurança. Teria conhecimento técnico para adulterar os discos? É uma mulher alta, com boa compleição, forte. Conhecia o campus e tinha acesso aos horários de aulas da vítima.

Outras possibilidades: Angela Brightstar, companheira da professora Browning. Steve Audrey, barman da boate. A VD da boate ainda precisava ser identificada. E também os colegas da aula de imagens. Vizinhos? Outros professores?

O assassino tinha uma câmera de boa qualidade e um equipamento para digitalizar imagens, pensou. Hora de voltar às ferramentas tradicionais.

— Vamos lá... Vejamos uma coisa. Computador, dividir a tela em duas. Exibir mapa englobando os dez quarteirões em torno da Columbia University e destacar os endereços citados.

PROCESSANDO...

Quando o mapa apareceu, Eve se recostou na cadeira e analisou a imagem.

— Computador, destacar o prédio do estacionamento da Columbia University, na Broadway. Calcular as rotas mais diretas desse local até os pontos designados.

PROCESSANDO...

— Sim, vá em frente — murmurou Eve, e massageou o estômago vazio. Diabos, por que será que, em vez de ficar só no café, ela não tinha levado alguma coisa de casa para comer ali, já que tinha passado pelo meio de uma cozinha totalmente abastecida?

Olhou para a porta aberta. Dava para ouvir o murmurinho de vozes e bipes que vinha da sala de ocorrências. Afastando-se da mesa, foi até a porta, colocou a cabeça para fora e olhou para os dois lados.

Satisfeita, fechou a porta cuidadosamente e a trancou. Em seguida, subiu na sua mesa de trabalho, esticou o corpo e empurrou para o lado uma das placas do teto rebaixado. Tateando o espaço ao lado da placa removida, encontrou o que procurava e riu baixinho, com ar maquiavélico, enquanto pegava a barra de chocolate.

— Nessa eu te peguei, ladrão de chocolate. Seu bandidinho dissimulado.

Com igual medida de orgulho e avareza, acariciou o doce. Aquele era o produto genuíno, chocolate de verdade, tão caro quanto ouro. E era só dela. Todo dela.

Eve recolocou a placa deslocada no lugar e a inspecionou por todos os ângulos, para se certificar de que fora reposicionada de forma correta. Só então pulou da mesa para o chão. Destrancou a porta, tornou a se sentar à mesa e começou a desembrulhar o chocolate com todo o cuidado, a atenção, o afeto e a expectativa que uma mulher sente ao despir o amante.

Suspirou profundamente e saboreou a primeira mordida. Sentiu o gostinho maravilhoso de chocolate e de vitória.

— O.k., vamos cuidar de coisas sérias agora.

Ajeitando-se na cadeira, mordiscou o chocolate e analisou as informações na tela.

Leeanne Browning e Angela Brightstar tinham um superapartamento perto da universidade. Rachel certamente confiava na sua professora ou na companheira dela. Teria acompanhado qualquer uma das duas, ou ambas, até o estacionamento, e teria ido ao apartamento delas se a isca preparada fosse boa o bastante.

É claro que haveria a parte complicada, que era passar com Rachel pelo porteiro e pelas câmeras de segurança, mas nada era impossível.

— Motivo? Ciúme de uma jovem muito bonita? Arte? Notoriedade?

Ela informou todos os dados e pediu que o computador calculasse a probabilidade.

COM OS DADOS ATUAIS, informou o sistema, A PROBABILIDADE DE LEEANNE BROWNING E/OU ANGELA BRIGHTSTAR TEREM ASSASSINADO RACHEL HOWARD É DE 39,6%.

— Não é muito grande — disse Eve, em voz alta —, mas estamos apenas começando.

— Tenente, achei algo que me parece... — Peabody interrompeu sua marcha animada ainda na porta ao olhar para o pedaço de chocolate que ainda estava na mão de Eve. — O que é isso? Chocolate? Chocolate *de verdade*?

— Que foi? — Em pânico, Eve escondeu a barra de chocolate atrás das costas. — Não sei do que você está falando. Estou fazendo pesquisas aqui.

— Dá para sentir o cheiro. — Peabody farejou o ar como uma loba. — Isso não é substituto de chocolate, nem aquele feito com soja. É a mercadoria legítima.

— Pode ser. Mas é meu.

— Me deixe dar só uma... — O suspiro ofegante que Peabody emitiu tinha um pouco de choque e de desolação, ao ver Eve enfiar o restinho do doce na boca, de uma vez só. — Ah, Dallas. — Engoliu em seco. — Isso foi muita infantilidade.

— Uh-uh. Delicioso — confirmou Eve, com a boca cheia. — O que você tem para mim?

— Hálito com cheiro de chocolate não é, com certeza. — Ao ver que Eve ergueu as sobrancelhas, atiçou um pouco mais: — Enquanto uns e outros, cujos nomes não vou citar, enchiam a barriga com chocolate, eu analisava, com dedicação, um ângulo do caso que julguei interessante apresentar à investigadora principal, que não passa de uma glutona incrivelmente egoísta.

— Era chocolate meio amargo.

— Você é cruel, Dallas. Provavelmente vai para o inferno.

— Dá para encarar isso. Que ângulo você analisou com dedicação, policial Peabody?

— É que me ocorreu que talvez um ou mais dos indivíduos com negócios em torno da universidade possa ter ficha na polícia. Pareceu-me prudente fazer uma pesquisa nesses nomes em busca de quaisquer registros criminais.

— Nada mau. — Aquilo era o que Eve tinha em mente para fazer em seguida. — Como prêmio, pode cheirar a embalagem do chocolate — ofereceu, estendendo-a.

Peabody fez uma careta, mas pegou o papel metalizado.

— E os resultados, policial?

— Há uma notícia boa e outra má. A má é que a cidade está cheia de criminosos.

— Meu Deus. Como é que pode?

— O que me leva à boa notícia: nossos empregos estão seguros. Vamos lá... A maior parte do que eu encontrei foram delitos pequenos, mas achei duas coisas interessantes. Um caso de agressão com posse de substâncias ilegais e outro de múltiplos assédios, com perseguição às vítimas.

— Em qual dos dois você aposta?

— Bem... — Subitamente nervosa, Peabody soprou o ar com força. — É melhor checarmos os dois, porque... A agressão não tem muito a ver, porque a morte foi suave e o assassino não atacou a vítima fisicamente. O cara que perseguia as vítimas está mais alinhado com o *modus operandi* do nosso homem, então eu acho que começaria por ele.

— Você está indo muito bem, Peabody. Pegou os nomes e os endereços?

— Sim, senhora. Dirk Hastings, ele trabalha na Portography, rua 115 Oeste.

— Dirk é um nome bem idiota, não acha? Vamos dar uma olhadinha nele.

Tendo a dra. Louise Dimatto como guia, Roarke visitou as salas recém-inauguradas no abrigo para vítimas de abuso. Aprovou os tons pastel, a mobília simples e as telas de privacidade instaladas nas janelas.

Roarke imaginava que construir aquele... refúgio tinha sido uma espécie de símbolo e referência às coisas das quais ele e Eve tinham, essencialmente, escapado. Foi também para oferecer um abrigo seguro às vítimas.

Ele não teria aproveitado um lugar como aquele, na época em que precisou disso, pensou. Por mais que estivesse com fome, ferido e espancado, não teria corrido para um abrigo público.

Era orgulhoso demais para isso, supunha. Ou talvez cético em demasia.

Ele odiava o pai, mas não confiava em assistentes sociais, nem em tiras, nem em benfeitores. Diabo por diabo, preferia o que lhe era familiar. Não houve amparo social para ele, como também não tinha havido para Eve até ela ser encontrada, ensanguentada, em um beco de Dallas, com o braço quebrado.

Ela aprendera a abrir seu caminho através do sistema, enquanto ele passara a vida tentando burlá-lo. E, de algum modo, acabara se tornando parte do sistema e virou, ele mesmo, um benfeitor.

Era desconcertante.

Retrato Mortal 135

Roarke permaneceu na porta larga que dava na área de recreação. Havia crianças brincando ali, talvez quietas demais, mas brincando. Havia mulheres com bebês apoiados nos quadris e marcas roxas nos rostos. Ele percebeu os olhares que lhe eram lançados — pânico, desconfiança, desagrado e puro medo.

Os homens eram uma raridade por trás daquelas paredes, e normalmente eram o motivo de tanta gente ter ido para lá.

— Deixem-me interrompê-las por um minuto — pediu Louise, falando com a voz tranquila enquanto olhava em torno da sala. — Este é Roarke. Não haveria o Dochas sem ele. Ficamos satisfeitas por ele ter conseguido uma brecha em sua agenda para nos visitar hoje e ver os resultados de sua visão e generosidade.

— Um pouco disso foi visão sua, Louise, talvez a maior parte. Esta é uma sala agradável, com jeito de lar. — Ele também olhou para os rostos em volta. Sentiu o peso da expectativa e o desconforto daquelas mulheres. — Espero que vocês estejam recebendo tudo o que precisam aqui — disse, e se virou para sair.

— Por que esse lugar tem um nome tão engraçado?

— Livvy! — Uma mulher magra com menos de vinte e cinco anos, pela avaliação de Roarke, e cheia de marcas roxas que lhe cobriam quase todo o rosto, correu e pegou a garotinha que tinha feito a pergunta. — Desculpe, ela não quis incomodá-lo, senhor.

— Ora, mas essa é uma boa pergunta. É sinal de inteligência fazer perguntas interessantes. Livvy é o seu nome? — perguntou à menina.

— Uh-huh. — Ela balançou a cabeça para os lados. — Na verdade, é Olivia.

— Ah, Olivia. Lindo nome. É muito importante o nome que as pessoas recebem, você não acha? As pessoas e os lugares. Sua mãe escolheu um nome especial para você, e veja só como combinou bem!

Livvy observou Roarke e se inclinou para cochichar algo no ouvido da mãe, mas falou tão alto que metade da sala conseguiu ouvir:

— Ele fala bonito.

— Ela só tem três anos. — A mãe exibiu um sorriso nervoso. — Eu nunca sei o que ela vai dizer.

— Isso deve ser uma bela aventura. — Quando percebeu que a tensão em torno dos olhos da mulher começava a relaxar, Roarke levantou a mão e passou um dedo sobre os cachos castanhos de Livvy. — Você quer saber sobre o nome deste lugar? É uma palavra em idioma galês, *Dochas*. O galês é uma língua muito, muito antiga, mas ainda é usada em alguns locais do país onde eu nasci. No nosso idioma significa *esperança*.

— Como quando eu tenho a esperança de comer mais um sorvete à noite?

Ele abriu um sorriso. Eles ainda não tinham despedaçado aquela criança, pensou. *Se Deus quiser, isso nunca acontecerá.*

— É mais ou menos isso. — Ele olhou de volta para a mãe. — Você está recebendo tudo de que precisa aqui?

Ela fez que sim com a cabeça.

— Que ótimo, então. Foi um prazer conhecer você, Livvy.

Ele saiu e andou alguns passos, para ter certeza de que ninguém iria ouvi-lo, e perguntou a Louise:

— Há quanto tempo elas estão aqui?

— Não sei, só perguntando a alguém da equipe. Não me lembro de tê-las visto quando estive aqui, no começo da semana. Nós estamos ajudando essa gente, Roarke. Não todas, e nem sempre, mas isso já é muito. Sei o quanto é difícil, para a minha vida de médica clínica, tirar um tempo para vir até aqui; sei também o quanto é difícil não se envolver com cada uma dessas mulheres em nível pessoal. — Embora tivesse sido criada entre privilégios e muito conforto, Louise conhecia as necessidades, os medos e o desespero dos que perdiam tudo. — Não posso dedicar mais do que algumas horas por semana a este lugar. Gostaria de participar mais de perto, mas meu trabalho na clínica...

Retrato Mortal 137

— Temos sorte em tê-la aqui, Louise — interrompeu Roarke —, não importam as vezes que você conseguir vir.

— A equipe, tanto os terapeutas quanto os especialistas em crises pessoais, é maravilhosa, isso eu lhe garanto. Você já conhece a maioria deles.

— E agradeço muito a você por ter encontrado as pessoas certas. Não sei muito bem lidar com essas coisas, Louise. Nunca teríamos conseguido montar esta instituição sem você.

— Ah, pois eu acho que você acabaria conseguindo, mesmo que não ficasse tão bom — contestou ela, com um sorriso. — Aliás, por falar em pessoas certas — disse, parando diante das escadas que levavam ao segundo andar —, como a enfermeira Spence está indo, na sua casa?

Ele suspirou profundamente, sabendo que ia enfrentar mais reclamações quando voltasse para casa.

— Quando eu saí, ela ainda não tinha sufocado Summerset com o travesseiro durante o sono.

— Então estamos no lucro. Vou tentar dar uma passadinha lá para examiná-lo. — Ela olhou para uma pessoa que descia as escadas e exibiu um sorriso imenso. — Moira! Justamente a pessoa que eu ia procurar. Você tem um tempinho livre? Quero que conheça o nosso benfeitor.

— Isso faz com que eu me sinta um velho com barba branca e uma barriga imensa.

— Isso certamente você não é.

Roarke ergueu uma sobrancelha ao ouvir o sotaque irlandês na voz de Moira. Dava para ver em seu rosto também. Pele branca e macia, nariz meio achatado e faces redondas. Seus cabelos louro-escuros em um corte chanel lhe emolduravam o rosto. Seus olhos, notou ele, eram espertos, em um tom azul-escuro. Do tipo que viam o que pretendiam e guardavam para si mesmos as conclusões.

— Roarke, está é Moira O'Bannion, nossa terapeuta para situações de crise. Vocês dois têm uma coisa em comum: Moira também nasceu em Dublin.

— Eu sei — disse Roarke, com suavidade. — Dá para perceber.

— Esse sotaque gruda na gente a vida toda, não é? — Moira estendeu a mão. — Já moro nos Estados Unidos há trinta anos e não consegui me livrar dele. *Dia dhuit. Conas ta tu?*

— *Maith, go raibh maith agat.*

— Quer dizer que você sabe falar o idioma antigo? — espantou-se ela.

— Um pouco.

— Eu o cumprimentei e perguntei como ele estava — explicou Moira a Louise. — Conte-me, Roarke, você ainda tem família na Irlanda?

— Não.

Se ela percebeu o tom frio e distante naquela única palavra, não deu a perceber.

— Pois é. Nova York é a sua casa agora, não é verdade? Eu me mudei para cá com o meu marido; ele é um ianque legítimo. Eu tinha vinte e seis anos, então acho que esta cidade se transformou em minha casa, também.

— E temos sorte por você estar aqui. — Louise tocou no braço dela e se virou para Roarke, explicando: — Eu roubei Moira do Centro de Saúde Carnegie. Eles a perderam, e nós ganhamos muito.

— Acho que fiz a escolha certa, sob todos os aspectos — comentou Moira. — Você criou um lugar fabuloso, Roarke. Este é o melhor que eu já vi, profissionalmente, e fico muito satisfeita por fazer parte dele.

— Isso é um baita elogio, vindo de Moira — disse Louise, rindo. — Ela não é de se derreter, não.

— Não serve de nada elogiar sem ser sincero. Você já viu o jardim do terraço?

— Eu planejava levá-lo lá em cima, mas estou atrasada. — Franzindo o cenho, Louise olhou para o relógio. — Você devia dar uma olhadinha lá antes de ir embora, Roarke.

— Eu ficaria honrada em lhe mostrar o lugar — ofereceu Moira.
— Você se incomoda de usarmos o elevador? Há vários grupos assistindo a aulas e participando de sessões de terapia nos andares de cima. Ver você poderá deixar algumas pacientes desconfortáveis.

— Por mim, tudo bem.

— Vou deixá-lo em mãos boas e capazes, Roarke. — Louise se colocou na ponta dos pés para beijar Roarke no rosto. — Diga a Dallas que eu mandei um abraço. Vou passar lá para ver Summerset na primeira oportunidade que surgir.

— Ele vai aguardá-la ansioso.

— Obrigada, Moira. Tornaremos a nos ver em alguns dias. Se você precisar de alguma coisa...

— Sim, claro, pode deixar. Não se preocupe. — Ela enxotou Louise, com um jeito carinhoso. — Ela nunca anda se puder correr — acrescentou, ao ver Louise se lançar apressada em direção às portas. — É um feixe de energia e dedicação envolto em um grande cérebro e um coração maior ainda. Depois de conversar com ela por meia hora, eu já estava disposta a abrir mão do meu cargo no centro para vir trabalhar aqui, e por um salário menor.

— Louise é uma mulher difícil de resistir.

— E como! Você também é casado com uma mulher assim, segundo eu soube. — Ela mostrou o caminho e seguiu até outra sala de estar ampla, onde pararam diante de um elevador estreito. — Uma mulher com energia e dedicação.

— Sim.

— Já vi vocês dois algumas vezes, nos noticiários. E li a respeito do casal. — Ela entrou na cabine. — Terraço, por favor — ordenou em voz alta. — Você costuma ir a Dublin com frequência?

— De vez em quando. — Ele sabia que estava sendo estudado e avaliado, e resolveu fazer o mesmo com ela. — Tenho interesses empresariais lá.

— Nenhum deles é pessoal?

Roarke olhou para os olhos espertos que o fitavam fixamente. Sabia quando estava sendo pressionado.

— Tenho um ou dois amigos lá, mas isso acontece em muitos lugares. Não tenho mais ligações com Dublin do que com qualquer outra cidade.

— Meu pai era advogado lá, e minha mãe era médica. Na verdade, ambos ainda trabalham. Mas minha vida é tão atribulada que tenho sorte quando arrumo um tempinho a cada dois anos para visitá-los por duas semanas. A cidade se recuperou bem das Guerras Urbanas.

— Sim, em quase todos os lugares. — Roarke se lembrou dos bairros onde havia morado quando menino. A guerra não fora boa para eles.

— Pronto, chegamos. — Moira saiu pelas portas assim que elas se abriram. — Não é fantástico? Um pedacinho do campo bem aqui, no meio da cidade.

Roarke viu as árvores anãs, os canteiros muito floridos, os espaços quadrados e cultivados com vegetais e pequenos caminhos entre eles. A suave e contínua névoa formada pelos jatos de irrigação mantinha tudo verdejante e hidratado, mesmo sob o calor escaldante.

— Aqui os pacientes podem plantar e cuidar de algo, por si mesmos. Por prazer, por comodidade ou pela beleza. — Agora, havia uma calma no seu jeito de falar, como se os jardins lhe trouxessem paz. — Trabalhamos aqui de manhã cedo e à tardinha, quando o clima está mais fresco. Gosto de mexer com terra, sempre gostei. Mesmo assim, vou ser sincera: apesar de morar nesta cidade há tantos anos, nunca me acostumei com o calor infernal do verão.

— Louise mencionou um jardim. — Impressionado e intrigado, ele passeou por entre as flores. — Mas eu não tinha ideia de que era algo assim. É belíssimo. E significa algo especial, não é?

— O que você acha que isso significa?

— Você me espancou sem dó nem piedade, e me chutou. Mas eu consegui apoio, viu? Tive ajuda e plantei flores. Você que se dane agora! — Ele passou os dedos pelas folhas brilhantes de uma videira em flor, enquanto falava quase para si mesmo, e então se forçou a voltar ao presente. — Desculpe.

— Ora, não precisa se desculpar. — A sombra de um sorriso apareceu em seu rosto. — Eu pensei mais ou menos a mesma coisa quando vi este jardim. Acho que Louise estava certa em elogiar você tanto.

— O juízo de Louise a meu respeito está prejudicado, porque eu coloquei um monte de dinheiro na mão dela para montar isto aqui. Obrigado por me mostrar tudo, sra. O'Bannion. Detesto ter de ir embora, mas tenho outros compromissos.

— Você deve ser o homem mais ocupado do mundo. Não imaginei que veria o poderoso Roarke encantado por um jardim de terraço, em meio a pés de feijão e nabos.

— Eu sempre me impressiono com a capacidade de recuperação das pessoas. Foi um prazer conhecê-la, sra. O'Bannion. — Ele estendeu a mão. Ela a apertou e segurou com força.

— Eu conheci sua mãe.

Como ela estava muito perto de Roarke, percebeu o instante exato em que os olhos dele se tornaram placas de gelo azul, antes de puxar a mão de volta.

— Conheceu minha mãe? Pois eu não posso dizer que a tenha conhecido.

— Você não se lembra, não é? Nem poderia. Eu o conheci há muito tempo, em Dublin. Você tinha pouco mais de seis meses de idade.

— Minha memória não é tão boa assim. — No tom de sua voz não havia mais o prazer do jardim bem cuidado no terraço de um prédio, e sim a lembrança de um beco em Dublin. — O que você quer?

— Não quero seu dinheiro, nem seus favores, ou seja lá o que as pessoas tentam arrancar de você. Nem todas as almas desse mundo vivem para levar vantagem, sabia? — respondeu ela, com um ar de impaciência. — Gostaria apenas de mais alguns minutos do seu tempo. — Ela enxugou o suor do rosto com um lenço. — Mas longe deste calor terrível, por favor. Pode ser na minha sala? Teremos privacidade lá, e talvez você esteja interessado no que eu tenho para lhe contar.

— Se é sobre minha mãe, não tenho o mínimo interesse. — Ele chamou o elevador, pretendendo descer direto e ir embora. — Estou pouco me lixando para onde ela está, como vive ou quem ela é.

— Uma frase dura, ainda mais na boca de um irlandês. Os homens irlandeses adoram suas mães.

Ele lhe lançou um olhar tão penetrante que ela recuou um passo sem se aperceber.

— Consegui me virar muito bem sem precisar de uma mãe, desde o dia em que ela saiu porta afora. Não tenho tempo nem desejo de falar dela, e não tenho nenhum assunto pessoal para tratar aqui. Louise deve acreditar que você é uma excelente profissional para o abrigo, mas aperte o botão errado e irá para o olho da rua.

Ela empinou o queixo e ergueu os ombros.

— Dez minutos na minha sala, e, se você continuar inclinado a me despedir, eu mesma peço demissão. Meu coração me diz que eu tenho um velho débito a pagar, e começo a achar que levei tempo demais para fazê-lo. Não quero nada de você, rapaz, só alguns minutos do seu tempo.

— Dez minutos — aceitou ele, contrariado.

Ela mostrou a Roarke o caminho que levava até a sua sala, e eles passaram por muitos espaços para sessões e uma pequena biblioteca. Fazia frio na sala, mas tudo estava em ordem. Havia uma pequena mesa, muito organizada, um sofá e duas poltronas confortáveis.

Sem perguntar se ele aceitava, ela foi até uma pequena unidade de refrigeração e pegou duas garrafas de limonada.

— Trabalhei com mulheres em crise doméstica, em Dublin — começou ela. — Tinha acabado de sair da faculdade, fazia especialização e achava que já sabia tudo o que precisava saber. Meu sonho era montar um consultório particular para terapia e ganhar rios de dinheiro. As horas dedicadas a pacientes em crise faziam parte do meu treinamento.

Ela entregou a Roarke uma das garrafas.

— Por acaso, eu estava em meu horário quando sua mãe ligou. Dava para ver pelo rosto que ela era uma mulher muito jovem; pela voz também. Era mais nova que eu, estava ferida e completamente apavorada.

— Pelo que eu sei dela, isso é pouco provável.

— E o que sabe sobre ela? — reagiu Moira. — Você era um bebê.

— Um pouco mais velho quando ela foi embora.

— Foi embora uma ova! Siobhan não abandonaria você nem que tivesse uma faca contra a garganta.

— O nome dela era Meg. Ela me largou à própria sorte antes de eu completar seis anos. — Querendo acabar logo com aquela situação sem sentido, Roarke colocou a garrafa sobre a mesa. — Qual é o seu jogo?

— O nome dela era Siobhan Brody, não importa o que o canalha do seu pai tenha lhe contado. Sua mãe tinha dezoito anos quando saiu de Clare e foi para Dublin em busca da aventura, da agitação e do sonho na cidade grande. A pobrezinha conseguiu mais disso tudo do que imaginava ou merecia. Que diabos, sente na poltrona por cinco minutos!

Ela passou a garrafa gelada sobre a testa.

— Não imaginei que essa conversa fosse tão difícil — murmurou, quase para si mesma. — Sempre achei que você soubesse do que aconteceu, e, depois deste lugar, tive certeza disso. Aliás, foi esse fato que mudou por completo a imagem que eu fazia de você. Na minha opinião, você não passava de outro Patrick Roarke.

Uma boa atuação a dela, pensou Roarke. A irritação súbita, o tom desgastado.

— O que você acha e a imagem que tem de mim não me comovem. Nem ele. Ou ela.

Ela pousou a garrafa sobre a mesa, como ele fizera.

— Por acaso lhe interessaria saber que, tão certo quanto eu estar agora diante de você, Patrick Roarke assassinou sua mãe?

A pele dele ardeu, mas tornou a esfriar logo em seguida. Mesmo assim, ele não piscou.

— Ela foi embora.

— Só morta ela teria abandonado o filho. Ela amava você com cada batida do seu coração. Ela dizia que você era o *aingeal* dela, o seu anjo. Sua voz se tornava melodiosa cada vez que ela dizia isso.

— Seu tempo está acabando, Moira, e você não está me vendendo nada que eu esteja interessado em comprar.

— Ora, vejo que você também sabe ser durão. — Ela assentiu, pegou a garrafa e provou a limonada, como se precisasse fazer algo com as mãos. — Bem, eu devia esperar firmeza de sua parte, e imagino que tenha agido assim muitas vezes. Não estou lhe vendendo nada, rapaz. Estou apenas lhe contando a verdade. Patrick Roarke matou Siobhan Brody. Não havia provas do crime. Por que os tiras me dariam ouvidos, supondo que eu tivesse a chance de procurá-los? Seu pai tinha policiais no bolso, e a escória que ele chefiava teria confirmado, até sob juramento, que ela tinha fugido. Mas é mentira.

— O fato de ele ter matado minha mãe não me surpreende muito. O fato de ele ter tiras corruptos que encobriam seus crimes e assassinatos também não é nenhuma novidade. — Roarke deu de ombros. — Se você está tentando me chantagear pelos pecados dele...

— Ora, mas que coisa irritante! Dinheiro não compra tudo.

— Mas quase tudo.

— Ela era sua mãe.

Retrato Mortal

Ele colocou a cabeça de lado, com ar de desconfiança e desinteresse, mas algo lhe agitava a barriga.

— Por que eu deveria acreditar em você?

— Porque é verdade. Não tenho nada a ganhar lhe contando tudo agora. Isso não vai nem mesmo me tirar o peso da consciência. Eu fiz tudo errado. Foi com boas intenções, mas agi de forma equivocada, por me achar muito esperta. Eu me preocupava com ela. Acabei me envolvendo no rolo.

Moira respirou fundo e colocou a limonada de lado, novamente.

— Na noite em que ela ligou pedindo ajuda, fui eu que atendi. Indiquei um lugar para onde deveria ir. Acalmei-a, ouvi tudo, disse-lhe como proceder, conforme eu fora treinada a fazer, e como já fizera em tantos casos como aquele. Mas ela estava histérica, aterrorizada, e dava para ouvir o bebê chorando. Então eu quebrei as regras e fui buscá-la em casa, pessoalmente.

— Acredito que você possa ter ido buscar alguém, mas está enganada se acha que essa mãe tem ligação comigo.

Ela tornou a fitá-lo, mas dessa vez não havia sagacidade em seus olhos, apenas uma inundação de emoções.

— Você era o bebê mais bonito que eu já vi em toda a minha vida. Era bonito de tirar o fôlego, vestido com um pijaminha azul. Sua mãe tinha fugido às pressas depois de pegar você no berço. Não levou nada, a não ser o filho.

Sua voz ficou embargada, como se ela revisse toda a cena mais uma vez. Depois de alguns segundos, ela se recompôs e continuou:

— Ela apertava você com muita força, mesmo com três dedos quebrados na mão direita; o olho dela estava tão inchado que era impossível abri-lo. Ele lhe dera uma surra covarde e chegou a chutá-la antes de sair de casa, semibêbado, em busca de mais uísque. Foi aí que ela teve a chance de pegar você e sair de casa. Não quis ir para nenhum hospital ou clínica, porque temia que ele a encontrasse. Morria de medo de ser espancada com tanta violência a ponto de não poder mais cuidar do filho. Eu a levei para um abrigo e ela foi examinada por um médico, mas não quis tomar as drogas que lhe prescreveram, pois isso a deixaria impossibilitada de cuidar de você. Foi então que ela conversou comigo, contou seu drama e sua dor ao longo de toda a noite.

Embora Roarke continuasse em pé, Moira se sentou e soltou um longo suspiro.

— Ela tinha ido trabalhar em um pub assim que chegou a Dublin. Era uma moça belíssima, com um ar ingênuo e fresco. Foi lá que ele a conheceu. Sua mãe tinha dezoito anos, era inocente, ingênua, queria romance e aventura. Ele era um homem lindo e sabia ser muito charmoso, quando queria. Ela se apaixonou. As jovens muitas vezes se apaixonam justamente pelos homens dos quais deviam fugir. Ele a seduziu, prometeu casamento, jurou amor eterno e tudo o que foi preciso para tê-la.

Ela fez um gesto de impotência e foi até a janela, onde ficou olhando para fora, enquanto Roarke esperava, sem dizer uma única palavra.

— Quando ela engravidou, ele a levou para sua casa. Renovou as promessas de casamento em breve. Ela comentou com ele que havia dito à família que tinha se casado, por vergonha de lhes contar a verdade. Avisou aos pais que estava casada, feliz, que tudo estava bem e que iria aparecer para visitá-los assim que tivesse chance. Garota tola — disse Moira, baixinho. — Quando o bebê nasceu, o pai ficou feliz por ser um menino, e continuou a prometer matrimônio à mãe. Ela começou a pressioná-lo, pois queria que a criança tivesse um pai de verdade. Foi aí que ele começou a agredi-la e espancá-la.

Ela se virou e olhou fixamente para Roarke.

— No início, não era tão ruim, segundo palavras dela mesma. Muitas jovens falam isso. Acham que a culpa é delas, por insistirem ou irritarem o homem com quem estão. Isso faz parte do ciclo clássico desse tipo de situação.

— Eu conheço o ciclo, as estatísticas. A patologia.

Retrato Mortal

— Claro que sim. Você não teria feito o que fez aqui sem procurar se informar de tudo a respeito. Mas a coisa muda completamente de figura quando é pessoal.

— Não conheço a jovem de quem você está falando. — Uma estranha, disse a si mesmo. Aquilo tudo era uma espécie de fantasia. Uma história que aquela mulher havia criado com um objetivo oculto em mente. Só podia ser isso.

— Eu a conheci — disse Moira, com simplicidade.

A voz tranquila e resoluta dela fez algo estremecer dentro dele.

— Se você diz... — reagiu.

— Sim, eu digo. Na noite em que ela ligou para o grupo de apoio a crises, ele havia levado outra mulher para dentro de casa, debaixo do nariz dela. Quando ela se opôs àquilo, ele quebrou os dedos dela e a socou no olho.

A garganta de Roarke estava seca agora, chegava a arder. Mas sua voz permaneceu calma quando perguntou:

— Você tem provas de tudo isso?

— Não tenho prova de nada, estou apenas lhe contando o que eu *sei*. O que você fará a partir daqui é assunto seu. Talvez você seja tão duro quanto seu pai, afinal de contas. Mas deixe-me acabar a história. Ela ficou uma semana no abrigo. Eu a via todos os dias. Decidi que cuidar dela era minha missão. Pedi a Deus que nos ajudasse. Expliquei tudo, lhe dei conselhos, usei minha educação e meu treinamento para ajudá-la. Ela me contou que tinha uma família grande em Clare, pais, dois irmãos e uma irmã, que era gêmea dela. Tentei convencê-la a entrar em contato com eles, mas ela se recusou a ligar. Disse que não conseguiria enfrentar a vergonha de contar tudo à família, cara a cara. Consegui fazer com que ela lhes escrevesse, então, e avisasse que ia voltar para casa levando o filho. Eu mesma coloquei essa carta no correio.

O *tele-link* da mesa tocou e Moira deu um pulo, como uma mulher que desperta de um sonho. Depois de respirar de forma ofegante por uma ou duas vezes, ignorou a ligação e foi em frente:

— Eu forcei a barra com ela, Roarke. Pressionei e agi depressa demais, por me julgar muito esperta, sempre com a razão em tudo. No dia seguinte, ela foi embora do abrigo. Deixou-me um bilhete explicando que não poderia fugir e afastar um homem de seu filho sem lhe dar a chance de fazer o que era certo. Decidiu que seu filho teria um pai.

Ela balançou a cabeça.

— Fiquei enfurecida. Todo aquele tempo, meu tempo tão precioso, tinha sido desperdiçado porque uma jovem se agarrara a tolices românticas. Fiquei furiosa por vários dias, e quanto mais me enfurecia, mais louca ficava. Decidi quebrar novamente as regras e fui até o apartamento onde ela vivia com ele, para conversarmos novamente. Eu a teria salvo; teria salvo tanto ela quanto o seu filhinho lindo, apesar da oposição que iria enfrentar. Peguei meus sentimentos de superioridade moral, meus valores elevadíssimos, levei-os até o cortiço onde eles moravam e bati na porta.

Roarke teve um flash de memória muito rápido, com visões e cheiros da sua infância. O fedor de vômito, cerveja e urina nos becos, o estalar da mão de alguém no seu rosto. O ar de puro desespero.

— Se você foi bater na porta dele usando um uniforme de assistente social, devia ser muito corajosa ou muito burra.

— Eu era as duas coisas. Naquela época, pelo menos. Poderia ser despedida pelo que fiz, e provavelmente seria. Mas eu não me importava com isso, pois era o meu orgulho que estava em jogo naquele momento. O *meu* orgulho.

— Era só o seu orgulho que você queria manter ao salvá-la, sra. O'Bannion?

O jeito educado e o tom frio e quase divertido na voz de Roarke a fez recuar.

— Eu queria salvá-la, salvar você e... Sim, reconheço que queria manter meu orgulho intacto. Queria o pacote completo.

— Poucos conseguiam ser salvos naquele lugar e naquela época. Orgulho era uma mercadoria cara demais para ser usada no dia a dia.

— Sim, aprendi a verdade dessas palavras. Siobhan foi minha primeira grande lição. Uma lição muito dura. Eu tinha comigo uma carta dos pais dela que havia chegado ao abrigo; pretendia pegar vocês dois e mandá-los para Clare.

Ouviu-se a gostosa gargalhada de uma criança do lado de fora da sala, seguida do som de pés ligeiros correndo pelo saguão. Algumas vozes femininas se seguiram e, logo depois, o silêncio voltou a reinar.

Moira tornou a se sentar e cruzou as mãos sobre o colo, como uma colegial.

— Foi ele quem atendeu a porta. Na mesma hora percebi o porquê de ela ter se apaixonado por ele. O homem era bonito como um demônio. Olhou para mim de cima a baixo, com ar duro, sem constrangimento. Eu empinei o queixo e disse que queria falar com Siobhan.

Ela fechou os olhos por um instante, como se revivesse tudo com detalhes.

— Ele se encostou no portal e exibiu um sorriso de deboche. "Ela foi embora", informou, "... e já foi tarde." Disse que ela roubara cinquenta libras do seu dinheiro suado e tinha colocado o pé na estrada. Caso eu soubesse notícias, pediu para eu lhe dizer que ela não precisava mais voltar para casa.

"Ele mentiu com tanta habilidade que eu acreditei nele. Achei que ela tinha caído em si e resolvera voltar para Clare. Foi nesse instante que ouvi o bebê chorando. Ouvi *você* chorar e forcei minha entrada pela porta. Devo tê-lo pego de surpresa, ou jamais conseguiria passar por ele. 'Ela nunca abandonaria o bebê', eu disse. 'Onde ela está? O que você fez com Siobhan?'"

As mãos de Moira se separaram. Uma delas formou um punho e socou o próprio joelho.

— Uma mulher veio lá de dentro carregando você de forma descuidada, como se fosse um repolho. Sua fralda estava cheia, pingando, e seu rostinho estava sujo... Siobhan tratava de você como se fosse um príncipe. Nunca o deixaria ficar naquele estado. Mas a mulher já estava meio alta, tinha um rosto embonecado e vestia apenas um roupão leve aberto na frente.

— Esta é minha esposa — apresentou-a. — Meg Roarke é o seu nome, e esse é o nosso pirralho. — Pegou um facão que trazia no cinto e não tirou os olhos de mim enquanto passava o polegar lentamente pela lâmina, até a ponta. — Quem afirmar algo diferente disso vai ficar sem língua na boca.

Mais de três décadas depois, mesmo no refúgio de sua sala com ar-condicionado, Moira estremeceu.

— Ele me chamou pelo nome. Siobhan deve ter dito a ele como eu me chamava. Nunca em toda a minha vida eu fiquei tão apavorada como quando Patrick Roarke pronunciou o meu nome. Fui embora. Se alguém abandonou você lá com ele, fui eu.

— Pode ser que ela tenha realmente voltado para casa, ou simplesmente caiu fora da relação. É mais difícil viajar com um bebê nas costas.

Moira se inclinou para frente. Não foi raiva o que ele viu no rosto dela, nem impaciência. Foi sofrimento. O calor o fez fervilhar por dentro, mas ele permaneceu frio e calmo.

— Você era o coração dela, a sua alma. Seu *aingeal*. Você acha que eu não verifiquei? Pelo menos, eu tive a coragem de fazer isso. Abri a carta. Os pais dela estavam aliviados e felizes por saberem notícias de vocês. Disseram que ela podia voltar para casa, levando você. Perguntaram se ela precisava de dinheiro para a viagem ou se preferia que os irmãos ou o pai fossem buscá-la em Dublin. Eles também tinham novidades. Seu irmão Ned se casara, já tinha um filho, e sua irmã Sinead estava noiva.

Exausta, Moira tornou a pegar a limonada, mas dessa vez simplesmente deixou a garrafa rolar entre as palmas das mãos.

— Entrei em contato com eles e perguntei quando ela havia chegado. Duas semanas depois, eles me responderam, perguntando por que sua filha ainda não tinha resolvido ir, e quando iria chegar. Foi quando eu percebi que ela estava morta.

Ela se recostou.

— No fundo do coração, suspeitei que ela já estava morta quando fui ao barraco e vi você. Foi morta pelas mãos dele. Vi a morte dela nos olhos dele, quando ele me fitou e disse meu nome. Foi ali que eu vi. Os pais dela e o irmão Ned foram a Dublin quando eu lhes contei o que tinha visto. Foram até a polícia, deram queixa do desaparecimento dela, mas saíram dali quase escorraçados. Quanto a Ned, ele caiu em uma emboscada e foi espancado. Ficou gravemente ferido, e alguém atirou pedras contra a janela do meu apartamento. Fiquei apavorada. Por duas vezes vi Patrick Roarke rondando a minha rua. Ele fez questão de que eu o visse.

Ela apertou os lábios com força.

— Resolvi me afastar do problema. Por mais vergonhoso que pareça agora, foi o que eu fiz. Os registros oficiais diziam que Patrick e Meg Roarke eram casados havia cinco anos. A sua certidão de nascimento nunca foi encontrada, mas a mulher garantia que o bebê era dela, e não apareceu ninguém para desmenti-la. Ninguém se atreveria. Garotas como Siobhan chegavam e iam embora de Dublin o tempo todo. As pessoas diziam que ela iria acabar aparecendo quando se sentisse pronta; eu concordava com tudo porque tinha muito medo de agir de outra forma.

Roarke sentiu um peso enorme no peito, mas simplesmente concordou com a cabeça.

— E você me contou essa história comprida e sem provas porque...

— Sempre ouvi falar de você. Fiz questão de acompanhar seus passos do jeito que pude, mesmo depois de me casar e de me mudar para os Estados Unidos. Soube quando você fugiu de casa, como seu pai vivia fugindo. Achei que aqueles poucos meses em que sua mãe tinha lhe dado amor e carinho haviam sido arrancados a fogo da sua alma, e julguei que seu pai tinha conseguido ficar estampado em você não só em seu rosto belíssimo. Disse a mim mesma que você tinha nascido de uma semente ruim. Não passava de mais uma semente má, e tentei adquirir algum conforto com isso, para não ser mais acordada de madrugada com a imagem de um lindo bebê aos berros em meio ao pesadelos.

Com ar distraído, ela pegou um peso de papel de vidro com o formato de um coração e o girou sem parar nas mãos.

— Nos últimos dois anos, porém, ouvi coisas que me fizeram repensar se tudo era realmente do jeito que eu havia imaginado. Quando Louise veio me procurar e me contou deste lugar e do que você quis fazer ao construí-lo, vi nisso um sinal: o sinal de que estava na hora de falar com você.

Ela analisou o rosto dele.

— Talvez seja tarde demais para fazer alguma diferença para você ou para mim, mas precisava lhe contar tudo isso, cara a cara. Aceito me submeter a um detector de mentiras, se você desejar. Posso também pedir minha demissão imediatamente, como garanti no início, e você poderá se livrar de mim.

Roarke disse a si mesmo que não acreditava em uma única palavra do que ela contara. Mas havia uma dor instigante em seu coração, como uma faca espetada em suas costelas. Teve medo de que aquela dor fosse apenas a verdade esfaqueando-o.

— Você deve saber que pelo menos um pouco do que contou ou afirmou poderá ser investigado e você será desmascarada.

— Espero que você faça exatamente isso: investigue. Tem mais uma coisa. Ela usava um anel celta de prata trabalhada na mão esquerda, parecida com uma aliança de casamento. Ele ofereceu essa joia de presente a ela quando você nasceu. Era a promessa de que eles iriam formar uma família aos olhos de Deus e dos homens. Quando saiu do quarto, Meg Roarke estava usando o anel de Siobhan. O anel que ela se recusava a tirar do dedo mesmo depois que ele a espancava. A vadia usava a joia no dedo mindinho, pois seu

Retrato Mortal

153

dedo anular era muito gordo. Quando viu meus olhos pousarem no anel, ela notou que eu percebi tudo... e sorriu.

Lágrimas começaram a lhe escorrer pelo rosto.

— Ele a matou só porque ela foi embora e depois voltou. Tinha poder para isso. Ficou com você, pelo menos imagino, porque você era a cópia exata dele. Se eu não a tivesse pressionado tanto e tivesse lhe dado mais tempo para ela se curar, talvez...

Ela enxugou o rosto, levantou-se e foi até a mesa. De uma das gavetas, pegou uma foto pequena.

— Isso é tudo o que eu tenho. Tirei essa foto de vocês dois um dia antes de ela ir embora do abrigo. Você deve ficar com ela — disse, entregando-a a Roarke.

Ele viu uma jovem com cabelos ruivos e olhos verdes, o rosto ainda com marcas roxas. Ela vestia uma blusa azul simples, e seus cabelos brilhantes lhe escorriam pelos ombros. Sorria. Embora seus olhos parecessem tristes e cansados, ela sorriu para a foto, encostando o rosto ao do bebê. Um menininho com cara redonda, jeito inocente e pele macia, mas que tinha, inquestionavelmente, as feições de Roarke.

Ele também sorria. Um sorriso feliz e brilhante. E a mão que o abraçava com força tinha um anel de prata trabalhada em um dos dedos longos e delicados.

Capítulo Oito

A Portography era uma loja que ficava a uma curta caminhada da universidade, reparou Eve com certo interesse, e viu um pequeno estacionamento de dois andares espremido entre o prédio e o edifício ao lado; as vagas deviam servir ao dono do lugar e aos seus clientes.

— Verifique se há câmeras de segurança apontadas para as vagas, Peabody — ordenou Eve. — Se houver, quero os discos da noite da morte de Rachel Howard.

O luminoso do pequeno estacionamento piscou em vermelho, indicando que não havia vagas, mas Eve parou o carro mesmo assim, para avaliar o local. Ligou a luz que dizia "viatura em serviço" e estacionou atrás de uma caminhonete velha.

— Vamos pesquisar todos os veículos registrados no nome dos moradores e funcionários da loja, para ver se algum deles tem carpete com fibras semelhantes às encontradas. — Ela olhou o estacionamento e contou duas vans e uma caminhonete. — Será que ele é assim tão burro ou arrogante? — especulou Eve, em voz alta. — Planejar tudo com cuidado para depois ser preso por causa do carro?

— Os vilões sempre cometem erros, certo?

— É. — Eve seguiu em direção aos degraus de ferro que desciam até o nível da rua. — Tem sempre algum furo. É algo plausível, pegá-la perto da universidade, injetar-lhe um tranquilizante para mantê-la calma e levá-la até outro estacionamento. Depois, carregá-la para dentro de casa, matá-la, trazê-la de volta para o carro; em seguida, dirigir até o centro da cidade e largá-la em um reciclador de lixo. Pronto, trabalho feito!

"Mas há riscos, muitos riscos", continuou, quase falando para si mesma. "De qualquer modo, se você é cuidadoso e determinado, calcula os riscos. É isso que ele faz. Planeja, arma tudo com calma e considera o fator tempo. Talvez rode programas de computador, probabilidades e rotas alternativas. Todos os detalhes."

— Não era muito tarde quando ele a pegou — apontou Peabody. — Foi entre nove e nove e meia da noite, não foi? Pode ser que alguém tenha reparado na sua chegada ou saída.

Eve analisou a rua, o prédio, os degraus e passarelas que levavam a ele e o estacionamento.

— Como é que ele fez para tirar a garota morta do edifício e levá-la para o carro? Teve calma, esperou até mais tarde, até um horário em que não houvesse muita atividade nas ruas — respondeu para si mesma. — A região não fica muito cheia no verão, então não precisava ser tarde da noite. Nessa época há poucos universitários nas boates e cafés, mas eles chegam mais cedo, antes das nove, na maioria dos casos. O movimento e a música começam a bombar às nove, e ele sabe que vai ficar exposto durante um ou dois minutos, não há como escapar disso. Mas é rápido, cuidadoso, e está disposto a correr o risco.

— Levá-la até o centro da cidade mostra que ele quis colocar uma boa distância entre o local do assassinato e o da desova. Foi um bom plano.

— Talvez. — Foi tudo o que Eve disse ao se aproximar da porta.

No primeiro andar da Portography ficava a área de vendas. Câmeras, acessórios e *gadgets* que, para Eve, pareciam ser de outro planeta, além de softwares que não pareciam fazer sentido. Um atendente enaltecia para um cliente as virtudes de uma unidade multitarefa de reprodução de imagens que lhe pareceu muito complexa. Outra atendente vendia um boxe de discos de tamanho econômico.

Duas câmeras de segurança gravavam as atividades da loja por diferentes ângulos. Uma máquina convidava os clientes: "CLIQUE AQUI PARA TIRAR UM AUTORRETRATO INSTANTÂNEO! Experimente a nossa Podiak Image Master. É facílima de usar e está em promoção, por apenas $225.99."

Uma música agitada e irritante tilintava na máquina de demonstração. O feliz proprietário da Podiak Image Master podia escolher entre inúmeras opções musicais que já vinham carregadas no equipamento, ou gravar trilhas favoritas para servir de fundo musical para os vídeos e fotos da família.

Eve se perguntava por que alguém escolheria uma musiquinha saltitante para acompanhar suas fotos quando Peabody clicou.

— Só queria experimentar — explicou ela. — Não tenho nenhuma foto de nós duas. — Ela pegou a foto impressa. — Olha só! Não somos uma gracinha?

— Adoráveis. Agora, guarda esse troço na bolsa. — Eve apontou para o elevador apertado, e o painel indicava a Portography Gallery no segundo andar e o Portography Studio no terceiro.

— Vamos dar uma olhada lá em cima.

— Vou prender este instantâneo no meu cubículo de trabalho — informou Peabody, guardando a foto. — Posso tirar uma cópia para você. Talvez Roarke queira uma também.

— Ele já sabe como é a minha cara. — Eve saltou no segundo andar.

Havia rostos e corpos revestindo as paredes. Jovens, velhos, grupos, bebês. Meninas de sapatilhas e meninos com uniformes esportivos. Retratos de família, nus artísticos de homens e mulheres, além de vários tipos de animais de estimação.

Todas as fotos tinham uma moldura estreita de prata.

Retrato Mortal

Para Eve, aquilo era como ter uma centena de pares de olhos observando-a. Ela balançou a cabeça para afastar a sensação e tentou avaliar se alguma delas tinha o mesmo estilo usado para fotografar Rachel Howard.

— Boa-tarde. — Uma mulher de preto com uma franja de cabelos brancos, curta e reta, deu a volta e saiu de trás de um balcão. — A senhora está interessada em um retrato?

— Quem tirou essas fotos? — perguntou Eve, exibindo o distintivo.

— Desculpe, mas aconteceu alguma coisa?

— Estou investigando a morte de uma aluna da Columbia.

— Ah, sim, eu soube a respeito. Uma jovem, não foi? Horrível. Receio não entender o que a nossa galeria tem a ver com sua investigação.

— Essa é a minha função: investigar o que as coisas têm a ver umas com as outras, senhorita...

— Oh, Duberry. Lucia Duberry. Sou a gerente.

— Dallas. Tenente Eve Dallas. Sou a investigadora. — Eve pegou a foto de Rachel na bolsa. — Alguma vez ela esteve nesta loja?

— Linda jovem. Não me lembro de tê-la visto por aqui. Mas recebemos gente que entra só para ver; muitos estudantes circulam pela loja e olham tudo. Pode ser que eu não tenha reparado nela.

— O que acha desta fotografia?

— É um estudo excelente, com composição forte. Quem vê repara na mesma hora, como aconteceu comigo, no quanto ela é bonita. Depois, dá para perceber que ela é simpática e muito jovem. Frescor é outra palavra que me vem à cabeça, porque a pose é descontraída e natural. Ela era estudante de fotografia ou modelo?

— Não. Mas fazia um curso de digitalização de imagens. Pode ser que tenha comprado algum material aqui.

— Bem, certamente podemos verificar isso. A senhora deseja que eu ligue lá para baixo e peça a um dos atendentes para verificar as notas fiscais?

— Sim. Rachel Howard era o nome dela. Pesquise as notas dos últimos dois meses.

— Não deve levar muito tempo. — Ela entrou e, quando Eve a seguiu, descobriu que havia uma espécie de estação de trabalho ali, por trás da parede cheia de fotos.

Lucia foi até o *tele-link* que ficava sobre uma mesa pequena e ligou para o andar de vendas, dando instruções.

— Posso lhes oferecer alguma coisa para beber, enquanto esperam? Uma água mineral, talvez?

— Não, obrigada — recusou Eve, antes de Peabody ter a chance de abrir a boca. — Este espaço comercial e residencial usa o estacionamento ao lado?

— Sim. Nosso prédio usa, e quatro outros em volta também.

— Há câmeras de segurança?

— Não. Antigamente havia, mas alguém sempre vandalizava ou roubava o equipamento, e os custos de manutenção e reparos eram maiores do que os prejuízos causados por um ou outro ladrãozinho.

— O proprietário da loja mora no andar de cima?

— Hastings mora no quarto andar, e tem um estúdio no terceiro.

— Ele está?

— Oh, sim. Está trabalhando em uma sessão de fotos neste exato momento.

— Alguns dos trabalhos emoldurados é dele?

— Todos. Hastings é muito, *muito* talentoso.

— Preciso conversar com ele. Peabody, suba depois de pegar os dados com o atendente de vendas.

— Oh, mas... Ele está trabalhando — protestou Lucia.

— Eu também. — Eve seguiu em direção ao elevador com Lucia, muito agitada, correndo atrás. — Hastings está no meio de uma *sessão*. Não pode ser incomodado.

— Quer apostar? — Eve olhou com firmeza quando Lucia a agarrou pelo braço. — Você não está tentando me impedir de entrar, está?

Retrato Mortal

O tom absolutamente frio fez com que Lucia recolhesse a mão depressa.

— Se a senhora puder esperar até ele acabar...

— Não posso. — Eve entrou no elevador. — Terceiro andar — ordenou, e observou a expressão de horror nos olhos de Lucia enquanto as portas se fechavam lentamente.

Saltou da cabine e foi recebida por uma rajada de música techno em alto volume que ecoava, quente como o verão, pelas paredes brancas do estúdio. Os equipamentos — luzes, filtros, ventiladores e telas translúcidas — estavam colocados no centro, em torno de uma espécie de palco onde uma modelo completamente nua drapejava em ondulações suaves e posições atléticas sobre uma imensa poltrona vermelha.

A modelo era negra, e Eve calculou sua altura em mais de um metro e oitenta. Era magra como um cão galgo, e suas articulações pareciam geleia.

Havia três câmeras em tripés, e uma quarta nas mãos de um sujeito muito musculoso de jeans baggy e camisa azul larga. Duas outras pessoas, uma mulher minúscula de colante preto sem mangas e um rapaz com um perturbador apanhado de cabelos laranja no alto da cabeça olhavam tudo com expressão de profunda concentração.

Eve entrou no estúdio e se preparou para falar. A jovem miúda se virou de lado e a avistou. Um ar de choque se estampou em seu rosto, seguido imediatamente por uma expressão de puro horror.

Se Eve não tivesse visto essa mesma reação no rosto de Lucia, teria se virado para trás com a arma em punho para enfrentar algum perigo terrível às suas costas.

Em vez disso, continuou caminhando calmamente, e chegou tão perto que ouviu a jovem engolir em seco, atormentada. Em seguida, viu que o rapaz ofegou. A modelo lançou para Eve um olhar cintilante e tentou não rir.

— Nada de sorrisos! — explodiu o homem que segurava a câmera, em um tom que fez os dois assistentes pularem ao mesmo tempo. A modelo simplesmente relaxou os lábios e curvou o corpo, lançando-se para frente como se fosse um salgueiro longo e flexível que cobriu a poltrona.

— Você tem companhia, amor — ronronou ela, com voz de veludo, gesticulando com o braço fluido e infindável.

Ele girou o corpo, abaixando a câmera.

O espetacular rugido veio em seguida. Eve teve de admitir que foi impressionante. Ela nunca tinha visto um urso de verdade, mas conhecia o animal de fotos e vídeos. Ele tinha a aparência, o rugido e o porte de um urso.

Pelo menos um metro e noventa de altura e generosos cento e vinte quilos, pela estimativa de Eve. Além do peito largo, tinha braços grossos e mãos grandes como bandejas.

Era feio de doer. Tinha olhos miúdos e turvos; o nariz achatado se espalhava pelo rosto; os lábios eram frouxos. Naquele momento, veias latejavam e pulsavam em sua testa alta e na cabeça brilhante e completamente calva.

— Caia fora! — Ele socou a própria careca enquanto gritava, como se tentasse desalojar pequenos demônios do cérebro. — Caia fora daqui antes que eu *mate* você.

Eve mostrou o distintivo.

— É melhor tomar cuidado ao usar essa expressão para falar com uma tira. Preciso lhe fazer algumas perguntas.

— Uma tira? Uma tira?!... Estou cagando e andando se você é uma tira. Estou cagando e andando se você é Deus Todo-Poderoso em pessoa, descendo para o Juízo Final. Pode vazar, senão vou torcer seus braços até arrancá-los das articulações e depois socar sua cabeça com eles e ver sua morte chegar em meio a muito sangue e dor.

Eve teve de reconhecer que a imagem era criativa. Quando ele avançou em sua direção, ela mudou o apoio do corpo. E, quando uma das suas mãos gigantescas a atacou, ela chutou seu saco, com toda a força.

Ele despencou como uma árvore, de cara no chão, e chegou a quicar. Ela imaginou que ele estivesse grunhindo ou com falta de ar, mas não dava para ouvir direito por causa da música ensurdecedora.

— Desliga essa merda! — exigiu Eve.

— Encerrar o programa de música! — ordenou depressa o rapaz, pulando de nervoso em suas botas de salto fino. — Meu Deus, meu Deus, ela matou Hastings. Ela o *matou*. Liguem para o pronto-socorro, chamem uma ambulância!

A música parou durante seus gritos histéricos, e eles ainda ecoaram pelo salão por um bom tempo.

— Ah, se liga, seu babaca! — reagiu a modelo, levantando-se e caminhando, com toda a sua nudez e graça, até uma garrafa de água no balcão. — Ele não morreu. Seus ovos devem estar na garganta, mas ele está respirando. Gostei do seu poder de defesa — disse a Eve, e bebeu a água em longos goles.

— Obrigada. — Ela se agachou onde a árvore tombada sugava o ar de dor. — Você é Dirk Hastings? Sou a tenente Dallas, do Departamento de Polícia de Nova York. Decidi livrar você da prisão em flagrante por tentativa de ataque a uma policial em serviço. Entretanto, ficarei feliz em cancelar essa benesse e arrastar você até a Central, algemado. Como opção, você pode voltar a respirar e responder às minhas perguntas aqui mesmo, no conforto do seu lar.

— Eu... quero... um... advogado — ele conseguiu balbuciar.

— Claro, vou atender ao seu pedido. Convoque um representante e mande-o nos encontrar na Central de Polícia.

— Eu não... — Ele sugou o ar com força e o expeliu devagar. — Eu não sou obrigado a ir a lugar nenhum com você, sua vaca louca.

— Ah, é obrigado, sim. Sabe por quê? Sou uma vaca louca que possui um distintivo e uma arma, e isso me torna uma espécie de deusa poderosa, vindo para o Juízo Final. Vai ser aqui ou lá, meu chapa, essa é sua única escolha.

Ele conseguiu se colocar de barriga para cima. Seu rosto continuava branco como papel, mas a respiração parecia mais estável.

— Vá com calma — disse ela. — Pense com cuidado. — Ela se levantou e ergueu uma sobrancelha para a modelo, que continuava nua. — Você não tem um roupão não, ou algo parecido?

— Algo parecido. — Ela pegou um pano leve branco e azul, pendurado em um cabide. Com movimentos curtos e fluidos, colocou-o sobre a cabeça e deixou-o deslizar pelo corpo magro; era um microvestido.

— Quero seus nomes — anunciou Eve. — Você, primeiro.

— Turmalina. — A modelo voltou até a poltrona e se estendeu sobre ela. — Apenas Turmalina. Tive de trocá-lo legalmente, e quis desse jeito. Sou uma modelo free-lancer.

— Você faz sessões de fotos com Hastings regularmente?

— Essa é minha terceira, só esse ano. Em termos de personalidade, ele é um panaca, mas sabe manejar uma câmera como ninguém e não tenta comer a modelo.

Eve se virou de lado ao ver Peabody saindo do elevador. A auxiliar arregalou os olhos ao ver o sujeito enorme esparramado no chão, mas seguiu até Eve em passos rápidos.

— Consegui os dados que a senhora pediu, tenente.

— Espere um instantinho só, Peabody. Turmalina, informe à minha auxiliar seus dados completos, endereço e *tele-links* para contato. Depois, pode esperar em algum outro lugar ou ir embora. Entraremos em contato com você, se for preciso.

— Prefiro ir embora. Ele não vai mais trabalhar hoje mesmo.

— Você decide. Próximo! — Ela apontou para o rapaz.

— Dingo Wilkens.

— Dingo?

— Bem, ahn... Robert Lewis Wilkens, mas eu...

— Tudo bem. O que há naquela sala? — quis saber Eve, apontando para uma porta.

— Ahn. É um camarim. Está...

— Ótimo. Vá para lá, sente-se quietinho e me espere. Você! — Ela chamou a segunda assistente com a mão. — Nome?

Retrato Mortal

— Liza Blue.

— Meu Cristo! Todo mundo inventa nomes por aqui? Acompanhe o Dingo.

Os dois saíram correndo assim que viram Eve colocar as mãos nos quadris e olhar para Hastings, ainda no chão. Ele pegou a câmera e a apontou para ela.

— Ei, o que pensa que está fazendo?

— Rosto forte. Formato bom. Muita atitude. — Ele baixou a câmera e abriu um sorriso. — O nome da foto vai ser *A Tira Megera*.

— Que bom que você está respirando novamente. Vai ficar deitado aí embaixo ou vai se levantar para conversar comigo?

— Você vai chutar meu saco novamente?

— Só se for preciso. Sente-se na poltrona — sugeriu ela, pegando um banco alto junto do balcão e arrastando-o até onde ele estava. Sem largar a câmera, Hastings foi mancando até a poltrona vermelha e se largou sobre ela.

— Você interrompeu meu trabalho. Eu estava na minha zona.

— Pois agora você está na *minha* zona. Que modelo de câmera é essa?

— Rizeri 5M. O que isso tem a ver?

— É a máquina que você usa sempre?

— Depende, ora. Uso a Bornaze 6000 para alguns tipos de foto. Uso também a Hasselblad 21 quando dá vontade. Qual é a sua? Você quer uma aula de fotografia ou o quê?

— O que acha da Hiserman DigiKing?

— Uma merda. Para amadores. Qual é o lance?

— Então, Hastings — quis saber Eve, descontraída —, você gosta de seguir as pessoas, geralmente mulheres bonitas, para tirar fotos delas?

— Sou um fotógrafo. Esse é o meu trabalho.

— Você tem duas queixas por perseguição a mulheres.

— Mentira! Conversa fiada! Sou a porra de um artista. — Ele se inclinou para frente. — Quer saber? Aquelas mulheres deviam se sentir gratas por eu encontrar algo de interessante nelas. Por acaso uma rosa faz queixa para a polícia quando alguém captura sua imagem?

— Talvez você deva tirar fotos só de flores.

— Rostos, formas, esses são meus veículos de expressão. E eu não *tiro* fotos. Eu crio imagens. E paguei o que devia à sociedade. — Ele abanou a mão, para se livrar da questão. — Prestei serviços à comunidade, pelo amor de Deus. Aliás, nos dois casos, os retratos que eu criei imortalizaram aquelas mulheres ridículas e ingratas.

— É isso que você busca? Imortalidade?

— É o que eu ofereço. — Ele olhou para Peabody, ergueu a câmera novamente, enquadrou-a e tirou uma foto, tudo num movimento sincronizado. — Soldado de infantaria — batizou a foto, e tirou outra antes de Peabody ter a chance de piscar. — Bom rosto. Quadrado e forte.

— Pois eu acho que, se eu me livrasse dessas gordurinhas aqui — Peabody chupou as bochechas para dentro, a fim de demonstrar —, minhas maçãs do rosto iriam sobressair mais, e eu...

— Deixe quieto. Num rosto quadrado é melhor assim.

— Mas eu...

— Desculpem interromper... — Com o que considerou uma prova de paciência heroica, Eve ergueu a mão. — Podemos voltar ao assunto?

— Desculpe, senhora — murmurou Peabody.

— Que assunto? Imortalidade? — Hastings ergueu os ombros gigantescos. — É o que eu tenho. É o que eu dou às pessoas. Artista e modelo. Uma relação próxima, mais íntima do que sexo, mais forte que sangue. É uma intimidade espiritual. Sua imagem — explicou ele, dando um tapinha na câmera — se torna a *minha* imagem. A minha visão é a *sua* realidade em um momento que define todos os outros.

— Entendi... E você fica puto quando as pessoas não compreendem nem apreciam o que você tem para lhes oferecer.

Retrato Mortal

— Ora, mas *é claro* que fico puto. As pessoas são idiotas. Imbecis. Todas elas.

— E você passa a vida imortalizando idiotas e imbecis.

— Sim, exatamente. Transformando-os em mais do que eles são.

— E como se sente?

— Pleno.

— Mas qual é o seu método? Você clica aqui, no estúdio, trabalhando com profissionais da área?

— Às vezes. Outras vezes circulo pelas ruas até encontrar um rosto que converse comigo. Para conseguir viver neste mundo corrupto, aceito serviços. Faço retratos, casamentos, funerais, clico crianças e assim por diante. Mas prefiro trabalhar por conta própria.

— E em que estava trabalhando na noite de 8 de agosto e na manhã do dia 9?

— Sei lá, como é que eu posso saber?

— Tente lembrar. Foi na noite de anteontem, a partir das nove horas.

— Estava trabalhando. Aqui e lá em cima, no meu apartamento. Estou fazendo uma montagem. Olhos. Do nascimento até a morte.

— Você se interessa pela morte?

— Claro. Sem ela, o que seria da vida?

— Você estava sozinho?

— Completamente.

— Falou com alguém, esteve com alguma pessoa depois das nove?

— Já disse que eu estava *trabalhando*. — Ele sorriu de leve. — Não gosto de ser incomodado.

— Quer dizer que você esteve aqui sozinho a noite toda e a madrugada também?

— Acabei de dizer que sim. Trabalhei até meia-noite, mais ou menos. Não olho para a porra do relógio. Provavelmente peguei um drinque e depois tomei um longo banho de banheira, bem quente, para relaxar o corpo e a mente. Fui para a cama mais ou menos à uma da manhã.

— Você tem carro, Hastings?

— Não estou sacando qual é a dessas perguntas idiotas. Sim, eu tenho carro. É *claro* que eu tenho um carro. Preciso circular por aí, certo? Acha que eu ficaria na dependência de transporte público para trabalhar? Sim, eu tenho carro, e também uma van de quatro lugares que eu uso basicamente para realizar serviços que precisem de muita gente e equipamentos.

— Qual foi a primeira vez que você viu Rachel Howard?

— Não conheço ninguém com esse nome.

Ela se levantou e foi até Peabody.

— Encontrou alguma nota fiscal?

Na mesma hora Peabody parou de sugar as bochechas.

— Duas, senhora. Ela usou o cartão de débito duas vezes aqui na loja. Fez compras pequenas em junho e julho.

— Ótimo. Vá interrogar os outros dois. Faça perguntas básicas, pareça durona e intimide-os.

— Essa é minha parte favorita.

Eve voltou ao banco.

— Rachel Howard está na lista de clientes da sua loja.

Depois de olhar para Eve fixamente por alguns segundos, Hastings bufou com força.

— Não conheço todos os clientes idiotas da minha loja. Contrato pessoas para lidar com eles.

— Talvez isto refresque a sua memória. — Ela pegou a foto tirada sem consentimento da vítima, na loja de conveniência, e entregou a ele.

Houve um lampejo de reconhecimento em seus olhos. Foi muito rápido, mas Eve percebeu.

— Um belo rosto — comentou ele, com casualidade. — Aberto, ingênuo, jovem. Não sei de quem se trata.

— Sabe, sim. Você a reconheceu.

Retrato Mortal

— Mas não sei de quem se trata — ele repetiu.

— Que tal esta? — Sem tirar os olhos dos dele, Eve pegou a foto posada.

— Quase brilhante — murmurou Hastings. — Muito perto de ser brilhante. — Ele se levantou com a foto e foi até a janela para examiná-la melhor. — A composição está boa, a estrutura e os tons também. Juventude, doçura e a franqueza da modelo estão presentes aqui, apesar de ela estar morta.

— Como é que você sabe que ela está morta?

— Eu fotografo os mortos. Nos funerais que as pessoas querem guardar na memória. Também vou ao necrotério de vez em quando e passo uma grana para um funcionário me deixar fotografar um ou outro corpo. Sei reconhecer a morte.

Ele baixou a foto e olhou fixamente para Eve.

— Você acha que eu matei essa garota? Acha mesmo que fui eu? Por que eu faria isso?

— Você é quem tem que me dizer. Você a conhecia.

— O rosto dela me é familiar. — Ele passou a língua nos lábios para umedecê-los enquanto tornava a olhar para a foto. — Já vi tantos rostos. Ela se parece com... Eu já a vi. Em algum lugar... Em algum lugar.

Ele voltou e tornou a se largar na poltrona.

— Sim, já vi o rosto dela por aí, mas não a conheço. Se acha que eu seria capaz de matar alguém que não conheço, como explica eu viver cercado de pessoas que me irritam e nunca ter matado nenhuma delas?

Aquela era uma excelente pergunta, reconheceu Eve. Ela o pressionou e forçou a barra por mais quinze minutos. Depois, levou-o para outra sala e chamou o assistente.

— Vamos lá, Dingo, o que você faz para Hastings?

— Eu-eu-eu-eu...

— Pare. Respire fundo. Inspire... Expire...

Depois de engolir o ar algumas vezes, ele tornou a tentar:

— Estou trabalhando como assistente pessoal no estúdio. Eu-eu... — Sugou o ar quando Eve apontou o dedo para ele. — Eu apronto a câmera, preparo as luzes, mudo o cenário de fundo, faço tudo que ele manda.

— Há quanto tempo trabalha para Hastings?

— Duas semanas. — Dingo olhou com receio para a porta da sala onde Hastings estava. Então, inclinando-se na direção de Eve, baixou a voz até transformá-la num sussurro. — A maioria dos assistentes dele não dura muito no emprego. O que veio antes de mim começou a trabalhar e foi despedido em menos de três horas. Isso deve ser um recorde. O que ficou mais tempo durou seis semanas.

— Por quê?

— Ele pira por completo, dona. Fica zuretaço. Vira uma bomba nuclear. Quando a gente estraga as coisas, quando a gente não estraga, por tudo e por nada, se alguém mija fora do penico, ele entra em órbita.

— Fica violento?

— Quebra coisas, atira objetos longe. Semana passada eu o vi bater com a própria cabeça na parede diversas vezes.

— Você já o viu bater com a cabeça de outra pessoa na parede?

— Até agora, não, mas soube que ele ameaçou empurrar um cara debaixo de um maxiônibus, durante uma sessão de fotos. Mas acho que não cumpriu a ameaça, não.

— Já viu essa garota por aqui, em pessoa ou em retratos?

Dingo pegou a foto.

— Não. Ela não é o meu tipo.

— Ah, não?

— Ela não tem jeito de quem gosta de um agito.

— E você diria que ela faz o tipo de Hastings?

— Para algum agito?

Retrato Mortal 169

— Para qualquer coisa.

— Não, acho que não. O cara não agita nem um pouco, mas ele curtiria o rosto dela.

— Você tem carro, Dingo?

— Tenho uma prancha aérea — respondeu ele, olhando para Eve.

— Estou falando de um carro de verdade, com portas.

— Não. — Ele riu só de pensar nisso. — Mas eu sei dirigir. Foi uma das razões de eu conseguir este emprego. Posso levar Hastings para os serviços, coisa e tal. — Ele parou um instante e olhou para a foto. — Ele não empurrou alguém para baixo de um maxiônibus, empurrou?

— Não que eu saiba. Onde você estava na noite de anteontem?

— Circulando por aí.

— E onde essa circulação ocorreu, especificamente?

— Hã... Sei lá. Estava só... — De repente, algo surgiu em sua mente e ele arregalou os olhos, que ficaram vidrados em um rosto mortalmente pálido. — Caraca! Minha nossa! Eu sou suspeito de algum crime?

— Por que não me conta por onde andou, o que fez e com quem estava?

— Eu-eu-eu... *Puxa!* Loose, Brick e Jazz estavam comigo. Ficamos na casa de Brick por um tempo, depois fomos para o The Spot, uma boate que a gente frequenta. Só que Loose ficou bebaço e o deixamos em casa mais ou menos... sei lá... à uma da manhã, talvez? Depois ficamos um tempo juntos, aí eu fui pra minha casa e apaguei.

— Algum desses seus amigos tem nome de verdade?

— Eu, eu... Eles têm, sim.

— Informe os nomes deles à minha auxiliar, e também os endereços. Depois você está livre para ir embora.

— Posso ir embora? Simples assim? — Seu rosto passou por rápidas mudanças, do choque à desconfiança, do alívio ao desapontamento. — Eu não vou precisar, tipo assim, entrar em contato com um advogado, nem nada?

— Simplesmente, mantenha-se disponível, Dingo.

Eve teve de caminhar pelo mesmo campo minado de nervos e ansiedade ao conversar com Liza Blue, que era a consultora para maquiagem e cabelos. Ao ver que os dentes dela batiam de medo, como castanholas, Eve soltou um suspiro longo e lento.

— Escute, Liza, você tem algum motivo para se sentir culpada?

— É que eu chifrei meu namorado na semana passada.

— Não vou prender você por isso. Há quanto tempo você trabalha para Hastings?

— Humm, sou free-lancer, entende? Trabalho para um monte de fotógrafos, e também faço cabelos e penteados especiais para casamentos e ocasiões importantes. Hastings gosta do meu estilo, estou trabalhando com ele há mais ou menos um ano. — Ela olhou para Eve com ar de lamento. — Estou indo bem?

— Quem fornece os produtos para maquiagem?

— Tenho meu próprio kit, mas Hastings mantém um bom estoque aqui. Ele é muito exigente. Muitos profissionais dessa área são.

— Ele tem algum produto da Barrymore?

— Claro. É coisa de alta qualidade.

— Alguma vez você trabalhou com esta garota? — perguntou Eve, mostrando a foto de Rachel Howard.

Liza apertou os lábios.

— Acho que não. Provavelmente eu usaria uma tintura labial rosa forte. Se fosse da Barrymore, como a senhora perguntou, escolheria o tom Primeiro Rubor ou o Rosa de Primavera. Eles destacariam o formato da sua boca. Ela tem lábios ótimos, mas eles precisam de um destaque. E ela também devia delinear mais os olhos. Esse rosto me parece familiar. Não sei de onde eu...

Ela parou de falar e largou a foto depressa, como se ela estivesse em chamas.

— Essa foi a garota que morreu, não é? Eu vi no noticiário. Ela foi encontrada no centro da cidade, em um latão de reciclagem.

— Onde é que você estava na noite de anteontem?

— Com meu namorado. — Sua voz estremeceu. — Ivan. Eu estava péssima por ter chifrado o pobrezinho, não sei por que fiz isso. Quase contei tudo a ele ontem à noite, mas amarelei. Fomos ver um filme e depois dormimos no apartamento dele.

— Peabody, pegue os dados dela. Pode ir para casa, Liza.

— A senhora acha que Hastings a matou? Não quero mais voltar aqui se a senhora acha que foi ele que matou essa garota.

— Ele ainda não foi acusado de nada, mas eu preciso investigar.

Eve foi até a sala onde Hastings esperava. Ele estava sentado com os braços cruzados sobre o peito, olhando para a própria imagem refletida num espelho grande.

— Podemos fazer isso de várias maneiras — começou Eve. — Posso rebocar você até a Central e colocá-lo em detenção enquanto requisito mandados para vasculhar este prédio, incluindo sua casa e seus carros. Ou você pode concordar de livre e espontânea vontade e autorizar essa busca.

— Você não vai achar porra nenhuma aqui.

— Então você não deve se preocupar por me deixar dar uma olhada.

— Vasculhe à vontade. — Os olhos dele se encontraram com os dela no espelho.

CAPÍTULO NOVE

Eve convocou uma equipe de peritos e vasculhou tudo.

Não encontrou nenhuma substância ilegal, o que a deixou surpresa. Seria capaz de jurar que Hastings era o tipo de profissional que tinha uma queda por zoner, para espairecer, mas o lugar estava limpo. Nem mesmo o tranquilizante que poderia ter sido usado para subjugar Rachel Howard apareceu no apartamento, nem no estúdio, nem nos carros.

Havia muitos produtos Barrymore no kit de maquiagem do estúdio, muitos deles nos tons que haviam sido usados em Rachel.

Eve tentou imaginar Hastings passando tintura nos lábios da vítima sem borrar, ou aplicando sombra em seus olhos com aquelas mãos imensas.

Não havia nenhuma cadeira no lugar que fosse ao menos parecida com a usada na composição do retrato de Rachel morta, mas Eve encontrou um carretel grande de arame fino. O arame e os produtos de maquiagem foram direto para as sacolas de provas, sem reações de protesto de Hastings, nem mesmo quando Eve lhe entregou um recibo discriminado.

Retrato Mortal

Ela resolveu deixar para os técnicos e peritos a tarefa de pegar amostras do carpete para compará-las com as fibras encontradas na vítima e se focou nos imensos arquivos de imagens.

Parte desse foco era se manter bufando no cangote de McNab enquanto ele rodava uma busca por comparação.

— Tenente. — Para se defender, McNab encolheu os ombros magros. — Esse cara tem dezenas de milhares de imagens arquivadas. Vai levar algum tempo para eu vasculhar todas até achar uma que bata com as feições da vítima, se é que existe alguma aqui.

— Existe. Ele a reconheceu.

— Tudo bem, mas... — ele virou a cabeça de repente, e seu nariz e o nariz de Eve quase colidiram — ... eu preciso de espaço para trabalhar.

Eve fez uma careta para a tela do computador. A metade esquerda da tela estampava o rosto sorridente de Rachel, enquanto a metade direita exibia um borrão que se movia velozmente enquanto as imagens de Hastings eram processadas. Mais cedo ou mais tarde uma das fotos iria se manter na tela. Eve tinha certeza de que uma segunda imagem de Rachel iria aparecer.

— É o computador que está fazendo o trabalho todo — apontou ela.

— Com todo o respeito, eu discordo, senhora — replicou McNab. — A máquina só é boa quando o operador é bom.

— Propaganda típica da DDE. — Mas ela se afastou, pois sabia que estava atrapalhando o trabalho dele. — Quero ser informada no instante em que você conseguir uma foto que bata com a dela.

— A senhora será a primeira a saber.

Ela olhou para trás, para onde Hastings continuava sentado de braços cruzados, boca fechada e cara amarrada, observando o pequeno exército de tiras que zumbiam por toda parte em seu estúdio. Mantendo o olho nele, foi até sua auxiliar.

— Peabody!

— Sim, senhora.

— Pegue um desses guardas e vá interrogar o segundo nome da nossa lista de suspeitos.

— Como assim, senhora?

— Eu dei essa ordem em grego, por acaso?

— A senhora quer que eu conduza o interrogatório de um caso em andamento? — O rosto de Peabody ficou branco como cera. — Sozinha?

— Existe algum motivo para, depois de trabalhar por mais de um ano na Divisão de Homicídios, você se achar despreparada para fazer perguntas a um suspeito sem a investigadora principal estar ao lado, segurando sua mão?

— Não, senhora. — Seu rosto ficou muito vermelho. — É que é sempre a senhora que... Eu nunca... — Engoliu em seco ao sentir o olhar afável de Eve e ergueu os ombros. — Vou interrogar Catstevens, tenente.

— Muito bem. Quando acabar, entre em contato comigo para receber novas ordens.

— Sim, senhora. Obrigada por confiar em mim.

— De nada. Não pise na bola. — Ela deu as costas para Peabody, cruzando os dedos mentalmente, para lhe desejar boa sorte. Depois, foi circular em torno de Hastings.

Seu instinto lhe dizia que a pista mais importante estava ali, e mesmo que Peabody não conseguisse nada de novo, aquela missão representaria, para ela, uma boa experiência de campo.

Ela se encostou ao peitoril da janela, cruzou os pés à altura dos tornozelos e comentou:

— Não é nada fácil ver um monte de estranhos futucando e metendo o bedelho nas nossas coisas. — Ela esperou um segundo, mas ele simplesmente permaneceu olhando para ela fixamente. — Poderíamos adiantar muito as coisas por aqui se você me contasse de onde conhece Rachel Howard.

— Eu nunca disse que a conhecia. Apenas vi o rosto dela antes. Isso não é crime.

Retrato Mortal

— Tirou fotos dela?

— Talvez.

— Aqui, no estúdio?

As sobrancelhas dele se uniram, em concentração. Eve percebeu que ele lutava para descobrir a resposta.

— Não — garantiu, por fim.

— Ela nunca esteve aqui no estúdio?

— Ora, porra, como é que eu vou saber? — Sua voz pareceu trovejar mais uma vez, cheia de frustração. — As pessoas trazem os amigos até aqui, sabe Deus por quê. Eu contrato uma modelo, ou um grupo, e eles têm sempre que trazer alguém de fora. Na maioria das vezes, boto todo mundo pra correr, mas, outras vezes, estou num bom dia e deixo o povo olhar. — Ele sorriu de leve. — Tento fazer com que isso não aconteça com frequência, é claro.

— Você ganha muita grana trabalhando com fotografia?

— Você ganha muita grana trabalhando como tira? — zombou ele, rindo.

— Claro que não — respondeu Eve, numa boa. — Então você faz isso porque gosta. — Enfiou os polegares nas calças, intrigada. — E tira fotos de pessoas, mesmo que às vezes não vá muito com a cara delas. — Assentiu com a cabeça. — Tudo bem, isso eu consigo compreender. Só que estamos lidando com uma mulher jovem e muito bonita. Os homens normalmente arranjam uma utilidade para mulheres jovens e bonitas.

— Universitárias não fazem meu gênero. — Um pouco de cor voltou ao rosto dele. — Qual é, tenho quarenta anos na cara, o que eu poderia querer com uma colegial magricela? Contrato acompanhantes licenciadas para sexo. É mais limpo, profissional e não há envolvimento, sacou? Não gosto de relacionamentos pessoais.

Ele está brincando comigo, percebeu Eve, com um ar divertido.

— É verdade, isso sempre complica as coisas.

— Aprecio rostos — murmurou ele. — Estou aqui sentado pensando que você é um tremendo pé no saco, esculhambou com meu dia e com minha agenda, mas gosto do seu rosto. Posso odiá-la profundamente e, ao mesmo tempo, gostar do seu rosto.

— Não sei que diabos pensar do seu.

— É difícil encontrar alguém mais feio. — Ele riu alto, quase urrando. — Mas também existe beleza nisso. — Olhou para as mãos por um instante e emitiu um sopro que era quase um assobio. — Eu não matei essa garota. Nunca matei ninguém. Gosto de imaginar mil maneiras de matar as pessoas que me irritam. Atirá-las de prédios altos, jogá-las em um caldeirão de óleo fervente, trancá-las numa sala escura cheia de cobras, esse tipo de coisa. Isso me ajuda a enfrentar o dia a dia.

— Você é uma figuraça, Hastings.

— Não somos todos? Veja esse rosto, o rosto dessa garota. Inocente, inofensivo. Sabe o que transforma as pessoas em babacas consumados, tenente Dallas?

— Eles destroem os inocentes.

— Sim, isso mesmo.

— Tenente! — McNab acenou com a mão, sem tirar os olhos da tela. — Encontrei a garota!

Eve atravessou a sala e analisou a tela. Avistou Rachel na mesma hora, embora ela estivesse no meio de um grupo de gente jovem. Todos muito bem-vestidos, enfeitados, com flores no fundo da foto. Devia ser alguma festa formal, imaginou. Provavelmente um casamento.

Rachel estava com a cabeça atirada para trás, de braços dados com outra garota. A foto a pegara no instante exato de uma gargalhada brilhante e deliciosa.

— Hastings. — Eve o chamou até a mesa. — Quem, o quê, onde e quando? — exigiu.

— Foi isso! — O ombro dele bateu no de McNab quando ele se apertou e entrou diante da tela para analisar a imagem. Quase derrubou da cadeira o detetive eletrônico peso leve. — Eu *sabia* que já tinha visto esse rosto antes. Deixe-me ver, deixe-me ver... Isso!

O casamento Morelli-Desoto, em janeiro. Veja só, está marcado. Há outras fotos...

— Não toque no teclado! — gritou Eve. — McNab, amplie e imprima essa imagem. Tem mais fotos dela, Hastings?

— Fiz a porra do casamento todo. O contrato do serviço exige que eu mantenha todas as fotos durante um ano, para que as pessoas possam escolher as que desejam com toda a calma do mundo. E também para que a tia Jane e a vovó Sei-lá-o-nome possam aparecer seis meses depois para encomendar mais algumas cópias. Há outras fotos dessa garota. Várias delas eu tirei só por causa do seu rosto.

— McNab, verifique todo o arquivo e selecione as imagens da vítima. Amplie e imprima todas.

Ele verificou todo o sistema, dando os comandos necessários. Eve viu cenas do casamento passando diante dos seus olhos: a noiva e o noivo, os retratos de família, as fotos tiradas sem as pessoas perceberem. Gente nova, gente velha, amigos e parentes.

— Só tem essas, Dallas.

— Não, tem mais — interrompeu Hastings, antes de Eve ter chance de falar. — Eu tirei um monte. Já lhe disse que tirei mais fotos dela, e de alguns outros rostos que me interessaram. Deve estar no subarquivo desse disco. Rostos. Procure pela pasta Rostos.

McNab digitou. Eve reparou que Hastings não se preocupara muito com a noiva nem com o noivo, naquela série. Havia um retrato de uma senhora idosa, muito idosa, o sorriso sonhador quase perdido em meio ao mapa enrugado de seu rosto; uma criança com marcas de sorvete em torno dos lábios. Outra foto, surpreendentemente terna, mostrava uma menina em seu vestidinho de festa, dormindo profundamente, atravessada numa cadeira.

Rostos não paravam de passar.

— Tem alguma coisa errada — murmurou Hastings. — Ela não está aqui. Eu tirei várias fotos dela, droga! Quatro ou cinco sem ela perceber, e duas com pose. Tirei mais fotos dela do que de qualquer outra pessoa nessa droga de casamento. Eu *fiz* essas imagens.

— Acredito em você. — Eve bateu com os dedos na coxa, considerando a situação. — Duas coisas aqui, Hastings. Você está disposto a se submeter ao detector de mentiras?

— Porra, porra! Tudo bem, tanto faz.

— Vou agitar tudo. — Ela olhou para o relógio de pulso. Já estava tarde para marcar o detector para aquele dia. — Vai ser amanhã. Agora, vamos lá: quem trabalhou como seu auxiliar nesse casamento?

— Como é que eu posso saber? Isso aconteceu em janeiro.

— Você não tem arquivos, registros?

— Claro, mas só sobre os trabalhos, as fotos, as imagens, não sobre os assistentes. Uso os assistentes e os descarto como papel higiênico, com a diferença que papel higiênico é muito mais útil.

— Mas você paga a eles pelo trabalho, não paga?

— Mais do que eles merecem — afirmou, e piscou em seguida. — Certo, certo. É Lucia quem cuida dessa parte. Ela vai saber.

Pela primeira vez desde o dia em que colocou os olhos em Eve, havia mais de um ano, Roarke se sentiu aliviado por ela não estar lá quando ele chegou em casa. Ignorando a fisgada de culpa, subiu direto as escadas, em vez de passar nos aposentos de Summerset para ver como ele estava.

Precisava de tempo. Precisava de privacidade. Precisava pensar, pelo amor de Deus!

Tudo aquilo poderia ser uma armação. Provavelmente era, disse a si mesmo enquanto digitava a senha que lhe dava entrada à sala secreta onde ficava o equipamento sem registro. Quase certamente era uma farsa, algum esquema complicado e muito bem tramado para lhe arrancar algum dinheiro ou distrair sua atenção de alguma negociação importante.

Mas por que usar algo tão profundamente enterrado em seu passado? Por que, por Deus do céu, tentar envolvê-lo em uma coisa que

Retrato Mortal

ele poderia, e é claro que conseguiria, desmascarar em pouquíssimo tempo?

Tudo aquilo era mentira. Conversa fiada.

Mas ele não estava completamente convencido disso.

Como queria e precisava de um drinque, e precisava muito, optou por café puro e bem forte, antes de se voltar para o reluzente console preto.

Ele mandara construir aquela sala e instalara pessoalmente as mais avançadas precauções de segurança com um único propósito: despistar o olho onividente e os tentáculos pegajosos do Compu-Guard, o sistema de vigilância tecnológica do governo. Alguns tipos de transação, mesmo para o homem de negócios perfeitamente legalizado no qual ele se tornara, só interessavam a ele.

Ali naquela sala, com telas de privacidade modernas e portas reforçadas, ele podia enviar e receber qualquer comunicado, bem como efetuar buscas e hackear o que precisasse sem alertar o CompuGuard.

Houve um tempo, numa época não muito distante, em que ele usara aquele equipamento para propósitos não exatamente legais, tanto por diversão, como ele admitia, quanto por lucro e, talvez, até mesmo por hábito.

Roarke fora um ladrão e um vigarista, desde menino. Hábitos como esses são difíceis de largar, especialmente quando alguém é bom no que faz, como era o caso dele.

Roarke sempre fora o melhor.

Tão bom, na verdade, que há muito tempo não precisava roubar para sobreviver. Ele se livrara das ligações e atividades criminosas, camada por camada, e agora curtia o brilho que o dinheiro ganho de forma limpa lhe trazia.

Ele se tornara algo maior, pensou, olhando em torno da sala. Pelo menos, buscava isso.

Então surgiu Eve. A sua tira. O que poderia fazer um homem apaixonado, a não ser limpar as últimas camadas obscuras do seu passado?

Ela fora a responsável pela sua reconstrução, refletiu Roarke. Porém, apesar do que ambos representavam um para o outro, havia um núcleo na alma dele que nem mesmo Eve poderia tocar.

De repente aparecera alguém; uma estranha que tentava fazê-lo acreditar que tudo em sua vida até então — tudo que ele fizera, tudo que era e o que desejava — tinha por base uma mentira. Uma mentira e um assassinato.

Foi até um espelho que havia na sala. Seu rosto era o rosto do seu pai. Exatamente igual, e não havia como escapar disso. Aquilo não era algo em que ele pensasse ou refletisse com frequência. Talvez por isso, receber uma bofetada como essa o abalara até o fundo da alma, e de forma dura, fria e implacável.

Mas ele iria lidar com aquilo. E resolveria o problema.

Sentando-se atrás do brilhante console em U, colocou a mão aberta sobre o sensor preto junto da tela. Uma luz vermelha escaneou a sua palma. Seu rosto estava rígido como pedra.

— Aqui é Roarke — disse ele. — Ligar o sistema.

As luzes se acenderam e os computadores começaram a emitir um zumbido suave, quase humano. E ele se pôs a trabalhar.

Antes de qualquer coisa, ordenou uma investigação minuciosa em Moira O'Bannion. Ele a conheceria melhor do que ela mesma dali a poucos minutos.

O primeiro nível de pesquisa era básico. Data e local de nascimento, pais e irmãos, marido e filhos; seus registros de trabalho. Tudo bateu com o que ela informou, mas ele já esperava por isso.

Uma boa golpista precisava de uma base segura, certo? Ninguém sabia disso melhor que ele.

Mas ela tinha de estar mentindo. *Tinha de estar*, porque se não estivesse...

A dor e o pânico duelaram em suas entranhas. Ele se inclinou e analisou os dados que apareciam na tela. Ela só podia estar mentindo, era isso. Tudo que ele precisava encontrar era a primeira rachadura na história, e o resto da farsa iria se esfarelar.

Enquanto as camadas de busca se sucediam, ele analisou seus dados clínicos, suas finanças e também as da sua família. Com uma calma assustadora, invadiu a privacidade de Moira e a de todas as pessoas ligadas a ela.

Passou-se mais de uma hora e ele não encontrou nada que lhe chamasse a atenção.

Pegou mais café, recostou-se novamente e disse em voz alta o comando que tentara evitar até aquele instante:

— Efetuar uma busca completa em Siobhan Brody, nascida no condado de Clare, na Irlanda, entre os anos de 2003 e 2006.

PROCESSANDO... HÁ TRINTA E TRÊS PESSOAS DO SEXO FEMININO COM ESSE NOME NASCIDAS NO PERÍODO INFORMADO.

— A pessoa procurada tinha uma irmã gêmea.

PROCESSANDO... QUATRO PESSOAS DO SEXO FEMININO COM ESSE NOME E NASCIDAS NO PERÍODO INFORMADO TINHAM UMA IRMÃ GÊMEA.

Agora as palmas da mão dele estavam suadas. Ele estava esticando a busca, e sabia disso. Dava voltas desnecessárias para chegar a uma resposta simples.

— A pessoa pesquisada é uma das gêmeas. Sua irmã se chama Sinead.

PESQUISANDO... PESSOA ENCONTRADA.

— Mostrar no telão 1 a foto mais recente da pessoa pesquisada.

EXIBINDO FOTO DA CARTEIRA DE IDENTIDADE DE SIOBHAN BRODY, EMITIDA EM 5 DE SETEMBRO DE 2023.

Ela apareceu na tela, enchendo-a com um rosto lindo, muito jovem, e um sorriso tímido. Seus cabelos eram brilhantes, cor de fogo, presos cuidadosamente atrás da cabeça; seus olhos tinham um tom muito suave de verde, e sua pele fazia lembrar rosas e leite.

Ela parecia mais jovem, avaliou Roarke, sentindo uma reviravolta no estômago. Talvez tivesse um ou dois anos a menos do que na foto que ele vira na sala de Moira O'Bannion. Só que sem a tristeza profunda, sem o desgaste e as marcas roxas. Mas era a mesma garota. Exatamente a mesma.

SIOBHAN BRODY, NASCIDA EM TULLA, NO CONDADO DE CLARE, IRLANDA, EM 2 DE SETEMBRO DE 2005. PAIS: COLIN BRODY E PATRICIA CARNEY BRODY, FAZENDEIROS. IRMÃOS: EDWARD BRODY, FERGUS BRODY E SINEAD BRODY, IRMÃ GÊMEA. CURSOU A ESCOLA NOSSA SENHORA DA MISERICÓRDIA ATÉ O DÉCIMO SEGUNDO ANO. NÃO HÁ REGISTROS DE ESTUDOS MAIS AVANÇADOS. EMPREGO: NEGÓCIOS DA FAMÍLIA. EMPREGO ADICIONAL: PUB CARNEY, EM TULLA, DE 2022 A 2023; PUB CAVALO BRANCO, EM DUBLIN, DE NOVEMBRO DE 2023 A OUTUBRO DE 2024.

Ele olhou para a imagem que continuava na tela.

— Informar mais dados: casamento, filhos e estado civil atual.

NÃO HÁ REGISTRO DE CASAMENTO, NEM DE COABITAÇÃO LEGAL. NENHUM REGISTRO DE FILHOS. ESTADO CIVIL ATUAL: DESCONHECIDO. NÃO EXISTEM DADOS ADICIONAIS SOBRE SIOBHAN BRODY A PARTIR DE OUTUBRO DE 2024.

Um filete de suor frio lhe escorreu pelas costas. Nenhum registro. Ela desapareceu por completo, pensou.

— Quero os registros criminais relacionados com o alvo da pesquisa. Dados clínicos, financeiros e pessoas ligadas a ela. Qualquer coisa, pelo amor de Deus.

Retrato Mortal

PROCESSANDO...

Havia mais, disse a si mesmo, levantando-se da mesa. Dessa vez ele se serviu de uísque. Tinha de haver mais. E ele iria descobrir.

Eve abriu a porta de casa só duas horas depois do seu turno na Central. Disse a si mesma que devia se sentir satisfeita por não ver Summerset no saguão, pronto para implicar com ela. O único motivo de ela ir direto ao apartamento dele nos fundos da casa foi a chance de implicar *com ele*.

Encontrou-o na sala de estar do apartamento, aboletado na cadeira de rodas, com um concerto de piano metido a besta servindo de fundo musical enquanto folheava um livro grosso, encadernado em couro, que ela supôs que tivesse vindo da biblioteca pessoal de Roarke.

Galahad, instalado no braço da cadeira, piscou ao vê-la chegando.

— Onde está a guarda carcerária? — perguntou Eve.

— Dando uma caminhada pela propriedade, enquanto eu curto alguns merecidos momentos de solidão. — Fingindo contrariedade, ele marcou a página e fechou o livro, preparando-se para se distrair. — A senhora chegou mais tarde hoje, tenente.

— Não guio a minha vida pelo relógio.

— Apesar das dificuldades temporárias, eu ainda gerencio esta casa e devo ser informado sobre sua agenda. A senhora era esperada há mais de uma hora.

— Sabe de uma coisa engraçada? Estou vendo sua boca se movendo, mas tudo o que eu ouço é "blá-blá-blá". Talvez suas cordas vocais tenham sido afetadas quando você se estabacou. Acho que vou pedir à enfermeira Momentos Felizes para verificar isso.

— A senhora deve ter tido um dia calmo — disse ele, sorrindo de leve. — Não está com marcas de sangue na roupa, como de hábito.

— Quem disse que o dia já acabou? Vou ver se Roarke voltou para casa dentro do horário, para ele não levar bronca.

— Ele chegou faz algum tempo. — *E não veio ver como eu estava*, pensou. — Está em seu escritório secreto.

As sobrancelhas dela se ergueram, mas ela deu de ombros.

— Tenho que trabalhar. Ah, para sua informação: deixei o carro largado na frente da casa, só para embaraçar você no caso de visitas esta noite.

Quando ela saiu, Summerset se recostou, satisfeito, e continuou ouvindo Chopin enquanto acariciava a orelha do gato.

Eve subiu direto para a sala secreta de Roarke, usou o sensor de mão, informou nome e senha.

ACESSO NEGADO.

Atônita, olhou para a porta trancada e para a luz vermelha piscando acima dela.

— Essa porta tá de sacanagem comigo — resmungou, e chutou-a de leve antes de tentar mais uma vez.

ACESSO NEGADO.

Xingando, pegou o *tele-link* no bolso e ligou para o número pessoal de Roarke. Sua testa franziu, em sinal de estranheza, ao ver que a voz dele respondeu, mas a tela continuou preta.

Por que diabos ele bloqueou o sinal de vídeo?

— Ei, o que aconteceu? Tô aqui parada do lado de fora da porta, mas minha senha não está funcionando.

— Espere um minutinho.

Quando o *tele-link* desligou, ela ficou olhando para ele.

— Tudo bem, garotão, eu lhe dou um minuto.

Levou mais de um minuto antes de ela ouvir a tranca de segurança se abrir e a luz verde acender.

Quando entrou na sala, viu que Roarke estava sentado atrás do console. Suas mangas estavam arregaçadas, sinal de que ele estava trabalhando manualmente em um ou mais dos teclados.

Seu rosto, porém, estava tão inexpressivo quanto os telões apagados.

A porta tornou a se fechar atrás dela e a tranca foi acionada.

— O que está havendo?

— Estou trabalhando.

— No equipamento sem registro?

Um ar de irritação surgiu no rosto dele. Roarke pegou o copo de cristal pesado que estava junto do seu cotovelo e olhou para ela por sobre a borda, de forma fria e distante, enquanto bebia.

— Sim — confirmou. — No equipamento sem registro.

Não havia calor nenhum em sua voz. Nenhum sorriso de boas-vindas.

— Há algum problema? — quis saber Eve.

Ele girou o líquido no fundo do copo e a observou do mesmo jeito que ela já o vira observar um adversário do qual ele pretendia se livrar o mais depressa possível.

— Por que haveria?

Confusa, Eve foi até atrás do console, mas todas as telas estavam apagadas. Ela percebeu o cheiro penetrante de uísque e tabaco. Sua sensação de desconforto aumentou.

— Porque eu tive o acesso negado, porque você está sentado aí bebendo, porque fechou as telas do que estava pesquisando para eu não ver nada.

— Você teve o acesso negado porque estou trabalhando em um assunto particular. Estou bebendo porque me deu vontade. — Levou o copo aos lábios e tomou mais um gole, para mostrar. — Tranquei a porta porque o que estou fazendo não tem nada a ver com você. Isso esclarece as coisas, tenente?

Eve pareceu sentir um golpe no centro da garganta. Por instinto, vasculhou ao longo do dia em busca de algo que ela pudesse ter feito ou dito, e que justificasse a raiva dele.

Porque aquilo era raiva. Por baixo do verniz de frieza ele estava fumegando de raiva.

— Se você está puto comigo por alguma coisa, gostaria de saber o que provocou isso. Assim, quando eu te der uns tabefes, nós dois vamos saber o motivo de você estar apanhando.

Caia fora era tudo o que ele conseguia pensar. *Caia fora e me deixe em paz para eu resolver esse pesadelo.*

— Nem tudo o que eu faço tem relação com você. Nem tudo o que eu sinto gravita em torno de você.

Ouvir isso lhe provocou uma fisgada bem no coração, mas Eve lutou para ignorá-la.

— Escute, há algo errado, dá pra ver. — Preocupada, pousou a mão sobre o ombro dele e o massageou. Sentiu terríveis nós de tensão nos músculos retesados. — Se o problema tem a ver com Summerset, acabei de vê-lo, e ele está no seu estado normal de irritação. Sei que você está chateado com o que aconteceu com ele, mas...

— Ele está sendo muito bem-tratado, não está? Cuidei disso. Já lhe passou pela mente que eu tenho mais coisas na cabeça do que você, ele, o seu trabalho e as suas preocupações? — Ele se afastou dela e se levantou, tentando escapar da mão sobre o ombro que tentava consolá-lo. Foi até o bar e se serviu de mais uma dose de uísque, na tola esperança de que dessa vez ela pudesse livrá-lo do enjoo que sentia.

— Roarke...

— Droga, Eve, estou ocupado agora! — reagiu ele, fazendo com que ela parasse na mesma hora. — Será que você poderia me dar uma porra de um espaço, aqui? Não estou a fim de bater papo, nem de curtir uns amassos, nem de ouvir uma descrição do seu dia.

— Então de que diabos você está a fim? — retrucou ela, com raiva, sentindo-se insultada.

— De ser deixado aqui, em paz, para continuar o que estava fazendo.

Não aguento ter ninguém aqui, nem fazer o que estou fazendo com você.

— Cada minuto que eu gasto conversando sobre o seu trabalho representa tempo que eu deixo de dedicar aos meus interesses; preciso compensar isso na hora que eu escolho. Como a porra da porta estava trancada, você devia ter se tocado de que eu não queria ser interrompido. Tenho um monte de coisas para fazer, então por que não vai dar uma volta por aí? Você deve ter gente morta em quantidade suficiente para se manter ocupada pelo resto da noite.

— Tenho, sim. — Concordou com a cabeça, lentamente, e a raiva que sentia foi se transformando em perplexidade e mágoa. — Sempre posso contar com os mortos. Pode deixar que eu vou sair da sua cola.

Eve foi até a porta e ouviu a tranca se abrindo um segundo antes de tocar na maçaneta. No instante em que ela saiu, a porta tornou a se fechar e a tranca foi armada.

Do lado de dentro, Roarke olhou fixamente para o copo e, então, de repente, atirou-o contra a parede com toda a força. O cristal se despedaçou em mil pedaços, que se espalharam pelo chão como lágrimas mortíferas.

Eve voltou ao trabalho, ou, pelo menos, tentou fazê-lo. Resolveu investigar todos os nomes que conseguira arrancar de Hastings. Ela iria conversar com cada um deles pessoalmente, mas precisava de algumas informações básicas, antes de começar.

Peabody lhe entregara um relatório detalhado sobre a missão que Eve lhe delegara. O segundo suspeito tinha um álibi forte para a noite do assassinato de Rachel Howard. Eve imaginava que esse álibi iria se manter, mas mandaria Peabody confirmar tudo, por garantia.

Trabalhou com novas probabilidades, conferiu suas anotações e montou um quadro onde pregou as fotos de Rachel, os horários das suas aulas, uma planta detalhada do estacionamento e uma visão geral do campus da Columbia University.

E se preocupou com Roarke.

Quando deu meia-noite, ela foi para o quarto, mas o encontrou vazio. O localizador interno lhe informou que ele continuava no mesmo lugar em que ela o deixara.

Ele ainda estava lá quando ela foi para a cama sozinha, pouco antes de uma da manhã.

Eve não se importava de brigar com ele. A verdade é que, às vezes, uma boa briga servia para animar a relação, fazendo o sangue circular mais rápido. Por mais revoltados que se mostrassem um com o outro, eles estavam sempre interagindo, *envolvidos*.

Aquilo não foi uma briga. Ele simplesmente a cortou, puxou-lhe o tapete e a viu sair com aqueles olhos frios e azuis, impassível, como faria com uma estranha. Ou alguém simplesmente conhecido e leve-mente incômodo.

Ela não devia ter ido embora, disse a si mesma, enquanto rolava na cama imensa de um lado para outro, em busca de conforto. Devia ter ficado, devia tê-lo *obrigado* a discutir até ele contar o que estava errado.

Ele soube exatamente como fazê-la ir embora. Se ela tivesse conseguido discutir com ele, ia deitar e rolar. Mas ele a dispensou, a mandou embora, deixando-a atordoada e fazendo-a sair porta afora com o rabo entre as pernas.

Pode esperar, pensou ela. Pode esperar que eu te pego na esquina.

Enquanto Eve estava deitada em sua cama, sem conseguir dormir, Kenby Sulu, um rapaz de dezenove anos, estudante de artes cênicas, estava sendo imortalizado.

Mantinha-se em pé com seu corpo esbelto, jovem para sempre, numa pose calculada; seus braços sem vida estavam presos a cabos de aço com a espessura de um fio de cabelo, para que ele parecesse perfeito diante da lente imparcial da câmera.

Tanta luz! Uma luz forte que me cobre e me alimenta. Ele era brilhante, esse jovem rapaz com corpo de dançarino e alma de artista. Agora, ele está em mim. O que ele era viverá em mim para sempre.

Posso senti-lo fundindo-se a Rachel e a mim também. Agora, somos mais íntimos do que os amantes conseguem ser. Tornamo-nos uma força única de vida, mais do que cada um poderia ser separadamente, sem o outro.

Que dádiva eles me ofereceram. E eu lhes dei a eternidade.

Nenhuma sombra irá pairar sobre eles.

Somente os loucos chamariam isso de loucura. Somente os cegos veriam isso e não conseguiriam enxergar.

Logo, muito em breve, poderei mostrar ao mundo o que eu alcancei. Mas ainda preciso de mais luz. Preciso de mais dois doadores de luz, antes de compartilhar minha visão com o mundo.

Antes, porém, devo oferecer a todos uma espiadela.

Quando tudo o que precisava ser feito foi cumprido, um bilhete e uma imagem foram enviados a Nadine Furst, do Canal 75.

CAPÍTULO DEZ

O bipe do *tele-link* ao lado da cama a lançou para fora do pesadelo. De uma escuridão para outra. Tremendo e tateando em meio ao pânico, Eve agarrou com força os lençóis amarfanhados.

— Bloquear vídeo. Por Deus... Luzes a dez por cento. Droga, que droga!

Eve esfregou as bases das mãos sobre os lençóis úmidos e respirou fundo enquanto o coração continuava a lhe martelar o peito. Finalmente, atendeu a ligação.

— Dallas falando.

EMERGÊNCIA PARA A TENENTE EVE DALLAS.

Ela passou os dedos pelos cabelos.
— Estou aqui, pode falar.

APRESENTE-SE IMEDIATAMENTE NO LINCOLN CENTER, ENTRADA DO METROPOLITAN OPERA HOUSE. POSSÍVEL HOMICÍDIO NO LOCAL.

— A cena do crime já foi isolada?

AFIRMATIVO.

— Notifique a policial Delia Peabody. Estarei lá em vinte minutos.

ENTENDIDO. EMERGÊNCIA DESLIGANDO.

Ela rolou para fora da cama, que continuava vazia. Eram quase quatro da manhã, mas ele ainda não viera dormir. Sua pele parecia pegajosa, pelo efeito do pesadelo, então ela se permitiu ficar dois minutos debaixo da ducha e mais um minuto girando sob o calor circulante do tubo para secar o corpo. Sentiu-se quase firme ao sair.

Vestiu-se rapidamente, sob a luz fraca, prendeu seu coldre com a arma, guardou no bolso o distintivo, as algemas, e colocou o gravador na lapela. Já estava na porta do quarto, pronta para sair, quando xingou alto, voltou a passos largos e pegou uma agenda eletrônica de voz na gaveta da mesinha de cabeceira.

— Fui investigar um homicídio — avisou para a máquina. — Não sei quando volto.

Pensou em umas dez coisas diferentes para dizer, mas todas lhe pareceram sem propósito. Resolveu deixar as coisas como estavam, atirou a agenda sobre a cama e foi para o trabalho.

Os sensores da polícia já haviam sido instalados, e piscavam em vermelho e amarelo. Junto ao meio-fio, duas viaturas estavam estacionadas de frente uma para a outra, e suas luzes giravam em azul frio e vermelho quente.

A fonte imensa que enfeitava o pátio enorme estava desligada, e o prédio elegante que aparecia ao fundo estava envolto discretamente em sombras. Eve morava em Nova York fazia uma década, mas nunca sequer chegara perto do Lincoln Center, uma maravilhosa catedral para as artes. Até que Roarke a introduziu nesse mundo, levando-a ao teatro, a concertos e até à ópera.

Quando alguém estava ligado a um homem como Roarke, pensou, seus horizontes se alargavam, quer a pessoa quisesse ou não.

Que diabos estava errado com ele?

— Tenente.

Ela acenou com a cabeça para o guarda que a saudou e trouxe a cabeça de volta ao presente. Uma tira não tinha vida familiar, nem preocupações pessoais diante da cena de um crime.

— O que temos aqui... — Eve olhou para o nome do policial bordado na farda — policial Feeno?

— Sexo masculino, ascendência asiática, cerca de vinte anos. Já estava morto ao ser achado. Um casal meio alto que saíra de uma festa o encontrou dentro da fonte. O homem tirou o rapaz da água e a mulher deu o alarme. Meu parceiro de ronda e eu fomos os primeiros a chegar, cerca de dois minutos depois. Meu parceiro pediu para as testemunhas esperarem ali adiante.

Ele apontou para os degraus que levavam à entrada do complexo.

— Mantenha-os quietinhos ali. Mande minha auxiliar conversar com eles assim que chegar.

— Sim, senhora. Parece que o rapaz caiu na fonte e se afogou. Não há marcas visíveis no corpo, mas, pela roupa que veste, deve ser um funcionário do Metropolitan ou de outra das salas de espetáculo do Lincoln Center. O problema — continuou, acompanhando os passos de Eve — é que ele tem mais ou menos a mesma idade da moça jogada no reciclador. E ela também não tinha marcas no corpo.

— Vamos ver qual é.

Ainda havia filetes de água e pequenas poças no local onde o corpo fora depositado, depois de ser tirado da fonte. O ar já estava quente, mas parecia tão carregado de umidade que Eve imaginou que a água iria levar algum tempo para evaporar.

Ela pegou o kit de serviço, ligou o gravador e se colocou acima do corpo.

Jovem, reparou, sentindo a primeira pontada de pena. Vinte anos, no máximo. Um rapaz com rosto muito bonito. A morte lhe sugara um pouco da cor, mas Eve imaginou que sua pele tinha viço e um tom dourado que certamente combinavam com os cabelos e as sobrancelhas pretos como carvão. Os ossos do rosto comprido eram fortes, marcantes; os dedos, elegantes; o corpo, esbelto e bem cuidado; o rapaz tinha pernas compridíssimas.

Estava de preto — uma jaqueta curta, colarinho tipo gola de padre, calças retas e sapatos de couro macio. Ao se agachar e olhar mais de perto, notou as marcas quase imperceptíveis no local de onde a plaquinha com seu nome fora removida.

Cuidadosamente removida, avaliou.

— A vítima é do sexo masculino, traços orientais, entre dezoito e vinte anos. Nenhum sinal visível de violência. Está completamente vestido com o que parece ser um uniforme.

Ela passou o spray selante nas mãos e procurou em seus bolsos pela identidade. Encontrou uma carteira com dois cartões de débito, uma identificação e um cartão de funcionário do Lincoln Center.

— A vítima foi identificada como Kenby Sulu, dezenove anos; reside no Upper East Side, está matriculado na Juilliard e é empregado do Lincoln Center.

Depois de lacrar a carteira e colocá-la no saco de provas, examinou as mãos da vítima.

Sua pele era macia, as unhas curtas e bem cuidadas.

— Aposto que sua família deve ter grana, não é? — murmurou. — Você sabia se cuidar. Estudava na Juilliard. — Olhou para o Lincoln Center. — No seu caso era palco, então. Você estava trabalhando hoje à noite. Meio expediente, acertei? Para se manter perto da sua arte e, talvez, ajudar a pagar sua formação.

Ao virar a palma da mão direita do rapaz para cima, achou a marca rosada da seringa de pressão.

— Vou descobrir como ele pegou você, Kenby.

Ela apalpou no fundo do kit de serviço para procurar algo, e nem se deu ao trabalho de levantar os olhos ao ouvir a respiração ofegante e os passos rápidos e rítmicos dos sapatos de tira que vinham em sua direção pela calçada.

— Grave tudo, Peabody. O corpo foi movido, tirado de dentro da fonte. Civis o encontraram. — Enquanto falava, Eve colocou os micro-óculos e examinou a palma da mão direita mais de perto.

— Leve descoloração, tipicamente provocada por uma seringa de pressão.

— Como Rachel Howard.

— Isso mesmo, como Rachel. — Ela desabotoou a jaqueta do rapaz. — Ele carregava identidade, dois cartões de débito e usava um relógio de marca.

— Então, não foi assalto.

— Não, não foi assalto. — Ela abriu a camisa da vítima.

A ferida era pequena e discreta. Um furinho perfeito que certamente lhe atravessava a pele macia, os músculos fortes e chegava ao coração. Com os micro-óculos, dava para ver os pedacinhos adesivos de NuSkin em torno da ferida.

— Ele não se afogou. Na avaliação preliminar da investigadora principal, a causa da morte foi uma ferida no coração, provocada por uma lâmina fina. O relatório toxicológico provavelmente confirmará a presença de opiáceos na corrente sanguínea.

Ainda de cócoras, apoiou o corpo em um dos tornozelos.

— Ligue para Morris. Quero que ele faça a autópsia pessoalmente. Tire as impressões digitais da vítima, Peabody, para confirmar sua identificação. Calcule a hora exata da morte e termine o exame inicial. Consiga os nomes e endereços dos parentes mais próximos. Depois, etiquete-o, embale-o e vá para a Central. Vou interrogar os civis que o encontraram.

Ao sair, Eve ouviu Peabody respirando fundo, para se centrar.

O casal continuava sentado nos degraus, lado a lado, com roupas de noite. A mulher usava um vestido preto e branco, estampado, agarrado no corpo como a pele de cobra que a padronagem emulava. Seus cabelos possivelmente haviam começado a noite com o aspecto de uma torre dourada, mas a estrutura original se desmantelara e pontas, cachos e emaranhados diversos se espalhavam pelo seu rosto.

O homem estava com o aspecto um pouco melhor. Seu paletó formava uma bola molhada ao seu lado, e sua camisa imaculadamente branca com pequenos babados na frente ficara transparente devido ao mergulho na fonte. Estava descalço. Os sapatos prateados, completamente encharcados, também estavam sobre os degraus. As calças ainda pingavam, agarradas às suas pernas finas.

Eve calculou que ambos tinham em torno de trinta anos.

Pediu ao guarda para que ele se afastasse um pouco e exibiu o distintivo.

— Sou a tenente Dallas. Contem-me o que aconteceu.

— Ele estava na água. Eu o tirei da fonte. Ele estava morto. Estou enjoado.

— Sei que isso é difícil. — Eve imaginou que ele realmente se sentia enjoado, não só pela experiência terrível, mas também pelo efeito das coisas que eles deviam estar ingerindo desde o começo da noite. — Como foi que vocês o encontraram?

— Fomos assistir ao balé *Giselle* aqui no Lincoln Center, e em seguida fomos a uma festa em casa de amigos na Riverside Drive.

— Isso não é exatamente aqui do lado. O que vocês estavam fazendo aqui de volta, às quatro da manhã?

— Ora, não é contra a lei dar um passeio às quatro da manhã — reagiu a mulher, com uma vozinha irritante de menina que na mesma hora deu nos nervos de Eve.

— Eu sei, mas ingerir substâncias ilegais em uma festa durante mais da metade da noite é. Posso fazer isso do jeito mais rápido e mais fácil, ou posso bancar a durona e levar vocês sob custódia para fazer um exame toxicológico.

— Estávamos só tentando ajudar — protestou o homem.

— É por isso que eu não vou fazer o exame. Vamos tentar de novo. — Ela pegou um *tablet*. — Preciso dos seus nomes.

— Sou Maxville Drury. Escute, sou executivo da Fines and Cox, agência de publicidade. Não quero problemas para o meu lado.

— Vocês são os caras que criam os anúncios dos dirigíveis, certo? E também os cartazes holográficos na FDR Drive?

— Entre outras coisas.

— Você faz ideia do quanto seus anúncios são irritantes?

— Acho que sim. — Ele esboçou um sorriso.

— Estou só comentando. E a senhorita?

— Loo Macabe. Sou designer de calçados.

— Foi você que desenhou aqueles sapatos ali?

— Sim, fui eu.

— Interessante. Agora que já somos amigos desde a infância, por que não me contam exatamente como tudo aconteceu? Vocês assistiram ao balé e de lá foram para a festa. E depois?

— Vou contar. — Maxville respirou fundo. — Saímos da festa. Eu nem vi que horas eram, juro por Deus. Estávamos nos sentindo bem, entende, numa boa? A noite estava um forno, e comentamos o quanto seria bom nos refrescarmos na fonte. Uma coisa levou à outra e nós acabamos de volta aqui. Estávamos planejando refrescar um pouco as coisas para depois tornar a esquentá-las, sabe como é?

Eve olhou para Loo e viu um sorrisinho idiota.

— Deve ter sido uma tremenda festa, mesmo.

— Eu contei a Max que estou participando de uma disputa com uns amigos: vence quem conseguir transar junto ao maior número de símbolos de Nova York. Já que estávamos aqui, resolvemos faturar mais alguns pontos na brincadeira.

— Quer dizer que vocês voltaram aqui e...?

— Eu meio que mergulhei — continuou Max. — Nossa, quase caí em cima dele. Eu o levantei da água e o arrastei para fora da fonte. Loo chamou uma ambulância. Tentei fazer uma respiração boca a boca nele, sabe como é, uma ressuscitação cardiorrespiratória. Bem que eu tentei. Não sei se agi direito, tudo ficou meio confuso na minha cabeça. Não sei se fiz a coisa certa.

Como ele estava olhando para Eve em busca de algum tipo de apoio, ela se sentou ao seu lado.

— Ele se foi, Max. Já tinha morrido antes de vocês chegarem aqui. Não há nada que pudessem ter feito para salvá-lo. Mesmo assim você tentou, e também chamou por socorro. Então, não se preocupe: você fez a coisa certa.

Eve notou que estava amanhecendo, uma luz enevoada em um céu leitoso. A iluminação pública e as luzes de segurança apagaram e a imensa fonte readquiriu vida, lançando poderosos jatos de água no ar pesado.

Os sons da manhã chegaram; os clanques e bangs dos latões de reciclagem sendo esvaziados; os maxiônibus arrotando fumaça; os dirigíveis aéreos e vans começando a se movimentar pelo céu pálido e morno.

Os passeadores de cães começaram a aparecer, com suas várias guias com animais de diversas raças, e vieram também os corredores matinais, que trocavam as academias pelo exercício nas calçadas que levavam aos parques.

Carrocinhas de lanches abriram para os negócios, e já lançavam no ar seus vapores gordurosos.

Eve viu o rabecão ir embora levando o rapaz de membros longos, graciosos, com um furo minúsculo no coração.

E viu a van do Canal 75 estacionar.

— Já localizei os parentes mais próximos, tenente — informou Peabody, colocando-se ao lado de Eve enquanto via Nadine saltar da van. — Ao procurar, soube que os pais da vítima já tinham dado parte do seu desaparecimento.

Eve teria de lhes informar que seu filho fora encontrado.

— Deixe que eu cuido dessa parte — disse, indo até onde Nadine estava.

— Eu queria ter avisado você antes, Dallas — começou a repórter —, mas a emissora soube a respeito do corpo; também fomos informados de que a polícia já estava no local. Imaginei que uma das policiais era você.

— Por quê?

— Porque eu recebi outro bilhete e mais fotos. Chegou ao meu computador da emissora às seis da manhã em ponto. Foi um rapaz de origem oriental. Muito magro, mas atraente. Outro estudante, eu imagino, pois as fotos indicavam a Juilliard. Eu reconheci o lugar. Quem está matando esses jovens, Dallas?

Eve balançou a cabeça.

— Vou fazer uma declaração rápida, Nadine. Depois, peço que você dispense sua equipe, me entregue o material e vá até a Central. Preciso passar em um lugar antes, mas sigo depois para lá, assim que puder. Prometa-me que não vai comentar com ninguém sobre o material que você recebeu agora de manhã e eu lhe informo tudo o que puder.

— Vamos combinar uma coisa, então — disse ela, sinalizando para a equipe. — Eu lhe forneço tudo o que puder para ajudar você a detê-lo, mas vou querer a história completa, com exclusividade, quando você encerrar o caso.

— Eu lhe dou o que tiver na hora em que puder. — Eve sentiu uma dor de cabeça começando atrás dos olhos. — Vamos agitar — completou, com um olho no relógio. — Já estou atrasada.

Eve se sentou na sala de estar da família Sulu, em sua linda casa na parte norte da cidade, às sete e vinte de uma manhã de verão muito quente e úmida. E viu duas pessoas se dissolverem de dor sob o choque de perder o único filho.

— Deve haver algum engano. — Lily Sulu, uma mulher alta e esbelta que devia ter passado essas características para o filho, sentou-se, agarrando a mão do marido. — Kenby ainda não chegou, mas deve haver algum engano. Ele tem só dezenove anos, entende? É muito esperto e muito forte. Só pode ser um engano.

— Sinto muito, sra. Sulu. A identificação do seu filho foi confirmada.

— Mas ele tem só dezenove anos.

— Lily... — Os olhos de Chang Sulu eram escuros como os do filho. Eles cintilaram quando ele olhou para Eve, e lágrimas lhe rolaram pelas faces. — Como é que isso pode ter acontecido ao nosso filho? Quem faria uma coisa dessas com Kenby? Ele nunca magoou ninguém.

— Não tenho respostas para essas perguntas, sr. Sulu, mas terei. Preciso da ajuda de vocês para consegui-las. Quando foi a última vez em que vocês estiveram com Kenby?

— Ontem. Tomamos o café da manhã juntos. — Chang virou a cabeça e o olhar que lançou para sua esposa partiu o coração de Eve. — Tomamos o café da manhã juntos, e você disse: — Tome o resto do seu suco, Kenby. É bom para você.

O rosto de Lily pareceu desmoronar. À medida que mais lágrimas escorriam, seu corpo se sacudia e os sons que ela emitia eram mais de dor do que de lamúria.

— Há alguém que eu possa chamar para vir ajudá-los? — quis saber Eve.

— Não. Não. — Chang amparou sua mulher, embalou-a, e seu olhar se voltou para Eve. — Tomamos o café da manhã juntos — disse ele, uma terceira vez —, e ele foi para a aula. Tinha aula cedo. Ele é bailarino, como sua mãe. Saiu antes das sete. Eu fui para o trabalho mais ou menos uma hora depois. Sou engenheiro, trabalho na

Teckron. Lily é coreógrafa e está trabalhando em uma peça. Ela saiu de casa na mesma hora que eu.

— Para onde Kenby costumava ir quando saía das aulas da manhã?

— Tinha mais aulas à tarde. Cursava horário integral na Juilliard. Ficava lá até cinco da tarde, depois jantava antes de ir para o trabalho. Ele trabalhava três noites por semana no Metropolitan Opera House, recebendo o público e acomodando-o em seus lugares. Geralmente chegava em casa por volta de meia-noite, no máximo meia-noite e meia. Não nos preocupávamos, pois ele era muito responsável. Sempre íamos para a cama. Mas Lily acordou no meio da madrugada, e a luz que deixara acesa para ele continuava ligada. Ela foi verificar, e, quando viu que ele não voltara para casa, me acordou. Ligamos primeiro para os seus amigos, e depois para a polícia.

— Gostaria de obter os nomes e endereços desses amigos, e também de seus professores e pessoas com as quais ele trabalhava.

— Sim, providenciarei tudo para a senhora.

— Alguém o andava incomodando? Ele comentou sobre alguém que o estivesse seguindo, ou perturbando?

— Não. Era um rapaz feliz.

— Sr. Sulu, Kenby foi fotografado, profissionalmente, nesses últimos meses?

— É necessário um fotógrafo? — Sulu continuou a acariciar os cabelos da sua mulher. — Mas a senhora me disse que ele já foi identificado.

Não, eu não quero um fotógrafo, mas ajudaria saber se ele foi fotografado.

— Na escola. — Lily virou o rosto arrasado na direção de Eve. — Alguns meses atrás, fizeram algumas sessões de fotos durante as aulas de balé. Depois, tiraram fotos individuais do elenco na apresentação de primavera. Eles dançaram *Firebird*.

— A senhora sabe quem tirou as fotos?

— Não, mas tenho cópias de várias delas.

— Posso levá-las comigo? Não se preocupe, elas serão devolvidas.

— Claro, se isso ajudar. Tenente, precisamos ver o nosso filho.

— Eu sei. Vou providenciar isso.

Quando Eve saiu da casa, respirou fundo para tentar tirar o amargo do pesar que lhe ficou na garganta. Ao virar uma das fotos do ágil e flexível Kenby com seus colegas de grupo, viu o nome do estúdio: Portography.

— Vamos rebocar Hastings — disse a Peabody.

Ele não tinha dormido a noite toda, mas Roarke não pensava em dormir como algo prioritário. Embora não sentisse a mesma aversão de sua esposa aos remédios, não sentiu necessidade de tomar uma pílula para aumentar a energia. Estava funcionando unicamente à base de cafeína e nervos.

Siobhan Brody realmente era sua mãe, ele já não duvidava disso. Não tinha como duvidar. Patrick Roarke era bom para manipular dados e informações, mas seu filho era infinitamente melhor.

Tinha levado quase a noite toda, mas ele mergulhara fundo na pesquisa.

Não havia nenhum registro de casamento, embora, pelo que ele estava começando a descobrir a respeito de Siobhan, percebeu que ela se considerava moralmente casada.

Encontrou sua própria certidão de nascimento, coisa que nunca se dera ao trabalho de investigar antes. O documento tinha sido muito bem escondido. Supôs que seu pai tinha feito aquilo para se encobrir ou se proteger de alguma coisa, por uma ou outra razão. Mas, quando alguém como ele se propunha a revolver o passado com determinação, tinha tempo disponível e motivação, conseguia encontrar qualquer coisa que quisesse nos cemitérios de dados do passado.

Roarke tinha um ano menos do que acreditava. Uma informação absolutamente desconcertante, reconheceu, mantendo-se alerta por toda a madrugada à base de muito café pingado com uísque.

Siobhan Margaret Mary Brody fora claramente declarada como mãe do bebê, e Patrick Michael Roarke como pai.

Doador de esperma, na verdade, refletiu Roarke, tomando mais café.

Provavelmente ela daria essa informação a qualquer um que lhe perguntasse. E seu pai não ficaria satisfeito de ver seu nome em nenhum documento oficial. Não, isso certamente não seria bom.

Era mais fácil esconder o registro.

Não havia informações de emprego para ela depois do nascimento do filho, mas Roarke conseguira desenterrar os exames médicos da sua mãe e de si mesmo. Ambos tinham saúde de ferro, pelo menos no início.

Então, Siobhan passou a apresentar uma forte tendência para se envolver em acidentes domésticos. Um braço quebrado aqui, uma costela fraturada ali.

Canalha filho da mãe.

Ele a espancara regularmente durante os meses que se seguiram.

Não havia queixas nem registros policiais, mas isso não era esperado. Nenhum dos vizinhos teria coragem de chamar os tiras só porque um homem espancava a mulher. E se isso tivesse acontecido, Patrick Roarke saberia como lidar com o problema. Uns trocados para molhar as mãos dos guardas e uma boa surra em quem tivesse a descortesia de denunciá-lo.

Ele acendeu outro cigarro, recostou-se na cadeira e fechou os olhos.

Roarke encontrara um relatório policial, apenas um, sobre o desaparecimento de Siobhan Brody. O processo havia sido iniciado por sua família. Depois de tediosos e inconclusivos relatórios policiais e declarações de algumas pessoas, o veredicto foi de que ela sumira deliberadamente.

Isso pôs um ponto final nas investigações.

E agora?... O que ele poderia fazer a respeito, depois de tanto tempo? Não poderia mudar o que aconteceu, nem ajudá-la. Ele nem a conhecia.

Retrato Mortal

Ela não passava de um nome, um rosto numa foto, nada mais.

Quem, melhor do que ele, sabia que não se deve viver a vida de mãos dadas com os fantasmas do passado?

Ele não era filho de Meg, então. A velha Meg Roarke de rosto largo, olhos duros e bafo de cerveja. Ele não saíra dela, afinal. Sua origem tinha sido a jovem de rosto doce, recém-saída da fazenda. Uma mulher que o amara tanto que o vestia com um pijaminha azul e o apertara carinhosamente junto do rosto para tirar uma foto.

Ele vinha de Siobhan Brody, que fora jovem demais ou tola o suficiente para visitar o inferno dia após dia só por sonhar com uma família e desejar que o filho tivesse um pai.

Que Deus ajudasse a todos.

Enjoado, exausto e insuportavelmente triste, Roarke lacrou todos os dados que conseguira levantar com um comando de voz e uma senha. Depois, saiu da sala secreta e disse a si mesmo que deveria deixar o problema encerrado ali — o que mais poderia ser feito? — e se preparar para mais um dia.

Havia muito trabalho à sua espera, muita coisa para agitar ou resolver, e ele parecia estar se sentindo outra pessoa. Mas havia construído a droga de um império, um universo exuberante, e tudo aquilo precisava ser administrado.

Resolveu tomar uma ducha, comer alguma coisa e pedir desculpas a Eve pelo seu comportamento da véspera. Não havia razão para puxá-la para dentro daquele problema. Não serviria de nada os dois se arrastarem novamente em um lodo triste e horrível.

Mas ela não estava no quarto. Pelos lençóis amarfanhados, ele percebeu que ela passara uma noite tão terrível quanto ele. Uma fisgada de culpa o dilacerou ao imaginar que talvez ela tivesse sido atormentada por pesadelos.

Eve nunca dormia bem sem Roarke ao lado. Ele sabia disso.

Viu que havia uma mensagem eletrônica para ele e a ligou.

"Fui investigar um homicídio. Não sei quando volto."

Sentindo-se frágil e tolo, tocou a mensagem duas vezes só para ouvir a voz dela. Depois, fechando os punhos sobre o pequeno aparelho, permaneceu sentado na beira da cama por algum tempo.

Ali, sozinho, lamentou o destino de uma mulher que nunca conheceu, e sentiu falta da única mulher que amara de verdade em toda a sua vida.

Eve entrou em sua sala e viu que Nadine já estava lá dentro, à sua espera. Não adiantava reclamar, pois Nadine entrava e saía da Central como se estivesse na casa da sogra. Pelo menos dessa vez ver a repórter na sua sala, e não em uma das salas de espera, iria fazer com que Eve economizasse tempo.

— Preciso colocar um rastreador de sinal em seu computador no Canal 75.

Nadine cruzou as pernas e examinou as unhas dos pés, que apareciam sob as elegantes sandálias de tiras com saltos altíssimos.

— Ah, claro. Qual o problema, para uma jornalista, aceitar a polícia grampeando seu computador? Todo mundo vai ficar louco para me repassar informações que irão direto para a Central de Polícia. Vou nadar em dicas e pistas sobre todos os assuntos.

— Ele está usando você como veículo, Nadine. Se tiver mais alguma coisa a declarar, vai procurá-la diretamente. Ou você autoriza o grampo ou eu apreendo a máquina. Aliás, posso colocar você também sob custódia.

Eve esperou pela reação. Nadine ergueu a cabeça com vigor, e Eve continuou:

— Você é uma testemunha material e precisa da proteção da polícia, entre outros detalhes. Estou tentada a fazer isso porque gosto de você, e gostaria de vê-la continuar respirando.

— Ele não virá atrás de mim.

— Pode ser que não. Mas os psicopatas às vezes ficam irritados com suas ferramentas. Espero que você se cuide. Vou ligar para

Mira. Se ela achar que existe uma chance de o assassino se virar contra você, vou amarrar seu traseiro na cadeira e isolá-la antes de você ter a chance de retocar a tintura labial para uma entrevista exclusiva comigo.

— Tente.

— Ah, você vai ver. — Sentando-se, Eve esticou as pernas. — Não pedi para você virar minha amiga, sabia? As coisas aconteceram desse jeito. Agora, você vai ter de me aturar.

— Merda. — Exibindo uma expressão emburrada no rosto belo e sofisticado, Nadine tamborilou no braço da cadeira com os dedos. De repente, um sorriso se abriu. — Eu também gosto de você, por algum motivo insano.

— Que bom. Agora que estamos comovidas e felizes, me responda uma coisa: alguém tirou fotos suas recentemente? Um profissional?

Nadine olhou para as fotos que Eve colocara sobre a mesa.

— Na emissora tiramos fotos todos os anos, para fins de publicidade e também para os cartazes emoldurados da Sala Verde.

— Quem tira essas fotos?

— Vou investigar. Que ligação existe entre Rachel Howard e Kenby Sulu, além das fotos?

— Vou descobrir. — Eve torceu o polegar na direção da porta. — McNab está à sua espera. Ele vai até o Canal 75 para instalar o grampo.

— Você tem uma tremenda autoconfiança, não?

— E como! — Eve olhou para as próprias botas enquanto Nadine se levantava e girou a cadeira onde estava. — Nadine, você ainda está trepando com o executivo de ternos caros?

— Geralmente eu o faço tirar o terno caro antes da "trepada", como você chama, de forma tão romântica.

— Não importa o nome, o que eu quero dizer é que você conhece os homens.

Nadine ergueu uma das sobrancelhas perfeitamente cuidadas.

— Conheço-os o bastante para ficar desconcertada, fascinada e, às vezes, irritada. Por que essa pergunta? Problemas no paraíso?

Eve ia falar algo, mas desistiu.

— Não. Não foi nada. — Ela acenou para Nadine, dispensando-a, e se voltou para o relatório que redigia. Preferia deixar Hastings em banho-maria antes de interrogá-lo. Também queria dar um tempo a si mesma e ficar de cabeça fria antes de lidar com ele.

Passou vários minutos analisando nomes de pessoas que haviam comprado e cadastrado câmeras fotográficas de alta qualidade nos últimos doze meses.

Talvez fosse necessário pesquisar mais atrás, pensou. E talvez o assassino não tivesse cadastrado o equipamento. Quem sabe ele não tivesse interesse em receber garantia estendida?

Mesmo assim, fez uma busca cruzada com todos os nomes, tentando achar uma ligação entre as vítimas e os suspeitos.

Mas sua mente não estava focada no trabalho.

Bufou de raiva, se levantou da mesa e bateu a porta com força. Bloqueara a vontade de ligar para Roarke. Havia deixado uma mensagem para ele, não é? Eve não sabia de cor todas as regras do jogo do casamento, mas tinha certeza de que agora era a sua vez de se manifestar.

Em vez de ligar para ele, procurou uma pessoa que sabia lidar com as pessoas como ninguém.

— Oi, Mavis.

O rosto de fada de sua amiga tinha um ar preguiçoso, e ela estava sem um pingo de pintura, como uma criança. Os cabelos ainda estavam listrados e decorados com sinos que repicaram alegremente quando Mavis afofou os travesseiros.

— Oi. Que horas são?

— Ahn... Não sei. É de manhã.

— Ainda é de manhã? O que aconteceu?

— Nada. Desculpe. Volte a dormir.

— Está tudo bem? — Mavis abriu um dos olhos, azuis como mirtilos. — Summerset?

— Não, nada disso, ele está bem. — Pelo menos, Eve achava que sim. Não tinha passado lá para ver como ele estava. Será que era a sua vez de passar? Como é que ela podia dar conta de tantas regras, pelo amor de Deus? — Você vai visitá-lo mais tarde, Mavis?

— Vou. Pobrezinho. Trina e eu vamos dar uma passadinha por lá para lhe fazer um tratamento no rosto e nos cabelos. O que acha da ideia?

Um sorriso se abriu no rosto de Eve. Talvez fosse maldade, mas imaginar Summerset preso nas teias de embelezamento facial e corporal de Trina era maravilhoso. Eve ficou tão feliz que quase chorou.

— Que grande ideia! Realmente fantástica. É disso mesmo que ele precisa.

— E você, está legal? Tá com algum problema, dá para perceber.

— Não é nada.

— Já estou acordada, mesmo. — Quando ela deu um bocejo enorme e se remexeu de leve, a tela do *tele-link* mostrou Leonardo, uma montanha, roncando baixinho ao seu lado. — Conte-me tudo, não me esconda nada.

— Não sei o que é, exatamente. Talvez seja besteira minha. Provavelmente sou uma idiota, mas há algo errado com Roarke, e ele não quer falar sobre o assunto. Ele me deixou de fora, Mavis. Explodiu do nada e depois me dispensou, na maior. Não veio para a cama e, quando falou comigo, ele... Merda.

Magoada e confusa novamente, Eve passou a mão pelos cabelos.

— Tudo bem, pode ser que quando as pessoas vivem juntas há algum tempo nem sempre sintam uma empolgação infinita ao se verem. Isso é normal, eu acho, só que...

Esqueça o "tudo bem" e o "pode ser", pensou Eve, sentindo a raiva despontar novamente.

— Droga, ele normalmente mal consegue tirar as mãos de mim, e seus olhos brilham quando eu chego em casa. Nada disso estava lá ontem, nem de perto, e ele claramente desejava se livrar de mim.

— Vocês brigaram por alguma coisa? Você fez algo que possa tê-lo deixado puto?

Ressentida, ela chutou a mesa.

— Por que tem que ser sempre eu a culpada?

— Não se trata disso. — Nua e confortável com seu corpo, Mavis se sentou na cama. — Estou só eliminando possibilidades. O casamento é uma espécie de mistério, como os casos da polícia. Você precisa eliminar possibilidades e buscar pistas.

— Então a certidão devia vir com a porra de um kit de serviço — murmurou Eve.

— Ele está muito preocupado com Summerset.

— Eu sei, mas não é isso. Sei que não é.

— Tudo bem, você perceberia. — Mavis balançou a cabeça para frente e para trás, e os sininhos nas pontas dos cabelos tilintaram enquanto pensava. — Talvez seja algum lance de trabalho.

— Pode ser, mas normalmente ele conversa comigo sobre esse tipo de problema. Dessa vez ele construiu um muro à sua volta. Foi alguma coisa pessoal.

— Então vamos lá — concordou Mavis, com determinação. — Você tem que derrubar esse muro. Não aceite um não como resposta. Encha o saco dele, cutuque e insista até arrancar tudo dele, seja lá o que for. Todas as garotas são boas nisso, Dallas.

— Eu não sou boa no papel de garota.

— Claro que é, só que você é um tipo especial de garota. Imagine-se pentelhando a vida dele sem dó nem piedade, até ele ceder. É como se você insistisse sem desistir, na sala de interrogatório, até ele confessar. Arranque tudo dele e depois, dependendo do que for, faça-o sofrer sem pena, conforte-o, sirva de apoio ou trepe loucamente com ele até deixá-lo vesgo. Você vai saber qual das opções é a melhor.

— Dito assim, a coisa não parece tão difícil.

— Não é, mesmo. Confie em mim. Depois me conte como tudo rolou. Agora, já que eu acordei, vou acender o fogo de Leonardo. — Lançando um beijo para Eve, desligou.

Retrato Mortal

— Vamos lá — começou Eve. — Coisas para fazer: redigir o relatório; interrogar o suspeito; apressar o legista e a galera do laboratório; prender o maníaco homicida; encerrar o caso; pentelhar Roarke sem dó nem piedade. Agitar tudo isso vai ser uma moleza.

CAPÍTULO ONZE

Hastings tinha os ombros caídos, junto à mesa de pernas bambas da sala de interrogatório C. Fazia de tudo para demonstrar tédio. Os filetes de suor que escorriam de suas têmporas eram o único sinal de que ele estava com calor.

Eve se largou sobre uma cadeira diante dele e exibiu um sorriso luminoso e amigável.

— Puxa, obrigado por me visitar, Hastings.

— Venha dar um beijo na covinha da minha bunda.

— Por mais tentador que isso seja, receio não me permitirem ter contatos íntimos aqui.

— Você chutou meu saco, pode muito bem beijar minha bunda.

— Nada disso, regras são regras. — Ela se recostou na cadeira e lançou um olhar para sua auxiliar. — Peabody, por que não oferece um pouco d'água ao nosso convidado? Está quente pra danar, aqui.

— Não me importo de encarar o calor.

— Eu também não. As pessoas vivem reclamando e se queixando do frio. Tudo bem. Mas quando o tempo esquenta elas reclamam e se queixam do calor. Nunca estão satisfeitas.

— As pessoas reclamam e se queixam de qualquer porra e de todas as porras. — Ele pegou a água que Peabody lhe ofereceu e a bebeu de um gole só. — É por isso que são todos uns imbecis.

— Quem sou eu para discordar de palavras tão sábias? Muito bem, chega desse papo feliz e amigável. Está na hora das formalidades. Ligar gravador. Tenente Eve Dallas e policial Delia Peabody fazendo uma entrevista com Dirk Hastings, como parte da investigação dos casos números H-23987 e H-23992. — Ela informou a data e a hora e, em seguida, recitou os direitos e obrigações do entrevistado. — Entendeu todos os seus direitos e deveres com relação a esse assunto, Hastings?

— Entendi. Do mesmo modo que entendi que você me arrastou até aqui e fodeu com o meu dia de trabalho. Ontem você também esculhambou com minha agenda, e mesmo assim eu lhe contei tudo que sabia. Cooperei.

— Você é um sujeito muito cooperador. — Eve pegou as fotos enviadas a Nadine e as jogou sobre a mesa; a foto de Kenby Sulu ficou por cima, voltada para Hastings. — Mantenha sua boa vontade e me conte o que sabe a respeito disso.

A cadeira frágil estalou perigosamente quando Hastings remexeu seu corpo de lutador peso pesado. Com dois dos seus dedos largos ele puxou primeiro uma, e depois a outra foto mais para perto.

— Só sei que não fui eu quem tirou esses retratos. São boas imagens, só que eu teria enquadrado esta aqui de forma diferente, para ressaltar a luz dos olhos. Esse garoto tem olhos mágicos, é preciso destacá-los. Quer dizer... Tinha olhos mágicos — corrigiu-se, olhando para a foto do morto.

— O que aprontou ontem à noite, Hastings?

Ele manteve os olhos sobre a mesa, observando com atenção a foto preparada como um passo de dança.

— Trabalhei, comi, dormi.

— Sozinho?

— Tive gente demais no meu dia, ontem. Já tirei fotos desse garoto. Um dançarino. Era um grupo de dança. Não, merda, eles não eram profissionais, eram estudantes. Tirei várias fotos dele. Rosto expressivo. São os olhos. O rapaz tem boa estrutura corporal, excelente forma, mas o grande lance são seus olhos. Tirei fotos dele — repetiu, olhando para Eve. — Como fiz com a garota. Que diabos está acontecendo?

— Conte-me.

— Não sei de porra nenhuma! — Ele empurrou a cadeira para trás de forma tão abrupta e violenta que a mão de Peabody voou sobre a arma e permaneceu lá mesmo depois de Eve balançar a cabeça para os lados.

Hastings caminhou a passos largos de um lado a outro da sala, como um urso enorme em uma jaula pequena.

— Isso é loucura total, sabia? Coisa de lunático. Eu tirei a foto desse garoto... onde é que foi mesmo...? Juilliard. Isso! Juilliard. Um monte de divas arrogantes, metidas a besta, mas o trabalho ajuda a pagar a porra das contas. E o garoto tinha aquele rosto. Eu o convidei para algumas fotos só dele. Quando mesmo? Foi na primavera. Em abril, talvez em maio. Como é que eu vou saber, cacete?

Ele se largou na cadeira, apertou a cabeça calva com as mãos, e exclamou:

— Por Deus, por Deus!

— Você o recebeu em seu estúdio?

— Não, mas lhe dei meu cartão. Disse-lhe que se ele estivesse a fim de ganhar uma grana extra como modelo, era só entrar em contato comigo. Ele ficava totalmente à vontade diante da lente, eu lembro bem. Nem todo mundo é assim. Ele me disse que talvez aparecesse para tirar umas fotos em close.

— E entrou em contato?

— Não, pelo menos não comigo, diretamente. Não sei se ligou para o estúdio. É Lucia quem cuida dessa parte chata. Nunca mais tornei a vê-lo.

— Você tornou a trabalhar com alguém que participou da sessão na Juilliard?

— Sim. Não sei quem. Um ou outro idiota.

— Será o mesmo idiota que trabalhou com você no casamento, em janeiro, no dia das fotos de Rachel Howard?

— É pouco provável. Eles não duram tanto tempo no emprego. — Ele exibiu um sorriso leve. — Sou um cara temperamental.

— É mesmo? Quem tem acesso aos seus arquivos?

— Ninguém. Pelo menos ninguém devia ter, mas acho que qualquer pessoa que apareça para trabalhar lá poderia fazer isso. — Ele encolheu os ombros. — Não presto atenção. Nunca *precisei* prestar atenção.

Entregou as fotos de volta para Eve.

— Eu não contratei um advogado — completou.

— Isso foi devidamente anotado. Por que, Hastings?

— Porque tudo isso me enche o saco. Além do mais, odeio advogados.

— Você odeia todo mundo.

— Ah, isso é verdade. — Ele passou as mãos pelo rosto e deixou-as cair sobre a mesa. — Eu não matei essa garotada. Nem a menina com sorriso mágico nem o rapaz de olhos mágicos. Jamais apagaria a luz que emanava deles. — Ele se inclinou e continuou: — Sob um ponto de vista unicamente artístico, eu gostaria de saber como o sorriso dela estaria daqui a cinco anos, ou como os olhos dele ficariam daqui a dez. Gostaria de saber, de ver, de capturar. Em nível pessoal, não sou de matar ninguém. Por que matar as pessoas quando eu posso simplesmente ignorá-las?

Repetindo o gesto dele e inclinando-se para frente, Eve perguntou:

— E a luz que eles tinham? Será que você não desejaria isso para si mesmo? Absorvê-la enquanto seus donos eram jovens, inocentes, brilhantes? Trazê-la para dentro de você através da lente da câmera? E ficar com ela para todo o sempre?

— Você só pode estar de sacanagem comigo. — Ele olhou fixamente para Eve e piscou duas vezes. — De onde desenterrou uma ideia sobrenatural tão idiota?

Apesar do horror da situação, Eve deu uma risada.

— Gosto de você, Hastings. Não sei o que isso diz de mim. Vamos vasculhar seus arquivos de novo, dessa vez para procurar as fotos que você tirou de Kenby Sulu.

— Por que não se muda logo para o meu estúdio levando a família toda, a sogra, o cachorro e o papagaio?

— Só tenho um gato. Marquei seu teste com o detector de mentiras para daqui a vinte minutos. Vou mandar um guarda acompanhá-lo até a sala de espera.

— Só isso?

— Por enquanto, sim. Há alguma coisa mais que você queira declarar neste momento, oficialmente?

— Tem sim. Uma pergunta. Tenho uma pergunta milionária para lhe fazer, Dallas. Vou ter de ficar matutando sobre quem será a próxima vítima? Vou precisar me perguntar qual é a próxima pessoa fotografada por mim que vai aparecer morta?

— Não tenho resposta para isso. Fim da gravação.

— Você acreditou nele — comentou Peabody, ao se sentar no banco do carona. — Mesmo sem esperar pelo detector de mentiras.

— Sim, acreditei. Ele tem ligação com os crimes, mas não está envolvido. E já viu o rosto do próximo alvo. Vai reconhecê-lo quando o crime acontecer. — E isso vai machucá-lo, pensou Eve. Ela notara o estrago que essas mortes haviam provocado em seu rosto feio.

— O assassino é alguém que ele conhece, ou alguém que o conhece e admira seu trabalho. Admira, inveja... Talvez julgue seu talento maior que o de Hastings.

Ela brincou com essas possibilidades enquanto saía da garagem, dirigindo.

— Pode ser alguém que não tenha alcançado o mesmo sucesso comercial ou de crítica — completou.

— Um concorrente?

— Talvez. Quem sabe alguém artístico demais, que se julga acima da exploração comercial da sua arte. Mas ele deseja reconhecimento, senão guardaria as fotos para si mesmo, em vez de enviá-las para a mídia.

Eve tentou se lembrar de trechos do texto que o assassino enviara para Nadine.

Tanta luz! Uma luz forte que me cobre e me alimenta. Ele era brilhante, esse jovem rapaz com corpo de dançarino e alma de artista. Agora, ele está em mim. O que ele era viverá em mim para sempre.

A luz estava presente novamente nessa mensagem, refletiu Eve. Depois, sombras.

Nenhuma sombra irá pairar sobre eles. Nenhuma sombra vai sufocar sua luz. Esse é o meu presente para eles. E também o presente deles para mim. Quando tudo acabar e o ciclo se completar, isso será nosso presente para a humanidade.

— Ele quer que o mundo saiba o que está fazendo, em termos artísticos — continuou Eve. — Hastings, ou pelo menos o seu trabalho, é um trampolim a partir do qual o assassino se expressa. Precisamos interrogar todo mundo que trabalhou com Hastings nos últimos doze meses.

Peabody pegou seu *tablet*, digitou as instruções e percorreu com os dedos a lista que surgiu na tela.

— Isso vai levar um bom tempo — informou. — Hastings não exagerou quando disse que dispensa ajudantes como se fossem papel higiênico. Se acrescentarmos os funcionários do estúdio, o pessoal das vendas, os modelos, os estilistas e assim por diante, a lista aumenta. Quer começar pelos primeiros nomes?

— Por ora, sim. Mas vamos voltar à ciberboate. A transmissão para Nadine foi feita de lá, nas duas vezes. Isso é uma ligação importante.

Havia uma multidão animada e festiva em torno das mesas e das cabines. Eve decidiu que os clientes eram, basicamente, estudantes. Muitos se reuniam em grupos, mas alguns trabalhavam sozinhos, analisando dados enquanto comiam sanduíches.

Avistou Steve Audrey no bar, trabalhando dobrado para atender aos pedidos de cafés ou sofisticados drinques gelados. Ele a viu e a cumprimentou com um aceno de cabeça.

— Durante os cursos de verão a maioria dos clientes aparece ao meio-dia. — Ele entregou algo espumante e azul para dois braços estendidos, e em seguida limpou as mãos em um pano preso à cintura. — Quer beber algo geladinho?

— Aceito uma dose dessa Maldade Azul — respondeu Peabody, bem depressa, pois conhecia sua tenente.

— Já está saindo — disse ele, manejando algumas alavancas. — Em que posso ajudá-la, tenente?

— Tire alguns minutos de intervalo para o lanche.

— Comecei o turno há menos de uma hora. Não posso parar antes de...

— Tire um intervalo antecipado.

Ele parou a máquina de moer gelo, pegou um copo e pediu:

— Espere um segundo. Mitz, preciso que você assuma aqui por cinco minutos. Não posso me afastar mais de cinco minutos — avisou a Eve, enquanto despejava espuma azul em um copo alto e fino e o entregava a Peabody. — Se eu ficar mais tempo fora, vou para o olho da rua.

Retrato Mortal 217

— Cinco minutos serão suficientes. Tem algum lugar por aqui que seja menos tumultuado?

— Não a essa hora do dia. — Ele observou a multidão e usou o queixo para apontar um local. — Vamos pegar aquela cabine privativa lá dos fundos, à direita. Me dê só mais um minutinho para eu atender esses pedidos.

Eve passou por entre as mesas, e Peabody, sugando sua Maldade Azul, seguiu logo atrás. Os estudantes iam ao clube como se fossem para um safári, cheios de sacolas e mochilas.

Não havia sacolas nem mochilas no armário de Kenby, no Lincoln Center.

Ela passou por cima de alguns, rodeou outros, empurrou mais alguns e chegou à cabine junto com dois universitários de camisa polo que pularam nas cadeiras antes dela.

Eles olharam para trás e riram, dizendo:

— Perdeu, dona. Somos mais jovens e mais rápidos.

— Sou mais velha, mas tenho um distintivo. — Ela o exibiu e sorriu abertamente. — Estou pensando em dar uma vasculhada nas suas mochilas, e depois, para me animar um pouco, vou dar uma geral e revistar vocês com muita atenção.

Eles caíram fora em menos de dois segundos.

— São rápidos — notou Peabody.

— É. Reparou que eu não preciso tomar Maldade Azul para ser cruel?

Peabody sugou mais um pouco do drinque.

— Pois saiba, tenente, que esse drinque é muito refrescante e, ao contrário do nome, é uma bebida boa que me deixou com um astral muito legal. Embora, pensando bem, pode ser que a causa disso seja eu e McNab termos revistado um ao outro ontem à noite.

Eve deu um tapinha no músculo sob os olhos, que começou a estremecer.

— Graças a Deus que eu não almocei, senão iria vomitar tudo agora.

— Acho ótimo fazermos sexo regularmente. Isso nos mantém num bom ritmo.

— Cale a boca, por favor.

— Não consigo evitar. Estou feliz.

— Posso consertar isso.

Trazendo na mão outro drinque coberto de gelo moído, Steve se sentou ao lado de Peabody. Sugou a bebida através de um canudo enfiado na massa gelada verde-clara.

— Vamos lá, temos cinco minutos. — Ele apertou o botão que fechava a bolha transparente que revestia a cabine. Ah! — Sorriu ao sentir o silêncio, sem parar de sugar a bebida pelo canudo. — Excelente.

— O que sabe a respeito de uma transmissão especial feita daqui, hoje de manhã?

— Hein? — Seus olhos se arregalaram. — De novo?

— A DDE esteve aqui. Já confiscaram a máquina e conversaram com o gerente.

— Meu turno começou há uma hora. Tive que cair dentro no trabalho e não soube de nada. Mais alguém morreu?

— Você o reconhece? — Eve exibiu a foto de Kenby.

— Puxa, não sei. Puxa vida... Acho que sim... Talvez. Não tenho certeza. Deveria reconhecê-lo?

— Respire fundo e devagar, Steve.

— Sim, tá legal. Cara, isso é brutal. — Depois de enxugar a boca com as costas da mão, olhou novamente para a imagem. — Acho que ele já veio aqui, sim. É tipo um ator, ou algo assim?

— Algo assim.

— A senhora devia perguntar a Shirllee, tenente. Ela curte os artistas, em especial os de teatro.

— Ela está aqui?

— Sim, está trabalhando. Me dê um segundinho.

Ele abriu a bolha. O barulho ensurdecedor lá de fora invadiu a cabine enquanto ele foi em direção à frente da boate.

Retrato Mortal   219

— Eles têm batatinhas espiraladas aqui — anunciou Peabody, e digitou o pedido no cardápio on-line antes de Eve ter chance de impedi-la. — Minha glicemia está despencando.

— Já vi que hoje vai ser meu dia! — reclamou Eve.

Steve voltou com uma morena muito alta e anoréxica. Seus cabelos vinham em múltiplas tranças igualmente finas que lhe desciam até a cintura, onde eram arrematadas nas pontas por laços de fita preta. Quatro alfinetes cromados atravessavam seu lóbulo direito, e três gotas de prata pareciam escorrer do seu olho esquerdo, como lágrimas cintilantes.

Ela se sentou ao lado de Eve. Ao cruzar as mãos, os muitos anéis que trazia nos dedos se chocaram ruidosamente.

— Stevie me disse que a senhora é tira.

— Ponto para Stevie! — Eve apertou o botão de privacidade e colocou a foto na frente de Shirllee. — Você o conhece?

— Ora, mas é Pés Leves. Eu o chamo assim porque ele é um bailarino. Claro que o conheço, ele vem aqui umas duas vezes por semana. Geralmente na hora do almoço, às vezes de tardinha. Mas também já esteve aqui nos fins de semana, para ouvir música e dançar. Nossa, e como dança! Ele se meteu em alguma encrenca?

— Ele vem com alguém em especial?

— Chega em bando, com o pessoal do teatro. Já pegou uma ou outra colega do grupo, mas não fica muito tempo com uma garota só. Sei que ele é hétero porque nunca o vi dando em cima de outro cara.

— E algum cara já deu em cima dele?

— Não abertamente. Ele fica sempre com gente que conhece. E dá gorjetas. — Lançou um olhar significativo para Steve. — Universitários geralmente não abrem a mão, mas o Pés Leves aqui sempre dá boas gorjetas. Teve uma boa criação, se quer saber. Não o imagino se envolvendo em problemas. Nunca aprontou nada de errado.

— Quando foi a última vez em que ele esteve aqui?

— Que eu tenha visto? — Ela apertou os lábios com tintura labial branca como neve. — Sexta à noite, acho. Sim, isso mesmo. Tivemos uma holo-band totalmente mag tocando: Hard Crash. Eles são o máximo. Pés Leves esteve aqui com um punhado de colegas da Juilliard, na sexta-feira. Lembra, Steve? Ele é uma máquina de dançar, depois que se anima. Você preparou um monte de Feiticeiros sem álcool para ele, a noite toda.

— Sim, sim, isso mesmo! — Steve olhou para a foto e passou o dedo ao longo da borda. — Ele sempre bebe o mesmo drinque: Feiticeiro sem álcool. Agora eu me lembrei.

— Preciso voltar para o balcão. — Shirllee estendeu a mão e abriu a bolha.

— Eu também. — Steve ergueu os olhos e os fixou em Eve. — Ajudamos em alguma coisa?

— Talvez. De qualquer modo, agradecemos muito. Vamos nessa, Peabody.

— Mas minhas batatas espiraladas acabaram de chegar.

— A vida é cheia de golpes duros.

Enquanto Eve saía, Peabody embrulhou as batatas, com rapidez, em um guardanapo.

Consolou-se ao lembrar que comer e caminhar ao mesmo tempo anulava as calorias do alimento.

Ao chegarem à calçada, Eve pegou uma das batatas.

— Sem sal? — Ela torceu o nariz na primeira dentada. — Como é que você aguenta esse troço sem sal?

— Não deu tempo de colocar sal nelas. A vida é cheia de golpes duros — acrescentou, com um tom sombrio.

Elas olharam para o topo da lista da Portography. Enquanto conversava com suspeitos em potencial, Eve foi formando uma imagem de Hastings. Era um maníaco, era um gênio, era impossível de aturar, era insano, mas cativante — dependendo de quem opinava.

Encontrou uma das suas ex-assistentes em uma locação no Greenpeace Park.

Os modelos — um homem e uma mulher — envergavam o que Eve descobriu ser roupas ativo-esportivas. Para ela, parecia que eles estavam se preparando para uma longa caminhada pelo deserto, com roupas cor de pele, macacões e shorts colantes, botas pesadas e bonés de aba comprida e proteção lateral.

Elsa Ramerez, uma mulher miúda com cabelos curtos, cacheados, além de braços e pernas bronzeadíssimos, circulava em volta da fotógrafa entregando-lhe acessórios, fazendo sinais para o resto da equipe e pegando água mineral ou qualquer outra coisa que lhe fosse solicitada.

Vendo que seu dia de trabalho, já longo, iria se esticar de forma infindável, Eve tomou a iniciativa e colocou a mão sobre o ombro da fotógrafa.

A loura grande e musculosa não era Hastings, mas soltou um rosnado de impressionar.

— Faça um intervalo! — ordenou Eve, exibindo o distintivo.

— Temos todas as autorizações da prefeitura. Elsa!

— Que ótimo, mas não vim aqui conferir autorizações de trabalho. Faça uma pausa, pegue um pouco de sombra. Se não quiser assim, posso interromper sua sessão de fotos pelo dobro do tempo e envolver todo mundo em trâmites burocráticos, enquanto minha dedicada auxiliar confere atentamente essas tais autorizações. Elsa? — Eve a chamou com o polegar. — Venha comigo.

— Só podemos trabalhar aqui durante mais uma hora — informou Elsa, se aproximando com a papelada que pegara na mochila. — Está tudo aqui.

— Pode guardar. Fale-me de Dirk Hastings.

O rosto suado de Elsa ficou rígido.

— Não vou pagar por aquela vidraça. Foi *ele* quem jogou a garrafa em *mim*. Filho da puta maluco! Ele pode me processar, você pode me levar presa, mas eu não vou pagar pela vidraça quebrada nem que a vaca tussa.

— Você trabalhou para ele em fevereiro... — Eve olhou as anotações — ... do dia 4 ao dia 18.

— Isso mesmo, e devia receber extra por insalubridade. — Pegou uma garrafa de água no estojo que trazia pendurado ao quadril e bebeu tudo avidamente. — Não me incomodo com trabalho pesado; na verdade, eu até curto. Não ligo para gente estourada, porque eu mesma sou assim. Mas a vida é curta demais para lidar com gente louca.

— Você reconhece esta pessoa? — Eve lhe entregou uma foto de Sulu.

— Não, mas ele tem um rosto fantástico. Bela foto. Muito boa, mesmo. Do que se trata?

— Você teve acesso aos discos, registros e arquivos de Hastings quando trabalhou como assistente dele?

— Claro. Parte do meu serviço era arquivar as fotos de cada sessão, e procurar as imagens que ele queria aperfeiçoar. Qual é o lance? Ele anda dizendo que eu peguei alguma coisa dele? Que roubei seu trabalho? Isso é papo-furado. Caraca, eu sabia que ele era maluco, mas não imaginei que fosse vingativo.

— Não, ele não a acusou de nada, eu é que estou perguntando se você fez isso.

— Não pego nada que não me pertença. E pode crer que jamais colocaria meu nome em um trabalho que não fosse meu. Porra, mesmo que eu fosse uma ladrazinha barata, nunca escaparia ilesa. Ele tem um sexto sentido com a lente. Hastings tem estilo, o canalha. Qualquer pessoa com olho bom reconheceria que o trabalho era dele.

— E isto aqui é trabalho dele?

Elsa tornou a olhar para a foto.

— Não. É muito bom, de verdade, mas está longe da genialidade. Essa aqui? — Elsa bateu com o dedo no ombro, apontando para

Retrato Mortal

a fotógrafa atrás dela. — Ela é boa, muito competente. Consegue a foto e produz o visual que o cliente pede. Só pega trabalhos de propaganda. Hastings também faz isso de olhos fechados. Mas ela nunca conseguiria alcançar o nível artístico dele. Talvez o cara tenha de ser louco para atravessar essa linha. Ele se encaixa nesse quesito.

— Ele agrediu você?

— O.k., não exatamente. — Ela suspirou e mexeu com os pés. — Eu não corri depressa o bastante quando ele estava na área. Não adivinhei o que ele queria, e adivinhar faz parte do meu serviço. Ele berrou comigo, eu berrei de volta. Sou muito estourada, como já disse. Ele me atirou a garrafa de água. Tá legal, não atirou em mim, exatamente, simplesmente varejou com o troço pela janela. Depois, começou a dizer que eu ia ter de pagar pelo prejuízo e começou a me xingar. Eu fui embora e nunca mais voltei. Lucia me enviou o pagamento, o dinheiro veio completo. É ela quem mantém a sanidade no estúdio. Na medida do possível.

Eve saiu dali e foi até a Portography, para pressionar Lucia.

— Não me peça para falar mal de Hastings, tenente. A senhora encontrará um monte de gente por aí disposta a fazer isso. Aliás, se ele me ouvisse, já teria convocado um advogado, e a senhora estaria sendo processada por prendê-lo sem razão.

— Ele não foi preso.

— Dá no mesmo. — Ela fungou e, por fim, resolveu se sentar à sua mesa. — Esse homem é um gênio, e gênios não precisam cumprir as mesmas regras do resto do mundo.

— Será que uma dessas regras inclui assassinato?

— Acusar Hastings é tão ridículo que eu não vou nem responder.

— Ele empurrou um dos auxiliares para dentro do elevador, com força. Atirou uma garrafa em uma assistente. Ameaçou atirar outra pela janela. A lista é grande.

Seus lábios muito vermelhos formaram um arco de irritação.

— Havia razões para ele fazer isso. Os artistas verdadeiros são temperamentais.

— O.k. Vamos deixar de lado o temperamento forte de Hastings, por um momento. O que me diz da segurança dos seus arquivos, registros e discos de imagens?

Ela balançou a cabeça para os lados e afofou os cabelos brancos.

— A segurança aqui é inexistente. Ele não me escuta quando eu o aconselho, não escuta ninguém. Não consegue lembrar senhas nem códigos de voz, e fica chateado quando não consegue acessar uma imagem para consulta.

— Então, qualquer pessoa pode mexer nos arquivos.

— Bem... Antes, essa pessoa tem que chegar lá em cima.

— Isso nos deixa modelos, clientes, assistentes revoltados, o resto da equipe e os empregados da loja no primeiro andar.

— Faxineiros também.

— Sim, os faxineiros também.

— E os da manutenção. — Ela deu de ombros. — Eles só podem entrar lá quando ele não está trabalhando. Esse pessoal deixa Hastings nervoso. De vez em quando ele recebe estudantes de fotografia. Eles têm de pagar por isso e não podem nem abrir a boca.

Eve conteve um suspiro longo e perguntou:

— Você tem uma lista com os nomes das pessoas nas equipes de limpeza, na manutenção e os estudantes?

— Claro. Anoto o nome de todo mundo que entra aqui.

De volta à Central, Eve se trancou em sua sala. Prendera um quadro na parede. Colou imagens das vítimas, os textos que Nadine recebera, a lista das pessoas que já entrevistara e as que ainda faltava interrogar. Depois se sentou, espalhou as anotações e deixou a mente vagar.

Tinha interrogado novamente Jackson Hooper e Diego Feliciano, e dessa vez suas histórias tinham sido quase idênticas.

Retrato Mortal

Não sabiam de quem se tratava, nem reconheceram Kenby Sulu. Tinham ficado em casa, sozinhos, na noite do crime.

Haveria uma ligação entre Hooper e Feliciano?

Eve balançou a cabeça. Estava viajando demais na maionese, pensou, tentando colocar a mente no lugar.

O assassino queria algo das vítimas. Sua luz. Hastings disse que jamais apagaria aquela luz. Será que o assassino desejava apagá-la ou transferi-la para si mesmo?

E com que propósito?

Glória. Ele desejava glória, reconhecimento, aclamação. Mas não era só isso.

As vítimas haviam sido escolhidas por uma razão específica. Juventude, vitalidade, inocência. Ambas eram brilhantes de mente, espírito e rosto.

Luzes brilhantes.

O assassino usou uma boate com acesso à internet para transmitir os dados. Então ele frequentava a boate. Conhecia como a coisa funcionava por lá e sabia que o lugar atraía os universitários.

Será que ele era um deles ou desejava ser?

Será que não conseguiu pagar a faculdade? Ou foi expulso dela? Será que era professora universitária, em vez de ser reconhecida como uma grande artista?

O assassino conhecia digitalização de imagens, era muito bom nessa arte. Sua mente foi direto para Leeanne Browning, que tinha um álibi sólido. Mas os álibis podiam ser forjados.

Eve acrescentou às notas: investigar possível ligação entre Browning e/ou Brightstar e Hastings.

Voltando-se para o computador, ela pediu um mapa da cidade e ordenou que as localizações relacionadas ao caso fossem realçadas. Surgiram em destaque as duas cenas dos crimes, as duas universidades, a Portography, o estacionamento da Columbia, o apartamento da professora Browning, o apartamento de Diego, a boate, as residências das duas vítimas e os locais onde os corpos haviam sido atirados.

Os dois corpos tinham sido largados perto do local de trabalho das vítimas. Por que essa escolha?

Onde será que o assassino trabalhava?, perguntou-se Eve. Onde preparava o trabalho final? Um trabalho tão pessoal e importante?

Perto da boate? Ele se movimenta bem, mas por que ir tão longe só para envolver, caçar, observar e depois transmitir as fotos?

As duas vítimas conheciam seu assassino. Disso Eve tinha certeza. Era um conhecido casual, um bom amigo, um colega de faculdade, um professor. Alguém com quem eles já tinham tido contato antes. No entanto, não frequentavam os mesmos círculos sociais, nem conheciam pessoas ou lugares em comum.

Com exceção de Hastings e da boate.

Eve pesquisou estúdios de digitalização de imagens num raio de cinco quarteirões de distância da boate. Listou os nomes das pessoas com equipamento fotográfico registrado e cruzou-os com os nomes da lista de Lucia; o resultado foi um zero bem redondo.

Pediria a Peabody uma lista dos empregados e cruzaria esses nomes com o resto.

Massageando suavemente a dor de cabeça no centro da testa, ligou para Peabody, que estava na sala de ocorrências.

— Por favor, pegue algo para eu comer nas máquinas automáticas. Estou sem fichas de crédito e aquelas máquinas malditas não aceitam a minha senha.

— Porque você as chuta.

— Quer me pegar uma droga de sanduíche?

— Dallas, seu turno já encerrou faz cinco minutos.

— Não me faça ir até aí — ameaçou Eve, desligando em seguida.

Ela trabalhou durante a mudança de turno, ouvindo a agitação lá fora pela porta aberta. Comeu junto à mesa e tomou goles longos de seu café de qualidade inigualável para ajudar o sanduíche a descer.

Atualizou o relatório, importunou o laboratório, deixou duas mensagens ameaçadoras para Morris e então se virou para analisar o quadro mais uma vez.

Ele já devia ter escolhido a próxima vítima. A não ser que ela encontrasse a ligação certa, a luz brilhante de outra pessoa iria se extinguir em breve.

Juntou suas coisas e se preparou para resolver de vez pelo menos um item da sua lista de assuntos em aberto. Iria para casa a fim de pentelhar a vida de Roarke.

Essa perspectiva não a deixou muito animada, mas a verdade é que ela já empurrara o problema com a barriga por tempo demais. Ao se aproximar do elevador, avistou a dra. Mira vindo em sua direção.

— Imaginei que ainda fosse encontrá-la aqui — disse a médica.

— Me pegou por pouco. Podemos voltar para a minha sala.

— Não, nada disso. Você está indo para casa, e eu pretendo fazer o mesmo. Vamos caminhar enquanto conversamos. Você se incomoda de descer pelas passarelas aéreas?

— Por mim, está ótimo. A senhora já acabou de analisar Hastings?

— Sim. Um homem fascinante.

Mira sorriu ao dizer isso, no instante em que ambas entraram em uma das passarelas. A psiquiatra parecia limpa e arrumada mesmo depois de um longo dia de trabalho. Seu terninho creme continuava impecável e limpíssimo. Eve não conseguia entender como é que a médica saía de casa com uma roupa praticamente branca em plena Nova York, trabalhava o dia todo na Central de Polícia e não ficava nem com um sujinho no tecido. Seus cabelos, num tom negro e com textura de zibelina, pareciam fofos e sedosos em torno do rosto. Ela usava pérolas.

Uma das maiores analistas de perfis de criminosos em todo o país usava pérolas para trabalhar, pensou Eve. E cheirava a flores frescas, recém-colhidas, como o chá que gostava de saborear.

A doutora saltou da primeira passarela em pulinhos curtos e femininos e pegou a passarela seguinte.

— Ele é irascível — começou Mira —, briguento, facilmente irritável, muito divertido... E brutalmente honesto.

— Quer dizer que ele está limpo?

— Na minha opinião, sim. Creio que na sua também, e antes mesmo de você enviá-lo para mim.

— Suponho que ele seria capaz de atirar alguém pela janela num ataque de raiva, mas não é o tipo que senta em um canto, planeja tudo minuciosamente e depois executa o plano a sangue-frio.

— Não, você tem razão. Ele precisava de uma boa terapia para a raiva que brota dele, mas isso provavelmente não o faria mudar. Eu até gosto dele.

— Eu também.

— Seu assassino possui a arrogância de Hastings, quase na mesma medida, mas não tem sua confiança nem espontaneidade. Enquanto Hastings está muito contente por viver sozinho, o assassino é solitário. Precisa das imagens que produz tanto pela companhia que elas lhe fazem quanto pela arte em si.

— E as pessoas que ele fotografa se tornam seus companheiros também?

— De certo modo, sim. Ele as absorve; suga sua juventude e energia, absorve quem elas são e quem elas conhecem. Seus amigos, seus familiares. Ele busca sua força vital.

— Mas não abusa delas. Tudo é muito limpo e arrumado. Não há acessos de fúria. Porque eles fazem parte dele ou estão prestes a se transformarem nele.

— Muito bem, Eve.

— Ele preserva sua imagem, mostrando-as no seu melhor momento. Embeleza-os antes de colocá-los diante da câmera, cria poses que destacam suas qualidades. Uma parte disso é arte, claro... vejam o que eu posso fazer, reparem no quanto eu sou talentoso. Mas parte disso é pura vaidade. Somos apenas um agora, e eu quero sair bem na foto.

— Interessante o seu insight. Sim, é bem possível que seja exatamente isso. Trata-se de uma pessoa complicada, que acredita sinceramente que tem o direito de agir como está agindo. Talvez se sinta até

Retrato Mortal

na obrigação de fazer isso. Mas não faz por desprendimento. Não se trata de uma missão sagrada. Ele deseja crédito pela sua obra. Pode ser que tenha sofrido algum desapontamento com sua arte no passado, e sente que seu talento foi negligenciado. Por Hastings, ou por alguém que prefira o trabalho de Hastings ao seu. Se, como parece lógico, ele pegou as imagens iniciais das vítimas nos arquivos de Hastings, parte da sua motivação pode ser a de superar seu concorrente.

— Ou seu guru.

Mira ergueu as sobrancelhas enquanto continuavam a caminhar rumo à garagem.

— Não vejo Hastings como um guru, Eve.

— Ele próprio não se consideraria assim, mas o assassino talvez.

— Vou analisar um pouco mais esse ângulo, se quiser. Preciso dos relatórios atualizados.

— Vou enviá-los. Obrigada. — Para ganhar um pouco mais de tempo, Eve acompanhou Mira até o carro. — Dra. Mira, a senhora está casada há muito tempo.

Elas duas haviam percorrido um longo caminho, pensou Mira, desde o tempo em que Eve não conseguia falar de um problema pessoal sem um incentivo externo.

— Sim, muito tempo. Faremos trinta e dois anos de casados no mês que vem.

— Trinta e dois... anos!

— Mais tempo do que você tem de vida. — Mira riu.

— Acredito que sempre existam altos e baixos.

— E como! Casamento não é para fracos nem preguiçosos. É trabalho pesado, e é assim que deve ser. Se não fosse desse jeito, de que serviria?

— Não fujo do trabalho. — Pelo menos, pensou Eve, enfiando as mãos nos bolsos, quando sabia o que estava fazendo. — Um dos lados se afasta do outro em alguns momentos, não é verdade, doutora? Isso não significa que eles se sintam diferentes, mas sim que precisam dar um passo atrás.

— Há momentos em que necessitamos estar apenas com nós mesmos, e resolver algum problema por conta própria, certamente. Em qualquer parceria os indivíduos exigem tempo e espaço pessoal, eventualmente.

— Sim. Isso faz sentido.

— Eve, há algo errado com Roarke?

— Não sei. — O desabafo saiu antes de ela conseguir segurar. — Acho que estou sendo idiota, apenas isso. Ele não estava agindo de forma normal uma noite dessas, e eu estou transformando isso num cavalo de batalha. O problema é que... Droga, eu sei como ele olha para mim, conheço os tons da sua voz e sua linguagem corporal. E ele anda estranho. Muito estranho. Se está passando por problemas, por que eu não fico na minha?

— Porque o ama e se preocupa com ele.

— As coisas ficaram malparadas entre nós ontem à noite, e depois ele não foi para a cama. Fui chamada para atender uma emergência logo cedo, mas deixei uma mensagem de voz para ele, e não tive retorno o dia todo. Ele só faltou me colocar para fora de sua sala particular e eu não soube mais como está. Isso não está certo. Não é do feitio de Roarke.

— E você não tornou a entrar em contato com ele o dia inteiro?

— Não. Droga, era a vez dele.

— Concordo — apoiou Mira, com um sorriso caloroso. — E você lhe deu o tempo e o espaço do qual ele precisava. — A médica se inclinou para frente e surpreendeu Eve dando-lhe um beijo no rosto, de leve. — Agora, vá para casa e arranque tudo dele, nem que seja a fórceps. Vocês dois vão se sentir melhor.

— Tudo bem. Certo. Obrigada, doutora. Estou me sentindo uma idiota.

— Não, querida. Você está se sentindo uma mulher casada.

CAPÍTULO DOZE

Sua viatura em tom de verde-vômito estava parada diante da escadaria principal quando Roarke chegou, e foi assim que ele soube que Eve voltara para casa antes dele.

Não estava pronto para conversar com ela, nem com ninguém. Mas também não podia ignorar o fato de que o homem que fizera o papel de seu pai durante a maior parte da sua vida estava de cama, com a perna quebrada.

Iria verificar o estado de Summerset e depois tentaria colocar para fora um pouco da fadiga e da frustração na academia de ginástica que mantinha em casa, ou talvez resolvesse dar umas boas braçadas na piscina. Quem sabe beber até cair. O que funcionasse melhor.

As reuniões de trabalho não haviam ajudado em nada. As exigências do dia a dia, administrar e coordenar seus muitos negócios, também não. Nada havia conseguido apagar da sua mente a imagem de uma ruiva linda com o rosto roxo.

Então, tentaria algo diferente.

Ele entrou e se sentiu aliviado ao ver que Eve não estava no saguão nem na sala de estar, mas logo se sentiu culpado por esse sentimento. Reconheceu que não se sentia preparado para bater de frente com ela novamente.

Não conseguia se lembrar de quando fora a última vez em que se sentira tão absurdamente cansado e fora do prumo.

Colocando a pasta de lado, olhou para a larga escadaria em curva. Provavelmente ela estava lá em cima, trabalhando em seu escritório doméstico. Torceu para que ela continuasse ocupada com o novo caso ainda por um bom tempo.

Mesmo assim, hesitou. Não estava lidando bem com ela. Não estava fazendo nada certo, na verdade. Mas precisava de um pouco mais de tempo para si mesmo. Todo homem tinha direito a isso, não tinha?

É claro que um homem tinha direito a um tempinho só seu para pensar nas coisas, especialmente quando sua vida tinha virado de cabeça para baixo.

Passou a mãos pelos cabelos e xingou baixinho enquanto seguia em direção aos fundos da casa, rumo aos aposentos de Summerset.

Ouviu a explosão de música três cômodos antes. Quase virou as costas e bateu em retirada. Mavis. Deus era testemunha de que ele adorava a amiga de Eve, mas não se sentia com energia suficiente para encontrá-la, agora.

Por outro lado, com ela no quarto ele poderia fazer uma visita mais rápida.

Em qualquer outro dia Roarke teria achado divertidíssimo ver seu compenetrado mordomo sargentão nu da cintura para cima, esticado em uma espreguiçadeira e com gosma azul espalhada pelo rosto. Trina, a esteticista que era uma das poucas pessoas dentro e fora do planeta que conseguia aterrorizar sua mulher, trabalhava com dedicação enquanto balançava os pés ao ritmo de um dos últimos discos lançados por Mavis.

Ela cortara os cabelos pretos como carvão bem curtos, e colocara um aplique de borboleta rosa-néon no alto da cabeça. O motivo de borboleta fora repetido em uma tatuagem temporária — ele

Retrato Mortal

supunha — aplicada ao lado da boca, e também em um colar que lhe descia sobre os ombros e ao longo da parte alta dos seios impressionantes.

Mavis, sua cúmplice no crime, despejava uma espécie de espuma pegajosa cor-de-rosa em uma tigela larga. Não havia como descobrir se aquilo era para uso tópico ou interno.

Mavis continuava com os sininhos tilintando e vestia um macaquinho festivo em tom de amarelo-canário com uma mulher de fio dental preto e botas de couro pintadas na altura do traseiro.

A enfermeira também entrara na dança e usava uma máscara sobre os olhos, um headphone nos ouvidos, e seus pés estavam imersos em um líquido azul borbulhante. Os cabelos estavam cobertos por uma substância espessa e verde.

Com a tigela na mão, Mavis se virou e avistou Roarke.

— Você chegou! Seja bem-vindo ao salão de beleza Summerset, equipado com tudo que é mais que demais. Quer um pouco de musse de morango?

Roarke imaginou que ela se referisse ao creme rosado.

— Não, obrigado.

— Dallas está escondida em algum lugar lá em cima. Será que você conseguiria trazê-la aqui pra baixo? Trina quer experimentar um novo produto para a pele dela, mas ela precisa...

Ela parou de falar ao olhar com atenção para o rosto dele. Estava com olheiras. Ela conhecia Roarke havia mais de um ano e aquela era a primeira vez que ela o via com olheiras.

— Está tudo bem, Roarke?

— Tudo ótimo. — Ele foi até onde o mordomo estava. — E com você, Summerset?

Os olhos que se abriram em meio à gosma azul exibiram sofrimento, um pouco de pânico e um longínquo lampejo de esperança.

— Elas não deviam estar tendo todo esse trabalho comigo. Nós dois temos um monte de coisas para combinar, agora que você chegou em casa, então eu vou...

— Na verdade, eu tenho um trabalho importante me esperando, no momento.

— Sim, mas... — Summerset segurou a mão de Roarke e apertou-a com a força de um torno. — Conforme expliquei às nossas queridas damas, precisamos analisar o relatório Rundale, além daquele outro assunto doméstico.

— Você não deve fazer uma pessoa de idade trabalhar quando está debilitada. — Trina lançou para Roarke um olhar de desdém. — Ele deve relaxar. O que realmente precisa é de uma semana de tratamento intensivo. Talvez eu consiga dar uma melhorada na pele dele. O cabelo não está mal — puxou uma das pontas para testar e espalhou um pouco de gosma verde entre os fios —, mas vai ficar muito melhor quando eu acabar.

— Sem dúvida.

— Roarke! — chamou Summerset, com a voz entrecortada, e pigarreou para limpar a garganta. — Será que poderíamos conversar por um momento?

— Mais tarde.

— Agora! — Dessa vez ele quase gritou. — Se as caras damas nos derem licença, só por alguns minutos — pediu.

— Tudo bem — disse Mavis, antes de a esteticista protestar. — Trina, vamos levar esse creme para a cozinha. Não se preocupe com a enfermeira. — Mavis apontou para Spence. — Ela mergulhou de cabeça no programa de relaxamento e meditação profunda. Está completamente fora do ar.

Com um último olhar de preocupação para Roarke, ela agarrou Trina pela mão e a levou para fora dali.

— Elas não estão fazendo por mal — explicou Roarke.

— Não estou preocupado com isso. Minha preocupação é outra. Você não me parece bem.

— Estou atolado de trabalho.

— Você vive atolado. Está doente?

Retrato Mortal

235

— Por Deus! Não, não estou doente. Mas que inferno! Desligar a música! — A explosão sonora se transformou em um silêncio abençoado. — Tenho muitas coisas para resolver. Mais do que o normal, já que você se encontra incapacitado.

— Eu não diria que estou incapacitado. Apenas...

— Você quebrou a porra da perna. Fique quieto aí e segure a onda. Já que você se deixou arrastar para dentro desse atoleiro colorido ao lado dessas mulheres, respire fundo, recoste a cabeça e aguente o tranco. Não posso ajudá-lo, e não adianta choramingar.

Os dedos de Summerset agarraram os braços da cadeira com mais força.

— Não sou de choramingos, e não aceito que você se dirija a mim nesse tom.

— Mas não está em posição de escolher, está? Não sou mais uma criança que precisa de lições de boas maneiras. Enquanto trabalhar aqui como meu empregado, falarei com você no tom que bem entender. Aliás, para ser franco, não vou mais ficar aqui perdendo meu tempo discutindo com um sujeito semidespido com a cara coberta com uma gosma da qual só Deus conhece a composição.

Roarke saiu pisando duro e deixou Summerset piscando, desnorteado. A reviravolta que sentiu no estômago o levou a fazer uma coisa que jamais teria imaginado. Pegou o *tele-link* interno da casa e ligou para o escritório de Eve.

— Que foi? — atendeu ela, quase rosnando, e então fez uma careta ao ver a imagem coberta de gosma que surgiu na tela. — Minha Nossa Senhora, tenha dó dos meus olhos! Bloqueie o sinal de vídeo, pelo amor de Deus!

— Calada! Há algo muito errado com Roarke. Ele não está bem.

— O quê? Como assim? Está doente?

— Eu disse que ele não está bem. Espero que você faça alguma coisa a respeito, já que estou incapacitado para isso.

— Onde ele está?

— Já chegou em casa. Encontre-o e conserte as coisas.

— Combinado. — Foi tudo o que ela disse.

Ela fez uma busca eletrônica e o encontrou no salão de ginástica. Colocando o aparelho em modo de câmera, observou-o tirar a roupa e vestir um short. Parecia exausto, pensou. Não apenas cansado, o que já era raro em se tratando dele, mas totalmente acabado.

Ele foi se exercitar com os pesos, e Eve lhe deu algum tempo. Vá em frente, incentivou, mentalmente. Coloque tudo para fora no suor. Era exatamente isso que ela teria feito.

Não eram só as olheiras sob os olhos dele que a deixavam preocupada, mas o rosto frio enquanto trabalhava com os pesos. Frio e duro.

Ele estava se esforçando além dos limites. Punindo-se, talvez? Por Deus, o que estava havendo?

Enquanto ele malhava, ela caminhava de um lado para outro em sua sala, imaginando umas dez formas diferentes de abordá-lo. Depois de uma sessão brutal de trinta minutos, ele foi para a piscina.

Nadou de um lado a outro e de volta, várias vezes. Braçadas rápidas, fortes, pesadas. Pesadas demais, pensou, e já estava a ponto de descer até lá quando ele parou e ficou boiando. Vê-lo flutuando ali, com os olhos fechados e uma dor evidente em todas as linhas do rosto partiu o coração de Eve.

— O que será que aconteceu? — murmurou, acariciando a tela. — Por que você está tão infeliz?

Summerset? Não, isso não batia. Ela verificara pessoalmente os seus dados clínicos e soube que o magricelo filho da mãe estava se curando perfeitamente, até melhor do que seria de esperar.

Talvez seja eu, refletiu, com um temor lento e doentio. Quem sabe os sentimentos dele por ela tinham... acabado, por algum motivo? Pensando bem, tudo entre eles havia corrido de forma acelerada demais. Aquilo nunca fizera sentido, mesmo para ela. Se ele descobrisse de repente que tinha deixado de amá-la, não se sentiria infeliz, culpado, atormentado? E não eram todas essas coisas que ela via em seu rosto, naquele instante?

Não, isso era papo-furado. Ela chutou a mesa no instante em que Roarke saiu da água. Era tudo papo-furado. E se não fosse nada disso, bem... ele iria se sentir muito mais infeliz, culpado, cansado e atormentado quando ela acabasse com ele.

Seguiu marchando até a cozinha, pegou uma garrafa de vinho e bebeu um copo inteiro como se aquilo fosse remédio. Ela lhe daria alguns minutos para ele se lavar, e depois ia entrar com tudo.

Ele estava saindo da ducha quando ela entrou no banheiro da suíte, cheia de determinação e pronta para uma briga. Viu quando ele prendeu a toalha em volta da cintura e seus olhos se encontraram com os dele pelo espelho.

— Você está com uma cara péssima.

— Obrigado, querida.

Nada de sorrisos, ela percebeu. Nenhuma centelha de calor ou divertimento, nem mesmo irritação. Não havia nada.

— Tenho algumas coisas para dizer a você. Vista as calças.

— Esse assunto vai ter de esperar. Tenho uma teleconferência marcada para daqui a pouco. — Isso era mentira. De repente, passou por sua cabeça que ele nunca tinha mentido para ela, e isso não lhe desceu bem.

— A teleconferência vai ter de rolar sem você. — Ela voltou até a entrada do banheiro e bateu a porta com toda a força.

O estrondo pareceu explodir em sua cabeça como uma rajada de laser.

— Talvez eu não esteja no encalço do próximo canalha assassino que vai aterrorizar Nova York, mas o meu trabalho também é importante. — Ele foi até o closet e pegou uma calça. — Eu não peço para você interromper suas tarefas quando me é conveniente.

— Talvez eu não seja tão simpática e cordata quanto você.

— Obrigado por avisar. Converso com você mais tarde — disse ele, vestindo as calças com rapidez.

— Vai conversar comigo agora! — O queixo de Eve se elevou, em sinal de desafio. Ele simplesmente virou a cabeça e olhou para ela com frieza. — Você vai ter que passar por mim para sair por aquela porta. E pela sua aparência derrotada, campeão, consigo nocautear você em trinta segundos.

Ele sentiu a raiva se misturar com a dor, mordendo-o com força.

— Não conte com isso.

— Quer partir pra briga? — Ela balançou o corpo para os lados e o chamou curvando o dedo indicador. — Pode vir.

— Você vai ter que guardar a sua briga ridícula para mais tarde. Não estou a fim. — Ele foi na direção dela, com a intenção de levantá-la do chão e tirá-la do caminho, mas ela o empurrou com força.

Os olhos dele soltaram fagulhas, e isso a deixou satisfeita.

— Não entre nessa. — A advertência foi feita em tom baixo e com muita, muita calma.

— Não entre onde? — Ela tornou a empurrá-lo e viu suas mãos se fecharem, formando bolas de aço. — Se quiser me dar um soco, vá em frente. Pode colocar tudo para fora, antes de eu derrubar você de bunda no chão.

— Estou apenas avisando para você se afastar de mim.

Ela plantou as mãos no peito nu dele e tornou a empurrá-lo, dizendo:

— Não.

— Pare de me *empurrar*! — Antes de ela ter chance de fazer um novo movimento, ele agarrou-lhe os pulsos e a sacudiu para frente e para trás. A fúria o inundou, fazendo seu sangue acelerar. — Não preciso de ninguém pegando no meu pé. Me deixe em paz! Não quero você perto de mim.

— Não me quer perto de você? — Ouvir isso foi como uma facada na barriga, rápida e certeira, que a levou a empurrá-lo de costas contra a parede. — Seu filho da mãe, foi você quem me levou a esse ponto, para início de conversa!

Ele ainda tinha mais força de reserva do que ela supunha, e, depois de dez segundos suados e atracados um ao outro, ele inverteu suas posições. Ela contra-atacou fingindo que ia atingi-lo no queixo enquanto enganchava o pé atrás do dele e o atirava no chão.

Eve notou que a mesma luz de fúria que brilhava nos olhos dele também fazia arder os dela, e deu um pulo para frente.

Ele viu estrelas e se perdeu em uma névoa de violência pura enquanto os dois rolavam pelo chão, lutando freneticamente. Alguma coisa caiu no chão e se estilhaçou em mil pedaços.

Ele sentiu algo escuro explodir a partir de um pequeno núcleo dentro do peito. O ódio queria se espalhar. Ele queria ferir. E, quando os dois se viram ali agarrados, com a respiração curta e ofegante, o diamante que ela usava em torno do pescoço, preso a uma corrente comprida, escorregou e encostou no rosto dele.

Chocado e desgostoso, ele baixou a guarda e deixou que ela o prendesse no chão com o peso do corpo.

— Vá em frente. — Ele fechou os olhos. O ódio havia passado, deixando-o vazio, com a alma em carne viva. — Não vou machucar você, Eve.

— Você não vai me machucar? — Ela ergueu a cabeça dele alguns centímetros, agarrando-o pelos cabelos, mas depois tornou a largá-la de volta no chão com um baque surdo. — Você está de saco cheio de mim, não me quer mais por perto, quer me ver pelas costas e ainda diz que não vai me *machucar?*

— De saco cheio de você? — Ele abriu os olhos e viu pela primeira vez que nos dela não havia apenas raiva. Lágrimas brilhavam ali. — De onde, diabos, você tirou essa ideia? Eu nunca disse isso. Estou com a cabeça cheia de problemas, mas não é nada que tenha a ver com você.

Ele olhou com atenção para o rosto dela e viu a onda de mágoa que a fez recuar de dor como se ele a tivesse esbofeteado. Então se recompôs, seus olhos secaram e seu corpo ficou lânguido quando ela se apoiou sobre os tornozelos.

— Que jeito idiota de falar — murmurou. — Que coisa absurdamente estúpida de se dizer. — Ele ergueu as mãos e as passou pelo rosto. — Desculpe por tudo isso. Desculpe por ontem à noite, e desculpe por agora. Sinto muito, de verdade.

— Não quero que você me peça desculpas. Quero que você me explique que porra está acontecendo aqui. Você está doente? — As lágrimas pareceram alcançar-lhe a garganta quando ela envolveu o rosto dele com suas mãos. — Por favor, me *conte*. Está acontecendo alguma coisa de errado com você?

— Não, nada disso, não do jeito que você imaginou. — Com carinho, ele fechou as mãos em torno dos punhos dela, sobre as marcas roxas que fizera ali. — Eu machuquei você.

— Esquece. Simplesmente me conte. Se você não vai morrer de alguma doença e não deixou de estar apaixonado por mim...

— Eu não conseguiria deixar de estar apaixonado por você nem que isso me custasse ir para o inferno. — A emoção voltou aos olhos dele com toda a força, e com ela veio também um pouco da dor que ela vira antes. — Você é tudo para mim.

— Então, pelo amor de Deus, me conte. Não aguento mais ver você desse jeito.

— Por favor, me dê só um minutinho, pode ser? — Ele tocou o rosto dela no lugar onde uma lágrima rebelde conseguira transbordar. — Preciso de um drinque.

Ela se levantou, e estendeu a mão para ele, para ajudá-lo a se levantar também.

— Isso tem a ver com seus negócios? Você aprontou alguma coisa ilegal?

A suave sombra de um sorriso lhe surgiu nos cantos da boca.

— Ora, tenente, eu já aprontei uma infinidade de coisas ilegais. Mas não faço isso há algum tempo. — Ele foi até um painel, apertou uma tecla e fez surgir um bar embutido imenso, oculto atrás da parede. Escolheu uísque e isso fez o estômago dela arder novamente.

— Muito bem... O que foi? Você perdeu todo o seu dinheiro?

— Não. — Roarke quase riu. — Acho que conseguiria lidar melhor com isso do que estou lidando com o resto. Com você. Com

Retrato Mortal 241

tudo o mais. Por Deus, eu fiz uma lambança. — Tomou um gole e respirou fundo. — A coisa toda tem a ver com a minha mãe.

— Oh. — De todas as coisas que haviam passado pela cabeça de Eve, essa não havia feito a tela do seu radar interior dar nem mesmo uma piscadinha. — Ela entrou em contato com você? Está querendo alguma coisa? Se ela está perturbando sua vida, eu posso ajudar... Dar-lhe uma carteirada, ameaçá-la com meu distintivo, sei lá.

Ele balançou a cabeça para os lados e bebeu.

— Não, ela não entrou em contato comigo. Ela está morta.

Eve abriu a boca, mas tornou a fechá-la. Areia movediça, decidiu. Traumas de família eram sempre areia movediça.

— Estou tentando descobrir o que dizer. Sinto muito por isso, se você estiver sentindo. Só que... Puxa, você nunca mais a viu, desde que era garoto, certo? Você me disse que ela caiu fora, simplesmente, e pronto.

— Foi isso mesmo que eu disse, eu sei, e foi no que acreditei durante todo esse tempo. Acreditei de verdade. Mas acontece que a mulher que foi embora e me abandonou não era minha mãe. Eu pensei que fosse, e a coisa ficou por isso mesmo. Só que descobri a verdade.

— Muito bem. E como foi que você descobriu a verdade?

Calma, ele pensou. Calma e fria, assim era a sua tira quando tinha algum enigma para resolver. Como ele tinha sido tolo em não vir contar tudo a ela logo de cara. Ele olhou para o copo, deu alguns passos e foi se sentar no sofá.

— Conheci uma mulher no abrigo, uma terapeuta que trabalha lá. Ela veio de Dublin e me contou uma história na qual eu não acreditei a princípio. Não quis acreditar. Era sobre uma jovem que ela tentou ajudar. Uma jovem e seu bebê.

— Você? — Eve foi lentamente até o sofá e se sentou ao lado dele.

— Sim. Essa jovem tinha pouca idade e era recém-chegada da parte oeste da Irlanda. Tinha vindo de uma fazenda no interior.

Resolvera ir para Dublin em busca de aventura e trabalho. E conheceu Patrick Roarke.

Ele contou a Eve todo o resto da história.

— Você investigou isso tudo? A terapeuta e tudo o que ela contou? Tem certeza de que não se trata de alguma armação?

— Certeza absoluta. — Ele queria mais uma dose de uísque, mas não tinha energia suficiente para levantar e se servir. — A garota que era minha mãe tentou me oferecer uma família, quis fazer o que era certo. Ela o amava, eu suponho, e tinha medo dele. Meu pai tinha um jeito especial de fazer as mulheres o amarem e o temerem, ao mesmo tempo. Mas ela me amava, Eve.

Os dedos de Eve se entrelaçaram com os dele, tentando lhe transmitir um pouco de conforto. Sentindo-se mais estável com esse gesto, ele levou os dedos unidos aos lábios.

— Dava para ver na foto de nós dois. Ela nunca me deixou. Ele a matou. Essa era outra coisa na qual ele era muito bom: destruir a beleza e a inocência. Ele a matou e chamou Meg de volta.

Ele inclinou a cabeça para trás e se pôs a fitar o teto.

— Eles eram casados. Confirmei os registros. Ele já era casado antes de conhecer e destruir minha mãe, mas o casal não tinha filhos. Talvez Meg não tenha podido lhe dar um filho, e ele a desprezou e a mandou embora. Ou talvez tenha sido ela que o deixou, depois de aturar suas traições e esquemas ilegais. Na verdade, o motivo pouco importa.

Ele fez um gesto de pouco caso e manteve os olhos fechados enquanto a fadiga o devorava.

— Uma garota como Siobhan Brody certamente o atrairia. Era jovem, fácil de manipular, uma fruta madura no ponto certo de ser colhida. Mas, quando ela teve um filho, ele certamente achou que não lhe seria útil manter uma garota como ela, lhe enchendo os ouvidos para que eles se casassem e formassem, oficialmente, uma família.

— Então ela esteve com seu pai por, sei lá, uns dois anos. Durante esse tempo, será que ninguém contou a ela sobre Meg? Será que ninguém lhe contou que ele já era casado?

— Se contaram, ele certamente desmentiu tudo. Era bom de papo e tinha sempre uma história plausível na ponta da língua.

— Há outra possibilidade. Ela era uma garota com menos de vinte anos, apaixonada e grávida de um cara assim, com um certo medo dele, talvez. Pode ser que não tenha dado ouvidos ao que as pessoas falavam.

— É possível. Além disso, naquela época, quando ele estava no auge das suas atividades, pouca gente se arriscaria a falar coisas que não lhe agradassem. De qualquer modo, se o nome de Meg chegou aos ouvidos de minha mãe, ela não deve ter dado importância.

Ele se calou por alguns instantes, analisando a situação.

— Meg combinava melhor com ele, entende? Era durona, tinha uma queda por bebidas e gostava de grana fácil. Siobhan provavelmente o deixaria irritado simplesmente por ser o que era. Só que ninguém ousaria abandonar Patrick Roarke carregando o seu filho, símbolo da sua virilidade. Não, isso certamente não seria tolerado. Ela precisava ser punida por ter tentado. Consigo enxergar com clareza como as coisas se desenrolaram, vejo exatamente como tudo deve ter acontecido. Ele chamou Meg de volta para cuidar de mim. Afinal, um homem não pode desperdiçar seu tempo paparicando um bebê. Ele tinha muito trabalho a fazer, muitos negócios a realizar. É mais fácil pegar uma mulher para encarar as tarefas sujas do dia a dia. Ele era um canalha completo, disso não há dúvida.

— Ninguém nunca mencionou sua mãe para você?

— Ninguém. Eu teria descoberto tudo por mim mesmo, se tivesse me dado ao trabalho de pesquisar. Não era algo que eu quisesse bloquear em minha mente, como aconteceu com você. Eu simplesmente não me importei com aquilo. Coloquei Meg para fora da minha cabeça.

Ele apertou os olhos com mais força e então obrigou-se a abri-los.

— Rastrear os passos de Meg não valia o tempo e o trabalho que eu teria. Em todos esses anos, ela foi apenas um pensamento raro e rápido vindo do passado.

— Meg Roarke não foi nem isso — corrigiu Eve. — Você não sabia.

— Nunca me dei sequer ao trabalho de odiá-la. Ela não representava nada para mim.

— Você está falando de duas mulheres diferentes.

— A questão é que uma delas merecia mais do que teve na vida. Merecia mais do mundo, e mais de mim. Eu me pergunto se ela teria voltado para ele se não fosse por minha causa. Se não achasse que seu filho precisava de um pai. Será que ela não estaria viva agora?

Preocupada, Eve queria arrancá-lo do labirinto de culpa onde ele se trancara. Mas resolveu seguir o instinto, o treinamento de policial, e falou baixinho, como faria com uma vítima ou um sobrevivente à beira do choque.

— Você não pode se culpar por isso. Nem se punir.

— Deveria haver alguma forma de vingança. Droga, Eve, devia haver algum *jeito*. Eu me sinto... impotente, e não gosto da sensação. É uma coisa que eu não posso consertar. Uma situação contra a qual não posso lutar com meus punhos, não posso comprar, nem roubar, nem contornar. Por mais que eu tente uma saída, ela está morta e ele escapou sem pagar por isso.

— Roarke, eu não sei quantas vezes... não dá para guardar tudo na cabeça, senão eu ficaria louca... o fato é que eu não sei quantas vezes bati numa porta e destruí a estrutura de uma pessoa e de uma família ao lhes dizer que alguém que eles amavam estava morto.

Tentando confortá-lo, ela passou os dedos sobre os cabelos dele.

— Eles se sentem do modo como você está se sentindo, e por mais que eu tente uma saída, o causador da tragédia nunca paga completamente pelo estrago.

Retrato Mortal 245

— Você não vai gostar de ouvir, mas eu vou dizer mesmo assim. Houve momentos no meu passado, inúmeros momentos ao longo da vida, em que desejei ter sido a pessoa que acabou com ele. Mas nunca quis isso tanto quanto agora, mesmo sabendo que já não significa nada, nem vai mudar as coisas. Talvez essa tenha sido uma das razões para eu não contar nada a você. Como posso fazê-la compreender que talvez eu me sentisse mais homem agora se tivesse seu sangue em minhas mãos?

Eve olhou para a mão de Roarke, para a aliança de ouro, o símbolo da união deles que brilhava em seu dedo.

— Você está errado em achar que eu não compreendo isso. Compreendo, sim, porque tenho o sangue do meu pai nas mãos.

— Ó Deus. — Aquilo o deixou enjoado e furioso. Ele havia se deixado chafurdar tão fundo no lodo de seu passado que acabou por jogar aquilo na cara de sua mulher, de forma tão descuidada. Ele a puxou para perto e sussurrou: — Desculpe, amor.

— Ter o sangue dele em suas mãos não iria ajudar em nada. — Ela se afastou um pouco para ele poder vê-la melhor. — Pode acreditar nas minhas palavras: você é mais homem e mais completo do que qualquer outro que eu já conheci.

Ele apoiou a testa na dela.

— Não consigo ir em frente sem você. Nem sei como consegui, antes de você chegar.

— Pois vamos continuar em frente a partir desse ponto. Você passou por dois dias difíceis e muito pesados, então vou experimentar um dos seus esportes favoritos: vou obrigá-lo a comer alguma coisa.

Ele sorriu, por fim, quando ela se levantou e rumou em direção ao AutoChef.

— É você que está cuidando de mim, agora?

Olhando para trás, ela o avaliou. Ele estava só de calças. Embora houvesse traços de um ar divertido em seus olhos, as olheiras continuavam escuras.

E estava muito pálido, de preocupação e fadiga.

Bem, pelo menos nisso ela podia dar um jeito.

— Acho que sei como fazer isso, pois já estive muitas vezes no lado em que você está agora. — Ela pegou um pouco de sopa. — Não sei nada a respeito de mães, como você também não sabe, mas por tudo o que você me contou tenho certeza de que ela odiaria ver você sofrendo e se culpando pelo que aconteceu. Se ela amava você, certamente gostaria de ver o filho feliz. E gostaria de saber que você acabou escapando dele, cresceu e se tornou um homem bem-sucedido e importante.

— Apesar dos meios que empreguei para chegar até aqui.

— Sim, apesar disso. — Ela mexeu um pouco a sopa, bem devagar, e a levou até ele.

— Meu pai está em mim, você sabe disso.

Ela concordou com a cabeça e se sentou ao lado dele.

— Se a coisa funciona desse jeito, isso significa que sua mãe também está em você. Isso lhe dá uma grande vantagem na disputa do DNA entre nós dois.

— Venho jogando o meu passado para trás a vida toda, mas ele não me atormenta como acontece com você. — Ele tomou a sopa mesmo sem fome, só porque ela se deu ao trabalho de pegá-la. — Não queria trazer esses problemas para você, nem para ninguém. Queria resolver tudo sozinho, mas a coisa está me corroendo. Vejo o rosto dela na minha frente agora. Sempre verei. Tenho uma família que nem sabia que existia, com pessoas que também a perderam. Não sei o que devo fazer a respeito disso. É por isso que me sinto culpado, agitado e frustrado.

— Você não tem que fazer nada até se sentir mais à vontade com essa nova realidade. — Ela ergueu a mão e acariciou-lhe os cabelos. — Dê um tempo a si mesmo.

— Não podia lhe contar tudo logo de cara. — Olhou fixamente para ela. — As palavras não conseguiriam sair. Deixar você do lado de fora era mais fácil. E mais côm_odo, me pareceu, do que despejar parte dessa culpa e frustração sobre você.

— Ficou mais fácil quando eu derrubei você de bunda no chão.

— Sim, obrigado por isso. — Ele se inclinou e a beijou suavemente.

— De nada, meu chapa.

— Sinto muito ter deixado você dormir sozinha ontem à noite. Você teve um pesadelo.

— Nós dois tivemos, mas vamos superar tudo, Roarke.

— Não há muito para... — O rosto dela ficou desfocado, duplicou e estremeceu suavemente antes de entrar novamente em foco. — Ai, cacete! Você colocou um tranquilizante na sopa?

— Coloquei, sim. — Seu tom de voz era alegre no instante em que ela tirou a tigela da mão dele, que se tornara fraca. — Você precisa dormir. Vamos para a cama enquanto ainda consegue andar. Não dá para te carregar no colo, como você faz comigo.

— Está adorando isso, não é?

— E como! — Ela colocou o braço dele sobre o seu ombro, enlaçou-o pela cintura e o ajudou a se levantar. — Estou começando a ver por que você curte tanto quando me coloca para dormir, achando que eu preciso. Estou me sentindo virtuosa e sentimental.

— Então devemos trocar de papel de vez — resmungou ele, com a voz engrolada. — É hora de eu dizer para você: "Vá enxugar gelo."

— Vou enxugar você todinho, mas só quando acordar. Levante-se, vamos lá. Mais um passo, isso mesmo!

— Provavelmente eu deveria estar pau da vida com você, mas não consigo raciocinar direito. Venha dormir comigo, querida Eve. Deixe-me abraçá-la juntinho de mim.

— Sei dos seus planos. — Ela o colocou na cama e ergueu-lhe as pernas. Seu rosto já estava quase fora do ar. — Descanse bem — sussurrou em seu ouvido, puxando as cobertas sobre ele.

Ele murmurou uma frase em idioma celta que ela já conhecia. *Eu amo você.* Sentou-se ao lado dele, afastou os cabelos do seu rosto e tocou os lábios dele com os seus.

— Eu também te amo.

Colocou as luzes em cinco por cento de luminosidade, para que ele não se sentisse completamente no escuro, caso acordasse. Em seguida, desceu para falar com Summerset, antes de voltar para seu escritório.

Continuou trabalhando pela noite adentro, até bem tarde, mas manteve a câmera do quarto ligada e as imagens no monitor de sua sala de trabalho, para poder velar o sono dele.

Capítulo Treze

As mãos dele estavam sobre ela e sua boca insaciável lhe aquecia o corpo e lhe acelerava a circulação antes mesmo de ela acordar por completo.

De forma lânguida, Eve se moveu devagar por baixo dele, suspirando suavemente. Agora, seus sentidos estavam focados no seu companheiro — no seu cheiro, no sabor da sua pele, no formato do seu corpo — e sentiu aumentar a necessidade de tê-lo enquanto sua mente vagava pelos limites imprecisos entre sono e vigília.

Com gentileza e suavidade, sentiu as pontas dos dedos dele acariciarem sua pele macia e morna. Depois, um deslizar da língua, um roçar de lábios e um sussurro erótico junto do ouvido. Ela ficou excitada, flutuando num transbordar de prazer preguiçoso e doce.

Então ele pronunciou o nome dela. E tornou a dizer, antes de sua boca violar a dela e sua mão descer até o ponto onde ela já estava molhada, pronta e sensível.

Isso a fez pular do sonho e mergulhar em uma necessidade urgente.

Agora havia apenas a sensação, o martelar do sangue, as ondas de calor, e suas pernas se confundiram enquanto eles rolavam um sobre o outro em busca de mais. Ela passou as mãos ao longo do corpo dele, excitando-se cada vez mais com os ângulos, a pele lisa, o contorno duro dos seus músculos.

Ele tinha fome dela. Acordara-a desejando-a, precisando do conforto quente de sua mulher ao seu lado, sob a luz tênue que ela deixara acesa para aplacar a escuridão. Mas tinha de tocá-la, de ver seu rosto, precisava sentir a carência que nutria por ela.

Ela era a sua constante em um mundo de variáveis.

A boca de Eve se tornou ávida, suas mãos, rápidas e vorazes. Seus instintos se encontravam ali, como sempre. *Me dê mais e mais. E pegue tudo o que puder.*

Sentindo-se quase louco, ele a puxou e a ergueu, sustentando-a com a mão aberta atrás das suas costas. Viu seus olhos brilhando, focados, enquanto ela enganchava as pernas em torno dele, com os quadris se lançando em ondas para puxá-lo para o seu centro quente e molhado. Continuou olhando-o fixamente enquanto o engolia com voracidade, sentindo o primeiro orgasmo rasgá-la por dentro ao envolvê-lo com mais força.

A respiração dele ficou presa na garganta e seu coração acelerou, tentando retomá-la.

Talvez ele tenha balbuciado algo, quem sabe um suspiro ou gemido, mas ela o agarrou com força e o puxou mais para o fundo, apertando-o com os braços e usando os quadris fortes para sugá-lo cada vez mais.

Aguente firme, pensou ela. *Me abrace com força agora.* E ela o segurou, deixando o desejo consumir ambos.

Os dois foram se largando, devagar, ainda trêmulos. Quando a cabeça dele repousou sobre os seios dela, Eve tornou a fechar os olhos.

— Acho que você está se sentindo melhor — ela conseguiu dizer.

— Muito melhor. Obrigado. — Ele roçou os lábios com suavidade sobre a lateral do seio dela. — Acho que eu estava realmente precisando daquele tranquilizante.

— Nem precisa dizer, já que você mesmo me fez apagar tantas vezes, quando foi necessário. O fato é que você precisava dormir. — Com a mão submersa entre os cabelos dele, Eve olhou para a claraboia e viu o céu esbranquiçado da manhã que nascia. — Você me deixou apavorada, Roarke.

— Eu sei. — Virando um pouco a cabeça, ele beijou com força o ponto onde ficava o coração dela, e depois se virou para poder colocá-la por cima, a fim de deixar que ela repousasse a cabeça sobre seu ombro. — Essa história me derrubou. Acho que ainda não me recobrei de todo.

— Você chega lá. Mas eu acho que você quebrou uma regra. Aquela que determina que uma crise pessoal deve ser compartilhada com sua companheira de vida.

— Companheira de vida? — Ele sorriu e olhou para o teto. — Essa é a sua alternativa mais confortável para a palavra "esposa"?

— Não tente mudar de assunto. Você quebrou a regra. Eu decorei um monte de normas sobre casamento ao longo dos últimos doze meses.

— Uma vez tira, sempre tira — retrucou ele. — Mas você tem razão: se isso não é uma regra, deveria ser. Eu não devia ter escondido o problema de você. Ainda não sei por que o fiz. Preciso revirar isso um pouco mais nas ideias para descobrir o motivo. Ou não.

— Tudo bem. Mas nada de me deixar de fora. Nunca mais.

— Combinado. — Ele se sentou quando ela se ergueu, e então pegou o rosto dela entre as mãos. Não conseguia compreender como ela poderia ter achado, mesmo que apenas por um momento, que ele se cansara dela. — Companheiros de vida — disse ele. — Até que soa bem. Mas eu ainda prefiro "esposa". — Tocou os lábios dela com os seus. — Minha.

— Eu imaginei. Mas preciso agitar. Tenho um relatório a apresentar para o comandante agora de manhã.

— Não tenho acompanhado esse caso. Por que não tomamos um banho juntos e você me atualiza sobre tudo?

Ela deu de ombros, fingindo indiferença. A verdade, porém, é que ela sentia muita falta de relatar cada etapa e repassar os dados de uma investigação com ele.

— Tudo bem, então — cedeu ela, levantando-se. — Mas sem gracinhas.

— Puxa, mas eu já ia pegar meu nariz redondo e vermelho e o cravo de lapela que esguicha água.

Completamente nua, ela se virou ao chegar à porta do banheiro e olhou para ele com ar de deboche.

— Você é um cara esquisito, sabia, Roarke? Pode trazer seu nariz redondo e vermelho, mas nada de palhaçadas no chuveiro, viu?

Ele pretendia fazê-la mudar de ideia, por questão de princípios, mas enquanto ouvia o relato foi se envolvendo. Era um alívio pensar em algo diferente das suas preocupações.

— Isso prova o quanto uma pessoa pode se trancar em seu mundinho. Eu nem sabia que tinha havido um segundo assassinato — lamentou ele. — Os dois eram jovens, ambos universitários, estudavam em lugares diferentes, e também tinham um passado, interesses e círculos sociais diferentes.

— Mas existem ligações. A boate de onde as transmissões foram feitas é uma delas. E também Hastings e a Portography.

— E o mesmo assassino.

— Sim. — Ela passou a mão pelos cabelos molhados ao sair do chuveiro. — O mesmo assassino.

— Talvez os dois tenham trabalhado como modelo para ele, em algum momento.

— Acho que não. — Ela entrou no tubo secante enquanto Roarke pegava uma toalha. — Por que as fotos tiradas sem os alvos saberem? — Ela elevou a voz para sobressair ao zumbido do secador. — Para que fazer isso, caso as vítimas já tivessem posado para ele antes? Além do mais, os dois eram jovens, certo? Um jovem se sente orgulhoso ou empolgado com a ideia de posar como modelo para um profissional e depois contar a aventura para os amigos e a família. Nenhuma das vítimas mencionou uma sessão de fotos para os amigos e colegas que interrogamos.

Ela saiu, passou os dedos pelos cabelos secos e os considerou penteados.

— Estou começando a achar que esse homem ou essa mulher não é profissional de fotografia. Pelo menos, não é um profissional de sucesso. Mas quer ser, porque se acha o máximo.

— Um artista frustrado?

— Acho que sim. Se ele faz fotos comerciais ou propaganda deve achar que tais atividades estão abaixo da sua arte. Isso o incomoda. Fica em sua sala ruminando que o mundo não reconhece sua genialidade. Ele tem um dom — continuou ela, caminhando até o closet em busca de roupas. — Possui uma luz interior que ninguém percebe. Ainda não. Mas irão perceber. Ele vai *fazê-los* perceber, no fim. E, quando isso acontecer, a luz será tão intensa que ofuscará todo mundo. Alguns dirão que ele é insano, um iludido, ou vão considerá-lo a encarnação do mal, mas os que pensarem assim não sabem de nada, mesmo. Os outros, que serão muitos, finalmente irão reconhecer quem e o que ele é, o que pode fazer e oferecer. Vão perceber o brilho, a arte, a imortalidade. Então ele receberá o reconhecimento que lhe é devido.

Ela pegou uma camiseta regata, vestiu-a, mas notou que Roarke ficou simplesmente ali, observando-a com um leve sorriso.

— Que foi? Caraca, o que há de errado com este top? Se eu não posso usar essa porcaria, por que ela está no closet?

— A camiseta está ótima, e esse tom forte de azul fica muito bem em você. Eu estava apenas pensando na maravilha que você é, tenente. Uma verdadeira artista, ao seu modo. Você o enxerga. Não o rosto nem a forma, pelo menos por enquanto. Mas você enxerga dentro dele. E é assim que você vai impedi-lo de matar. Porque ele não pode se esconder de alguém que enxerga dentro dele.

— Mas se escondeu tempo bastante para matar duas pessoas até agora.

— E, se você não tivesse se colocado ao lado delas, talvez nunca pagasse pelo crime. Ele é muito inteligente, não é? — Roarke foi até o closet e escolheu uma jaqueta antes de ela ter a chance de fazê-lo. — Um sujeito inteligente e muito organizado.

Ele gostou do tom prata claro de uma jaqueta, que iria contrastar com o azul forte da camiseta, e a separou para Eve vestir depois de prender o coldre.

— Ele é um espectador — continuou Roarke. — Passa mais tempo se misturando com as pessoas do que se mostrando, pois acha melhor assistir. Mais ainda quando não é particularmente percebido.

— Muito bem. — Ela concordou com a cabeça.

— Mesmo assim, se as vítimas o conhecessem, como você suspeita, deve haver algo nele que o torna amigável ou, pelo menos, inofensivo.

— Eram jovens. Aos vinte anos, a maioria das pessoas acha que nada pode atingi-las.

— Com essa idade nós já sabíamos que isso não é verdade. — Ele passou a ponta do polegar sobre a covinha do queixo dela. — Mas acho que você tem razão, mais uma vez. Pela ordem natural das coisas, aos vinte anos você se julga invulnerável. Não será isso o algo mais que ele deseja? Essa coragem e essa inocência descuidadas?

— Pelo menos deseja o bastante para deixá-los manter essas características até o fim. Ele não os machuca, não os marca, não os estupra. Ele não os odeia pelo que são. Ele... os homenageia por isso.

Era muito bom, ela percebeu, conversar sobre o assunto. Era disso que andava precisando.

— Não se trata de inveja, trata-se de apreciação. Acho que ele ama as vítimas, de um modo distorcido e egoísta. E é isso que o torna tão perigoso.

— Você vai me mostrar os retratos?

Retrato Mortal

Ela hesitou quando ele foi para o AutoChef e programou café. Àquela hora ele devia estar analisando as cotações da bolsa e assistindo aos primeiros noticiários da manhã, lembrou ela. Afinal, essa era a sua rotina. E ela devia estar a caminho da Central, a fim de preparar seu relatório.

— Vou mostrar, sim, claro — disse ela, com um tom casual ao se sentar e puxar os arquivos para o computador da saleta de estar da suíte. — Vou querer dois ovos mexidos e o que mais você for tomar.

— Um modo muito esperto de se assegurar que eu vou comer, certo? — Ele programou mais café e analisou as duas imagens que Eve colocara na tela. — São tipos completamente diferentes. No entanto, os dois possuem a mesma... vitalidade, eu diria.

Ele se lembrou do retrato da mulher que, sabia agora, era sua mãe. Jovem, resistente, cheia de vitalidade.

— São monstros todos os que se aproveitam dos jovens — declarou, pensativo.

Ele não conseguiu tirar as imagens da cabeça, mesmo depois de Eve ter ido embora. Elas o assombraram quando ele desceu para fazer as pazes com Summerset. O casal de jovens que ele nunca vira e a mãe que não conhecera.

Todos se uniram em sua cabeça, formando uma galeria de retratos tristes e dolorosos. Então, outra imagem se juntou a essas três em sua lembrança: Marlena, a adorável filha de Summerset. Ela era pouco mais que uma criança quando os monstros lhe tiraram a vida, pensou Roarke.

Por sua causa.

Sua mãe e a filha de Summerset, ambas haviam sido mortas por sua causa.

Entrou pela porta que levava aos aposentos de Summerset. Na sala de estar, a enfermeira passava um scanner sobre o molde de pele artificial para verificar se o osso estava se soldando bem.

O telão transmitia um dos noticiários matutinos. Summerset estava sentado, bebendo café e ignorando solenemente a enfermeira que detalhava alegremente o sucesso de sua recuperação.

— Está sarando muito depressa — gorjeou ela. — Um progresso *excelente*, ainda mais para um homem com a sua idade. Você vai estar em pé, andando solto por aí, e bem depressa; logo, logo.

— Madame, eu já estaria andando por aí se a senhora fosse embora.

Ela estalou a língua com ar reprovador e informou:

— Vamos tirar sua pressão e pulsação para anotar no prontuário. Elas devem estar altas, já que você insiste em tomar esse café puro, forte demais. Sabemos perfeitamente que seria melhor um tônico à base de ervas.

— Com a senhora buzinando em meu ouvido, estou tentado a começar o meu dia com vodca. Além do mais, sei muito bem medir meus sinais vitais.

— Nã-nã-não. Eu é quem vou medir seus sinais vitais. E hoje não quero reclamações sobre a injeção de vitaminas.

— Se a senhora chegar perto de mim com aquela seringa, vai acabar com ela espetada em um dos seus orifícios.

— Desculpem — interrompeu Roarke, ao entrar, embora preferisse sair de fininho, sem ser notado. — Desculpem atrapalhar essa conversa amigável, mas preciso falar com Summerset a sós, por alguns minutos, se me der licença, sra. Spence.

— Ainda não terminei — reclamou a enfermeira. — Preciso atualizar seus dados vitais, e ele deve tomar sua injeção.

— Ah... Tudo bem. — Roarke enfiou as mãos nos bolsos. — Você está com ótima aparência, hoje.

— Reconheço que estou melhor, considerando a situação.

Mas continua bravo comigo, notou Roarke.

— Acho que um pouco de ar fresco lhe faria bem — propôs ao mordomo. — Que tal eu levá-lo para um passeio pelos jardins, antes que o dia esquente demais?

— Que ótima ideia! — concordou a sra. Spence, antes de Summerset ter chance de recusar. Pegando a seringa que escondia atrás das costas, apertou-a de encontro ao braço do paciente sem

Retrato Mortal

que ele tivesse chance de piscar. — Nada como um bom passeio pelo jardim para trazer o tom das rosas para o rosto. Meia hora no máximo, ouviram? — avisou a Roarke. — Depois, faremos nossa fisioterapia.

— Prometo trazê-lo de volta antes disso — garantiu Roarke, dirigindo-se para a cadeira.

— Sei manejar essa porcaria sozinho, e perfeitamente bem — avisou Summerset. Para provar, engatou os controles e se lançou a toda a velocidade na direção das portas do terraço.

Roarke conseguiu chegar lá a tempo de abri-las, antes de ele seguir velozmente.

Continuando sem parar, Summerset dirigiu com desembaraço pelo terraço de pedra e desceu por uma das rampas que ia dar nos caminhos entre os canteiros.

— Ele acordou com um humor azedo hoje de manhã — comentou a sra. Spence. — Pior do que de hábito.

— Eu o trarei de volta para a fisioterapia. — Roarke fechou a porta e seguiu rumo aos caminhos no jardim, andando depressa e sem parar.

O ar estava morno, aconchegante e perfumado. Ele havia construído aquele mundo, refletiu; um mundo calmo rodeado pela cidade que ele tornara sua. Ele precisava daquela beleza. Não se tratava de um simples desejo, mas de sobrevivência. Cercado de beleza, talvez ele encobrisse a feiura do seu passado.

Havia flores, laguinhos, árvores e trilhas. Ele se casara com Eve ali, naquele Jardim do Éden recriado. E conseguira mais paz do que imaginou ser possível.

Deixou Summerset deslizar sozinho nos primeiros minutos, pois compreendia que o pobre paciente provavelmente queria se colocar tão distante da enfermeira quanto possível, além de precisar exercitar o seu controle.

Roarke simplesmente seguiu a cadeira até que a parou e travou as rodas. Deu a volta e se sentou em um banco de modo a colocar seu rosto no mesmo nível do de Summerset.

— Sei que você está zangado comigo — começou.

— Você me acorrentou àquela criatura. Trancou-me e a colocou como minha carcereira.

Roarke balançou a cabeça para os lados.

— Por Cristo, você não pode ser tão maluco quanto tenta parecer. Até que esteja curado, terá o melhor atendimento que existe. Esse atendimento é ela. Não vou me desculpar por isso. Mas vim pedir desculpas pelo que disse ontem à noite e pela forma como me comportei com você. Sinto muito, de verdade.

— Você achou que não poderia contar o que lhe aconteceu a mim? — Summerset olhou fixamente para uma hortênsia acentuadamente azul. — Conheço o pior que existe em você; conheço o melhor também, e tudo o que está no meio. Ele olhou de volta agora, analisando o rosto de Roarke. — Bem, pelo menos eu vejo que ela cuidou bem de você. Seu aspecto está melhor, mais descansado.

Um ar de surpresa cintilou nos olhos de Roarke antes de ele estreitá-los.

— Eve conversou sobre... ela lhe contou o que eu descobri?

— Por mais que eu e ela discordemos em muitas coisas, e independentemente das dificuldades que temos para nos relacionar um com o outro, temos algo importante em comum: você. E você nos deixou muito preocupados, sem necessidade.

— É verdade. — Ele se levantou, caminhou por alguns instantes pela trilha florida e voltou. — Não sei como lidar com o problema. Não faço a mínima ideia. Isso está me corroendo por dentro de um jeito que não acontecia desde... desde muito tempo atrás. Fico me perguntando se você sabia de tudo.

— Se eu sabia...? Ah, entendi. — Encaixando mais uma peça daquele quebra-cabeça, Summerset emitiu um longo suspiro. — Não, eu não sabia. Não tinha conhecimento algum dessa garota de cabelos ruivos. Até onde eu sabia, Meg Roarke era a sua mãe.

— E eu nunca questionei isso. — Roarke tornou a se sentar.

— Por que questionaria?

— Passei a vida toda dedicando mais do meu tempo analisando o passado de empregados pouco qualificados do que minhas próprias origens. Bloqueei tudo em minha mente, em meus bancos de dados. Limpei quase tudo.

— Fez isso para se proteger.

— Porra nenhuma! — Foi raiva e culpa, em igual intensidade, que emanaram dele. — Quem a protegeu?

— Certamente não poderia ser você, apenas um bebê de colo.

— Não consegui justiça para ela pelas próprias mãos. Ela não conseguiu justiça pelas mãos do filho, e agora o canalha está morto há muitos anos. Pelo menos no caso de Marlena...

Ele parou de falar e se recompôs.

— A morte de Marlena aconteceu para me servir de lição. Você nunca me culpou por isso, Summerset. Nem uma única vez você disse que me culpava.

Por um longo tempo, Summerset ficou parado, olhando para o jardim. Viu as hortênsias extremamente azuis, as rosas cor de sangue e o rosa forte nas bocas-de-dragão. Sua filha preciosa era parecida com uma flor.

Linda, brilhante e com vida curta.

— Você não teve culpa de nada. Nem pelo que aconteceu a minha filhinha, nem pelo que aconteceu a sua mãe. — Os olhos de Summerset se voltaram devagar até encontrar os de Roarke, e se fixaram ali. — Meu rapaz — disse, baixinho —, você não teve culpa de nada.

— Mas nunca fui inocente, desde que me conheço por gente. — Com um leve suspiro, Roarke colheu uma das lindas flores e a observou com atenção. Ocorreu-lhe que não oferecia flores a Eve fazia um bom tempo. Um homem não devia se esquecer dessas coisas, especialmente quando tinha uma mulher que não cobrava nem esperava isso dele.

— Você poderia ter me culpado, sim. — Ele pousou a flor no colo de Summerset porque isso também era inesperado. Um pequeno gesto, um pequeno símbolo. — Você me recebeu em sua casa no dia em que meu pai me espancou sem dó nem piedade e eu não tinha lugar algum para ir. Não precisava ter feito isso; eu não era parente seu.

— Você era uma criança, e isso era o bastante. Era uma criança espancada quase até a morte, e isso foi demais.

— Para você, foi. — A emoção quase o deixou engasgado. — Você cuidou de mim, e me ensinou muitas coisas. Deu a mim algo que eu nunca tive, nem esperava conhecer. Você me deu uma casa e uma família. E, quando eles tomaram parte daquela família, quando levaram Marlena, o que havia de melhor em nós, você poderia ter me culpado. Me lançado fora. Mas nunca fez isso.

— Você já era como um filho para mim a essa altura, não é verdade?

— Por Deus. — Roarke respirou fundo, com muito cuidado. — Acho que sim.

Precisando se movimentar, Roarke se levantou. Com as mãos nos bolsos, observou uma pequena fonte borbulhando, vida em meio a uma explosão de lírios. Fitou a água fresca que gorjeava até se tranquilizar novamente.

— Quando resolvi vir para cá, decidi me fixar em Nova York. Pedi que você também viesse, e você veio. Deixou para trás a vida que construíra pelo que eu queria construir. Acho que nunca lhe disse o quanto lhe sou grato por isso.

— Disse, sim. Muitas vezes e de muitas formas. — Summerset pegou a flor no tom forte de azul e olhou para o jardim. Sentiu a paz e a beleza do lugar.

Um mundo dentro de outro mundo que o garoto que ele vira se tornar um homem havia criado. E agora esse mundo estava abalado e precisava ser colocado novamente em equilíbrio.

— Você vai para a Irlanda, não é? Sei que precisa voltar.

— Sim, eu vou — concordou Roarke, indescritivelmente grato por ser compreendido sem precisar dizer nada. — Vou, sim.

— Quando?

— Imediatamente. Acho que é melhor ir o mais rápido possível.

— Já avisou a tenente?

— Ainda não. — Incomodado com isso, Roarke olhou para as mãos e viu a aliança de casado em torno do dedo anular. — Ela está no meio de uma investigação difícil, e isso iria distraí-la do trabalho. Pensei em lhe dizer que tenho negócios a resolver fora da cidade, mas não conseguiria mentir. Será mais simples fazer os preparativos e depois contar que estou indo.

— Ela devia ir com você.

— Eve não é apenas minha esposa. É mais que isso, antes de tudo. — Ele virou a cabeça de lado e sorriu de leve. — Isso é uma coisa que eu e você talvez nunca aceitemos do mesmo jeito.

Summerset pensou em desmentir essas palavras, mas ficou calado, deliberadamente.

— As vidas de muitas pessoas dependem dela — explicou Roarke, com um pouco de exasperação. — Isso é algo que ela nunca esquece, e eu nunca lhe pediria para colocar seu trabalho em segundo plano. Consigo lidar com isso sozinho. Na verdade, acho melhor que seja assim.

— Você sempre achou que devia cuidar de tudo sozinho. Nesse ponto, você e ela são completamente idênticos.

— Talvez. — Como queria que seus rostos estivessem no mesmo nível, Roarke se agachou. — Uma vez, você deve lembrar, eu era jovem, as coisas estavam esquisitas para mim e o ódio que eu sentia pelo meu pai ainda me borbulhava por dentro como um rio negro; eu lhe disse que ia escolher outro nome para mim, pois não queria ficar com esse. Eu não queria nada dele.

— Sim, eu me lembro. Você ainda não tinha dezesseis anos.

— E você me disse: mantenha o seu nome, pois ele é seu tanto quanto dele. Mantenha-o e faça algo de bom com ele, pois assim o nome será totalmente seu e não terá mais nada dele. Comece agora. Você não me disse o que fazer para conseguir isso, não foi?

— Não precisei dizer. Você já sabia. — Summerset riu de leve e balançou a cabeça.

— Agora eu preciso voltar lá, sozinho, para ver o que ela deixou para mim. Preciso saber se eu construí algo com o meu nome e o que ainda falta fazer. E tenho de começar logo.

— É difícil argumentar contra as minhas próprias palavras — anuiu Summerset.

— Mesmo assim, não gosto de deixá-lo aqui sem vê-lo curado e em pé novamente.

— Consigo lidar com isso — garantiu Summerset, abanando a mão com um grunhido de desdém. — E também com aquela mulher irritante à qual você me acorrentou. Sei resolver tudo sozinho.

— Você vai tomar conta da minha tenente enquanto eu estiver fora, não vai?

— Ao meu modo.

— Muito bem, então. — Ele se levantou. — Se precisar de mim para qualquer coisa... você sabe onde me encontrar.

Summerset sorriu.

— Eu sempre soube onde encontrar você, Roarke.

Eve terminou de apresentar o relatório oral ao comandante Whitney sem se sentar. Preferia esse tipo de formalidade quando estava no gabinete do seu superior. Ela o respeitava pelo tipo de tira que era e sempre fora. Respeitava também as rugas de preocupação e de autoridade que se espalhavam pelo seu rosto largo com pele escura.

Pilotar uma escrivaninha não o deixara mole; pelo contrário, servira para endurecer ainda mais seus músculos de comando.

— Temos alguns problemas com a mídia — avisou ele quando Eve terminou. — Precisamos resolvê-los.

Retrato Mortal

— Sim, senhor.

— Recebi queixas de que o Canal 75 e Nadine Furst, em particular, estão recebendo tratamento especial nesta investigação.

— O Canal 75 e a repórter Nadine Furst *estão, realmente*, recebendo tratamento preferencial no curso desta investigação devido ao fato de o assassino ter enviado suas transmissões diretamente à srta. Furst, que trabalha lá. Tanto ela quanto a emissora estão cooperando incondicionalmente comigo e com a minha equipe. Como as transmissões foram enviadas a ela, não tenho autoridade para impedir que ela ou o Canal 75 divulguem o material. Entretanto, eles concordaram em passar a mim as transmissões que receberem, bem como quaisquer outros dados e informações, antes de colocá-los no ar. Como é um caso de *quid pro quo*, em que existe uma troca de favores, concordei em lhes repassar qualquer informação sobre o caso que eu julgue apropriada para divulgação.

— Então nós estamos devidamente cobertos — concordou Whitney com a cabeça.

— Sim, senhor, acredito que sim.

— Vamos marcar uma entrevista coletiva para manter os lobos a distância. Ao lidar com a mídia é preciso deixar o traseiro fora da reta, sempre que possível. Vou deixar nossa associada na mídia analisar seu relatório e escolher o que deve ser informado ao público.

Satisfeito, ele deixou a mídia de lado e voltou ao ponto principal.

— Você precisa trabalhar as ligações para descobrir pontos em comum entre as vítimas.

— Sim, senhor. Gostaria de colocar um homem, ou melhor, uma equipe, para trabalhar na boate: Baxter e Trueheart. Para sorte nossa, Trueheart é jovem o bastante para se fazer passar por universitário. Baxter o está treinando, então eu também o quero a bordo, para ficar de olho em tudo. Trueheart não tem muita experiência em trabalhar sob disfarce. McNab pode investigar alguma coisa nas faculdades, dirigindo o lado geek da operação. Ele já esteve na boate e se apresentou como policial, então não vou mais poder utilizá-lo lá.

— Muito bem, prepare tudo.

— Senhor, tem mais uma coisa. Trata-se da pesquisa inicial da lista dos assistentes de Hastings na Portography. Alguns nomes são falsos. Tem gente que inventa apelidos porque gosta do som, profissionalmente. Mas o nome da pessoa que trabalhou com Hastings no casamento onde Rachel Howard foi fotografada me soa falso em demasia. Vou mais fundo nessa pesquisa. Também vou consultar algumas fontes, para ver se consigo encolher a lista dos equipamentos possivelmente usados nas imagens que o assassino produziu. Tenho algumas pontas soltas para investigar, e meu pessoal vai trabalhar espalhado, pelo menos até haver algo sólido para trazer todos de volta.

— Faça o que for necessário para encerrar o caso, Dallas. E mantenha-me atualizado.

— Sim, senhor. — Ela pensou em se afastar, mas se manteve onde estava. — Comandante, há mais uma coisa. Conforme comentei no mês passado com o senhor, gostaria de inscrever a policial Peabody na próxima prova para detetives.*

— Ela já está pronta?

— Peabody já cumpriu dezoito meses de experiência na Divisão de Homicídios, sob minhas instruções. Já investigou e encerrou um caso arquivado trabalhando sozinha. Tem mais experiência em campo que muitos rapazes da sala de ocorrências. É uma boa tira, comandante, e merece fazer a prova para detetive.

— Aceitarei isso por recomendação sua, tenente.

— Obrigada.

— É melhor mandá-la se preparar bem. Pelo que eu me recordo, o exame não é nenhum passeio no parque.

— Não, senhor. — Dessa vez, Eve sorriu. — Tem mais a ver com uma corrida por um campo minado em zona de guerra, mas ela estará preparada.

---

* Ver *Pureza Mortal*. (N. T.)

Retrato Mortal 265

* * *

Eve seguiu para a sala de reuniões e ficou ali algum tempo antes de a equipe chegar, sentada na quina da mesa, estudando o quadro que montara.

As imagens olhavam para ela. Primeiro, seu foco foi Rachel Howard. Sorridente, luminosa e alegre no trabalho. Ela atendia no balcão em uma loja de conveniência. Típico trabalho para uma universitária. Queria ser professora. Levava os estudos a sério, metia a cara nos livros, fazia muitos amigos e vinha de uma família de classe média, sólida e estável.

Ao lado havia uma foto tirada no metrô. Ela voltava para casa, para a família, ou talvez estivesse indo de casa para a faculdade. Parecia confiante, linda, cheia de energia.

Ao lado, viu um instantâneo dela no casamento. Estava muito bem-vestida para a ocasião. Cabelo com um belo penteado, lábios pintados, cílios longos e um sorriso imenso de celebração que saltava aos olhos no meio dos outros convidados. Todos reparavam nela. Ela impossível não notar sua presença.

Mesmo na morte, pensou Eve. Sentada de forma adequada, linda, com luz irradiando-se dos cabelos e dos olhos fixos.

Kenby Sulu era exótico, de figura marcante. Tinha um emprego típico também, em especial para as pessoas ligadas à sua área: lanterninha de teatro. Queria ser um bailarino, trabalhava duro, fazia amigos com facilidade e tinha uma família boa e sólida, de classe alta.

Ali estava ele, parado na calçada da Juilliard. Entrando no prédio ou saindo pela porta principal. Exibindo um sorriso largo para os amigos.

Ao lado, a foto formal do elenco. Rosto sério e intenso, mas dava para ver, com destaque, a luz que emanava dele. A expectativa, a saúde e a energia.

O retrato pós-morte espelhava exatamente isso. Eve notou o jeito como fora preparada a pose dele: em um passo de dança, como se ele ainda estivesse em movimento. A luz de fundo cintilando em torno, como um halo.

Saudável, pensou ela. A vítima devia ser saudável, inocente, jovem e bem-ajustada. Limpas. Aquilo era uma coisa que as duas vítimas tinham em comum, decidiu Eve. Eram limpas. Sem histórico de envolvimento com drogas, nenhuma doença grave nos registros médicos. Mente afiada, corpos saudáveis e jovens.

Ligou o computador e pôs-se a buscar qualquer empresa ou estúdio ligado a fotografia que tivesse a palavra "luz" no nome. Encontrou quatro, anotou tudo e passou a procurar livros sobre fotografia que tivessem "luz" no título. Em algum momento o assassino fora um estudante da área, disso ela estava certa.

Encontrou vários, e já ia imprimir a lista quando um deles atraiu sua atenção.

Imagens da Luz e da Escuridão, de Leeanne Browning.

— Vamos lá — disse Eve, em voz alta. — Hora de voltar à escola, mais uma vez.

Quando a porta da sala de reuniões se abriu, Eve pediu, sem nem mesmo olhar para trás:

— Peabody, faça a requisição e baixe um livro sobre fotografia intitulado *Imagens da Luz e da Escuridão*, de Leeanne Browning. Use o computador auxiliar para isso, porque eu ainda não acabei aqui.

— Sim, senhora. Como soube que fui eu que abri a porta?

— Você é a única pessoa que caminha desse jeito. Enquanto pesquisa, veja se existe um exemplar impresso do livro, pois isso pode ser útil.

— Tá, mas o que isso significa? Como é o meu jeito de caminhar?

— Em marcha rápida, ritmada, usando sapatos típicos de tira. Agora vaza, porque estou trabalhando.

Eve, mais uma vez, não precisou olhar para saber que Peabody devia estar fazendo alguma careta para os sapatos. Fez uma pesquisa

Retrato Mortal

cruzada para localizar e destacar qualquer outro livro, artigo, tese ou imagem publicada pela professora Browning, para compará-los.

Sulu fora estudar na Juilliard, mas morava a poucos quarteirões do apartamento da professora Browning e de Angela Brightstar. Aquela poderia ser outra ligação, refletiu.

— O livro existe em versão eletrônica e em versão impressa, tenente.

— Consiga-me os dois. Enquanto o arquivo estiver baixando, seria bom você dar uma olhada nas datas das provas para detetive. Você foi recomendada para prestar o próximo exame.

— Preciso fazer uma requisição para a compra do livro e... — Ela parou de falar.

— Quero um livro impresso e um eletrônico. Esqueça a requisição e vá à livraria. Simplesmente compre-os. Eu banco o valor até a papelada ser liberada.

— O exame para detetives. — A voz de Peabody ficou esganiçada. — Vou fazer a prova para detetive?

Eve se remexeu na cadeira e esticou as pernas. Sua auxiliar ficara pálida como papel, até mesmo nos lábios. Ótimo, pensou Eve. Aquilo era algo que nenhum policial devia encarar sem receio.

— Foi recomendada, mas passar na prova depende de você. Se preferir continuar a usar farda, a escolha é sua.

— Quero ser detetive.

— Então ótimo. Faça o exame.

— Você acha que eu já estou pronta?

— Você se sente pronta?

— Quero estar.

— Então estude muito e faça a prova.

A cor começou a voltar lentamente ao rosto de Peabody.

— Foi você que recomendou o meu nome e acertou tudo com o comandante.

— Você trabalha comigo. Está subordinada a mim. É meu dever recomendar o seu nome, se achar que você trabalha bem. Você trabalha bem.

— Obrigada.

— Agora, mantenha o bom nível e consiga-me o que eu pedi. Vou trazer Baxter e Trueheart para trabalhar neste caso.

Eve saiu. Não precisou olhar para trás para saber que Peabody estava sorrindo.

Capítulo Quatorze

Eve encontrou Leeanne Browning em seu apartamento. A professora de digitalização de imagens usava uma blusa vermelha muito comprida por cima de um macacão preto colante. Seus cabelos estavam para trás das costas, em uma trança.

— Olá, tenente Dallas. Como vai, policial? Vocês nos pegaram em casa por pouco. Angie e eu estávamos de saída. — Fez um gesto, enquanto falava, convidando-as a entrar. — Vamos passar algumas horas trabalhando no Central Park. O calor faz surgir todo tipo de figuras interessantes.

— Incluindo nós duas — completou Angie, chegando à sala com uma imensa caixa de equipamentos.

— Ah, certamente estamos incluídas. — Leeanne riu, num tom baixo e sedutor. — O que podemos fazer por vocês? — perguntou a Eve.

— Tenho algumas perguntas.

— Certo. Vamos nos sentar ali para eu tentar responder a elas. Trata-se da pobre Rachel? A cerimônia do funeral foi marcada para amanhã à noite.

— Sim, eu sei. Gostaria que olhasse para essas fotos, doutora. Reconhece o modelo?

Leeanne pegou a foto de Kenby em pé na porta da Juilliard.

— Não. — Sabendo que Eve olhava fixamente para ela, Leeanne apertou os lábios. — Não — tornou a dizer. — Não creio que seja um dos meus alunos, pois eu me lembraria desse rosto. Um rosto marcante.

— Está em excelente forma — acrescentou Angie de trás do sofá, inclinando-se para ver melhor. — E tem um corpo lindo, elegante.

— Um excelente estudo fotográfico. Muito bem executado. Foi feito pela mesma pessoa, não foi? — quis saber Leeanne. — O mesmo retratista. Esse lindo rapaz está morto?

— O que acha desta imagem? — Eve exibiu a foto do grupo de dança.

— Ora, um bailarino. É claro. Seu tipo físico é de bailarino, não acha? — Ela fez um som curto, como um suspiro de tristeza. — Não, ele não me é familiar. Nenhum deles é. Mas esta foto do grupo não foi tirada pelo retratista, foi?

— Por que diz isso?

— Estilos e técnicas diferentes. Temos muito drama, com maravilhosa utilização das sombras aqui. É claro que é preciso drama nesse tipo de estudo em grupo, mas... Parece-me que a pessoa que tirou a foto do grupo tem mais experiência, mais tempo de estrada, ou talvez simplesmente mais talento. As duas coisas, em minha opinião. Na verdade, meu palpite é de que a foto do grupo é um Hastings.

Intrigada, Eve se recostou.

— A senhora consegue olhar para uma foto e identificar o fotógrafo?

— Claro, quando o artista possui um estilo definido. É claro que um estudante esperto ou um fã dedicado conseguiria copiar muito bem o estilo de um fotógrafo famoso, usando manipulação

Retrato Mortal

digital e outros recursos. Mas isto aqui não é o que eu chamaria de uma homenagem estilística.

Colocando as duas fotos lado a lado, ela tornou a estudá-las.

— Não — decidiu. — Elas têm estilos distintos. São dois artistas interessados no mesmo tema, mas enxergando-o por perspectivas diferentes.

— A senhora conhece Hastings pessoalmente?

— Sim. Não muito bem, mas duvido que alguém o conheça profundamente. É um sujeito temperamental demais, mas uso o seu trabalho em aula, com frequência. Há alguns anos, depois de muita persuasão, ele me autorizou a montar oficinas para meus alunos em seu estúdio.

— Leeanne teve de pagar tudo do bolso dela — ralhou Angie, indignada. Continuava debruçada sobre o sofá, com o queixo pousado sobre um dos ombros da professora Browning. — Hastings adora dinheiro.

— Isso é verdade. — O tom de Leeanne era alegre. — Quando o assunto é arte, ele cede, mas faz questão de obter bons lucros com sua loja, seu trabalho comercial e seu tempo.

Eve começou a analisar outro ângulo, em sua cabeça.

— Algum dos seus alunos alguma vez trabalhou para Hastings como modelo ou assistente?

— Certamente — respondeu Leeanne, com uma risadinha. — A maioria deles voltou da sessão de fotos com um maxiônibus cheio de reclamações. Ele é rude, impaciente, mesquinho e violento. Mas todos aprenderam muita coisa, isso eu posso assegurar.

— Gostaria dos nomes desses alunos.

— Por Deus, tenente, envio alunos para o estúdio de Hastings há mais de cinco anos.

— Gostaria dos nomes — repetiu Eve. — Todos os que a senhora tiver registrado ou souber informar de cabeça. Que tal esta foto? — Eve mostrou o retrato de Kenby morto.

— Oh. — Sua mão se ergueu, buscando a de Angie. — Macabro. Horrível. Brilhante. Ele está aprimorando o estilo.

— Por que diz isso?

— Tão rígido. Exatamente como deveria ser. Dança da Morte, era como eu batizaria este retrato. Veja o uso da sombra e da luz aqui. O fato de ter escolhido preto e branco, a pose fluida do corpo. Ele poderia ter trabalhado melhor o rosto... Sim, havia mais potencial aqui. Do resto, é brilhante. E terrível.

— A senhora muitas vezes usa o preto e branco. A maior parte do seu livro é dedicada à arte da fotografia e da digitalização de imagens em preto e branco.

Com um ar de surpresa, Leeanne ergueu os olhos.

— Leu meu livro, tenente?

— Dei uma olhada. A senhora fala muito de luz, da exploração da iluminação, da construção ou minimização dela, como filtrá-la. E sua ausência total.

— Sem luz não existe imagem, e o tom da luz determina o tom dela. A forma como é usada, como o artista a manipula ou enxerga, tudo isso faz parte da sua destreza profissional. Espere um instante.

Ela se levantou e saiu da sala.

— Suspeita dela, tenente? — Angie esticou o corpo, analisando Eve. — Como pode? Leeanne jamais machucaria alguém, muito menos uma criança. Ela é incapaz de cometer um ato mau.

— Parte do meu trabalho é fazer perguntas.

Angie fez que sim com a cabeça, deu a volta no sofá e se sentou diante de Eve.

— Seu trabalho é pesado. Coloca dor em seus olhos quando a senhora se vê diante da morte. — Ela olhou o retrato de Kenby. — Essa dor não permanece nos seus olhos, mas acho que se mantém dentro da senhora.

— Ele não precisa da dor nos meus olhos. Não necessita mais de pena.

— Não, imagino que não — replicou Angie quando Leeanne voltou trazendo uma pequena caixa.

— Ei, isso é uma câmera de orifício, dessas que não usam lente — exclamou Peabody, mas logo enrubesceu, envergonhada pela empolgação. — Meu tio tinha uma dessas. Ele a chamava de câmera pinhole, e me ensinou a construir uma, quando eu era menina.

Eve analisava com atenção a estranha caixa fechada e disse com ar casual, à guisa de explicação:

— O tio dela faz parte do movimento Família Livre.

— Ah, sim. Esta é uma técnica muito antiga. — Leeanne colocou a câmera sobre a mesa, removeu uma pequena fita gomada do orifício e apontou o equipamento na direção de Eve. — Temos aqui uma câmera artesanal; o papel fotográfico está dentro dela; a luz de fora e o orifício funcionam como uma lente que captura a luz e a imagem. Por favor, fique parada — pediu a Eve.

— Essa caixa vai tirar uma foto minha?

— Sim. É a luz que cria o milagre da imagem, entende? Sempre mando que cada um dos meus alunos construa uma câmera de orifício como esta e saia por aí fazendo experiências. Os que não compreendem esse milagre podem até tirar boas fotos, mas jamais criarão obras de arte. Nem tudo depende de tecnologia e acessórios. Nem tudo se baseia em equipamentos e manipulação de imagens. A alma de tudo é a luz, o que ela vê... E o que nós vemos por meio dela.

— O que tiramos dela também? — perguntou Eve, olhando fixamente. — O que absorvemos dela?

— Talvez. Enquanto algumas culturas primitivas temiam a câmera, por achar que ao reproduzir sua imagem ela roubava sua alma, outros povos acreditavam que ela lhes proporcionava uma espécie de imortalidade. Em muitos pontos, nós misturamos essas duas crenças. Certamente imortalizamos as imagens; roubamos momentos do tempo e os mantemos vivos para sempre. Mas também retiramos algo de cada pessoa, cada vez que a clicamos. Aquele instante, aquele pensamento, aquele estado de espírito, aquela luz. Nada disso será igual em outro momento, nem mesmo um segundo depois. A magia se vai, mas fica preservada para sempre na foto. Isso é uma coisa poderosa.

— Não existe pensamento, nem estado de espírito, nem luz no retrato de um morto.

— Ora, mas é claro que existe. Para o artista. A morte, especialmente ela, é um momento de definição. Venha ver o que temos aqui.

Ela tapou o orifício da caixa mais uma vez e retirou um pedaço de papel. Nele, a imagem de Eve fora reproduzida quase como um esboço feito a lápis.

— A luz grava a imagem, queima-a no papel e a preserva. A luz — disse a professora, entregando o papel a Eve — é a ferramenta, é a magia. É a alma.

— Ela é uma pessoa muito interessante — comentou Peabody. — Aposto que é uma professora fantástica.

— E sabe manipular imagens. Teria habilidade para adulterar os discos de segurança do prédio e mexer no relógio que aparece na tela. Seu álibi, portanto, tem furos. Vamos dar a ela, potencialmente, a oportunidade; meios... ela também encaixa; método... ela também encaixa. Me dê um motivo.

— Bem, eu não...

— Esqueça o fato de você ter gostado dela. — Eve se misturou com o tráfego. — Que motivo ela teria para escolher, seguir e matar dois universitários atraentes?

— Arte. Tudo tem a ver com arte.

— Mais fundo, Peabody.

— O.k. — Ela sentiu vontade de tirar o quepe e coçar a cabeça, mas resistiu. — Controlar o tema? Controlar a arte a fim de criar?

— Em um nível, sim — concordou Eve. — Controle, criação e os louvores que isso traz. A atenção, o reconhecimento. Nesse caso, temos uma professora. Ela ensina, oferece o seu conhecimento, a sua habilidade, a sua experiência; outros pegam tudo isso, se transformam e alcançam o que ela não tem. Ela escreveu alguns livros, publicou muitas fotos, mas não é considerada uma artista, certo? É considerada uma professora.

— Uma vocação muito respeitada, mas geralmente subapreciada. Você, por exemplo, é uma professora muito boa, Dallas.

— Não dou aulas a ninguém. Treino, talvez, mas isso é diferente.

— Eu não teria chance de tentar conseguir um distintivo de detetive tão depressa se você não tivesse me ensinado.

— Eu treinei você, mas não fujamos do assunto. O outro nível é retirar coisas do tema e vê-lo como apenas isso. Um tema, não uma pessoa com vida, família, necessidades e direitos. Um tema assim como, sei lá... uma árvore, por exemplo. Se você tiver de cortar a árvore para obter o que procura, é uma pena, mas há um monte de outras árvores por aí.

— Ei, você está falando com uma descendente da Família Livre — reclamou Peabody, estremecendo. — Falar de derrubar árvores indiscriminadamente me atinge num ponto vital.

— O assassino não mata só pelo prazer de tirar uma vida. O ato não é feito com ódio, nem por lucro. Não há nenhum componente sexual. Mas é pessoal. É íntimo para o assassino. Esse tema, essa pessoa específica, possui o que eu preciso, então vou roubar isso dela. Ao tirar dela, tal característica se tornará minha. Ela se tornará minha, e o resultado é arte. Admirem-na.

— Essa teoria está meio distorcida.

— A mente dele é meio distorcida. Mas ele é esperto, e também frio.

— Você acha que pode ser a professora Browning?

— Ela tem ligações, e precisamos alinhá-las. Quem a conhece? Quem conhece Hastings e as duas vítimas? Quem teve contato com todos eles? Vamos descobrir.

Eve começou pela Juilliard, no Departamento de Artes Cênicas. Em algum ponto de suas jovens vidas, Rachel Howard e Kenby Sulu se entrecruzaram.

Ela mandou Peabody circular por ali com o retrato de Rachel na mão, enquanto ela fazia suas próprias pesquisas.

Quando seu *tele-link* tocou, ela estava no canto de uma sala de ensaios assistindo a um bando de jovens que fingiam ser vários animais.

— Dallas falando.

— Olá, tenente. — O rosto de Roarke encheu a tela, mas na mesma hora o seu sorriso descontraído se transformou num ar intrigado. — Onde você está? No zoológico?

— Pode-se dizer que sim. — Desejando acabar com o barulho de fundo, ela foi para o corredor. — Está tudo bem?

— Tudo ótimo. Eve, preciso viajar para fora da cidade por alguns dias.

— Oh. — Não era incomum Roarke circular pelo planeta e fora dele. Afinal, tinha interesses em todos os cantos do universo conhecido. — Se você pudesse esperar...

— Preciso ir à Irlanda — informou ele, antes de ela ter chance de terminar. — Tenho que voltar lá para lidar com o problema.

Que burra, pensou Eve, na mesma hora. Foi burrice deixar-se pegar de surpresa. É claro que ele precisava voltar à Irlanda.

— Escute, tudo bem. Sei como você se sente a respeito do que descobriu, mas estou no meio de uma investigação e preciso ficar aqui até encerrar o caso. Depois disso, poderei tirar uns dias de folga. Posso acertar tudo quando for à Central.

— Preciso lidar com isso sozinho.

Ela abriu a boca e se ordenou a respirar fundo antes de falar.

— Entendo.

— Eve, isso tem de ser resolvido, mas não é algo com que você deva se preocupar. Aliás, não quero mesmo que você se preocupe

Retrato Mortal

com isso, nem comigo. Sinto muito deixar você na mão, lidando sozinha com Summerset, mas tentarei voltar o mais rápido possível.

Ela manteve o rosto sem expressão e a voz firme, pelo bem de ambos.

— Quando você parte?

— Agora. Imediatamente. Na verdade, já estou a caminho do aeroporto. Não posso lhe dizer onde vou ficar, porque ainda não sei. Mas estarei com meu *tele-link* pessoal, e você poderá entrar em contato comigo a qualquer hora.

— Você sabia que ia viajar. — Ela baixou a voz, voltando as costas para o corredor no instante em que alguns estudantes passaram correndo. — Desde hoje de manhã você já sabia.

— Precisava acertar alguns detalhes, antes.

— Mas já tinha decidido ir.

— Tinha, sim.

— E está me contando só agora para eu não ter chance de impedi-lo.

— Eve, você não conseguiria me impedir de fazer isso. E você não tem de colocar o seu trabalho em compasso de espera só para me acompanhar, consolar e fazer o papel de babá.

— Foi isso que você fez quando viajou comigo a Dallas? Papel de babá?*

— Aquilo foi uma coisa completamente diferente.

— Ah, claro, você é homem e coisa e tal, tem colhões de aço, eu sempre esqueço.

— Preciso desligar — disse ele, com um tom mais frio. — Pode deixar que eu informo onde vou ficar assim que conseguir. Voltarei provavelmente em poucos dias. Na volta, você poderá chutar meus colhões de aço. Enquanto isso, lembre-se de que eu amo você. De uma maneira ridícula.

---

* Ver *Reencontro Mortal.* (N. T.)

— Roarke... — Mas ele já tinha desligado. — Droga. *Droga!* — Ela chutou a parede duas vezes.

Marchou com determinação até a sala de ensaios e descarregou sua frustração passando em meio a tigres que se esgueiravam e macacos que pulavam.

A instrutora era uma mulher magra como um palito, com cabelos azuis em tom vibrante.

— Ah — disse ela —, temos aqui um lobo solitário.

— Faça-os parar — ordenou Eve.

— A aula ainda está na metade.

— Interrompa tudo. — Eve exibiu o distintivo. — Agora!

— Oh, droga, não me diga que é outra batida em busca de drogas ilegais. Pausa! — Para uma mulher tão magra, sua voz era poderosa, e sua ordem fez o barulho cessar imediatamente.

Eve se colocou diante dela.

— Sou a tenente Dallas, do Departamento de Polícia da Cidade de Nova York. — Ouviu-se um gigantesco grunhido coletivo diante dessa declaração, e dois alunos se esgueiraram rumo às portas dos fundos. — Vocês dois, podem parar! Não estou interessada no que vocês têm nos bolsos ou na corrente sanguínea, mas se alguém sair vou querer investigar.

O movimento parou.

— Estou com uma foto aqui. Quero que venham até mim, um de cada vez, e olhem para ela. Quero que me digam se conhecem esta garota, se já a viram por aqui ou sabem alguma informação a respeito dela. Ei, você! — Ela apontou para um rapaz de camiseta regata preta e shorts largos. — Venha aqui.

Ele se aproximou e balançou a cabeça.

— Não.

— Olhe para a foto, espertinho, senão esse papo amigável vai virar uma batida policial.

Ele fez uma careta para ela, mas olhou.

— Não a conheço. Nunca a vi. Posso ir, policial?

Retrato Mortal

— Tenente. Não. Fique bem ali. — Ela apontou para a parede à direita e chamou uma garota, também de preto.

Ela veio devagar e lançou um sorriso cheio de dentes para o rapaz que se encostara à parede, como se curtisse uma piada que só eles tinham entendido. Mas, quando olhou para a foto, a alegria desapareceu do seu rosto.

— O noticiário. Eu a vi no noticiário. Não é aquela garota da Columbia que foi morta? Como Kenby?

Um murmúrio se instalou entre os alunos, e Eve deixou o burburinho rolar.

— Isso mesmo — confirmou. — Você conhecia Kenby?

— Claro. Sim, eu o conhecia. Todo mundo o conhecia. Puxa, cara, isso é uma merda total.

— Você já viu essa garota antes?

Enquanto ela balançava a cabeça para os lados, alguém gritou:

— Eu já vi. Acho.

Eve se virou de lado e olhou para o rapaz que se apresentou, de mão levantada.

— Venha até aqui. Você, vá para junto do seu colega — disse à garota.

— Acho que eu meio que já vi essa garota, sacou? — O rapaz usava a mesma roupa preta dos outros, mas várias argolas prateadas se enfileiravam ao longo da orelha. Um trio de argolas menores enfeitava o alto da sua sobrancelha esquerda.

— Qual é o seu nome?

— Mica. Mica Constantine. Kenby e eu fazíamos um monte de aula juntos, e íamos para a balada, às vezes. Não éramos muito chegados, apenas conhecidos, mas às vezes festejávamos com o mesmo grupo.

— Onde foi que você a viu?

— Eu *acho* que a vi. Quando apareceu a foto dela nos noticiários, ela me pareceu ligeiramente familiar. Quando Kenby foi... isto é, quando eu soube do que tinha acontecido com ele, do mesmo jeito que fizeram com ela, eu pensei: "Ei, essa não é aquela mina da boate?"

— Que boate? — Eve sentiu uma vibração na base da espinha.

— Make The Scene. Alguns de nós vão lá, de vez em quando, e acho que é de onde a conheço. Ela e Kenby chegaram a dançar juntos, algumas vezes. Não tenho certeza absoluta, sacou, mas eu meio que acho que vi.

— Quando foi que você os viu juntos?

— Não estavam juntos. Quer dizer, não formavam um casal, entende? Acho que os vi dançando um com o outro umas duas vezes, meio que no mês passado... eu acho. Não vou àquela boate faz algum tempo. A única razão de eu me lembrar desse lance é que eles pareciam se entrosar bem, entende? Estou fazendo essas aulas para aprender a soltar meu corpo, me movimentar melhor. Foi por isso que prestei atenção à dança dos dois, porque eles sabiam dançar bem pra caramba.

— Aposto que outras pessoas também repararam nisso.

— Acho que sim.

Quando Eve se encontrou novamente com Peabody, já havia três testemunhas que tinham visto Rachel e Kenby dançando juntos na boate.

— Eles não chegavam juntos, não ficavam juntos nem saíam juntos — resumiu Eve, no caminho de volta para o centro da cidade. — Só curtiram uns embalos e estiveram juntos durante algumas semanas no verão, pelo que eu soube até agora. É impossível isso ser uma coincidência.

— Alguém os viu juntos na boate e isso foi determinante para o crime?

— O fato é que alguém os viu lá, ou os viu em algum momento, talvez em outro local. Juntos ou separados. Os dois gostavam de dançar, então talvez tenham se encontrado em outro lugar. Os dois eram universitários. Rachel pode ter ido assistir a uma das apresentações dele. Diego e Hooper frequentam a boate. Há chances de um

Retrato Mortal 281

dos dois, ou ambos, ter visto as vítimas juntos. Vamos pesquisar na Columbia novamente, para ver se alguma das amigas ou colegas de Rachel a viu com Kenby, ou a ouviu mencioná-lo.

No mesmo instante em que Eve tentava puxar o mais novo fio solto, Roarke caminhava pelas ruas da parte sul de Dublin. Aquela região, um dia, lhe fora tão familiar quanto o próprio rosto. Mas tinha havido mudanças no lugar desde seus tempos de juventude, quase todas para melhor.

As Guerras Urbanas haviam afetado enormemente aquela parte da cidade, transformando bairros em favelas e ruas em campos de batalha. Roarke se lembrava do pós-guerra apenas vagamente. A maior parte dos conflitos já havia acabado quando ele nasceu.

Mas as consequências duraram uma geração.

A pobreza e os ladrões que produzia ainda existiam na área. A fome e o ódio que ela gerava continuavam a conviver ali, dia após dia.

Tudo começou a lhe voltar à lembrança, pouco a pouco. Os irlandeses sabiam tudo sobre guerras, conflitos, fome e pobreza. Lidavam com isso, escreviam a respeito e eram capazes de beber uma noite inteira falando do assunto.

Então, se viu diante do Porquinho Rico, um pub do bairro no tempo em que ele era um rapazinho e quase todos os vizinhos eram marginais, de um jeito ou de outro.

Roarke sabia que não seria inapropriado dizer que ele era um dos marginais.

Aquele era um bar frequentado quase todos os dias por ele e pela turma com quem andava. Um lugar para tomar um chope com os amigos sem se preocupar com a chegada inesperada da polícia. Houve uma garota ali que ele amou tanto quanto seria capaz de amar na época, e também amigos que adorava.

Todos estavam mortos ou tinham desaparecido, pensou, parado na porta. Todos, com exceção de um. Foi por ele que Roarke voltara ao Porquinho Rico: o único amigo de infância ainda vivo. Talvez ele soubesse alguma das respostas que Roarke procurava.

Entrou e notou o familiar revestimento em madeira escura, a luz enfumaçada, o cheiro de cerveja, uísque e cigarros, e o som de músicas populares nacionalistas tocando baixinho, ao fundo.

Brian estava atrás do bar, servindo uma Guinness e batendo papo com um homem que parecia mais velho que o pó do mundo. Havia outros clientes espalhados pelas mesas baixas, bebendo ou comendo um sanduíche. Uma tela pequena instalada acima do bar exibia uma novela inglesa, com o volume no zero.

Ainda era cedo, mas nunca era cedo demais para dar uma passadinha no pub. Se alguém queria um bom papo, informações ou apenas tomar um drinque rápido, aonde mais ir?

Roarke foi até o bar e esperou Brian olhar na sua direção.

Quando isso aconteceu, o rosto largo de Brian se enrugou e formou um sorriso amplo.

— Ora vejam só! Ele em pessoa veio dar o ar de sua graça mais uma vez em meu humilde estabelecimento! Eu abriria um champanhe francês para comemorar essa visita, se tivesse uma bebida tão fina.

— Uma tulipa desse chope serve — disse Roarke.

— Sr. O'Leary, o senhor sabe quem está entre nós?

O velho virou a cabeça na direção do recém-chegado e seus olhos remelentos, espetados num rosto chupado e desprovido de expressão, fitaram Roarke. Erguendo o chope que Brian acabara de servir, bebeu tudo lentamente, sem parar. Por fim, sentenciou:

— É Roarke, sem dúvida, muito crescido e mais bem-vestido do que um príncipe. Você era da pá-virada, garoto. Roubava produtos da minha loja que ficava nesta mesma rua, mais adiante.

— E o senhor diversas vezes me escorraçou da loja com uma vassoura.

Retrato Mortal

— Sim, porque seus bolsos estavam sempre mais cheios na saída do que na entrada.

— É verdade. É bom ver o senhor novamente, sr. O'Leary.

— Você ficou rico, não foi?

— Fiquei, sim.

— É por isso que ele vai pagar pelo seu chope, junto com o dele — disse Brian, servindo uma tulipa a Roarke.

— Com prazer. — Roarke pegou uma nota que daria para pagar mais de dez chopes e a colocou sobre o bar. — Preciso conversar com você, Brian. Em particular.

Brian embolsou a nota sem pestanejar. Amigos, amigos, negócios à parte.

— Vamos lá para os fundos — chamou. Ao se virar, deu um murro na porta atrás do bar e berrou: — Johnny! Levante esse rabo preguiçoso e venha tomar conta do balcão.

Depois, seguiu até uma pequena sala nos fundos do pub e abriu a porta para Roarke.

— Onde está a tenente querida?

— Em casa.

— Ela está bem?

— Está ótima, obrigado. Anda muito ocupada.

— Passando o rodo nos bandidos, sem dúvida. Dê-lhe um beijo por mim, e diga-lhe que, quando ela se encher de você e lhe der um chute na bunda, estarei aqui à espera dela.

Ele se sentou em uma das cadeiras altas, diante da única mesa que havia no cômodo. E sorriu.

— Por todos os diabos do lado de cá e do lado de lá, juro que é bom rever você. Espero que dessa vez as circunstâncias sejam mais felizes do que na última vez.

— Dessa vez não vim para o enterro de um amigo.[*]

---

[*] Ver *Traição Mortal* e *Sedução Mortal*. (N. T.)

— Que Deus o tenha. — Brian brindou com a tulipa de chope que trouxera, batendo-a contra a de Roarke. — Bebamos à lembrança de Mick.

— A Mick e ao resto deles que se foi. — Roarke bebeu e ficou olhando fixamente para o colarinho do chope.

— O que está preocupando você, meu amigo?

— É uma longa história.

— E desde quando eu não tenho tempo ou disposição para escutar uma história comprida? Qual é o lance?

— Você lembra em que época Meg Roarke foi embora?

As sobrancelhas de Brian se uniram e seus lábios se crisparam.

— Eu lembro que ela estava por aqui. Um dia se mandou, e ninguém ficou triste de vê-la pelas costas.

— Você tem alguma lembrança de... de alguém mais que estivesse morando com ele, antes de ela voltar? Lembra de alguém comentar sobre uma garota que vivia com ele por essa época?

— Sei que houve várias mulheres que vinham e iam. Mas antes de Meg? Não sei ao certo. Qual é, Roarke, eu ainda usava fraldas nessa época, assim como você.

— Mas o seu pai o conhecia muito bem. Alguma vez você ouviu o nome de Siobhan Brody ser mencionado em sua casa, ou pela vizinhança?

— Que eu me lembre, não. Do que se trata essa história?

— Ela era minha mãe, Bri. — As palavras lhe ficaram presas na garganta. — Descobri que minha mãe não era Meg. Minha mãe era uma jovem que veio de Clare. — Roarke ergueu os olhos. — O canalha a matou, Brian. Ele assassinou minha mãe.

— Meu doce Jesus, eu não sabia nada disso, juro por Deus!

— Não creio que ele tenha feito isso sozinho, deve ter tido alguma ajuda. Não é possível que não haja alguém que saiba o que ele fez.

— Meu pai andava com ele de vez em quando, e fazia negócios. Aliás, todos nós fazíamos negócios que não eram exatamente legali-

Retrato Mortal

zados. Mas matar uma garota? — Levantando a cabeça e fitando Roarke, olho no olho, Brian balançou a cabeça. — Meu pai nunca aceitaria tomar parte nisso.

— Claro que não, eu sei disso. Não era nele que eu estava pensando.

— Mas está matutando sobre quem seria. — Brian fez que sim com a cabeça e colocou os miolos para funcionar. — Tempos medonhos, aqueles. Ainda havia conflitos rolando, por causa das guerras. A morte estava em toda parte, e era mais barato morrer do que continuar vivo.

— Ele tinha amigos. De dois deles eu me lembro bem. Donal Grogin e Jimmy Bennigan. Eles devem saber.

— Pode ser que sim. Talvez — concordou Brian, falando devagar. — Mas Bennigan morreu na cadeia há alguns anos, e já não serve de ajuda.

— Eu sei que ele morreu. — Roarke pesquisara tudo. — Mas Grogin ainda está vivo, e não mora longe daqui.

— É verdade. Ele não vem muito aqui no pub. Na verdade, não aparece há alguns anos. Frequenta um bar mais perto do rio, chamado Refúgio dos Ladrões. Os turistas acham pitoresco o nome do lugar, até colocarem o pé lá dentro. A maioria dá meia-volta na mesma hora.

— Ele deve estar nesse bar então, mas o mais provável é ainda estar em casa, a essa hora do dia.

— Sim, é o mais provável. — Brian manteve os olhos fixos em Roarke.

— Posso fazer isso sozinho e não vou ficar chateado se você não quiser me acompanhar até lá. Mas a coisa seria mais rápida e mais limpa com um amigo.

— Agora?

— Eu preferia agitar tudo o mais rápido possível.

— Então vamos nessa! — replicou Brian.

— Foi por isso que você não trouxe sua tenente? — perguntou Brian enquanto os dois caminhavam por ruas estreitas.

— Essa foi uma das razões. — Com ar distraído, Roarke acariciou a minipistola que carregava no bolso. — Temos métodos diferentes para interrogar testemunhas.

Brian deu uma batidinha no próprio bolso, para conferir o cassetete de couro que carregava.

— Pois eu me lembro de ter tido a cara arrebentada uma ou duas vezes por tiras.

— Sim, ela arrebenta algumas caras de vez em quando, mas sempre espera o outro dar o primeiro golpe. Seu método é muito eficaz, pode acreditar, mas leva muito tempo, e eu quero rapidez.

Ele girou a aliança de ouro que trazia no dedo enquanto caminhava por uma rua escura que sua tira certamente reconheceria. Talvez ela não compreendesse o que estava escrito nas pichações, pois a maior parte delas estava no idioma celta, que voltara à moda entre os moleques de rua quando ele era garoto, mas certamente entenderia o significado das paredes marcadas de tiros. E reconheceria os rostos dos homens que vagabundeavam pelo lugar, encostados em portais.

Ali, uma criança aprendia a bater carteiras de transeuntes desavisados antes mesmo de aprender a ler. E essa mesma criança, à noite, seria colocada para dormir com uma bofetada, em vez de um beijo.

Roarke também conhecia aquela rua. Foi ali que ele havia crescido.

— Ela está irritada comigo — comentou Roarke, depois de algum tempo. — Na verdade, está revoltada, e com razão. Mas eu não podia trazê-la comigo, Bri. Pretendo matá-lo, se for preciso, e não poderia colocá-la no meio de uma confusão dessas.

— Claro que não. Aqui não é lugar para tiras nem esposas, certo?

Retrato Mortal

287

Não era. Realmente não era. Mas, se ele matasse alguém, certamente teria de contar tudo a Eve. E não tinha certeza do que isso poderia fazer com o que eles haviam construído. Não sabia se algum dia ela tornaria a olhar para ele do mesmo jeito.

Eles entraram em um dos horríveis prédios quadrados de concreto na parte mais perigosa do bairro. O cheiro de urina levou Roarke de volta aos seus tempos de menino. No ar também havia um fedor mais suave, de vômito. Aquele era o tipo de lugar onde os ratos não esperavam anoitecer para sair à caça, um lugar onde a violência era tão visceral que se agarrava às paredes, às calçadas e às esquinas como limo escorregadio.

Roarke olhou na direção das escadas. Havia vinte apartamentos no prédio, conforme pesquisara. Doze deles estavam oficialmente ocupados, e os outros oito tinham sido invadidos por moradores ilegais. Pouca gente ali trabalhava de dia, então devia haver umas quarenta ou cinquenta pessoas em casa e nas redondezas.

Roarke duvidava que alguma delas fosse interferir. Em tais circunstâncias, as pessoas sempre cuidavam da sua vida, a não ser que lhes fosse vantajoso agir de outro modo.

Ele levava dinheiro vivo no bolso, junto com a pistola, e usaria qualquer dos dois que fosse mais cômodo para convencer as pessoas de que ele estava cuidando de assuntos pessoais.

— Grogin mora no térreo — disse Roarke. — É mais fácil para sair e entrar.

— Quer que eu vá pelo outro lado e fique de guarda na janela, caso ele escape de você?

— Ele não vai escapar de mim. — Roarke bateu na porta e saiu de lado, deixando Brian diante do olho mágico.

— Que diabos você quer aqui? — Ouviu-se lá de dentro.

— Um minutinho do seu tempo, se o senhor puder me atender, sr. Grogin. Tenho uma oportunidade de negócio que talvez seja proveitosa para nós dois.

— É mesmo? — Ouviu-se uma risada rouca. — Então, pode entrar no meu escritório.

Ele abriu a porta, mas foi Roarke quem entrou.

O homem parecia velho. Não tão velho quanto O'Leary, mas certamente mais acabado. Seu rosto pendia em bolsas junto do queixo, e suas faces eram explosões de vasos arrebentados. Seus reflexos, porém, continuavam rápidos. Uma faca surgiu do nada, manejada por uma mão rápida e certeira como a de um mágico. E a expressão de desdém surgiu acompanhada de um espanto genuíno ao ver Roarke.

— Você está morto. Eu vi o seu cadáver. Como conseguiu voltar do inferno, Paddy?

— Este aqui é o outro Roarke. — Ele arreganhou os dentes e deu um soco certeiro em Grogin.

Agora era Roarke quem empunhava a faca que saltara; agachando-se, ele a encostou na garganta de Grogin antes mesmo de Brian fechar a porta.

Nenhuma alma se manifestou no corredor do prédio.

— Você continua rápido como antigamente — elogiou Brian.

— Do que se trata? Que porra é essa?

— Lembra-se de mim, sr. Grogin? — Roarke falou devagar, com a voz suave como seda, deixando-o sentir a ponta da lâmina. — Você costumava me esbofetear por esporte.

— O filho de Paddy. — Ele umedeceu os lábios. — Ora, rapaz, você não pode guardar ressentimento disso até hoje, não é verdade? Afinal, um garoto precisa levar uns tabefes de vez em quando para ajudá-lo a virar um homem de verdade. Nunca quis lhe fazer nenhum mal.

Roarke furou de leve a pele de Grogin, bem debaixo do queixo.

— Vamos dizer que eu lhe desejo o mesmo mal que você desejava para mim no passado. Voltei para lhe fazer algumas perguntas. Se eu não gostar das respostas, vou rasgar sua garganta de orelha a orelha e largar sua carcaça aqui, de presente para os ratos. Antes disso, vou deixar Brian lhe dar umas porradas, é claro.

Sorrindo, feliz, Brian pegou o cassetete no bolso e bateu com ele na palma da mão.

— Você me espancou vezes sem conta, Grogin. Eu bem que gostaria de descontar um pouco, e estou torcendo para suas respostas não agradarem ao meu camaradinha aqui.

— Eu não tenho nada. — Os olhos de Grogin se agitaram, balançando do rosto de um para o rosto do outro. — Não sei de nada.

— Pois é melhor que saiba. — Roarke o ergueu do chão e o atirou com violência sobre um sofá imundo. — Pode tentar fugir — disse, chutando uma cadeira quando viu os olhos de Grogin fitando a janela dos fundos. — Iremos atrás de você como chacais, é claro. E vou caçar outras pessoas que saibam responder às minhas perguntas.

— O que quer de mim? — choramingou ele. — Não há motivos para tudo isso, rapaz. Puxa vida, eu fui praticamente um tio para você.

— Você não é nada meu, a não ser uma lembrança ruim. — Sentando-se, Roarke passou a ponta da faca sobre o polegar e observou o filete de sangue que escorreu. — Estou vendo que você mantém a faca afiada. Muito bem. Vou começar pelos seus colhões, se é que você ainda os tem. Siobhan Brody.

— O quê? — Grogin mantinha os olhos grudados na faca.

— É melhor lembrar do nome se quiser viver pelo menos mais uma hora. Siobhan Brody. Jovem e bonita, muito novinha. Ruiva, com olhos verdes.

— Ora, rapaz, seja razoável. Quantas garotas com essa descrição você acha que eu conheci na vida?

— Só me interesso por uma. — Com o rosto duro, Roarke sugou o sangue que ficara no seu polegar. — Aquela que viveu com ele durante mais de dois anos; aquela em quem ele fez um filho; a mesma que me trouxe ao mundo. Ah, agora sim! — Roarke assentiu com a cabeça ao ver as pupilas de Grogin dilatarem. — Estou vendo que isso lhe remexeu algumas lembranças.

— Não sei do que você está falando.

Antes de Brian conseguir evitar, Roarke estendeu a mão e quebrou o dedo indicador de Grogin.

— Essa foi por Siobhan. Soube que ele quebrou três dedos dela, então ainda falta eu quebrar dois para empatar.

Grogin ficou pálido como um cadáver e soltou um grito de desespero longo e fino.

— Acho que estou sobrando aqui — reclamou Brian, acomodando-se no braço quebrado do sofá.

— Ele a espancou — disse Roarke, de forma direta. — Deixou-a com os olhos roxos, quebrou alguns ossos dela. Ela ainda não tinha completado dezenove anos. Ele também deixou você tirar uma casquinha dela, Grogin, ou a manteve só para si?

— Nunca coloquei as mãos nela. Sequer a toquei. — Lágrimas brotaram dos olhos de Grogin enquanto ele embalava a mão ferida. — Ela era a mulher de Patrick, não tinha nada a ver comigo.

— Mas você sabia que ele a espancava.

— Ora... Um homem tem todo o direito de dar uma lição na sua mulher, de vez em quando. Paddy tinha a mão pesada, você sabe muito bem. Não tenho culpa disso.

— Ela o abandonou por um tempo, caiu fora e me levou com ela.

— Não sei de nada. — Encolheu-se todo quando Roarke se inclinou sobre ele e, gritando alto, protegeu a garganta com as mãos. — Pelo amor de Deus, tenha piedade. Não fui eu! Como é que eu podia saber o que se passava a portas fechadas na casa de Patrick? Eu não morava com eles, por Deus.

— Brian — chamou Roarke, suavemente. — É sua vez de descontar um pouco.

— Tudo bem, tudo bem! — Grogin começou a berrar mais alto, antes de Brian se mover. — Acho que ela deu no pé por algum tempo. Parece que ele comentou alguma coisa comigo a respeito.

Retrato Mortal

Quando o braço de Roarke tornou a se esticar e agarrou o pulso de Grogin com força, ele se colocou em posição fetal e entrou em choro convulsivo, ao mesmo tempo que urinava nas calças e gritava:

— Tá bom, tá certo, eu conto tudo! Ela foi embora levando você, e ele ficou louco à procura dela. Uma mulher não pode largar um homem assim, ainda mais carregando o filho dele. Ela precisava de uma lição, entende? Tinha de ser castigada, foi o que ele disse. Depois, ela voltou.

— E ele lhe deu a lição?

— Não sei direito o que aconteceu. — Grogin começou a soluçar e lágrimas grossas lhe escorreram pelo rosto, seguidas de mais soluços descontrolados. — Posso tomar um trago? Por Deus, tenha dó, deixe-me tomar um trago. Estou com a mão quebrada.

— Só quebrou um dedinho e já está chorando como um bezerro. — Bufando de desprezo, Brian se levantou, pegou a garrafa de uísque que estava sobre a mesa e serviu um pouco em um copo fosco e mal-lavado.

— Aqui está. Uma porra de um *slainte* para você.

Envolvendo o copo com a mão boa, Grogin levou-o aos lábios e bebeu o uísque todo de uma vez só.

— Ele morreu. Paddy está morto, que diferença faz tudo isso? Foi ele quem fez tudo — disse, olhando para Roarke. — Você sabe como ele era.

— Sim, sei muito bem como ele era.

— Naquela noite ele estava completamente bêbado quando me ligou. Devia estar fedendo. Eu ouvi o bebê... ouvi você chorando no fundo. Ele me disse que precisava que eu fosse lá imediatamente, mandou que eu arrumasse um carro e fosse para lá. Naquele tempo, a gente fazia tudo o que Paddy mandava. Quem não obedecesse pagava caro. Então eu consegui um carro e fui direto para lá. Ao chegar na casa dele... Olhe, eu não tive nada a ver com isso, você não pode me culpar.

— Ao chegar na casa dele...?

— Posso tomar outra dose, só para lubrificar a garganta?

— Conte-me o resto — exigiu Roarke —, senão você não vai ter garganta para lubrificar.

A respiração de Grogin ficou ofegante.

— Ela já estava morta, mortinha quando eu cheguei lá. A casa estava uma zona. Ele enlouquecera com ela e não havia mais nada a ser feito. Não havia nada que eu pudesse fazer. Achei que ele tinha matado você também, pois você estava quietinho. Mas ele disse que tinha lhe dado alguma coisa para você apagar, um pouco de tranquilizante, eu acho. Você estava no sofá, dormindo. Ele tinha chamado Jimmy para ajudar, também. Jimmy Bennigan.

— Dê-lhe mais uma dose, Bri.

— Obrigado. — Grogin estendeu o copo vazio. — Quero que você veja bem e entenda que o mal já estava feito quando eu cheguei lá.

— O que vocês fizeram com ela? Você, Jimmy e o sujeito que a assassinou?

— Nós, ahn... nós a enrolamos num tapete e a carregamos até o carro. — Ele bebeu o uísque e passou a língua sobre os lábios. — Fizemos tudo o que Paddy mandou. Dirigimos ao longo do rio, o mais longe possível da cidade. Colocamos algumas pedras no corpo e a jogamos na correnteza. Não havia mais nada a ser feito, mesmo. Afinal, ela já estava morta.

— E depois?

— Voltamos para a casa dele e limpamos tudo, só por garantia. Depois, espalhamos pela vizinhança que ela largou o garoto com Paddy e se mandou. Avisamos que se alguém perguntasse pela garota ou falasse dela iria pagar caro. Todo mundo na região morria de medo de Roarke. Ele chamou Meg de volta, não sei como. Deve ter pago algum dinheiro para ela, e certamente lhe prometeu mais grana. Disse que ela era a sua mãe e todo mundo aceitou.

Ele passou a mão boa sob o nariz, que escorria.

— Ele poderia ter matado você também. Seria fácil. Ele poderia ter arrebentado seus miolos ou sufocado você.

— Por que não fez isso?

— Você era a cara dele, não é verdade? — continuou Grogin. — Cuspido e escarrado. Um homem quer deixar um legado para o mundo, certo? Um homem quer um filho. Se você tivesse nascido menina, talvez ele o tivesse jogado no rio junto com sua mãe, mas um homem sempre deseja ter um filho.

Roarke se levantou e o que Grogin viu em seu rosto o fez se encolher novamente.

— Os tiras cujas mãos ele molhava aceitaram o que aconteceu?

— Eles não tinham nada a ver com a história, tinham?

— Não, não tinham nada a ver com a história. — Foi só uma garota espancada até a morte e descartada. — A família dela apareceu algum tempo depois para procurar por ela. O irmão dela, segundo eu soube, levou uma surra e quase morreu. Quem fez isso com ele?

— Ora... Certamente Paddy iria querer resolver isso sozinho.

Aquilo era mentira, pensou Roarke.

— Pelo que eu me lembro, esse era o tipo de servicinho sujo que ele incumbia você de fazer.

Mais rápido que um relâmpago, Roarke pegou uma mecha de cabelos imundos do velho, colocou a cabeça dele para trás e tornou a encostar-lhe a faca na garganta.

— Como é que eu posso saber? — Saliva começou a escorrer dos lábios trêmulos de Grogin. — Tenha piedade, como é que eu posso me lembrar? Eu metia o cacete e arrebentava cabeças a pedido dele, sim. Fiz isso tantas vezes que perdi a conta, mas você não pode acabar comigo por causa disso, depois de tanto tempo. Não está certo. Foi há muitos anos.

Bastava um simples movimento do pulso, pensou Roarke. Bastava isso para ele ter o sangue daquele homem escorrendo por suas mãos. Sentiu os músculos tremendo, ansiando por essa ação simples e rápida.

Ouviram-se gritos terríveis na rua. Uma briga feia estava começando. Roarke viu o terror de Grogin, sentiu o cheiro do seu suor e da urina que se espalhava em uma nova mancha entre as pernas da calça dele. Por um décimo de segundo e por uma eternidade, lutou contra a vontade de arrastar a ponta da lâmina sobre aquela carne. Então, recuou de repente e enfiou a faca na bota.

— Você não vale o esforço de matá-lo.

Eles deixaram Grogin sentado sobre a própria urina, soluçando.

— Houve um tempo — disse Brian, enquanto os dois caminhavam pela rua — em que você teria feito muito mais do que só quebrar o dedo dele.

— Sim, houve um tempo. — Roarke fechou o punho e imaginou a satisfação de enfiar aquela faca várias vezes no rosto de Grogin. — Ele não vale o esforço, como eu disse. Não era nada nem ninguém, apenas um capanguinha de Patrick Roarke. Mesmo assim, sei que ele vai morrer de medo a cada dia, por um bom tempo, imaginando que talvez eu volte e termine o serviço. Isso vai mantê-lo gelado à noite.

— Você já sabia de quase tudo o que ouviu.

— Sim, mas precisava ouvir da boca dele. — Fazia mais frio em Dublin do que em Nova York. E dava para ver o rio. O velho rio Liffey com suas lindas pontes brilhando sob o sol de verão. O mesmo rio onde eles havia atirado o corpo sem vida de sua mãe. — Eu precisava ver tudo e saber como aconteceu, antes de dar o próximo passo.

— E qual é esse passo?

— Minha mãe tinha família. Eles moram em Clare. Precisam saber do que aconteceu com ela, e por quê. Por Deus, Brian... Preciso ir ao encontro deles para lhes contar a verdade, mas antes disso eu preciso me embebedar por uma noite.

— Então veio ao lugar certo. — Brian colocou o braço sobre o ombro de Roarke e o afastou para longe do rio. — Você vai para a minha casa. Quero que durma lá esta noite.

Capítulo Quinze

Provavelmente aquilo era covardia, mas Eve não queria pensar nisso agora.

— Temos de analisar todos esses interrogatórios, montar a linha de tempo dos acontecimentos, pesquisar muitos nomes. — Ela olhou para o relógio de pulso, como se estivesse preocupada com algum compromisso. — O turno de hoje já está acabando. Vou deixá-la em sua casa para você pegar tudo o que precisa, Peabody. Vai ser mais fácil trabalharmos na minha casa, e podemos mandar que o resto da equipe vá direto para lá, amanhã de manhã.

— Você quer que eu passe a noite na sua casa?

— Vai ser mais fácil.

— Uh-huh — concordou Peabody, pousando as mãos cruzadas no colo com cuidado, enquanto Eve saía do estacionamento da Columbia. — Uma das coisas que eu preciso pegar é McNab.

— Tudo bem.

— Tudo bem — ecoou Peabody, apertando os lábios para suprimir o sorriso. — Isso significa que nós dois vamos acampar na sua casa, certo?

Eve continuou olhando direto em frente.

— Precisamos dedicar algum tempo extra ao caso, e vai ser mais fácil desse jeito.

— E você vai ter alguém para ajudá-la a lidar com Summerset.

— O que está insinuando?

— Que você se incomoda menos com a ideia de eu e McNab pulando na cama de gel do quarto de hóspedes do que ter de lidar diretamente com Summerset. Isso é muito doce de sua parte, tenente.

— Não me faça parar este carro, Peabody.

— Você já perguntou a Roarke se ele tem algum apartamento bom para nos alugar?

— Não. Ele anda ocupado, cheio de coisas na cabeça.

— Isso eu já saquei. — Peabody ficou séria. — Dallas, ele está com algum problema?

— Está. Um monte deles, uma bagunça total. São assuntos pessoais, mas ele já está resolvendo. Problemas de família.

— Eu não sabia que ele tinha família.

— Nem ele. — Eve não podia conversar sobre aquilo. Não sabia como começar, nem se deveria falar a respeito. — Ele vai resolver tudo. Voltará em alguns dias.

Então é por isso que você está abalada, pensou Peabody... Porque ele está abalado.

— McNab e eu podemos ficar na sua casa até ele voltar... se você quiser.

— Vamos viver um dia de cada vez.

Eve não reclamou da espera enquanto Peabody preparava uma mala. Em vez disso, ficou sentada no carro e começou a rascunhar uma atualização do relatório. Também não reclamou quando teve de passar na Central para pegar McNab. Qualquer coisa era melhor do que ir para casa sozinha.

Então as coisas haviam chegado a esse ponto, refletiu, tentando se desligar do papo entre Peabody e McNab, que não paravam de falar. O fato é que não queria ir para casa sozinha. Alguns anos antes, ela não se incomodaria nem um pouco com isso. Na verdade,

Retrato Mortal

até iria preferir. Se fecharia no seu mundinho pessoal e passaria a noite adiantando o caso que estivesse investigando.

É claro que naquela época ela não precisava aturar a presença de Summerset agourando sua vida, de algum lugar. Com a perna quebrada ou não, ele continuava nas dependências da casa, respirando o mesmo ar que ela.

Mas esse não era o único motivo de ela estar arrastando Peabody e McNab para casa consigo. Ela queria companhia, barulho, distração. Qualquer coisa que mantivesse sua mente focada no trabalho, para ela parar de se preocupar com Roarke por algum tempo.

Onde, diabos, será que ele estava, e o que estaria fazendo?

Deliberadamente, bloqueou essa linha de pensamentos e se ligou na conversa.

— Crimson Rocket é absolutamente fenomenal — argumentava McNab. — Eles são uma banda perfeita.

— Ah, sai dessa. Eles não estão com nada.

— Deixe de falar besteira, She-Body. Ouça só isso...

Ele ligou seu player portátil e um ruído horrível saiu dos altofalantes. Para Eve, o som era semelhante ao de um desastre de trem.

— Desligue! — ordenou ela. — Desligue essa merda agora!

— Qual é, Dallas, dê uma chance aos caras. Abra-se ao vigor e à ironia do som deles.

— Dois segundos e eu vou abrir a janela e varejar na rua você, seu vigor e sua ironia.

Peabody exibiu um ar convencido.

— Eu disse que eles não estão com nada.

— Você não tem bom gosto musical, gata.

— Você é que não tem.

— Não, você é que não tem.

Eve ergueu os ombros o mais que pôde, tentando encobrir as orelhas com eles.

— Que foi que eu fiz, Senhor? — perguntou a si mesma enquanto entrava pelos portões da mansão. — Que foi que eu fiz para merecer isso?

Eles discutiram o tempo todo, enquanto o carro seguia pela alameda, cutucando a preferência musical um do outro com termos como "música emo típica da Família Livre" e "rock retrô de araque". De repente, Eve pisou com força no freio e só faltou pular do carro para escapar do blá-blá-blá, mas eles seguiram atrás dela, se bicando pelo caminho, até a porta.

— Fora! Vão lá para os fundos. — Eve apontou com o dedo na direção dos aposentos de Summerset. — Levem essa insanidade para lá. Quem sabe a cabeça dele explode e eu vou ter um problema a menos. Visitem o paciente, discutam um com o outro até suas línguas ficarem roxas e caírem, jantem, façam macacadas sexuais, mas sumam da minha frente!

— Mas a gente não veio aqui para trabalhar no caso, senhora? — lembrou Peabody.

— Não quero ver a cara de nenhum dos dois por, pelo menos, uma hora. Uma hora inteira. Devo ter pirado de vez — resmungou, subindo as escadas. — Pirei na batatinha sem saber, e vou acabar numa sala calma, limpa, com paredes acolchoadas.

— Que bicho mordeu a tenente? — quis saber McNab.

— Roarke está com alguns problemas, e isso esculhamba com a cabeça dela. Vamos lá atrás para ver como está Summerset. Continuo achando Crimson Rocket uma bosta — acrescentou.

— Caraca, como é que eu posso estar apaixonado por uma mulher que não reconhece um verdadeiro gênio musical? — Ele apertou uma das nádegas de Peabody com vontade. — Ah, sim, me lembrei de um dos motivos. — Ele se inclinou e cochichou no ouvido dela: — Será que conseguimos fazer malabarismos com Summerset, um jantar e algumas macacadas sexuais em uma hora?

— Aposto que sim.

Eve foi direto para seu escritório, dali seguiu para a cozinha anexa e abriu o AutoChef.

— Café — programou. — Só um café poderá manter minha sanidade. — Encheu um bule e pensou em bebê-lo todo ali mesmo, em pé, mas se conteve. Levou o bule e uma caneca até a mesa, sentou-se com calma e se serviu. Depois, respirou longa e profundamente.

— Ligar computador. — Eve se recostou na cadeira, saboreou a primeira caneca e sentiu a mente ficar mais focada. — Aqui fala a tenente Eve Dallas, investigadora principal dos casos H-23987 e H-23992, interligados. Informações adicionais: a ligação entre as vítimas Rachel Howard e Kenby Sulu foi estabelecida com base nas declarações de várias testemunhas. Ambos frequentavam a boate Make The Scene, e se encontravam no local. Ambos foram fotografados por Hastings. A ligação entre Hastings e Browning, uma das professoras de Rachel Howard, e também uma das últimas pessoas a vê-la com vida, foi igualmente estabelecida. Eles se conhecem pessoal e profissionalmente. Através de recomendação dela, alguns dos alunos da professora Browning trabalharam como assistentes de Hastings, o que lhes deu acesso aos arquivos do fotógrafo, bem como às imagens removidas desses arquivos. Browning também teve acesso a tais arquivos, pois acompanhou seus alunos em oficinas realizadas no estúdio de Hastings.

Ela deixou todos esses fatos em sua cabeça, analisando-os com calma.

— O álibi de Browning é fraco, confirmado unicamente por sua companheira. A professora teria capacidade de manipular discos de segurança. A DDE vai investigar os discos, em busca de possíveis adulterações.

"Não foi ela", disse Eve, baixinho. "A coisa não encaixa, mas temos de fazer o que deve ser feito. Considerar Angela Brightstar, companheira da professora Browning. O álibi frouxo também se aplica a ela, bem como os meios e oportunidades. Motivo? Ciúmes e/ou expressão artística."

Ela pegou a caneca e começou a caminhar pela sala enquanto bebia.

— Computador, rodar o programa de probabilidades. Considerando o método usado nos crimes e os perfis informados, o criminoso tem a mesma faixa etária das vítimas?

PROCESSANDO... ATRAVÉS DA ANÁLISE DOS DADOS CONHECIDOS, A PROBABILIDADE DE O ASSASSINO PERTENCER À MESMA FAIXA ETÁRIA DAS VÍTIMAS, QUE SE SITUA ENTRE DEZOITO E VINTE E DOIS ANOS, É DE 32,2%.

— Sim, esse também é o meu palpite. Não é impossível termos um jovem atuando aqui, talvez um menino-prodígio com mente distorcida e muita paciência, mas esses crimes me parecem mais adultos.
"Computador, analisar a lista dos assistentes de Hastings e determinar a faixa etária deles."

PROCESSANDO... FAIXA ETÁRIA ENTRE DEZOITO E TRINTA E DOIS ANOS.

— Muito bem. Computador, colocar no telão os nomes de todas as pessoas dessa lista com mais de vinte e cinco anos.

PROCESSANDO... A LISTA ESTÁ NO TELÃO.

Eve analisou a lista e identificou dois dos nomes que Peabody já marcara como falsos.
— Muito bem... Brady, Adams, Olsen, Luis Javert. Efetuar pesquisa cruzada desses nomes com os dos alunos enviados pela professora Browning para trabalhar como assistentes de Hastings. Confirmar os nomes de família e endereços informados. Fazer combinações de todos esses dados e comparar com nomes de artistas da fotografia e da digitalização de imagens em qualquer época.

PROCESSANDO... O TEMPO ESTIMADO PARA COMPLETAR TODAS AS TAREFAS SOLICITADAS É DE 23,5 MINUTOS.

Retrato Mortal

— Entendido. Trocar a imagem do telão, durante o processamento do pedido, pelo mapeamento dos crimes e suspeitos.

TROCANDO IMAGEM...

Eve se inclinou para frente, analisando as rotas e as localizações que destacara anteriormente. Nada combinava com os nomes que ela pesquisava. Mentalmente, circulou pelas rotas, tentando ver o que o assassino vira.

— Onde você trabalha? — perguntou, em voz alta. — Onde você guarda seu carro? Quem é você? *Por que* faz isso?

Luz, pensou ela. Luz é igual a vigor, igual a vida. Luz é igual a alma. Não existe imagem sem luz. Não existe vida sem luz.

Alguma coisa surgiu em seu cérebro. Ela virou a cabeça de lado, como se para ajudar a trazer a imagem indefinida à superfície.

E seu *tele-link* tocou.

— Droga! — Ela se desligou do resto e atendeu: — Dallas falando!

— Olha ela ali! Olá, querida.

— Roarke? — Todos os outros pensamentos desapareceram da sua cabeça, espantados pela onda de amor e preocupação que sentiu. — Onde você está?

— Na linda cidade de Dublin. — Ele riu para ela.

— Você está... Você está *bêbado*?

— Mamado até a alma, estou sim. Nós já estamos no fundo da segunda garrafa. Ou talvez seja a terceira, não sei. Ninguém está contando.

— Quem é esse "nós"?

— Eu e meu camaradinha de infância, Brian Kelly. Ele lhe envia seu amor e devoção.

— Tudo bem. — Roarke e Eve já tinham curtido vários pilequinhos juntos, embalados por vinho, geralmente durante as férias. Mas ela nunca tinha visto Roarke tão absolutamente bêbado. Seus olhos lindos estavam meio opacos, e sua voz maravilhosa estava tão marcada pelo sotaque irlandês e pelo excesso de uísque que mal dava para entender o que ele dizia. — Vocês estão no Porquinho Rico?

— Não, nada disso. Quer dizer, acho que não. — Ele olhou em volta, para ter certeza. — Não — concluiu. — Isso aqui não se parece com um pub. Tanto uísque assim pede um cenário particular. Estamos bêbados no apartamento de Bri. Ele melhorou de vida e se mudou do barraco onde morava, o velho Bri. Está num apartamento bonito e confortável. É ele quem está entoando a canção que você ouve ao fundo, a que fala de Molly Malone.

— Uh-huh. — Ele estava a salvo então, pensou. Não iria sair do pub cambaleando diante de um maxiônibus. — Acho que já passa de meia-noite aí na Irlanda. Você devia ir para a cama agora, para dormir um pouco.

— Ainda não estou pronto para ir para a cama, não quero ter pesadelos. Você me entende direitinho, não é, amor da minha vida?

— Sim, entendo. Roarke...

— Descobri algumas coisas hoje sobre as quais ainda não quero pensar. Estou afogando os problemas todos aqui, essa noite. Soube de tudo por um dos velhos amigos do meu pai. Um canalha. Mas eu não o matei, sei que você vai ficar feliz em saber. Mas bem que me deu vontade.

— Não vá a lugar algum essa noite. Prometa que você vai ficar aí, no apartamento de Brian. Beba até cair, mas não vá a lugar nenhum. Promete?

— Tá. Não vou a lugar algum esta noite. Amanhã de manhã vou para o velho oeste.

— Oeste? — Ela teve uma visão de ranchos, gado, montanhas e campos imensos e vazios. — Oeste onde? Montana?

Ele riu tanto que pareceu que ia explodir.

— Por Deus, não é de estranhar que eu seja tão louco por você. É o oeste da Irlanda, minha querida, queridíssima Eve. Vou para Clare, amanhã. Talvez eles me deem um tiro na hora em que olharem para a minha cara, porque vão ver a cara dele. Mas isso tem de ser resolvido.

— Roarke, por que não fica em companhia de Brian por mais um dia, pelo menos? Deixe as coisas assentarem um pouco em sua cabeça. Depois você... Que diabos foi esse barulho? — Ela se assustou ao ouvir um estrondo violento.

— Ah, foi Brian que capotou, e parece que levou a mesinha lateral e a luminária com ele. Apagou de cara no chão, o coitado. Tá chapadão, bebaço! Vou lá tentar rebocá-lo pela bunda até a cama. Torno a ligar amanhã. Cuide bem da minha tira. Não consigo viver sem ela.

— E você tome conta do meu irlandês bêbado. Não consigo viver sem ele.

— Brian? — perguntou, com os olhos opacos, meio confuso.

— Não, seu idiota. Você!

— Ah. — Ele sorriu novamente, de um jeito tão tolo que a garganta dela ardeu de emoção. — Aí, tudo bem, estamos empatados. Banoite — completou ele, com a voz engrolada.

— Boa-noite. — Ela ficou olhando para o monitor vazio do *tele-link*, desejando ter o poder de atravessar o espaço e puxá-lo pela tela de volta para onde era o lugar dele.

O computador estava exibindo detalhes dos nomes cruzados quando Peabody e McNab entraram no escritório.

— Summerset está ótimo — informou Peabody. — Vai tirar o molde de pele artificial amanhã, e já pode começar a andar por curtos espaços de tempo.

— Ah, é? Vou dar saltos triplos de felicidade. Matthew Brady, Ansel Adams, Jimmy Olsen, Luis Javert. Quem são esses caras?

— Jimmy Olsen é repórter estagiário do *Planeta Diário* — informou McNab.

— Você o conhece?

— Superman, Dallas. Você precisa conhecer mais sobre cultura pop. Quadrinhos, *graphic novels*, vídeos, jogos, brinquedos. Superman é um super-herói do planeta Krypton que foi mandado para a Terra quando era bebê, e então...

— Apenas os fatos mais importantes, McNab.

— Então, Superman se disfarçou como o repórter Clark Kent, meio bobão, e foi para Metrópolis trabalhar no *Planeta Diário*, que é um jornal. Jimmy Olsen, um dos personagens da história, é repórter estagiário, e também fotógrafo.

— Fotógrafo. Isso bate. E os outros três?

— Agora você me pegou. — McNab encolheu os ombros.

— Ansel Adams era um fotógrafo famoso — interpôs Peabody. — Meu pai tinha umas fotos dele, emolduradas. Imagens da natureza, muito poderosas.

— E Matthew Brady... — Eve tinha descoberto esse no computador — também foi um fotógrafo importante. A partida está empatada em três a três. Nada mais bate quanto às ruas nem os nomes de família. E o que está atrás da porta número dois? — Seus olhos ficaram duros e focados. — Temos um vencedor! Não é Luis, mas sim Henri Javert, fotógrafo muito famoso pelos retratos que fazia dos mortos. Tornou-se popular no início deste século, em Paris. Apesar de essa tendência artística conhecida como Imagens das Sombras ter saído de moda rapidamente, seu trabalho é considerado o melhor nesse estilo. Exemplos do seu trabalho podem ser vistos no Louvre, em Paris, no Image Museum, em Londres, e no International Center of Photography, em Nova York.

"McNab, consiga-me tudo o que puder sobre Henri Javert", ordenou Eve.

— Tô indo!

— Peabody, encontrei mais de vinte referências para Luis Javert. Pesquise todas elas. Crianças — disse Eve, com um sorriso malévolo. — Já estamos sentindo o cheiro dele.

Retrato Mortal

* * *

Eve trabalhou até sentir que os olhos iam sangrar a qualquer momento, e continuou muito depois de liberar McNab e Peabody para o que quer que estivessem planejando fazer na cama de gel.

Quando seus pensamentos começaram a ficar tão enevoados quanto sua visão, ela se arrastou até a poltrona reclinável, onde apagou por algumas horas. Não queria passar outra noite sozinha na cama imensa.

Mesmo assim, os sonhos a perseguiram, usando os dedos gélidos da sua exaustão física para criar pesadelos.

Um quarto familiar. Terrivelmente familiar. Era o medonho quarto em Dallas com ar brutalmente frio e luz manchada de vermelho sujo. Ela sabia que tudo não passava de um sonho e tentou escapar dele. Mas conseguia sentir o cheiro do sangue que pingava das suas mãos, da faca que segurava com força, e se espalhava pelo chão, escorrendo do corpo dele.

Dava para sentir o cheiro da morte dele. A visão do que aconteceu, do que ela fizera e do que se tornara para salvar a própria vida ficara estampada em sua alma.

Seu braço se estendeu, cheio de dor. O braço da menina do sonho e da mulher aprisionada nele. Ardia muito o lugar onde ele quebrara seu ossinho frágil, mas no ombro a sensação era de frio, e também eram frios os dedos de onde pingava sangue.

Ela precisava se lavar. Foi o que fizera, e era o que faria agora. Lavar o sangue, dissolver a morte com água fria.

Ela se movimentou devagar, como uma velha, franzindo o cenho ao sentir fisgadas de dor entre as pernas e ignorando o fato de não haver razão para isso.

O cheiro era de metal — o cheiro da água e do sangue, como ela poderia saber? Tinha só oito anos.

Ele lhe dera mais uma surra. Chegara em casa sem estar tão bêbado, a ponto de deixá-la em paz. Então a espancara novamente, a estuprara novamente, a destroçara por dentro e quebrara seu braço. Mas dessa vez ela tinha conseguido impedi-lo para sempre.

A faca fizera isso.

Precisava sair agora, fugir do frio, ir embora daquele quarto, ir para longe dele.

"Você nunca vai escapar, garotinha, sabe disso."

Olhou para cima. Havia um espelho sobre a pia, e ela se viu nele — magra, pálida demais, com olhos escuros, assombrados pelo choque e pela dor — e viu um rosto diferente do outro lado do espelho.

Tão lindo, com olhos azuis mágicos, cabelos negros e sedosos, boca com lábios grossos. Como na ilustração de um livro.

Roarke. Ela o conhecia. Ela o amava. Ele fora com ela até Dallas, e era ele que tinha vindo resgatá-la, agora. Ao se virar na direção dele, ela já não era mais uma menina, e sim uma mulher. E o homem que fora seu pai continuava ensanguentado no chão, entre eles.

— Não quero ficar aqui. Preciso ir para casa, agora. Estou feliz por você ter vindo me buscar.

— Você acabou com Richie, não foi?

— Ele me machucou. Não parava de me machucar.

— Ora, mas um pai tem de bater na sua filha de vez em quando para ensiná-la a ter respeito. — Ele se agachou, pegou um punhado de cabelos do pai e levantou-lhe a cabeça, para examiná-la. — Eu conhecia seu pai, você sabia? Fizemos alguns negócios juntos. Éramos muito parecidos.

— Não, você não se parece nem um pouco com ele. Vocês nunca se conheceram.

Aqueles olhos azuis cintilaram de um jeito que fez o estômago dela se retrair.

— Não gosto que uma mulher me chame de mentiroso.

— Roarke...

Ele pegou a faca e a levantou lentamente.

— Você está diante do Roarke errado. Sou Patrick Roarke. — Sorrindo, sorrindo muito, ele girou a faca na mão e foi andando na direção dela. — Acho que está na hora de você aprender a ter respeito por um pai, também.

Ela acordou com um grito preso na garganta e suor quente empapando-lhe as roupas como se fosse sangue.

Quando sua equipe chegou, ela já estava mais calma. Pesadelos, preocupações com Roarke e até mesmo a conversa que ela sabia que precisava ter com Summerset permaneceram trancados dentro dela.

— Vamos procurar por este tal de Luis Javert, listado como assistente de Hastings no período de janeiro, quando as fotos de Rachel Howard foram feitas em um casamento. Saindo um pouco do perfil proposto, vamos supor que ele tenha entre vinte e cinco e sessenta anos. É articulado, possui alma de artista e é inteligente. É provável que more sozinho e possua ou tenha acesso a equipamentos fotográficos de boa qualidade. Eu diria que os equipamentos pertencem a ele. São suas ferramentas, seu trabalho, sua arte.

"Feeney, quero que você investigue a professora Browning a respeito disso. O nome de Luis Javert não aparece na lista dos alunos que a professora enviou ao estúdio de Hastings, mas ele pode ter se apresentado com outro nome. Imagino que ele tenha tido aulas com ela, e ela pode ter usado Javert em trabalhos de sala ou oficinas, em algum momento. Ela está de saco cheio de olhar para a minha cara, e talvez um rosto novo refresque sua memória."

— É a primeira vez que alguém se refere a mim como "um rosto novo" em mais de vinte anos. — Feeney riu, mastigando um biscoito dinamarquês.

— McNab, quero que você vá até a Columbia. Interrogue os alunos, trabalhe esse novo ângulo, pergunte quem poderia ser Luis Javert e descubra quem tem interesse nesse tipo de trabalho.

— Os tiras têm. — A boca dele estava cheia de ovos mexidos. — Tiras da Divisão de Homicídios estão sempre fotografando os mortos.

— Mas geralmente não tiram fotos antes de eles morrerem.

— E quanto a médicos? — Ele pegou uma garfada de bacon. — Eles trabalham com imagens dos pacientes, certo? Fotografam antes e depois dos tratamentos. Na maioria das vezes é para proteger o próprio traseiro, caso alguém os processe por resultados insatisfatórios, mas...

— Você talvez não seja tão burro quanto parece — refletiu Eve, roubando uma das suas fatias de bacon. — É difícil de acreditar, mas talvez você seja um cara esperto. Luz. Energia, saúde, vitalidade. Eu estava pensando nisso ontem à noite, mas acabei me distraindo com outra coisa. Talvez o nosso rapaz esteja doente. E se estiver convencido de que absorver a luz vital das pessoas através da fotografia o deixará curado?

— Vai correr atrás disso.

— Sim, e nós também. Peabody e eu vamos seguir essa linha. Baxter e Trueheart continuarão frequentando a boate.

— É um trabalho duro, Dallas — comentou Baxter, bebendo o café. — Circular por boates, apreciando lindos corpos juvenis. — Ele piscou para Trueheart. — Não foi duro, garoto?

O rosto rosa-bebê, jovem e liso de Trueheart ficou rosa-choque.

— Rola muita coisa nesses lugares. A dança, a música, o agito no bar, o fluxo dos dados na lan house.

— Ele levou três cantadas — acrescentou Baxter. — Duas delas foram de garotas.

— Converse sobre fotografia — aconselhou Eve. — Fale de Henri Javert e mantenha o papo em torno desse assunto quando alguém abordar você.

— Não foi uma cantada direta, tenente. Essas pessoas foram só conversar comigo.

— Eu amo esse cara. — Baxter enxugou uma lágrima imaginária. — Amo de verdade.

— Se Baxter assediar você, Trueheart, tem minha autorização para lhe dar umas porradas. Vamos agitar. A cerimônia fúnebre de

Retrato Mortal

Rachel Howard vai ser esta noite. Baxter e Trueheart continuarão dançando em meio aos corpos saudáveis e juvenis, mas quero que o resto da equipe compareça ao funeral. Nosso rapaz talvez dê as caras por lá. Vamos nessa. Peabody, eu tenho um assunto pessoal para tratar no andar de baixo. Me espere na porta em dez minutos.

Eve desceu as escadas e encontrou Summerset no meio de uma discussão com a enfermeira.

— Se você quer tirar esse molde, deve cooperar e me deixar transportá-lo para um centro de saúde. É necessária uma autorização médica e a devida supervisão para remover o aparato.

— Eu consigo arrancar esse troço irritante em dois minutos. Saia da frente. — Ele tentou se levantar da cadeira e a enfermeira o empurrou de volta.

Fascinada, Eve assistia ao show.

— Madame, eu nunca agredi uma mulher em toda a minha vida, apesar de diversas provocações. A senhora está prestes a ser a primeira.

— Você consegue deixá-lo mais irritado do que eu, sra. Spence — comentou Eve, e dois rostos furiosos se viraram para ela ao mesmo tempo. — Acho que devíamos mantê-la trabalhando nesta casa em definitivo.

— Exijo um pouco de cooperação — começou Spence, erguendo o queixo tão alto que seus cachos balançaram.

— Não vou permitir que essa pessoa me arraste até um centro de saúde para um procedimento simples.

— É necessário um médico.

— Então traga o médico até aqui — sugeriu Eve — e resolva o problema.

— É claro que eu não vou requisitar a visita domiciliar de um médico para algo simples como a retirada de um molde de pele artificial.

— Se é tão simples, por que é preciso um médico?

— Arrá! — Summerset ergueu o dedo comprido e ossudo. — Exatamente!

— Aposto que eu consigo arrancar isso fora com uma rajada curta da pistola. — Com ar pensativo, Eve sacou a arma. — Chegue um passo para trás, Spence, que eu vou...

— Guarde esse troço! — explodiu Summerset. — Sua lunática!

— Mas ia ser divertido. — Encolhendo os ombros, Eve encaixou a arma no coldre. — Chame o médico — ordenou a Spence. — Diga-lhe que Roarke mandou ele vir aqui remover o molde, e faça tudo que for necessário para fazer esse pé no saco ambulante voltar a caminhar, de preferência longe de mim.

— Não entendo por que...

— Você não precisa entender nada, basta ligar. Se o médico reclamar, pode me chamar que eu falo com ele.

Spence saiu do quarto bufando, e Eve enfiou as mãos nos bolsos.

— Quanto mais rápido você voltar a andar, mais depressa vai tirar suas férias em algum lugar longe daqui, e eu vou dar cambalhotas de alegria na mesma hora.

— Nada me faria mais feliz do que ir para bem longe.

Assentindo com a cabeça, Eve cutucou Galahad, que pulara do colo de Summerset para se enroscar entre suas pernas.

— Roarke ligou para mim ontem à noite. Estava no apartamento de Brian Kelly em Dublin. Preocupantemente bêbado.

— Bêbado de um jeito alegre ou de um jeito perigoso?

— Alegre. Eu acho. — Frustrada, passou a mão pelos cabelos. — Mas não estava se controlando direito, e isso é muito perigoso. Ele contou algo sobre arrancar algumas informações de um dos velhos amigos do pai dele. Você sabe quem pode ser esse sujeito?

— Eu não conhecia Patrick Roarke tão bem assim. Procurava evitá-lo, bem como as pessoas de sua laia. Precisava cuidar de uma criança. — Ele parou e pensou por um instante. — Logo depois, passei a ter duas crianças para cuidar.

Eve permaneceu calada. Não havia nada a ser dito.

Retrato Mortal

— Ele me avisou que vai para Clare, hoje, um lugar na região oeste do país. É a cidade de onde veio sua mãe. Não estava esperando uma acolhida calorosa.

— Se o culparem por alguma coisa, são eles mesmos que sairão perdendo. O pai não conseguiu destroçar a criança, nem conseguiu transformá-la num monstro. Embora tenha tentado. — Ele olhou para Eve com atenção, e se perguntou se ela entendeu que ele não se referia apenas a Roarke.

Mas os olhos dela não demonstraram nada. Eve simplesmente deu um passo à frente, se inclinou e perguntou, baixinho:

— Foi você quem matou Patrick Roarke?

Como ocorrera com Eve, o rosto de Summerset se manteve sem expressão.

— Não existe prescrição de pena para assassinato, tenente.

— Não é a tira quem está querendo saber.

— Eu tinha duas crianças para proteger.

— Roarke não sabe disso, sabe? — Ela suspirou baixinho. — Você nunca contou a ele.

— Não há nada a contar. São questões antigas, tenente. A senhora não devia estar cuidando de questões novas?

Os olhos de ambos ficaram fixos um no outro por um instante.

— Sim — concordou ela, esticando o corpo e se virando para ir embora. — Lembre-se apenas de que você não vai ficar sentado em cima dessa bunda magra por muito tempo, e essa casa ficará livre da sua presença por três gloriosas semanas.

Quando Eve saiu, ele exibiu um sorriso afetado, estendeu a mão para acariciar as costas de Galahad, que pulara de volta para o seu colo, e disse baixinho:

— Acho que ela vai sentir a minha falta.

Capítulo Dezesseis

Quando uma pessoa tinha boas ligações, devia usá-las. Os médicos, de modo geral, não eram os favoritos na escala de preferências de Eve, mas a verdade é que ela conseguira, de algum modo, desenvolver amizade com duas médicas.

Para seguir a linha de investigação que tinha em mente, recorreu a Louise Dimatto.

Como conhecia bem a agenda tumultuada de Louise, tentou alcançá-la pelo *tele-link*, descobriu sua localização e forçou um encontro rápido.

A clínica Canal Street era a menina dos olhos de Louise. Ela batera de frente com sua família endinheirada da parte nobre de Nova York, mas conseguira montar e dirigir uma clínica gratuita na região mais barra-pesada da cidade, onde os moradores de rua dormiam em barracos de papelão e mendigos sem licença para esmolar circulavam em busca de alvos fáceis. Mesmo assim, a médica colocara a mão na massa, a sua linda mão macia e tratada por manicures.

Ela investira na clínica muito do seu tempo e do seu dinheiro, e depois lançou uma campanha para convocar mais profissionais e levantar dinheiro de todas as fontes disponíveis. E Louise, pelo que Eve sabia, tinha muitas fontes.

Retrato Mortal

313

A própria Eve acabou por se tornar uma das fontes de donativos da médica. Na verdade, Roarke é que arrumara isso, pensou, ao estacionar em fila dupla, ao lado de um carro de dois lugares velho e enferrujado que já perdera os pneus, os bancos e uma das portas. O dinheiro era dele, embora o safado esperto tivesse colocado a grana da doação na conta de Eve, sem ela saber.*

Independentemente da fonte, o dinheiro tinha sido muito bem empregado. A clínica era um farol de luz em um mundo muito escuro.

O prédio era despretensioso, com o detalhe curioso de ser a única construção de todo o quarteirão com janelas limpas e paredes sem pichações.

Do outro lado da rua, um vagabundo viciado em alguma droga da moda usava óculos escuros de lentes grossas e se mantinha sentado com os músculos se retesando ao som de uma espécie de canção que entoava. Dois sujeitos mal-encarados ao lado dele, encostados com o quadril num portal, pareciam estar em busca de encrenca, coisa comum na área.

Atrás de grades pesadas, quase todos os apartamentos que ficavam acima das lojas mantinham suas janelas abertas, na vã esperança de que uma brisa perdida tropeçasse por ali em seu caminho para a parte chique da cidade. O som de bebês aos berros parecia escorrer das janelas como vômito, acompanhado pelo som pesado de *trash rock* e por vozes alteradas em mesquinhas fúrias.

Avaliando o território, Eve colocou sobre o carro o luminoso de "viatura em serviço" e caminhou com toda a calma em direção aos mal-encarados. Eles endireitaram o corpo e colaram apropriados sorrisos de deboche em suas caras amarradas.

— Vocês conhecem a dra. Dimatto?

— Todo mundo aqui conhece a doutora, dona — respondeu um deles. — Qual foi o lance?

---

* Ver *Conspiração Mortal*. (N. T.)

— Qualquer um que apareça aqui para incomodar a doutora — atalhou um dos seus companheiros — vai sair *incomodado*.

— É bom eu saber disso, porque a doutora é minha amiga. Vou entrar para conversar com ela. Vocês estão vendo aquele carro da polícia parado ali?

Um deles riu de deboche e comentou:

— Aquela merda verde é um carro de polícia?

— Sim, aquela é a *minha* merda verde — confirmou Eve. — Quero que ela permaneça na mesma condição fedorenta em que está, até eu voltar lá de dentro. Se não estiver inteira, vai rolar um incômodo por aqui, a começar por vocês, refinados cavalheiros. Sacaram direitinho?

— Oooh, Rico, tô me cagando de medo. — O primeiro riu, dando uma cotovelada amigável no segundo. — A tira magricela vai me dar umas bofetadas se alguém mijar nos pneus do carro dela.

— Eu prefiro que as pessoas se refiram a mim como a "tira megera dos infernos". Não é verdade, Peabody?

— Sim, senhora — confirmou Peabody, ao lado do carro, no outro lado da rua. — A senhora está absolutamente certa.

Olhando detalhadamente para a cara de cada um, Eve perguntou:

— Por que eu gosto desse apelido, Peabody?

— Porque a senhora é de uma crueldade sem limites. Em vez de dar bofetadas no rosto de quem urinar nos seus pneus policiais, a senhora vai puxar os testículos do mijão e usá-los para estrangulá-lo.

— Sim, isso mesmo. E o que eu vou fazer depois, Peabody?

— Depois, senhora? Depois a senhora vai... Gargalhar bem alto.

— Não dou uma boa gargalhada há alguns dias, portanto lembrem-se bem disso. — Sabendo que seu carro permaneceria intocado, Eve caminhou bem devagar até o outro lado da rua e entrou na clínica.

— "Gargalhar bem alto" foi um bom toque, Peabody.

— Obrigada. Achei que seria um belo *finale*. Nossa! — Espantou-se, ao olhar em volta na sala de espera. O lugar estava cheio de pessoas em vários níveis de agonia. Boa parte dos pacientes fazia os mal-encarados do outro lado da rua parecerem escoteiros, mas estavam sentadinhos no lugar, esperando sua vez.

O lugar estava limpo. Recém-pintado, com um carpete impecável e plantas viçosas. Uma parte da sala fora mobiliada com cadeiras infantis e oferecia brinquedos. Em um canto dela, Eve reparou em um menino com menos de quatro anos que batia na cabeça do irmão com metade da idade, de forma ritmada, com um martelo de borracha. Acompanhava cada marretada com um sonoro e alegre "Bang!".

— Alguém não devia ir lá e fazê-lo parar com isso? — perguntou Eve, quase para si mesma.

— Como? Ah, nada disso, senhora. Ele só está fazendo o seu trabalho. Irmãos mais velhos devem perturbar os mais novos. Zeke costumava usar o dedo como se fosse uma furadeira nas minhas costelas. Morro de saudade disso.

— Eu, hein! — Atônita, Eve foi até o balcão da recepção.

As duas foram encaminhadas até a sala de Louise. Apesar de a clínica ter aumentado de tamanho, o espaço de Louise continuava pequeno, cheio e apertado. Os mantenedores da clínica não precisariam se preocupar, achando que a médica talvez estivesse usando as contribuições para melhorar ou embelezar sua sala.

Eve aproveitou o tempo para verificar se algum e-mail, torpedo ou mensagem de voz fora enviado para o seu equipamento na Central, e se irritou ao ver uma única mensagem de Roarke, brevíssima.

Louise entrou com um guarda-pó verde sobre a camiseta com calça jeans. Algo que parecia leite coagulado lhe escorria pelo peito do guarda-pó.

— Oi, galera. Café? Tenho só dez minutos. Podem derramar seus problemas em cima de mim.

— Alguém já derramou seus vômitos. — Eve apontou para a mancha.

— Ah, é que estou cuidando da pediatria, hoje. Isso foi só um arrotinho de bebê.

— Oh. Blergh!

Rindo com vontade, Louise pegou café no AutoChef.

— Tem certos dias em que você, provavelmente, também volta para casa com fluidos corporais derramados nas roupas, e eles devem ser muito mais interessantes do que vômito de bebê. E aí, como vão as coisas? — Ela se sentou na quina da mesa e suspirou: — Ah... Consegui tirar os pés do chão por cinco segundos. Isso é quase tão bom quanto sexo. Em que posso ajudá-las, garotas?

— Você está acompanhando o caso dos dois universitários assassinados?

— Sim, vi as notícias, especialmente as que Nadine transmitiu. — Ela soprou um pouco do café e o bebeu. — Por quê?

— Estou trabalhando numa teoria. Acho que o indivíduo que os matou pode estar doente, talvez morrendo. E deve ter alguma doença ou síndrome grave.

— Por quê?

— É complicado explicar.

— Tenho dez minutos. — Ela colocou a mão no bolso do guarda-pó e pegou um pirulito para acompanhar o café. — Você vai ter de resumir a história.

— Existe uma velha superstição a respeito da absorção da alma para dentro de uma câmera fotográfica. Acho que alguém está levando essa possibilidade a outro nível. O assassino fala de luz, pura luz. E diz que agora eles fazem parte dele. Talvez eu esteja forçando a barra, mas... E se ele achar que precisa da luz dos jovens que matou para viver?

— Humm. — Louise chupou o pirulito. — Interessante.

— Se é esse o caso, podemos imaginar que ele recebeu uma má notícia a respeito da sua expectativa de vida. Vocês, médicos, não chamam tumores, massas estranhas ou perigosas de "sombras"?

— Sim. Um tumor ou um cisto pode aparecer como uma espécie de sombra ou ponto preto em raios X ou exames de ultrassom.

— Que parecem imagens, certo? Como se fossem fotos?

— Sim, exato. Sei aonde quer chegar, mas não creio que possa ajudar.

— Você conhece médicos, e eles conhecem outros médicos. Você conhece hospitais e centros de saúde. Preciso saber quem recebeu más notícias desse tipo nos últimos doze meses. Posso reduzir o grupo de pesquisa para pacientes do sexo masculino entre vinte e cinco e sessenta anos.

— Ah, então vai ser moleza. — Louise balançou a cabeça para os lados e acabou de tomar o café. — Dallas, mesmo com as vacinas anticâncer, os diagnósticos precoces e as taxas elevadas de tratamentos bem-sucedidos, ainda existe muita gente que se vê em situações incuráveis, com a doença em pontos inalcançáveis por cirurgia. Além desses casos, se acrescentarmos os pacientes que, por uma infinidade de motivos... razões religiosas, medo, teimosia ou ignorância... se recusam a receber tratamento, chegaremos a centenas de nomes, só em Manhattan. Talvez milhares.

— Eu consigo encarar essa lista.

— Talvez consiga, mas temos um problemão aqui. Trata-se da confiança médico-paciente. Não posso lhe informar nomes, e o mesmo acontece com qualquer médico ou profissional de saúde que zele pela sua reputação.

— Ele é um assassino, Louise.

— Sim, mas os outros não são, e têm direito a privacidade. Vou perguntar por aí, mas ninguém vai sair me revelando nomes e eu não poderia, em sã consciência, repassá-los a você.

Irritada, Eve andou de um lado para outro pela sala apertada enquanto Louise pegava outro pirulito e oferecia a Peabody.

— Limão? Valeu!

— É sem açúcar.

— Droga! — reclamou Peabody, mas abriu o pirulito mesmo assim.

Eve bufou com força e procurou se acalmar.

— Diga-me uma coisa, Louise: que tipo de "sombra" é mais comum em casos sem esperança de cura?

— Puxa, você não faz perguntas fáceis, hein? Supondo que o paciente tenha tomado todas as vacinas recomendadas e tenha seguido a rotina de exames periódicos para detecção prematura, eu indicaria o cérebro. Dependendo de a massa do tumor não ter se espalhado por um sistema, nós podemos retirar, matar ou encolher a maioria das células más; se for necessário, dá para substituir o órgão inteiro, implantando outro. Mas não podemos substituir o cérebro. Mesmo assim — acrescentou, colocando de lado a caneca vazia —, isso tudo é absurdamente hipotético.

— Temos de começar a partir de algum lugar. Quem sabe você pode levar um papo com seus amigos médicos de cérebro. Nesse caso, o indivíduo permaneceu completamente funcional, capaz de planejar e executar atos complexos. Ele é articulado e ágil.

— Vou fazer o que puder, mas vai ser muito pouco. Agora preciso voltar para o front nessa minha guerra diária. A propósito, estou pensando em dar um jantar íntimo, só para amigos. Vocês duas, Roarke e McNab, eu e Charles.

— Hum. — Foi a reação de Eve.

— Parece ótimo! Vamos combinar, sim. Como vai Charles? — perguntou Peabody. — Não tenho chance de falar com ele faz um tempão.

— Está ótimo. Trabalhando muito, mas quem não está? A gente se fala, então.

— Ei, me dê uma porcaria dessas também — pediu Eve.

Com uma risada, Louise jogou um pirulito para Eve e saiu da sala.

Do lado de fora, Eve caminhou em torno do carro, inspecionando-o. Agachou-se para examinar melhor o estado dos pneus.

Retrato Mortal

Depois, lançou um sorriso imenso, cheio de dentes, para os dois homens encostados no portal, enquanto enfiava o pirulito na boca. Não disse nada até dar partida no carro e seguir pela rua.

— Tudo bem, sei que não tenho nada a ver com a história, mas você não se sente esquisita com a ideia de um aconchegante jantar entre amigos com Louise e Charles?

— E por que ficaria?

— Ah, sei lá, deixe-me pensar. — Como se estivesse contemplando o assunto, Eve girou o pirulito na boca. Sabor uva, nada mal. — Será que é porque há algum tempo você e Charles saíam juntos, e o fato de você estar circulando com seu acompanhante licenciado favorito fez o seu atual companheiro de travessuras no colchão ficar enraivecido a ponto de socar Charles e colocar sua bunda inegavelmente linda no chão?

— Aquilo deu um tempero legal ao lance, não foi? Pois então... Charles, da bunda linda, é um amigo meu. Ele ama Louise. Gosto de Louise. Eu não estava dormindo com Charles, e mesmo que estivesse, isso não tem nada a ver com o resto.

As travessuras de um casal na cama sempre têm a ver, por mais que digam o contrário, pensou Eve, mas guardou seus conceitos para si mesma.

— Muito bem. Se isso não tem nada a ver, por que não contou a McNab que você e Charles nunca dançaram o mambo do colchão?

— Porque ele agiu como um idiota — explicou Peabody, encolhendo os ombros.

— Peabody, McNab *é* um idiota.

— Eu sei, mas agora ele é o *meu* idiota. Acho que eu devia contar tudo a ele, mas detesto lhe dar essa satisfação. Isso vai levantar a bola para o campo dele.

— Que bola?

— A bola de vantagem. Veja só: agora, a vantagem é minha, porque ele acha que eu dormia com Charles e parei de dormir com

Charles por causa dele, McNab. Mas, se eu lhe contar que nunca transei com Charles, perco a vantagem.

— Agora minha cabeça está doendo. Eu não devia ter perguntado.

Eve voltou ao começo: Rachel Howard.

Fibras do carpete. O laboratório havia identificado o tipo e o modelo dos carros que vinham de fábrica com o carpete achado em ambas as vítimas, bem como a lista dos donos registrados. A van de trabalho do tio de Diego Feliciano não batia, nem a de Hastings.

Até agora essa via tinha se mostrado um beco sem saída, mas ela ia insistir um pouco mais.

Depois, havia o tranquilizante usado. Foi um narcótico vendido por receita médica, e não uma droga de rua. Se a teoria sobre o assassino se mantinha, era grande a chance de a substância ter sido conseguida através de um médico. Talvez algo receitado ao assassino para ajudá-lo a dormir, acalmar seus nervos ou acabar com as dores que ele pudesse ter devido a condições de saúde.

Ela cruzou os dados dos proprietários de veículos com as farmácias da área. Tornou a cruzá-los com os compradores de equipamento fotográfico nos últimos doze meses.

Isso tudo representava uma rotina tediosa que consumia tempo, Ainda mais porque ela era obrigada a esperar autorização para fazer algumas buscas.

Será que ela conseguiria contornar tudo aquilo com mais rapidez se Roarke estivesse por perto?, especulou consigo mesma. Será que teria aproveitado suas habilidades? Será que o teria deixado convencê-la a se envolver no caso, usar seu equipamento especial e suas habilidades únicas, além do seu hábito de ignorar códigos de privacidade e barreiras de segurança sobre dados pessoais?

Provavelmente.

Retrato Mortal

Como ele não estava ali, isso não era uma opção. Mas o tempo corria. O assassino tirara duas vidas em uma semana, e ainda não acabara.

Não ia esperar muito tempo para buscar a próxima fonte de luz.

Eve deu início à primeira passada de dados cruzados enquanto esperava pela autorização para pesquisar mais a fundo. Preocupou-se com os universitários sem rosto que talvez já estivessem presos na retícula de uma câmera.

E pensou em Roarke, preso na rede do seu próprio passado.

Ele não tinha viajado muitas vezes para a região oeste do país onde nascera. A maior parte dos seus negócios estava centrada em Dublin, em Cork, que ficava no sul, e em Belfast, na Irlanda do Norte.

Era proprietário de terras em Galway, mas nunca colocara os pés lá, e só passara alguns dias no castelo que comprara em Kerry e transformara num hotel.

Embora não compartilhasse a arraigada desconfiança que sua mulher exibia em relação ao meio rural, ele preferia a cidade. Não saberia o que fazer se tivesse de ficar muito tempo em um lugar onde só havia infindáveis montes verdejantes e campos floridos.

O ritmo de vida ali era lento demais, e só lhe agradava para férias curtas. Mesmo assim, uma parte dele ficou alegre por haver ainda tanta área verde ali, exatamente como era há muito tempo, há muitos séculos.

Verde, um verde aveludado... e quietude.

A sua Irlanda, o país de onde ele fugira, era cinza, úmida, cruel e amarga. Aquele cantinho do país, em Clare, não era apenas uma região diferente do país, mas um mundo distante de tudo que ele conhecera.

Ali, os fazendeiros ainda trabalhavam a terra; homens atravessavam os campos em companhia dos seus cães; ruínas do que haviam sido castelos, fortes e torres, em uma época longínqua, permaneciam em pé, cinzentos e indômitos em meio aos campos.

Os turistas deviam tirar muitas fotos daquelas ruínas e circular por elas, para em seguida dirigir por quilômetros e quilômetros de estradas serpeantes, em busca de mais. E os moradores locais lhes dariam uma rápida olhada de vez em quando.

Vejam só, diriam eles... Todos tentaram nos abater; os vikings, depois os bretões. Mas nunca conseguiram. Nunca conseguirão.

Roarke raramente pensava nas suas origens e nunca sentira o sentimentalismo imenso e a grande saudade da Irlanda, como muitos outros cujos ancestrais haviam deixado para trás aqueles campos verdes. Mas, dirigindo por aquelas estradas agora, sozinho, sob um céu feito por camadas de nuvens que transformavam a luz em pérolas reluzentes, vendo as sombras dançando sobre os infindáveis espaços verdes e apreciando as exuberantes florações vermelhas e fúcsia que brotavam de arbustos mais altos que um homem e formavam cercas vivas, sentiu uma fisgada de orgulho.

Porque tudo aquilo era lindo e também, de um jeito que ele nunca imaginara, era seu.

Ele voara de Dublin até Shannon, para ganhar tempo, e também porque o mergulho no uísque, na noite anterior, lhe provocara uma dor de cabeça miserável. Ele precisava do contraste, agora, e optou por dirigir até Clare, para *curtir* o tempo.

Que diabos iria dizer às pessoas, ao chegar lá? Nada do que lhe passou pela cabeça parecia certo. Ele nunca conseguira fazer aquilo do modo apropriado, nunca vira motivos para tentar.

Ele não os conhecia, nem eles sabiam quem ele era. Procurá-los agora não serviria de nada, a não ser abrir velhas feridas.

Ele formara uma família, não tinha nada em comum com aqueles estranhos, que eram como fantasmas.

Mas conseguia enxergar o fantasma de sua mãe com os olhos do coração; via-a caminhando pelos campos ou parada numa clareira em meio às flores.

Ela não o abandonara, pensou. Como ele poderia abandoná-la agora?

Quando a voz do GPS no veículo mandou que virasse antes de entrar na vila de Tulla, ele obedeceu.

A estrada secundária serpeava através de uma floresta, e muito daquele verde era novo, não tinha mais de cinquenta anos. Então as árvores deram lugar aos campos e aos montes onde o sol deslizava por trás das nuvens com um jeito enevoado e belo.

Vacas e cavalos pastavam junto às cercas. Aquilo o fez sorrir. Sua tira não se sentiria à vontade com a proximidade daqueles animais, e ficaria desnorteada ao ver o velho baixinho, cuidadosamente vestido com boné, camisa branca e gravata, circulando a esmo pelo campo em seu pequeno trator.

Por que alguém curtiria fazer isso?, se perguntaria em voz alta, com um tom indignado que ele conseguia ouvir naquele instante, como se ela estivesse ao seu lado. E, quando o idoso bem-vestido erguesse a mão e acenasse como se eles fossem velhos amigos, como fez naquele momento, ela ficaria ainda mais intrigada.

Ele sentia muita saudade dela; era como se lhe faltasse um braço ou uma perna.

Eve teria ido com ele, se ele pedisse. Foi por isso que ele não pediu. Não poderia pedir. Aquela era uma parte da sua vida que estava muito distante dela, como deveria ser. Quando resolvesse tudo, ele voltaria para casa e ponto final.

O *tele-link* do painel informou:

O DESTINO FICA A MEIO QUILÔMETRO À ESQUERDA.

— Vamos lá, então — disse ele. — Vamos fazer o que precisa ser feito.

Então aquela era a terra deles — a terra da sua mãe. Aqueles montes, aqueles campos e o gado que pastava calmamente. Um celeiro cinza, os depósitos construídos em pedra e as cercas.

Uma casa de pedra com seu jardim explodindo de flores e o portão branco.

Seu coração martelou dentro do peito. Aquela era a casa da família, e sua mãe tinha morado ali, dormido ali, feito suas refeições ali. Tinha rido e chorado ali.

Ó Deus.

Ele se obrigou a estacionar junto ao caminho — que os moradores locais deviam chamar de rua — atrás de um sedã pequeno e de uma caminhonete muito usada. Ouviu o gorjeio dos passarinhos, o latido distante de um cão, o som vago de um motor engasgando.

Sons rurais, percebeu. Sua mãe deve tê-los ouvido todos os dias da sua vida, até não conseguir ouvir mais nada. Será que foi por isso que ela se fora? Porque precisava ouvir algo novo? Os sons vibrantes da cidade? As vozes, a música, o tráfego nas ruas?

Isso tinha importância agora?

Ele saltou do carro. Já enfrentara a morte tantas vezes que perdera a conta. Houve vezes em que ele lutou para se manter vivo até as mãos sangrarem. E matara também — a sangue-frio e com o sangue quente.

No entanto, não se lembrava de nada em sua vida que tivesse lhe provocado tanto medo quanto bater na porta azul brilhante da velha casa de pedra.

Entrou pelo lindo portão branco e seguiu pelo caminho estreito entre canteiros de flores alegres. Subiu no pequeno alpendre e bateu na porta azul.

Quando ela se abriu, uma mulher olhou com atenção para ele. Tinha o rosto de sua mãe. Era mais velha; trinta anos mais velha do que a imagem que agora estava estampada em sua mente. Mas seus cabelos eram ruivos, com algumas pontas douradas; os olhos eram verdes, a pele era branca como leite e tingida por pétalas de rosa.

Ela era baixa, mal chegava ao seu ombro. Isso, por algum motivo, o comoveu enormemente.

Estava bem-arrumada, com calças azuis, blusa branca e sapatos brancos, de brim. Tinha pés pequenos. Ele percebeu tudo isso em décimos de segundo. Notou até mesmo as pequenas argolas douradas em suas orelhas e o cheiro de baunilha que vinha lá de dentro.

Ela era linda, com um jeito suave e contido típico de poucas mulheres. Da sua mão pendia um pano de prato vermelho e branco.

Ele disse as únicas palavras que lhe vieram à cabeça:

— Meu nome é Roarke.

— Sei quem você é. — Sua voz tinha um forte sotaque da região rural. Girando o pano de uma mão para a outra, ela o analisava com atenção, enquanto ele fazia o mesmo. — Acho que é melhor entrar.

— Sinto muito importuná-la.

— Você planeja me importunar? — Ela recuou para fazê-lo entrar. — Estou na cozinha. Ainda tenho um pouco de chá de hoje de manhã.

Antes de fechar a porta, ela deu uma olhada no carro dele e ergueu as sobrancelhas ao perceber a classe e a elegância discreta do veículo.

— Quer dizer, então, que os rumores sobre você ter dinheiro saindo pelas orelhas, entre outros buracos, são verdadeiros.

Seu sangue gelou, mas ele concordou com a cabeça. Se eles queriam dinheiro, ele lhes daria.

— Estou bem de vida, sim.

— Estar bem de vida é uma expressão vaga, não é? Depende do ponto em que você está na escala.

Ela caminhou até a cozinha, ao longo do que imaginou ser uma pequena sala de visitas, e seguiu pela sala de estar da família. Os cômodos estavam entulhados de móveis, pequenos armários, estantes. E flores frescas. Tudo parecia tão arrumado quanto ela.

A mesa da imensa cozinha poderia acomodar doze pessoas, e ele imaginou que isso geralmente acontecia. Havia um fogão grande que parecia muito usado, um enorme refrigerador e muitos balcões e prateleiras pintados de amarelo-manteiga.

As janelas sobre a pia davam para o jardim, para os campos e para um monte, e havia potinhos enfileirados no peitoril, que ele imaginou serem ervas. Era um espaço dedicado ao trabalho, e parecia muito alegre. Ainda dava para sentir no ar o cheirinho do café da manhã.

— Sente-se, Roarke. Quer biscoitos para tomar com o chá?

— Não, obrigado, está ótimo assim.

— Pois eu quero. Não tenho muita chance de comer biscoitinhos no meio do dia, devo aproveitar quando aparece uma oportunidade.

Ela foi cuidar de alguns afazeres da casa e da cozinha, e ele se perguntou se ela não estaria dando a ambos algum tempo para os pensamentos assentarem. O chá foi servido em um bule branco, muito simples, e os biscoitos foram colocados num lindo prato azul.

— Esse seu rosto... Nunca imaginei que você pudesse aparecer na minha porta. — Depois de aprontar tudo, ela se sentou e escolheu um biscoito. — Então, por que você veio?

— Eu pensei que... Senti que... Ahn, bem... — Ele provou o chá. Pelo visto, o tempo que ela lhe dera não fora suficiente para ele se acalmar. — Eu não sabia sobre... sobre Siobhan até poucos dias atrás.

— Não sabia o quê? — As sobrancelhas dela se ergueram.

— Não sabia que vocês... que ela... existiam. Quando eu era menino, me disseram que a minha mãe, isto é, que a mulher que eu achei que fosse minha mãe, tinha ido embora e me abandonado quando eu era criança.

— É mesmo?

— Sim, senhora...

— Meu nome é Sinead. Sinead Lannigan.

— Sra. Lannigan, até poucos dias atrás eu nunca tinha ouvido o nome Siobhan Brody. Achava que o nome da minha mãe fosse Meg, mas não tenho nenhuma lembrança dela em especial, a não ser que tinha uma mão pesada e foi embora, me deixando com ele.

— A sua mãe, sua mãe verdadeira, nunca teria abandonado você enquanto tivesse um restinho de ar nos pulmões.

Então ela já sabia, ele percebeu. Já sabia que sua irmã estava morta há muito tempo.

— Sei disso agora — disse Roarke, baixinho. — Ele a matou. Não sei o que posso lhe dizer.

Ela colocou a xícara sobre o pires, com todo o cuidado, e pediu:

— Conte-me a versão que você sabe da história. É isso que eu quero ouvir.

Ele contou tudo e ela permaneceu em silêncio, observando-o. Quando ele acabou de relatar tudo o que sabia, ela se levantou, encheu uma chaleira e a colocou no fogo.

— Eu já sabia disso, todos esses anos. Nunca conseguimos provar nada, é claro. A polícia não ajudou, nem pareceu se importar. Ela era só mais uma jovem que tinha fugido.

— Ele tinha a polícia no bolso, naquela época. Não é preciso mais que um ou dois policiais para manter algo encoberto. Vocês nunca conseguiriam provar nada, por mais que tentassem.

Os ombros dela estremeceram, em um logo suspiro, e ela se virou para ele.

— Nós tentamos encontrá-la logo que ela desapareceu. Por ela. Por Siobhan. Meu irmão, Ned, quase morreu tentando achá-la. Eles o espancaram até quase à morte, e o largaram em um beco de Dublin. Ele tinha esposa e um bebê pequeno. Por mais que nos doesse, tivemos de deixar você ficar com ele. Sinto muito.

Ele simplesmente olhou para ela e disse, bem devagar:

— Meu pai a matou.

— Sim. — Lágrimas surgiram nos olhos dela. — E espero que aquele filho da puta esteja ardendo no inferno. Não vou pedir a Deus que me perdoe por dizer ou torcer por isso. — Com todo o cuidado, dobrou o pano de prato vermelho e branco e se recostou devagar na cadeira, esperando a água na chaleira ferver.

— Quando eu soube... Quando descobri tudo, quando me contaram o que aconteceu com ela, eu achei que vocês, a família dela, mereciam saber a verdade. O mais acertado era vir até aqui para lhes contar, cara a cara. Talvez não seja nada fácil ouvir isso da minha boca, talvez seja até mais difícil, mas esse foi o jeito que eu achei que seria mais correto.

Olhando para o rosto dele, ela se recostou de vez.

— E você veio da América só para isso?

— Vim, sim.

— Ouvimos falar de você e das suas proezas. O jovem Roarke. Igualzinho ao pai, pensei. Um empreendedor, um homem perigoso. Um homem sem coração. Talvez você seja perigoso, mas certamente não falta coração a um homem que veio se sentar na minha cozinha à espera de ser esbofeteado por algo que não teve culpa.

— Eu não procurei por ela, nunca nem pensei nela. Não fiz nada para acertar as coisas antes.

— E o que está fazendo agora? Sentado aqui enquanto seu chá esfria?

— Não sei. Por Deus, juro que não sei. Porque não há nada que eu *possa* fazer.

— Sua mãe amava você. Não tínhamos muitas notícias dela. Acho que ele não a deixava ter contato conosco. Ela só conseguia ligar escondido, e enviar uma ou outra carta de vez em quando. Mas ela amava você, com toda a alma e coração. Está certo você sofrer por ela, mas não está certo que deva pagar.

Ela se levantou quando a chaleira apitou.

— Ela era minha irmã gêmea.

— Eu sei.

— Sou sua tia. Você tem mais dois tios, avós e um monte de primos, se está interessado em saber.

— Eu... É difícil absorver tudo de uma vez.

— Suponho que sim. Nossa, é claro que sim. Você tem os olhos de sua mãe — disse, baixinho.

— Mas os olhos dela eram verdes. — Atônito, ele balançou a cabeça para os lados. — Os olhos dela eram verdes como os seus. Eu vi o retrato dela.

— Não é a cor, é a forma. — Ela se virou. O formato dos seus olhos é igual ao dos olhos dela. Eles são iguais aos meus também, está vendo? — Ela deu um passo até onde ele estava e colocou a mão sobre a dele. — Para mim, a forma de uma coisa é o que importa. É mais importante do que a cor.

Quando a emoção agitou-se por dentro de Roarke, Sinead fez o que lhe pareceu mais natural. Puxou a cabeça dele, colocou-a sobre seu peito e acariciou-lhe os cabelos.

— Pronto... — Ela embalou, com murmúrios, o filho de sua irmã. — Está tudo bem. Ela ficaria contente por você ter vindo. Ficaria feliz de ver que você está aqui, finalmente.

Mais tarde, ela o levou até o ponto onde o quintal se encontrava com o primeiro campo.

— Plantamos aquela árvore para sua mãe. — Ela apontou para uma árvore alta, cheia de galhos. — Não fizemos nenhum túmulo para ela. Eu sabia que ela se fora para sempre, mas não me pareceu correto construir um túmulo. Então plantamos uma cerejeira. Ela floresce lindamente, todas as primaveras. Quando eu a vejo florescer, isso me dá certo conforto.

— É linda. Aqui é um lugar belíssimo.

— Seus parentes são fazendeiros, Roarke, desde muitas gerações passadas. — Ela sorriu quando ele olhou para ela. — Somos agarrados à terra, não importa o que aconteça. Somos teimosos. Temos cabeça quente e trabalhamos até cairmos duros de exaustão. Você vem de gente assim.

— Passei muitos anos tentando me livrar das minhas origens. Não queria olhar para trás.

— Pois agora pode olhar para essas origens com orgulho. Ele não conseguiu modificar você, não é? Aposto que tentou.

— Talvez se não tentasse tanto, eu não tivesse fugido. E não teria me construído, me reinventado. Eu vou... Vou plantar uma cerejeira quando voltar para casa.

— Um lindo pensamento. Você é um homem casado, não é? Casou-se com uma policial de Nova York.

— Ela é o meu milagre — confessou ele. — Minha Eve.

O tom da voz dele a comoveu.

— E vocês não têm filhos?

— Não, ainda não.

— Bem, há muito tempo pela frente para tê-los. Eu já vi fotos dela, é claro. Acompanhei sua vida de longe, ao longo dos anos. Não consegui evitar. Ela parece uma mulher forte. Imagino que tenha de ser.

— Ela é, sim.

— Traga-a junto na próxima vez que vier aqui. Por hoje, vamos tratar de acomodar você.

— Como assim?

— Você não espera escapar de nós assim tão depressa, é claro. Vai ficar conosco pelo menos esta noite, para conhecer o resto da família. E lhes dar a oportunidade de conhecê-lo. Isso significaria muito para meus pais e meus irmãos — completou, sem lhe dar tempo de contestar.

— Sra. Lannigan.

— Chame-me de tia Sinead, por favor.

Ele deu uma gargalhada curta.

— São águas profundas, e não estou mais sentindo o pé.

— Que ótimo — disse ela alegremente, pegando a mão dele. — Afunde ou nade, então, porque você vai ser jogado na parte mais funda da piscina.

Capítulo Dezessete

Eve interrogou mais de vinte proprietários de veículos com carpete que batia com as fibras achadas no corpo das vítimas. Incluindo uma senhora muito idosa que usava o carro apenas para transportar amigas igualmente idosas até a igreja, aos domingos.

Eve se sentiu aprisionada em um apartamento pequeno, de dois quartos, que cheirava a gatos e alfazema. Não sabia o que era pior. Bebeu o chá morno e fraco porque a sra. Ernestine Macnamara não lhe apresentou alternativa.

— Isso é tão empolgante... É terrível eu dizer isso, mas não consigo me conter. É empolgante ser interrogada pela *polícia* na minha idade. Tenho cento e seis anos.

Aparentava ter, pensou Eve, com ar azedo.

Ernestine era magérrima, seca e sem cor, como se os anos lhe tivessem sugado tudo. Mas circulava pelo apartamento com razoável energia em seus chinelos cor-de-rosa desbotados, afugentando alguns gatos e murmurando ternamente para outros. Havia muitos animais, uma dúzia, talvez. A julgar pelos sons estranhos que Eve ouviu, vários se dedicavam a fabricar mais gatos.

Eve imaginou que Ernestine se descreveria como ágil.

Seu rosto era uma bola miúda dominada por dentes muito grandes. Sua peruca — Eve imaginava que fosse uma peruca — aboletava-se meio torta sobre sua cabeça, e tinha um tom de trigo claro. Ela vestia uma espécie de training que bamboleava em torno do que lhe restara de pele e ossos.

Recado para Deus, pensou Eve: se o Senhor está aí em cima, por favor, não me deixe viver tanto tempo. É apavorante demais.

— Sra. Macnamara...

— Ora, me chame de Ernestine. Todo mundo faz isso. Posso ver seu revólver?

Eve ignorou a risada abafada de Peabody.

— Não carregamos armas de fogo, ahn... Ernestine. Elas foram banidas. Minha arma é uma pistola a laser. Eu queria falar da sua van.

— Revólver, pistola, tanto faz. Aposto que ela derruba as pessoas a distância, não importa o nome. É pesada?

— Não, é leve. E a van, Ernestine? Sua van. Qual foi a última vez em que você a usou?

— Domingo. Todo domingo eu levo um grupo à igreja de Santo Inácio para a missa das dez. É difícil para gente da nossa idade caminhar tanto, e os ônibus, bem... é complicado lembrarmos dos horários em que eles passam. De qualquer modo, é muito mais divertido assim. Eu era uma flor, sabia?

Eve piscou.

— Você era uma... flor?

— Fui da geração das flores. — Ernestine deu uma gargalhada rouca. — Anos 60... 1960, é claro. Cresci e entrei na onda da Nova Era, depois na Família Livre, depois... sei lá, qualquer onda que fosse divertida. Voltei a ser católica agora. É tranquilizador.

— Imagino que sim. Alguém mais tem acesso à sua van?

— Ora, tem aquele rapaz bonzinho do edifício-garagem. Ele cuida do carro para mim. Só me cobra metade do preço. É um bom menino.

— Preciso do nome dele, e também da localização desse edifício-garagem.

— Billy é o seu nome. O endereço é rua 18 Oeste, junto da Sétima Avenida. Fica a um quarteirão daqui, isso me facilita a vida. Eu pego o meu carro e o deixo lá na volta todos os domingos. Ah, e na terceira quarta-feira do mês também, porque temos reunião de planejamento para a igreja.

— Mais alguém dirige ou tem acesso ao seu veículo? Um amigo, um parente, um vizinho?

— Não que eu me lembre assim de repente. Meu filho tem carro. Ele mora em Utah. Virou mórmon, agora. Minha filha mora em Nova Orleans, é da religião wicca. Tem também minha irmã, Marian, mas ela não dirige mais. Tem meus netos...

Por educação, Eve anotou todos os nomes — netos, bisnetos e... Deus a ajudasse, tataranetos.

— Ernestine, gostaria de uma autorização sua para fazer alguns exames no seu carro.

— Oh, minha nossa! Você acha que ele pode estar envolvido em algum *crime*? — Seu rostinho enrugado enrubesceu de prazer. — Isso não seria emocionante?

— Sim, seria — concordou Eve.

Assim que conseguiu cair fora dali, Eve curtiu o ar úmido e pesado da rua como se fosse água de fonte.

— Acho que engoli uma bola de pelos — disse a Peabody.

— Tem tanto pelo grudado na sua roupa que daria para fazer um tapete. — Peabody deu umas boas escovadas com a mão nas calças da sua farda. — Acho que eu também. Por que essa atração que as velhas sentem pelos gatos?

— Gatos são legais. Eu tenho um gato. Mas se eu começar a colecionar um monte deles como se fossem selos, você tem permissão para me dar uma rajada de laser bem no coração.

— Posso gravar esse pedido, senhora?

— Não enche! Vamos lá conversar com Billy, o bom samaritano que atende no edifício-garagem.

Bom samaritano uma ova, foi a primeira impressão de Eve.

Billy era um negro alto, com braços compridos e olhos castanhos que se escondiam atrás de óculos escuros com armação âmbar. Seus pés ágeis usavam botas com amortecedores a ar e custavam mais de quinhentos dólares.

Os óculos, as botas e os piercings de ouro que Eve notou em suas orelhas estavam muito acima do salário de um atendente de garagem em Lower Manhattan.

— Srta. Ernestine! — Seu sorriso se iluminou como uma manhã de Natal, cheio de alegria e inocência. — Ela não é uma figura doce? Espero ficar esperto como ela quando chegar a essa idade. Ela vem aqui todo domingo de manhã, pontualmente. Gosta de ir à igreja.

— Foi o que ouvi dizer. Tenho uma autorização que ela me deu por escrito para revistar sua van e, se for necessário, recolhê-la para mais exames.

— Mas ela não se envolveu em nenhum acidente. — Ela pegou a autorização que Eve mostrou. — Eu teria reparado se houvesse algum amassado na van. Ela dirige com muito cuidado.

— Estou certa que sim. Onde está o veículo?

— Eu o deixo no primeiro andar, porque fica mais fácil para ela.

E para você também, pensou Eve, acompanhando-o por entre as sombras até a iluminação difusa do fundo da garagem.

— Não existem muitas garagens como esta aqui no centro — comentou Eve —, e a maioria delas usa androides como atendentes.

— É verdade, sobraram poucos funcionários humanos. Mas meu tio, que é o dono da firma, prefere ter contato pessoal com os clientes.

— Quem não prefere? A srta. Ernestine mencionou que vocês lhe oferecem um bom desconto na mensalidade.

Retrato Mortal

— A gente faz o que pode — disse ele, alegremente. — Ela é uma senhora idosa e muito simpática. Mantém o carro conosco o ano inteiro. É justo retribuir a gentileza, certo?

— E ela só usa o carro cinco vezes por mês.

— Como um relógio.

— Me conte uma coisa, Billy... Quanto você fatura por mês, em média, alugando os veículos dos clientes?

— Como assim? — espantou-se ele, parando ao lado de uma van cinza.

— Alguém precisa de um carro, dá uma passadinha aqui, fala com Billy e ele resolve o problema. Você pega as chaves, recebe o pagamento e, quando o carro volta, você o coloca direitinho na vaga. O dono não saca nada e você embolsa uma grana por fora.

— A senhora não tem prova de nada disso.

— Sabe de uma coisa? — Eve se encostou na van. — Sempre que alguém me diz que eu não posso provar nada me dá a maior vontade de cavar até encontrar uma prova, de tão cruel que eu sou.

Ele bateu no veículo com o dedo.

— Esta van fica exatamente aqui nesta vaga, a não ser aos domingos e na terceira quarta-feira do mês. Eu apenas estaciono e pego o carro, nada mais.

— Você está com a vida ganha, então, e fornece este serviço à comunidade por puro espírito de altruísmo e benevolência, certo? Suas botas são iradas, Bill.

— Todo cara gosta de botas caras, isso não é crime.

— Uh-huh. Vou fazer alguns exames nesta van. Se eu achar que ela foi usada no caso que estou investigando, seu rabo estará na reta. É um caso de homicídio, Billy. Já tenho dois corpos até agora. Vou levar você para interrogatório e considerá-lo cúmplice.

— Assassinato? Está louca? — Ele deu um passo para trás, e Eve abriu um pouco as pernas, apoiada nos calcanhares, para o caso de ele tentar fugir.

— Peabody — disse, com muita calma, observando os movimentos de sua auxiliar, que tentava cercar Billy. — Eu sou louca?

— Não, senhora. Billy está usando botas realmente iradas, e parece estar em apuros.

— Eu não matei ninguém! — A voz de Billy ficou mais aguda. — Tenho emprego, pago aluguel, pago *impostos*.

— Pois eu aposto que quando eu investigar sua vida financeira... salário, gastos e assim por diante... vou encontrar um monte de discrepâncias interessantes.

— Eu recebo boas gorjetas.

— Billy, Billy, Billy... — Com um suspiro alto, Eve balançou a cabeça de um lado para outro. — Você está tornando isso mais difícil que o necessário. Peabody, chame uma viatura. Vamos ter de levar nosso amigo aqui para a Central e mantê-lo lá, para interrogatório.

— Não vou a lugar algum. Quero um advogado.

— Ah, você vai, sim, Billy. E pode levar seu advogado.

Eve seguiu o instinto e convocou uma equipe de peritos.

— Você acha que essa é a van que foi usada?

— Uma caminhonete cinza comum, sem acessórios chamativos. Quem notaria? Está estacionada aqui, praticamente nunca é usada e fica a uma boa distância da boate. De metrô é rápido, mas a pé é longe para ir até a loja de conveniência onde Rachel Howard trabalhava. A mesma coisa com a Columbia. Dá para ir numa boa até a Juilliard e até o Lincoln Center. E você pode pegá-la e sair dirigindo quando bem quiser. É mais seguro do que usar o próprio carro, se você tiver um. Mais seguro do que alugar um veículo, pois isso ficaria registrado. Basta passar uma graninha para o amigão Billy e sair dirigindo.

Ela se manteve afastada quando os técnicos do laboratório chegaram e se puseram a trabalhar.

— Isso combina com ele. Não é preciso roubar um veículo, pois isso o tornaria um alvo procurado. Pegar o carro de um amigo? E se esse amigo comentar o fato com outro amigo? E se bater com o carro ou amassar o para-lama? Seu amigo vai ficar pau da vida. No entanto, se algo acontecer a essa van, basta devolvê-la, porque é Billy quem vai descascar o abacaxi.

— Então Billy o conhece.

— Pouco provável. É só mais um cliente paralelo. Se ele usou a van, fez isso duas vezes, e se certificou de não fazer nada que o torne fácil de lembrar. É esperto — continuou Eve. — Planeja tudo com detalhes. Escolheu Ernestine, esta garagem, a van e Billy com muita antecedência. Ele mora ou trabalha nesta área.

Ela enfiou as mãos nos bolsos, olhou para a entrada da garagem e depois para a rua.

— Só que ele não os matou aqui. Não cospe no prato onde come.

— Quer que eu pesquise as empresas de foto e digitalização de imagens desta área?

— Quero — disse Eve. — Estamos chegando perto.

Um dos peritos veio se juntar a elas.

— Conseguimos um monte de pelos de gato e de gente, tenente. Há cabelos sintéticos também e muitas impressões digitais.

— Quero que encaminhem tudo diretamente para Berenski, no laboratório. Pode deixar que eu cuido das requisições.

— Está quase acabando. O carro está bem limpo.

— Obrigada. Venha comigo, Peabody. — Ela voltou para a própria viatura e pegou o *tele-link* portátil enquanto caminhava. — Olá, Berenski.

— Oi e tchau, tô ocupado. Cai fora.

— Cabeção, tenho um material para perícia que vai chegar às suas mãos em menos de uma hora. Foi colhido da van que eu suspeito ter sido usada no transporte dos universitários assassinados.

— Pois diga aos peritos que não precisam ter pressa. Não vou conseguir investigar nada até amanhã mesmo. Talvez só depois de amanhã.

— Se conseguir esses resultados antes do fim do turno e me fizer um relatório completo, tenho duas poltronas para o jogo dos Yankees, em camarote cativo, data à sua escolha.

Ele esfregou o queixo com os dedos muito compridos.

— Agora é assim, sem briga nem ameaças? Direto no suborno?

— Estou com prazo apertado, é melhor ir logo ao ponto.

— Quatro poltronas.

— Para quatro eu vou querer o relatório envolto em uma fita cor-de-rosa e entregue em minhas mãos em menos de duas horas, contando de agora.

— Combinado. Fui!

— Dick Cabeção... — resmungou Eve, ao guardar o *tele-link* no bolso da jaqueta.

— Por que é que você nunca me ofereceu poltronas em camarote cativo? — reclamou Peabody.

— Pois saiba que a minha bunda só conseguiu sentar numa poltrona dessas duas vezes em toda a temporada. A vida é madrasta, Peabody.

Billy provavelmente pensava a mesma coisa, sentado em uma sala fechada ao lado de uma advogada da defensoria pública com cara enrugada e azeda, esperando Eve chegar para interrogá-lo.

Ela o deixara na geladeira por uma hora para ganhar tempo, esperando o relatório de Dickie. Enquanto esperava observava Billy pelo vidro espelhado por dentro.

— Ele não tem antecedentes criminais — comentou com Peabody. — Pelo menos depois da maioridade. Só duas transgressões leves do tempo de adolescência. É cuidadoso e astuto.

— Mas você não acha que esteja envolvido, acha?

Retrato Mortal 339

— Não diretamente. Faz essa armação para ganhar algum por fora. Provavelmente foi o tio quem lhe ensinou. Vou começar a conversa com ele. Quando Dickie mandar os resultados do laboratório, leve-os para mim.

Billy olhou com raiva para Eve. A advogada pressionou os lábios e desabafou:

— Tenente Dallas, a senhora manteve meu cliente esperando por mais de uma hora. Espero que esteja preparada para fazer alguma acusação formal, porque do contrário...

— Não me tente. Estou dentro do limite de tempo legal para detê-lo, e não me venha com esse papo de "pobre coitado" pra cima de mim, que não cola. Ligar gravador. Tenente Eve Dallas, conduzindo uma entrevista oficial com Billy Johnson, relacionada aos casos H-23987 e H-23992. Seu cliente, Billy Johnson, foi devidamente informado sobre seus direitos e obrigações, e optou por recorrer aos serviços de uma advogada da defensoria pública. Correto?

— Correto. Até este momento, nem eu nem meu cliente fomos informados sobre o motivo de ele ter sido trazido à força para interrogatório e...

— À força? Alguém usou de força contra você, Billy? Você sofreu algum dano físico durante o transporte para esta instalação?

— A senhora me tirou do horário de trabalho. Não tive escolha.

— Que fique registrado que o suspeito foi detido e trazido sob custódia para interrogatório na Central de Polícia sem o uso de força. Foi recitada para ele sua lista de direitos e obrigações, e ele próprio escolheu uma representante. Se quiser turvar nossas águas límpidas, irmãzinha, eu não me importo de trabalhar na lama. Agora você escolhe: podemos continuar esse empurra-empurra ou eu posso ir direto ao ponto e tocar o bonde?

— Meu cliente não teve a oportunidade de vir, voluntariamente...

— Ah, qual é, fecha a matraca — reclamou Billy, e passou a mão nos cabelos curtos e espetados que lhe cobriam a cabeça. — Que diabo a senhora quer, dona? — exigiu de Eve. — Não sei nada sobre alguém ter sido morto. Que porra vocês querem de mim?

— Investigamos a van de Ernestine Macnamara, Billy. Encontramos um monte de impressões digitais e muitas evidências. Nós dois sabemos que algumas dessas evidências não têm nada a ver com Ernestine e seu grupo de fervorosos católicos.

— Eu estaciono o carro para ela, então é claro que as minhas digitais...

— Vamos encontrar mais que as suas digitais, Billy, e isso vai colocar seu cu na reta. — Ela manteve os olhos fixos nele. — Rachel Howard e Kenby Sulu.

Os lábios dele estremeceram.

— Minha nossa! Os universitários? Por Deus. Vi as reportagens na tevê. Eles foram mortos.

— Sr. Johnson, como advogada, eu o aconselho a não dizer nada que possa...

— Cale a porra dessa boca! — explodiu ele, com a respiração ofegante enquanto olhava para Eve. — Escute, talvez eu realmente agite uma grana por fora, mas nunca machuquei ninguém.

— Então me conte a respeito dessa grana por fora.

— Espere um instante. — A advogada deu um murro na mesa com tanta força que Eve olhou para ela com certa admiração. — Vamos com calma! Meu cliente vai cooperar, mas só responderá às suas perguntas se conseguir imunidade. Nenhuma queixa poderá pesar contra ele nesse ou em qualquer outro assunto relacionado a esse caso.

— Não é melhor lhe entregar de uma vez um dos nossos exclusivos cartões platinum, edição tô-fora-da-cadeia?

— Ele não fará nenhuma declaração sem garantias. Sua cooperação depende do acordo de imunidade que ele receber com relação à garagem e/ou os homicídios.

— Vou perguntar a Rachel Howard e Kenby Sulu o que eles acham de eu oferecer imunidade em um caso de homicídio — disse Eve, com frieza. — Ah, esqueci... Não posso perguntar, porque eles estão mortos.

— Não preciso de acordo de imunidade para nenhum homicídio. Não ataquei nem feri ninguém. — Ele se inclinou e pegou a mão de Eve. — Juro por Deus. Juro pelo meu filho. Eu tenho um filho pequeno, de três anos. Juro pela vida dele que não matei ninguém. Vou lhe contar tudo que eu souber.

Ele respirou um pouco, se recostou e completou:

— Mas bem que eu poderia usar essa imunidade com relação à grana da garagem. Tenho um filho pequeno, preciso pensar nele.

— Não estou interessada no que você arrecada por fora, Billy, desde que essa torneira seja fechada. E pode crer que eu vou saber se ela tornar a jorrar alguma grana para o seu bolso.

— Ela vai ficar fechada.

— Tenente. — Peabody entrou e entregou uma pasta a Eve. — Os resultados do laboratório.

— Obrigada, policial. Fique por perto. — Ela abriu a pasta e fez o que pôde para conter o riso ao ver a fita cor-de-rosa que acompanhava o relatório. Pelo menos Peabody tinha tido a presença de espírito de deixá-la solta dentro do envelope.

Deu uma olhada nos resultados. Não só as fibras do carpete batiam, como os peritos haviam recolhido cabelos de Rachel Howard e Kenby Sulu na van.

Sem achar mais graça naquilo, Eve ergueu os olhos frios e os fixou em Billy.

— Quero saber quem usou a van na noite dos dias 8 e 10 de agosto.

— Vamos lá, vou explicar como a coisa rola. Alguém chega e me diz "preciso de um carro". Talvez a pessoa precise de um carro de dois lugares para ir com a namorada em algum lugar, ou um sedã confortável para levar a avó num casamento, algo desse tipo.

— Quem sabe uma caminhonete para roubar mercadoria de uma loja de bebidas; ou um 4 x 4 para circular por aí, agitando uma transa de drogas ilegais em Nova Jersey. Desse jeito eles não precisam roubar um carro, nem se preocupar com papeladas.

— Quem sabe... — concordou ele com a cabeça, devagar. — Eu não pergunto nada. Na verdade, nem quero saber. Só informo os veículos que estão disponíveis, e por quanto tempo. O valor é fixo. O cliente paga o dobro e recebe a devolução do depósito se o veículo voltar em boas condições. Mesmo assim, somos mais baratos do que qualquer locadora de veículos, e não tem burocracia.

— Todo mundo gosta de uma pechincha.

— Temos um monte de vagas reservadas para o ano inteiro, e mantemos as tarifas baixas para dar uma folga aos clientes regulares. Algumas dessas pessoas, como a srta. Ernestine, nem conseguiriam manter um carro, por causa do preço altíssimo da manutenção e dos estacionamentos.

— Então, essa é uma espécie de serviço que você presta à comunidade. Isso é lindo, mas você vai ter de esperar sentado para ganhar sua medalha, Billy.

— Não vejo em que isso possa prejudicar alguém. O cliente recebe um bom desconto e eu ganho um bônus. Meu filho estuda num pré-escolar de classe. Sabe quanto custa uma escola dessas?

— Quem alugou a van?

— Pois é, o lance é o seguinte: o pessoal entra e sai. Quando uma pessoa aparece várias vezes, a gente até já sabe o carro de que ela gosta mais. Só que desse cara eu não lembro bem. Só apareceu duas vezes na garagem, tenho certeza. Sabia o que queria, pagou a tarifa e trouxe o carro de volta numa boa. Não vi nada estranho. Foi um cara branco — completou, depressa.

Retrato Mortal 343

— Continue.

— Era um cara com aparência normal, sei lá, branco. Quem presta atenção?

— Velho, novo?

— Ahn... Uns vinte e cinco, trinta anos, por aí. Mais baixo que eu, mas não muito. Um metro e oitenta, talvez? Estava bem-vestido, não estava esculhambado. Parecia um sujeito comum, de escritório. Pode ser que eu o tenha visto pelas redondezas, mas não tenho certeza. Ele não tinha nada de especial.

— O que foi que ele disse quando chegou?

— Ah, caraca... Algo como "Preciso alugar uma van. Quero um carro novo e limpo". Provavelmente eu zoei, avisando que ali não era uma locadora, mas fui educado. Então ele... sim, acho que eu me lembro. Ele pegou a grana e fez o depósito. Em dinheiro vivo. Disse que queria a van cinza do primeiro andar. Eu recebi o pagamento, entreguei a chave e ele saiu dirigindo. Trouxe o carro de volta às três da matina. Foi meu primo que recebeu.

Os olhos dele se fecharam e ele estremeceu.

— Droga, droga! Meu primo vai entrar numa fria?

— Qual é o nome do seu primo, Billy?

— Merda, que merda! Manny Johnson. Ele só recebeu o carro, tenente Dallas, só isso.

— Vamos voltar ao cara que alugou a van. Você consegue lembrar de mais algum detalhe?

— Não prestei muita atenção. Ahn... Ele estava de óculos escuros, acho. E boné. Será que era um boné? Eu só me liguei na grana e nas roupas, e não prestei atenção ao resto. A roupa dele era legal, ele me entregou a grana numa boa. Talvez se a senhora me mostrasse uma foto dele, ou um retrato falado, eu reconhecesse. Talvez. Usava óculos escuros e boné, e acertamos tudo dentro da garagem, onde é mais escuro. Ele me pareceu um cara normal.

— Um cara branco normal — repetiu Eve, depois do interrogatório. — Um cara que matou duas pessoas, que sabia como conseguir um carro praticamente impossível de rastrear para transportar as vítimas, que sabia como convencê-las a entrar no carro espontaneamente, e sabia como e onde se livrar dos corpos sem ninguém reparar.

— Mas você conseguiu chegar lá — lembrou Peabody. — Podemos especular por aí, talvez alguém se lembre de ter visto uma van cinza perto das universidades ou dos pontos de desova.

— É, e talvez a fada do dente bata na nossa porta hoje à noite. Vamos fazer isso que você sugeriu, Peabody, mas antes eu quero devolver a van. Um cara branco normal deixa Diego fora do fogo, pelo menos quanto a quem pegou o carro.

Magro demais, muito cheio de marra, foi o que Billy disse ao ver a foto de Diego.

— Ainda temos o "pode ser ele" de Billy ao ver a foto de Jackson Hooper.

— Talvez. Talvez ele fosse mais baixo, talvez ele fosse mais velho. Talvez não fosse nada disso. Ele ainda não acabou, e talvez torne a aparecer. A van e a garagem vão ficar sob vigilância.

Ela olhou para o relógio.

— Agora, temos um funeral para assistir.

Eve detestava funerais, pois eles não passavam de uma confissão pública de pesar. Odiava as flores e a música, o murmúrio das vozes, as súbitas explosões de choro ou de riso.

A coisa ainda era pior quando os mortos eram jovens e o fim fora violento. Ela já estivera em mais funerais por morte violenta do que gostaria de lembrar.

Eles haviam colocado Rachel em um caixão de vidro, e essa era uma das tendências dos velórios que Eve achava horripilante. Eles colocaram nela um vestido azul, provavelmente o melhor que havia em seu armário, e lhe prenderam um buquê de rosas cor-de-rosa entre os dedos.

Eve observava as pessoas. Os pais chocados exibiam um ar de falsa calma. Provavelmente haviam tomado algum tranquilizante para enfrentar o evento. A irmã mais nova parecia simplesmente destruída e desorientada.

Ela reconheceu alunos que interrogara, comerciantes das lojas próximas à que Rachel trabalhava. Professores, vizinhos, amigos.

Leeanne Browning estava lá, com Angela ao lado. Elas conversaram com a família, e Leeanne disse algo que fez as lágrimas da mãe vencerem. Elas transbordaram por sobre os tranquilizantes e lhe escorreram lentamente pelas faces.

Eve viu rostos que já tinha deixado de lado, e procurou por novos, ali em pé, em busca de um homem comum branco. Uma infinidade deles se encaixava na faixa etária investigada. Rachel era uma menina amigável, conhecera muita gente em sua curta vida.

E lá estava Jackson Hooper, muito bem-vestido, de terno e gravata, o rosto sério, os ombros quadrados erguidos como os de um soldado. Um grupo do que Eve supôs serem seus amigos o rodeavam; as pessoas tendem a gravitar em torno das pessoas atraentes.

Mas quando ele observou em torno seus olhos estavam vazios. O que quer que ele viu não o alcançou; de repente, virou-se e foi embora por entre os jovens, como se todos fossem fantasmas.

Eve notou que ele não encarou as pessoas e sequer olhou para o caixão transparente com a garota que ele afirmou que talvez tivesse amado.

Ela ergueu o queixo, fazendo um sinal para McNab.

— Veja para onde ele vai — ordenou-lhe, quando ele veio se colocar ao seu lado. — Vá ver o que ele foi fazer.

— Fui!

Eve voltou a analisar a multidão, embora preferisse ter ido atrás de Hooper pelo meio da noite, respirando o ar lá de fora. Embora o ar-condicionado estivesse no máximo, a sala estava morna, apertada demais, e o cheiro das flores era nauseante.

Então, avistou Hastings do outro lado da sala. Como se tivesse sentido os olhos dela pousados nele, Hastings também olhou para Eve e foi em sua direção, caminhando devagar.

— Achei que devia comparecer, apenas isso. Odeio esse tipo de merda. Não vou ficar até o fim.

Ele parecia embaraçado, ela percebeu. E um pouco culpado.

— Eles não deviam tê-la vestido desse jeito — comentou, depois de um momento. — Parece falso. Eu teria colocado sua blusa favorita, alguma coisa que ela curtisse, e lhe colocaria umas duas margaridas amarelas para segurar. Um rosto desses foi feito para margaridas. De qualquer modo... — continuou ele, tomando o resto do copo de água mineral com gás que segurava — ninguém me perguntou.

Ele trocou o peso do corpo de um pé para outro.

— É melhor você agarrar o cara que colocou aquela garota nesse caixão-vitrine.

— Tô correndo atrás.

Eve o observou ir embora e viu outros que entravam e saíam.

— Jackson Hooper saiu — relatou McNab. — Foi até a esquina e voltou algumas vezes. — McNab encolheu os ombros e enfiou as mãos nos bolsos. — Estava chorando. Ficou andando de um lado para outro, chorando muito. Um grupo de amigos chegou, se reuniu em torno dele e o levou para um carro. Anotei a marca e a placa, caso você queira que eu os siga e vigie.

— Não. — Ela balançou a cabeça. — Essa noite, não. Pode levantar acampamento. Chame Peabody e avise que ela esta dispensada por hoje.

— Nem precisa falar duas vezes. Estou louco para ir a algum lugar onde as pessoas estejam falando um monte de bobeiras e comendo algo saboroso e pouco saudável. Sempre faço isso depois de um funeral. Quer vir conosco?

— Vou dispensar esse convite, obrigada. Continuamos na luta amanhã de manhã.

Quando a multidão começou a diminuir, ela foi até onde Feeney estava.

— Será que ele viria, Feeney? Será que precisaria vê-la mais uma vez, assim? Ou as imagens que ele tem dela são suficientes?

— Não sei. Analisando pela ótica do assassino, ele obteve o que queria e seu assunto está encerrado.

— Pode ser, mas isso é uma espécie de círculo que se fecha aqui. Algo me diz que ele gostaria de vê-la assim. De qualquer modo, se ele estava por aqui, eu não saquei.

— Também, uma porra de cara branco, normal. — Ele soprou as bochechas, com força. Eve parecia abatida, notou. Abatida, preocupada e sob pressão. Ele deu uma batidinha no ombro dela. — O que acha de tomarmos uma cervejinha?

— Acho uma ideia excelente.

— Já faz um bom tempo desde a última vez que fizemos isso — comentou Feeney.

— Faz mesmo. — Eve provou a cerveja.

Por acordo tácito, eles evitavam os bares frequentados por tiras. Beber alguma coisa em um lugar cheio de colegas significava ter de aturar alguém conhecido parando na mesa para falar merda ou conversar abobrinhas. Em vez disso eles escolheram uma cabine num lugar chamado The Leprechaun, um barzinho pequeno e escuro com aspiração de simular um pub irlandês.

Ali se ouvia música para instrumentos de sopro, e alguém entoava uma canção sobre beber ou sobre a guerra. Pelas paredes vinham espalhadas muitas inscrições em língua celta e fotos emolduradas que Eve imaginou serem irlandeses famosos. Todos os empregados tinham forte sotaque irlandês, mas o que apareceu para atender tinha uma pontinha de Brooklyn misturado.

Como Eve já tivera a oportunidade de passar algum tempo em um pub irlandês legítimo, dava para perceber que o proprietário — que provavelmente se chamava Greenburg, ou algo assim — não estava nem perto de ser irlandês.

Pensar nisso a fez lembrar do Porquinho Rico. E de Roarke.

— Por que não me conta o que está se passando na sua cabeça, garota?

— Acho que ele vai fazer o próximo ataque nas próximas quarenta e oito horas, então...

— Não, não quero saber do caso. — Havia uma tigela com amendoins sobre a mesa, mas ele a colocou de lado e pegou seu pacotinho de amêndoas açucaradas. — Você está com algum problema em casa?

— Porra, Feeney. — Já que as amêndoas estavam ali, ela pegou algumas. — Estou com Summerset em casa, isso já não é o bastante?

— Humm. Roarke viajou e deixou o velho em casa com a perna estourada. Deve ter sido algo muito importante para ele se afastar daqui logo agora.

— Era mesmo. É. Por Deus. — Ela colocou os cotovelos sobre a mesa e baixou a cabeça sobre as mãos. — Não sei o que devo fazer, não sei se devo contar. Não sei se ele gostaria que eu contasse.

— Você não precisa dizer a ele que me contou. A coisa morre aqui, você sabe.

— Claro que eu sei. — Feeney a havia treinado, pensou Eve. Ele a pegara ainda verde, nos tempos da academia. E ela confiava nele. Eles tinham sido parceiros por muito tempo, atravessando todas as portas perigosas do dia a dia. E ela confiava nele.

— Vou ter de confessar a ele que eu te contei. Acho que essa é uma daquelas regras do casamento. Existe um monte delas.

Feeney não a interrompeu, e quando acabou de tomar a primeira cerveja pediu outra.

— Ele está com a cabeça virada do avesso, entende? Imagine só... Você passa a vida toda achando uma coisa, trabalhando o que

Retrato Mortal

considera verdade sobre o seu passado, e de repente, do nada, leva um soco na boca do estômago que muda todo o seu mundo. — Ela tomou um pouco da cerveja. — Roarke nunca fica bêbado. Às vezes curte um pilequinho, quando a ocasião pede. Mas mesmo quando estamos só nós dois, em algum lugar distante, ele não ultrapassa a linha. Sempre fica ligado, no controle. Esse é o verdadeiro Roarke.

— Você não devia se preocupar só porque um homem encheu a cara.

— Eu não me preocuparia se não fosse Roarke. Se ele fez isso é porque está machucado e precisava escapar da dor. E olhe, Feeney, que ele tem capacidade de aguentar muita dor.

Como você também tem, pensou Feeney.

— Onde ele está agora?

— Em Clare. Ele me deixou uma mensagem... essa droga de fuso horário! Disse que eu não precisava me preocupar, que ele está bem. Avisou que ia ficar lá por mais um dia, pelo menos, e daria notícias.

— E você ligou de volta?

— Cheguei a tentar, mas me controlei. — Ela balançou a cabeça para os lados. — Será que isso não é invadir, importunar? Eu não faço ideia. Ele me disse que ia resolver tudo pessoalmente. Deixou bem claro que não queria que eu me envolvesse.

— E você vai deixá-lo escapar assim, numa boa? — Ele deu um suspiro pesado, e seus olhos de cão bassê pareceram despencar ainda mais. — Você me desaponta, garota.

— Mas o que eu poderia *fazer*? Estou no meio dessa investigação e ele chega e me diz, do nada, que vai para a Irlanda. Não espera, nem me dá chance de ajeitar as coisas. Tudo bem, ele não pode esperar, eu entendo. Tem um problema importante e quer resolvê-lo logo, sem protelar.

— Uma daquelas regras do casamento, que você citou, determina que, quando um dos dois está com problemas, nunca fica sozinho. Você está sofrendo aqui, e ele lá. Isso não funciona para nenhum dos dois.

— Mas ele se mandou. Já estava a caminho quando me contou que ia, pelo amor de Deus! Estou puta com ele até agora por causa disso.

— Então devia ter ido atrás dele na mesma hora.

— Devia me mandar para a Irlanda? — Ela fez cara de estranheza. — Agora? Mas ele me disse que não queria que eu fosse.

— Se disse, mentiu. Os homens são assim, garota. Não podemos evitar.

— Você acha que ele precisa de mim lá, ao lado dele?

— Acho.

— Mas e o caso? Eu não posso simplesmente...

— Ei, o que é que eu sou, um novato? — Feeney teve a sagacidade de se mostrar insultado. — Você acha que eu não posso cuidar de tudo como investigador temporário por dois dias? Ou quer para você a glória de ter encerrado o caso?

— Não, não! Mas estou analisando um monte de possibilidades. Há grandes chances de ele voltar a atacar nos próximos dois dias, e...

— Se você tivesse recebido a notícia de que Roarke estava ferido, sangrando pelas orelhas, se preocuparia com o caso ou iria correndo para lá?

— Iria correndo para lá.

— Pois ele está sangrando pelo coração. Vá.

Parecia tão simples. Nem um pouco complicado, quando colocado desse jeito.

— Preciso limpar a área e programar algumas coisas para serem investigadas amanhã. Além de atualizar o relatório.

— Então vamos cair dentro e agitar tudo. — Feeney guardou as amêndoas no bolso.

— Obrigada, Feeney. De verdade.

— De nada, mas você paga a cerveja.

Capítulo Dezoito

Levou algum tempo, foi preciso pedir alguns favores e lutar contra a ansiedade de verificar pela terceira vez os detalhes que ela já conferira em dobro.

Foi preciso lutar contra todos os seus instintos naturais para deixar a preparação da viagem nas mãos de Summerset.

Eve foi para casa e encheu uma bolsa leve, lembrando a si mesma que poderia ser encontrada em qualquer lugar e a qualquer hora. Que voltaria correndo para casa, se fosse necessário, tão depressa quanto estava indo. E que poderia comandar toda a operação remotamente, já que tinha uma equipe capacitada.

Ela não era a única tira do Departamento de Polícia da Cidade de Nova York. Mas era a única esposa de Roarke.

Mesmo assim, caminhava de um lado para outro no ambiente luxuoso do jato mais veloz que ele tinha, atravessando o Atlântico noite afora. Revisara as anotações, tornara a ler todos os arquivos e declarações das testemunhas.

Tudo que poderia ser feito estava sendo feito. Deixara uma equipe de tocaia vinte e quatro horas, vigiando a garagem e a van. E a DDE instalara um rastreador na van, por garantia.

Se ele usasse o veículo uma terceira vez, os policiais voariam em cima dele e o levariam sob custódia antes mesmo de ele ligar o carro.

Todas as provas estavam sendo comparadas. Em vinte e quatro horas o laboratório de perícia teria eliminado tudo o que pertencia a Ernestine, ao seu grupo da igreja, aos empregados da garagem e às vítimas. O que sobrasse pertenceria ao assassino.

Eles teriam material de DNA e um caso sólido.

Eve espalhara homens na ciberboate, nas universidades, e contava com Louise no front médico. Algo iria dar retorno, e seria em breve.

Tentou sentar e relaxar, mas não conseguiu.

Tudo aquilo era rotina de polícia. Eve se sentia à vontade nessa rotina.

A partir de agora, porém, estava prestes a entrar no território de esposa. Já aprendera a lidar com essa faceta da sua vida, e lidava razoavelmente bem. Mas a área onde ia entrar agora ainda era nova, inexplorada.

Se ele não a quisesse lá, será que sua chegada não ia piorar as coisas?

Ligou o computador pessoal e repetiu a mensagem que ele deixara no *tele-link* de casa, quando ela estava na Central limpando a área para se lançar naquela aventura.

— Bem, espero que você esteja dormindo. — Ele sorriu, mas parecia muito cansado, ela notou. Completamente esgotado. — Eu devia ter ligado antes, mas as coisas ficaram meio... complicadas. Só agora é que eu vou para a cama. É muito tarde aqui. Na verdade, está tão tarde que já é quase de manhã. Não consigo nem lembrar qual é a diferença de fuso horário daqui para aí, imagine só. Sinto muito não ter ligado para você hoje... isto é, ontem. Ah, tanto faz.

Ele deu uma gargalhada curta e apertou o alto do nariz, como se para se livrar de alguma pressão.

— Estou caindo pelas tabelas, mas preciso só de algumas horas de sono. Fora isso, estou bem, não precisa se preocupar. As coisas não foram como eu esperava que fossem, por aqui. Na verdade, nem sei direito o que esperava. Torno a ligar assim que eu dormir um pouco. Não trabalhe demais, tenente. Eu te amo.

Ele não devia estar com a aparência tão cansada, analisou Eve, com uma súbita sensação de raiva. Não devia estar tão confuso, tão perturbado, tão... vulnerável.

Talvez ele não a quisesse por lá, mas ia ter de aturar isso.

O amanhecer estava se insinuando sobre os montes quando Roarke saiu de casa. Ele não dormira muito, mas dormira bem, acomodado em um quarto lindo, de teto inclinado, no último andar da casa, com cortinas de renda nas janelas e um edredom feito a mão espalhado sobre a cama larga, de ferro.

Eles o trataram como se fosse da família. Quase como o filho pródigo que voltara para casa, e lhe serviram cabrito assado e recheado, uma versão irlandesa do bezerro assado.

Ele curtira um autêntico *ceili* celta, com muita comida, música e histórias. Muitas pessoas se reuniram em torno dele para falar de sua mãe, perguntar coisas, rir. E chorar.

Ele não estava muito certo de como absorver tudo, as pessoas, os tios, as tias, os primos — e os avós, pelo amor de Deus! — que haviam entrado de forma tão inesperada em sua vida.

As boas-vindas com que fora recebido o deixaram comovido.

Continuava inseguro. Aquela vida que eles levavam e o mundo no qual viviam eram, para ele, mais estranhos que a lua. No entanto, ele carregara parte de tudo aquilo, sem saber, dentro do seu sangue, por toda a vida.

Como ele poderia trabalhar todos esses sentimentos em questão de dias? Algo tão imenso? Como poderia compreender em um estalar de dedos as verdades que haviam sido enterradas debaixo de mentiras por mais de trinta anos? Enterradas debaixo de morte?

Com as mãos nos bolsos, seguiu até os jardins dos fundos, com suas fileiras perfeitas de vegetais, sua alegria entrelaçada de flores misturadas, e acariciou o pequeno botão forrado de tecido cinza que sempre carregava.

O botão do casaco de Eve. O mesmo que caíra do seu casaco antigo e feio no dia em que ele a conhecera. O mesmo que ele carregava como um talismã desde então.*

Ele se sentiria mais estável se ela estivesse ali, com toda a certeza. Nossa, como ele gostaria que ela estivesse ao seu lado.

Observou o campo, ao longe, onde um trator sussurrava suavemente. Um dos seus tios ou primos devia estar dirigindo-o, supôs. Fazendeiros. Ele viera de uma família de fazendeiros, e descobrir isso era uma porretada na cabeça.

Gente simples, honesta, trabalhadora, temente a Deus — tudo o que a outra metade dele não era. Será que essa contradição e esse conflito tinham sido os elementos que acabaram transformando-o no que ele era agora?

Ainda era tão cedo que as névoas matinais serpeavam pelo verde, suavizando o ar e a luz. O fragmento de um poema de Yeats veio à sua cabeça — *montes que se empilham sobre outros montes*. Ali era exatamente assim. Ele conseguia ver os montes rolando uns sobre os outros até se perderem de vista, e dava para sentir o cheiro da umidade do orvalho na grama, da terra argilosa por baixo dela e das roseiras irregulares.

Dava para ouvir os pássaros cantando, como se a vida fosse uma alegria singular.

Durante toda a sua existência — certamente em todos os momentos desde que escapara do canalha que lhe dera a vida —, Roarke havia feito o que queria. Perseguiu o objetivo do sucesso, da riqueza e do conforto. Não precisava de uma sessão com Mira para

---

* Ver *Nudez Mortal*. (N. T.)

descobrir que fizera tudo isso para compensar, até mesmo derrotar os anos de miséria, pobreza e dor. E daí?

Qual o problema?

Um homem que não fazia o que podia para viver bem, em vez de viver na lama, era um tolo.

Ele havia tomado o que precisava ou o que simplesmente desejava. Lutara, comprara ou, de algum modo, conquistara o que lhe dava alegria. E a luta em si, a caçada e a busca eram parte fundamental desse jogo que tanto o entretinha.

Agora, no entanto, ele estava recebendo algo de graça, algo que nunca imaginou acontecer, nem se permitiu aceitar. E não sabia o que fazer com essa nova realidade.

Precisava ligar para Eve.

Olhou através do campo, além da névoa prateada e do brotar suave do verde marcante. Em vez de pegar o *tele-link* no bolso, continuou a brincar com o botão entre os dedos. Ele não queria ligar para ela. Queria tocá-la, abraçá-la, colocá-la bem junto dele, para poder se ancorar novamente ao mundo.

— Por que eu vim sem você? — murmurou. — Por que fiz isso quando precisava tanto de você ao meu lado?

Ouviu um rugir constante e reconheceu o som um segundo antes de o jetcóptero surgir em meio à névoa com o ímpeto de um pássaro negro que atravessa uma rede fina.

E percebeu que aquele era um dos seus jetcópteros, enquanto ele veio baixando sobre o campo, assustando as vacas e fazendo com que seu tio — ou primo, todos ainda eram um borrão de nomes e rostos — parasse o trator e se inclinasse para fora da cabine para observar o voo.

Sua primeira reação foi uma fisgada na boca do estômago. Eve. Alguma coisa devia ter acontecido com ela. Seus joelhos pareceram virar geleia ao pensar nisso, enquanto o jetcóptero se preparava para pousar.

Foi então que ele a viu. Percebeu sua silhueta na cabine, ao lado do piloto. Seus cabelos picotados de forma irregular, a curva do seu rosto. Absolutamente pálida, é claro. Ela odiava máquinas voadoras.

A grama do campo pareceu ondular em meio ao deslocamento de ar que o jetcóptero provocara. De repente o som morreu e o ar ficou parado.

Ela saltou com uma bolsa leve na mão. E o mundo dele entrou novamente nos eixos.

Ele não se moveu; talvez não conseguisse fazê-lo depois do choque de vê-la ali. Caminhando pelo gramado e lançando olhares desconfiados, por sobre os ombros, para as vacas em volta, ela veio chegando, até que seus olhos se encontraram com os dele. E se deixaram ficar ali.

O coração dele deu um pulo dentro do peito, e essa foi a sensação mais maravilhosa que ele já sentira na vida.

Ele caminhou na direção dela.

— Estava desejando que você estivesse aqui — disse ele —, e de repente você apareceu.

— É seu dia de sorte, garotão.

— Eve... — Ele ergueu a mão, não muito firme, e passou os dedos de leve ao longo do maxilar dela. — Eve — repetiu, e seus braços a envolveram com força, como fitas de aço, ao mesmo tempo que a levantavam do chão. — Ó Deus, Eve.

Ela o sentiu estremecer de emoção quando ele enterrou o rosto em seus cabelos e cheirou a curva da sua nuca. E percebeu que fizera bem em ir até ali. Independentemente de qualquer coisa, estava certa em ter ido.

— Tudo está bem agora. — Para acalmá-lo, ela passou as mãos pelas costas dele. — Está tudo certo.

— Você pousou em um campo cheio de vacas, em um jetcóptero.

— Nem me fale disso!

Ele passou as mãos para cima e para baixo pelos braços dela, e depois as uniu com as dela, pousando-as em suas costas, a fim de olhar melhor para o seu rosto.

— Você deve me amar loucamente.

— Devo, sim.

Os olhos dele se tornaram agitados e lindos, seus lábios quentes e suaves enquanto os pressionava contra o rosto dela.

— Obrigado.

— De nada, mas você se esqueceu de um detalhe. — Ela encontrou os lábios dele com os dela e se deixou afundar na emoção de um beijo longo. Quando sentiu o calor e a força, seus lábios se curvaram contra os dele. — Assim está melhor.

— Muito. Eve...

— Temos plateia.

— As vacas não se importam conosco.

— Não me fale em vacas, que elas me apavoram. — Quando ele riu, ela assentiu com a cabeça sobre o ombro dele. — É plateia de duas pernas.

Ele manteve o braço em torno da cintura dela, de um jeito possessivo, e a puxou mais para perto de si ao se virar. Viu Sinead em pé, entre as rosas, com uma das sobrancelhas erguida.

— Esta é minha esposa — apresentou. — Minha Eve.

— Bem, espero que ela seja realmente sua, pelo jeito como você a agarrou. Uma garota alta e muito bonita também. Ela combina com você.

— Combina sim. — Ele ergueu a mão livre de Eve e a levou até os lábios. — E como! Eve, esta é Sinead Lannigan. Ela é... minha tia.

Eve analisou a mulher diante de si de forma lenta e cuidadosa. Foi doloroso para ele me conhecer, era o que a expressão dela dizia, claramente. Eve observou a sobrancelha de Sinead se erguer ainda mais e viu a sombra do sorriso que surgiu em torno de seus lábios.

— Prazer em conhecê-la, sra. Lannigan.

— Pode me chamar de Sinead. Você veio de Nova York naquela máquina minúscula?

— Só a última parte da viagem.

— Mesmo assim, você deve ter uma alma corajosa e arrojada. Já tomou seu café da manhã?

— Provavelmente não — disse Roarke, antes de Eve ter a chance de responder. — Corajosa e arrojada ela é, mas tem estômago fraco quando se trata de altura.

— Sei responder por mim mesma — reclamou Eve.

— Aposto que sabe — concordou Sinead. — Entre, por favor, e seja bem-vinda. Vou lhe preparar um desjejum. Seu marido ainda não comeu também.

Ela foi até os fundos da casa. Compreendendo sua mulher, Roarke lhe apertou a mão, de forma carinhosa.

— Ela tem sido muito gentil. Continuo atônito com a generosidade que encontrei aqui.

— Que bom. Eu estou com fome.

Mesmo assim, ela se manteve atenta ao se ver sentada diante da enorme mesa da cozinha, com Sinead cuidando do fogão, das panelas e das frigideiras como um maestro que rege uma orquestra.

Sinead lhe serviu um chá quase tão preto quanto café, e tão forte que Eve ficou surpresa de ele não derreter o esmalte dos seus dentes. Mas foi bom para seu estômago meio enjoado.

— Quer dizer que você é uma tira? Daquelas que caçam assassinos? — Sinead olhou por cima do ombro enquanto manejava uma espátula. — Roarke me disse que você é brilhante, teimosa como um terrier e com um coração grande como a lua.

— Ele tem uma quedinha por mim.

— Ah, com certeza! Soubemos que você está no meio de um caso difícil de solucionar.

— Todos eles são difíceis, porque sempre envolvem alguém que morreu e não devia ter morrido.

— Sim, tem razão. — Intrigada, Sinead a observou enquanto o bacon estalava na frigideira. — E você resolve o problema.

— Não. Na verdade eu nunca resolvo nada, porque alguém que não devia morrer foi morto — repetiu Eve. — Os mortos não podem voltar do túmulo, então o caso nunca fica resolvido. Tudo o que eu faço é encerrá-lo e confiar na justiça para punir o assassino.

Retrato Mortal

— E existe justiça?

— Quando a gente não desiste, sim.

— Você encerrou depressa o caso em que trabalhava — comentou Roarke, mas parou assim que reparou na cara que ela fez. — O caso não está encerrado.

— Ainda não.

Por um instante, ouviu-se apenas o som de bacon fritando na frigideira.

— Tenente, eu não devia ter feito você se afastar do trabalho.

— Você não fez isso. Fui eu que quis me afastar.

— Eve...

— Por que está incomodando a garota antes mesmo de ela tomar o café da manhã? — Para amenizar uma situação que lhe pareceu pronta para fritar mais depressa do que o bacon, Sinead serviu comida em dois pratos e os colocou sobre a mesa. — Se ela é tão brilhante quanto você me disse, sabe o que está fazendo.

— Obrigada. — Eve pegou um garfo e, pela primeira vez, trocou um olhar confortável e cúmplice com Sinead. — Isso aqui parece delicioso.

— Vou deixar vocês dois sozinhos, porque tenho coisas para arrumar lá em cima. Não se preocupem com a louça quando acabarem.

— Acho que eu gosto dela — comentou Eve quando eles se viram a sós, e ela espetou uma linguiça gorda com o garfo. — Isso veio de um porco?

— Basicamente, sim. Eve, desculpe ter feito você achar que devia abandonar uma investigação pela metade para vir até aqui, mas estou feliz demais por ter feito isso. Não consegui encontrar meu ponto de equilíbrio desde que descobri tudo sobre minha mãe. Lidei com as coisas de forma desajeitada. Fiz tudo do jeito errado, desde o início.

— Acho que sim. — Eve experimentou um pedaço da linguiça e aprovou o sabor. — É bom saber que você pode meter os pés pelas mãos em alguma coisa de vez em quando, como o resto de nós, pobres mortais.

— Não consegui encontrar meu ponto de equilíbrio — repetiu — até agora há pouco, no meio da névoa da manhã, quando vi você. A coisa foi simples assim. Lá está ela, então a minha vida está onde deveria, não importa o que esteja rolando em volta. Você conhece a pior parte de mim, querida Eve, mas veio. Acho que aqui, embora eu ainda não tenha compreendido nem absorvido as coisas direito, está a minha melhor parte. Quero que você participe dessa descoberta.

— Você foi até Dallas comigo. Acompanhou a *minha* descoberta, embora tudo aquilo tenha sido tão duro para você quanto foi para mim.* Você já remexeu nos seus horários de trabalho e na sua agenda tantas vezes que eu até perdi a conta, só para me ajudar, mesmo quando eu não queria que você fizesse isso.

— Especialmente quando você não queria. — Ele sorriu.

— Você faz parte da minha vida, mesmo nos momentos que eu preferia que não. Então eu preciso fazer o mesmo, Roarke. Nas horas boas, nas horas más e em todas as merdas que acontecem no meio, eu amo você. — Ela provou os ovos. — Já acertamos esse ponto?

— Estamos acertadíssimos.

— Ótimo. — E os ovos estavam deliciosos, conforme ela descobriu. — Por que você não me conta dessas pessoas?

— Tem um monte de gente, para começar. Sinead é a irmã gêmea de minha mãe. O marido dela, Robbie, trabalha aqui na fazenda com o meu tio Ned, irmão de Sinead. Sinead e Robbie têm três filhos adultos, que são meus primos; eles, por sua vez, têm cinco filhos, e vêm mais dois a caminho.

— Meu bom Deus.

— E olha que eu ainda nem comecei — disse Roarke, com uma risada. — Ned é casado com Mary Katherine, ou talvez seja Ailish.

---

* Ver *Reencontro Mortal.* (N. T.)

Retrato Mortal

Sou bom para guardar nomes, você sabe, mas todos esses nomes, rostos e parentescos chegaram numa enxurrada. Eles têm quatro filhos, meus primos, que conseguiram fazer mais cinco... Não, acho que são seis. E tem também o irmão mais novo de Sinead, Fergus, que mora em Ennis e trabalha com a esposa num restaurante familiar. Acho que o nome dela é Meghan, mas não tenho certeza.

— Não importa. — Sentindo-se oprimida com tantos nomes, Eve simplesmente balançou o garfo.

— Mas ainda tem muitos mais. — Ele sorriu, e comeu como não conseguia comer há vários dias. — Meus avós. Você se imagina tendo avós?

— Não consigo — disse ela, depois de pensar por um momento.

— Nem eu, mas eu tenho avós, pelo que fui informado. Estão casados há quase sessenta anos e são muito saudáveis. Moram em um chalé do outro lado do morro que fica a oeste daqui. Não quiseram mais ficar na casa-grande, segundo eu soube, quando seus filhos cresceram e se casaram, então a casa ficou com Sinead, pois era ela quem mais a queria.

Ele parou de falar e Eve não disse nada, ficou simplesmente à espera de ele terminar.

— Eles não querem nada de mim. — Ainda intrigado com isso, quebrou uma torrada ao meio. — Não foi nada como eu esperava com relação a eles. Não houve nenhum lance do tipo "Bem, agora nós podemos ter um pouco da sua bufunfa, já que você tem de sobra e nós viramos uma grande família", ou "Você nos deve por todos os anos em que ficou afastado dos seus". Não rolou nem mesmo um "Quem você pensa que é vindo até aqui, seu filho de um assassino canalha?". Eu estava à espera de qualquer uma dessas opções, e teria compreendido. Em vez disso, o que eu ouvi foi "Ah, aí está você, o filho de Siobhan. Ficamos felizes por conhecê-lo".

Balançando a cabeça, ele recolocou a torrada no prato.

— O que faço, depois de uma recepção dessas?

— Não sei. Nunca sei como agir ou sentir quando alguém me ama. Eu sempre me sinto inadequada ou simplesmente tola.

— Nunca tivemos muita prática em sermos amados, não é? Nós dois somos assim. — Ele cobriu a mão dela com a sua e a acariciou, como se precisasse sentir o roçar da pele dela contra a sua. — Somos duas almas perdidas. Se você já acabou de comer, quero lhe mostrar uma coisa.

— Comi demais até. — Ela afastou o prato. — Sua tia fez comida suficiente para alimentar metade dos moradores de rua de Sidewalk City.

— Vamos caminhar um pouco, para desgastar — propôs ele, tomando-a pela mão.

— Não quero chegar perto das vacas. Não amo você a esse ponto.

— Vamos deixar as vacas cuidando da vida delas.

— Que consiste em quê, exatamente? Não, não me conte, não quero saber — decidiu, enquanto ele a levava para a porta. — Vivo com imagens de bovinos na mente, sempre estranhas e apavorantes. Que troço é aquele? — Ela quis saber, apontando para um ponto ao longe.

— Chama-se trator.

— Por que aquele sujeito está passeando de um lado para outro no meio das vacas? Eles não têm máquinas de controle remoto ou androides para fazer esse serviço?

Ele riu.

— Pode rir. — Na verdade, era bom ouvir sua risada. — Mas a realidade é que existem mais vacas do que pessoas por aqui. E se as vacas ficarem de saco cheio de vagar pelos campos e resolverem "Ei, nós é que vamos dirigir o trator, morar na casa e usar roupas, por um tempo"? E aí, como é que fica?

— Quando voltarmos, me lembre de pegar um livro chamado *A revolução dos bichos*, de George Orwell, e você vai descobrir. Aqui está o que eu queria lhe mostrar. — Ele tornou a entrelaçar seus dedos com os dela, pois precisava da ligação física. — Eles plantaram esta árvore em homenagem a minha mãe.

Eve analisou a árvore, suas exuberantes folhas verdes, o tronco sólido e os muitos galhos.

Retrato Mortal 363

— É uma... árvore bonita.

— Eles sabiam, em seus corações, que ela estava morta, perdida para sempre. Mas não havia provas. Ao tentar descobrir o paradeiro dela e de mim, seu bebê, um dos meus tios quase foi morto. Eles tiveram de desistir do assunto. Então plantaram essa árvore em sua memória, e ela floresce toda primavera.

Olhando para a árvore, Eve sentiu uma nova percepção lhe surgir.

— Ontem eu fui ao funeral de uma das vítimas. Na minha profissão as pessoas vão a muitos enterros e cerimônias fúnebres. Sempre há muitas flores, música solene, e os corpos dos mortos ficam expostos. As pessoas precisam desse ritual, eu acho. Mas sempre considerei isso esquisito. Desse jeito eu creio que é mais certo. Assim é melhor.

— Será melhor? — Ele olhou para ela, que continuava observando a árvore de sua mãe.

— As flores murcham e morrem. O corpo é enterrado ou cremado. Mas se você planta uma árvore, ela cresce e vive. O simbolismo disso é importante.

— Eu não consigo me lembrar dela. Já vasculhei o fundo das minhas lembranças mais antigas, quase enlouqueci. De algum modo, achava que se conseguisse lembrar de algum detalhe, ainda que pequeno, as coisas ficariam melhores. Mas não consegui. De repente, aqui vive essa árvore, algo sólido e mais confortador que uma lápide fria. Se existe algo além do tempo em que passamos aqui, caindo e levantando pela vida afora, então ela sabe que eu vim. E que você veio comigo. Isso é o suficiente.

Quando eles voltaram, Sinead estava na cozinha, recolhendo a louça do café da manhã. Roarke foi até onde ela estava e pôs a mão sobre o seu ombro.

— Eve precisa voltar, e eu devo ir com ela.

— Claro. — Ela ergueu a mão e tocou a dele, com carinho. — É melhor subir e pegar suas coisas. Quero só uns minutinhos para falar com a sua esposa, se ela não se importar.

Acuada, Eve enfiou as mãos nos bolsos e aceitou.

— Tudo bem, sem problemas.

— Vou levar só um minuto.

— Ahn... — Eve procurou algo adequado para dizer, ao se ver sozinha com Sinead. — Foi muito importante para Roarke vocês o terem recebido e deixado que ele ficasse aqui.

— Para nós também foi muito importante compartilhar esses momentos com meu sobrinho, ainda que curtos. Foi muito difícil, para ele, vir até aqui nos contar o que havia descoberto.

— Roarke está acostumado a enfrentar dificuldades.

— Sim, eu percebi; o mesmo acontece com você, pelo que eu reparei. — Ela enxugou as mãos num pano e o colocou de lado. — Eu o estava observando da janela, como se estivesse colecionando imagens dele, por assim dizer. Imagens que eu possa compartilhar com Siobhan quando eu falar com ela. Eu converso com ela mentalmente — explicou Sinead, ao ver o olhar confuso de Eve. — Falo com ela em voz alta também, quando não há ninguém por perto. Então eu costumo colecionar imagens, e houve uma da qual nunca vou esquecer. O jeito dele, a mudança no rosto, no corpo, nele inteiro, ao perceber que era você quem estava chegando. O amor se estampou nele sem disfarces no momento em que ele a viu, e essa foi uma das coisas mais lindas que eu presenciei na vida. Foi uma imagem belíssima para guardar na lembrança, pois ele é o bebê da minha irmã, não importa se já é homem feito ou não, e eu quero o que é bom para ele. Você parece ser.

— Acho que somos bons um para o outro, só Deus sabe a razão.

Sinead abriu um sorriso caloroso e belo.

— Às vezes é bom não sabermos as razões das coisas. Fiquei feliz por você ter vindo, pois assim eu tive a chance de olhar para você e vê-los juntos. Quero ter outras oportunidades de estar com ele, e você terá um papel muito importante na hora de permitir ou impedir que isso aconteça.

— Ninguém impede Roarke de fazer o que quer.

— Ninguém — concordou Sinead, com um aceno de cabeça —, a não ser você.

Retrato Mortal

— Eu jamais me colocaria no caminho de algo que ele necessitasse. Ele precisava vir aqui. E vai precisar voltar. Talvez você não estivesse prestando atenção quando ele me apresentou a você e olhou em seus olhos, mas ele já a ama, Sinead.

— Oh. — Os olhos dela se encheram d'água antes de ela conseguir impedir, mas piscou e enxugou-os com rapidez quando o ouviu chegando de volta. — Vou preparar alguma coisa para vocês comerem durante a viagem de volta.

— Não se preocupe. — Roarke tocou no ombro dela com carinho. — Há muita comida no jato. Já acertei tudo para que alguém venha buscar o carro no qual eu vim dirigindo até aqui.

— Bem, isso é uma má notícia para o meu Liam, que acha que essa é a máquina mais bonita e sofisticada jamais construída. — Tenho uma coisa para você. — Ela colocou a mão no bolso, fechando os dedos sobre o tesouro para entregar a ele. — Siobhan não levou todas as suas coisas quando foi para Dublin. Pretendia voltar para pegá-las ou pedir para que a enviássemos para ela. Depois, porém, com uma coisa e outra, isso nunca aconteceu.

Ela exibiu um cordão fino com um retângulo de prata pendurado.

— É uma bijuteria, mas ela a usava sempre. Aqui se vê o nome dela escrito em *ogham*, a antiga forma do irlandês. Sei que ela gostaria muito que você ficasse com ele.

Sinead colocou o cordão na mão de Roarke e fechou os dedos dele em torno da relíquia.

— Boa viagem, então, e... Ah, droga.

As lágrimas a derrotaram, brotando-lhe dos olhos e escorrendo pelo rosto enquanto ela o abraçava com força.

— Você vai voltar, não vai? Venha a qualquer hora, e cuide-se bem enquanto estiver longe.

— Prometo. — Ele fechou os olhos e respirou fundo. Baunilha e rosas silvestres. Murmurou algo em idioma celta, enquanto pressionava os lábios junto dos cabelos dela.

Ela exibiu um sorriso molhado e se afastou para enxugar o rosto.

— Não conheço muitas palavras em celta.

— Eu lhe agradeci por mostrar o coração da minha mãe. Nunca esquecerei dela... Nem de você.

— Pois cuide para que isso não aconteça. Agora, vão logo, antes que eu acabe de me derreter toda. Até a próxima, Eve. Cuide-se bem e mantenha-se a salvo.

— Foi um prazer conhecê-la. — Eve pegou a mão de Sinead com firmeza. — Uma alegria imensa, de verdade. O jato voa para os dois lados, caso um dia você resolva conhecer Nova York.

Roarke beijou Eve na testa enquanto os dois caminhavam pelo campo, rumo ao jetcóptero que os esperava.

— Você agiu muito bem — elogiou ele.

— Ela é uma mulher forte.

— É mesmo. — Ele olhou mais uma vez para a casa e para a mulher que estava na porta dos fundos, acenando com vigor.

— Você devia dormir um pouco agora — disse ele a Eve, assim que se instalaram no jato.

— Não comece a dar palpites, meu chapa. Você é quem está com cara de ressaca de uma semana.

— Isso talvez seja resultado de eu ter consumido mais uísque nos últimos dois dias do que nos últimos dois anos. Por que nós dois não relaxamos um pouco?

Ela flexionou os pés, olhou que horas eram e fez um cálculo.

— Ainda é muito cedo para eu ir direto para a Central. De qualquer modo, em duas horas estaremos lá, e não devo ter perdido muita coisa.

— Perdeu horas de sono. — Ele apertou o botão que transformava o sofá confortável em uma cama larga.

— Estou ligada demais para conseguir dormir.

— Ah, é? — Um pouco da luz que ela amava tanto estava de volta aos olhos dele. — Bem, o que podemos fazer então para passar o tempo e ajudá-la a relaxar? O que acha de um joguinho de maumau?

Retrato Mortal

— Mau-mau? Esse é algum tipo pervertido de atividade sexual? — perguntou Eve, desconfiada.

Ele riu, agarrou-a e a jogou sobre a cama.

— Por que não?

Mas ele foi gentil, e ela também. Suave, assim como ela. Eles olharam um para o outro enquanto se tocavam. Ela percebeu que os fantasmas que o tinham assombrado ao longo dos últimos dias haviam desaparecido, e notou que o azul vívido, claro e profundo estava de volta aos seus olhos.

O amor, pensou ela, e o ato de consumá-lo eram capazes de espantar os fantasmas e levar para longe a lembrança dos mortos. Ali havia vida. Ele a preenchia com essa vitalidade, enquanto a rodeava com seu corpo firme, dedos e corpos entrelaçados, bocas unidas.

Aquilo era vida, pensou ele, quando ela se ergueu para poder senti-lo mergulhando mais fundo dentro dela. Aquela era a vida deles.

Eve se sentiu absolutamente relaxada e nem um pouco sonolenta quando eles chegaram à pista de pouso em Nova York. É claro, Eve sabia, se uma mulher não se sentisse relaxada após uma enérgica sessão de mau-mau com Roarke, havia algo de errado com ela.

Ele o deixou dirigir o carro, que ela deixara estacionado na vaga cativa dele, e seguiram para casa. Assim ela poderia usar suas energias para alertar a Central de que já voltara e entrara em horário de serviço.

— Nem adianta eu mencionar que você devia tirar umas duas horas de folga antes de mergulhar no trabalho, certo, querida?

— Já tirei mais que a minha cota de tempo pessoal. Estou bem. — Ela olhou para ele. — *Nós* estamos bem.

Ele apertou a mão sobre a dela enquanto manobrava através do tráfego matinal de Nova York.

— Estamos ótimos, sim — concordou ele. — Minha cabeça está muito alerta hoje, como não acontecia há vários dias. Acho que também estou ansioso para voltar ao trabalho e colocar as coisas de novo nos trilhos.

— Então está tudo ótimo. Mas, antes de voltarmos à rotina, tem mais alguma coisa que você queira me contar?

Ele pensou em Grogin e de quanto chegara perto de ultrapassar um limite. O limite de Eve.

— Não. Ahn, espere, tem uma coisinha. Descobri que sou um ano mais novo do que pensei.

— Sério? Huh. E se sente esquisito com isso?

— Um pouco, na verdade.

— Acho que você vai se acostumar. — Ela deu uma olhada no relógio. — Escute, você fica, mas eu pretendo ir direto para... Droga! — O comunicador dela tocou.

EMERGÊNCIA PARA A TENENTE EVE DALLAS.

— Aqui é a tenente Dallas. Pode falar.

APRESENTE-SE NA CLÍNICA MÉDICA DO EAST SIDE, VÁ DIRE-TO AO SEGUNDO ANDAR INFERIOR DO ESTACIONAMENTO. HOMICÍDIO CONFIRMADO PELO CAPITÃO RYAN FEENEY, QUE JÁ SE ENCONTRA NO LOCAL DO CRIME.

— Estou a caminho. Dallas desligando! Droga, droga! Achei que tinha mais tempo. Tenho que deixar você aqui, Roarke.

— Eu levo você até lá. Deixe-me fazer isso — pediu ele, antes de ela se opor. — Deixe-me ajudá-la em tudo o que puder.

Capítulo Dezenove

As sirenes estavam ligadas e as luzes de uma ambulância giravam a toda a velocidade quando ela os ultrapassou. Alguém estava em apuros.

Mas Alicia Dilbert não precisava mais de sirenes nem de luzes giratórias; seus apuros haviam acabado.

A cena do crime já fora cercada por um cordão de isolamento, e muitos tiras trabalhavam sem cessar. A manhã mal tinha começado e o ar já parecia abafado, com a fumaça do metrô vomitando vapores pelo respiradouro da calçada e acrescentando mais uma camada de calor ao ar já quente.

Na esquina, um esperto vendedor montara uma carrocinha de lanches e vendia café e sanduíches com ovos fritos para tiras e profissionais de saúde, mesmo sabendo que ambas as categorias deviam evitar frituras.

Eve sentiu o fedor de ovos artificiais estalando sobre a grelha, o cheiro de gente que trabalhava há muitas horas e o aroma típico do hospital que se mantinham no ar pesado.

Se os dias quentes de cão do mês de agosto não dessem uma folga em breve, a cidade iria começar a ferver no próprio suor.

Ela passou spray selante nas mãos e se agachou junto do corpo, ao lado de Feeney.

— Soube que você já estava de volta, Dallas, então esperei um pouco antes de mandar ensacar o corpo. — Ele acenou para Roarke, que estava do lado de fora do cordão de isolamento. — Viagem curta.

— Foi. Mas estamos bem. Ele está bem. Merda, Feeney. *Merda.* Eu devia estar aqui.

— Não ia adiantar nada, e você sabe disso. Ele não passou por nós, Dallas. Ninguém tocou na van. Nem chegaram perto dela.

— Mas ela está morta, então ele conseguiu passar por nós, de um jeito ou de outro. — Eve colocou os micro-óculos e analisou o quase imperceptível furo na pele, à altura do coração. — Ele mante-ve tudo em ordem e seguiu o mesmo padrão. — Com os micro-óculos dava para ver perfeitamente a fina fileira de marcas roxas minúsculas ao longo dos pulsos.

— Ele montou uma pose com ela, depois de morta. Quando Morris for analisá-la, vai encontrar outras marcas dos fios que ele usou.

— Vai, sim. Só que... Dallas, ele saiu um pouco do padrão, dessa vez. — Embora o rosto de Feeney se mantivesse frio e sério, havia uma centelha de fúria em seus olhos quando ele colocou a mão na sacola de provas e pegou um recado protegido por um plás-tico. — Ela estava segurando isto. Ele prendeu isso em seus dedos. — Entregou o plástico a Eve, com o nome dela em um dos lados.

Virando-o do outro lado, ela leu:

Tenente Dallas. Você não compreende. Como poderia? Seu alcance é limitado. O meu foi aumentado. Você vê aqui uma vítima, mas está errada. Ela recebeu um dom, um grande dom, e por meio de um pequeno sacrifício ofereceu esse dom para os outros.

Você acha que eu sou um monstro, eu sei. Haverá outras pessoas que concordarão com você e amaldiçoarão meu nome. Mas haverá outras, muitas outras, que verão e finalmente compreenderão a arte, a beleza e o poder que eu descobri.

O que eu faço não é apenas para meu benefício, mas de toda a humanidade.

A luz dela era brilhante, e continua sendo. Espero que um dia você descubra isso.

Você vê mortes demais. Um dia haverá apenas vida. E luz.

Estou quase acabando.

— Sim, está quase acabando — murmurou Eve, guardando o recado na bolsa. — Meu alcance é limitado, Feeney, mas o que eu vejo aqui é uma garota negra muito bonita, com mais ou menos vinte anos, vestindo um jaleco, com quase um metro e setenta de altura e cerca de sessenta quilos. Não notei ferimentos defensivos.

Ela chegou mais perto e virou a palma da mão direita da vítima para cima.

— Marca redonda, compatível com uma injeção de seringa de pressão na palma da mão direita. Oi, como vai, que bom encontrar você por aqui, e o canalha a tranquiliza com um aperto de mãos. Ela está com um jaleco de quem trabalha na área da Saúde, então estava entrando ou saindo do hospital. Já descobrimos qual das opções?

— Era estudante de medicina, dava plantão aqui. Largou o plantão às dez. Temos declarações de pessoas da equipe que a viram terminar o turno.

— Humm. — Ela continuou a estudar a garota. Rosto lindo, comprido, maçãs do rosto salientes. Cabelos pretos brilhantes, encaracolados, presos cuidadosamente atrás da nuca com um elástico. Três discretas argolinhas de ouro nos lóbulos das orelhas. — Aqui é um lugar muito movimentado. Foi um risco muito grande pegá-la na saída de uma clínica, às dez da noite. Já descobriu seu endereço?

— Já, e anotei tudo. — Embora ele se lembrasse dos dados, pegou o *tablet*. — Alicia Dilbert, vinte anos. Estudante de medicina na Universidade de Nova York. Mora na Sexta Avenida Oeste, ou seja, três quarteirões ao norte daqui. O parente mais próximo é o irmão, Wilson Buckley.

— O quê? — Eve ergueu a cabeça, chocada. — O que foi que você disse?

— Wilson Buckley é o parente mais próximo.

— Droga! — Ela massageou a nuca. — Droga, Feeney, nós o conhecemos.

Depois de fazer tudo o que podia na cena do crime, Eve foi até Roarke, que estava ao lado de Nadine.

— Não me pergunte nada agora — disse, antes mesmo de Nadine cumprimentá-la. — Eu lhe informo o que puder na hora que puder.

Algo na expressão de Eve deixou Nadine desarmada. Seguindo os instintos, ela simplesmente assentiu com a cabeça.

— Tudo bem, Dallas, mas só até dez horas. Preciso de algo até as dez, alguma coisa além da versão oficial.

— Quando eu puder — repetiu Eve. — Ele lhe enviou a mensagem às seis da manhã em ponto, não foi?

— Sim, foi a chamada matinal de sempre. Cumpri meu dever cívico, Dallas. Entreguei tudo a Feeney.

— Ele me disse. Não posso lhe informar mais por enquanto, Nadine. — Eve passou as mãos pelos cabelos.

Nadine percebeu que havia algo a mais por trás dessa reação. Algo ruim.

— O que foi? — Em um gesto de amizade, ela tocou o ombro tenso de Eve. — Extraoficialmente, Dallas. O que houve?

Mas Eve simplesmente balançou a cabeça para os lados.

— Agora não. Preciso dar a notícia ao parente mais próximo da vítima. Não quero que o nome dela seja divulgado até eu fazer isso. Você pode pegar a versão oficial do que temos até agora com Feeney.

Ele vai permanecer aqui mais um pouco. Agora eu preciso ir. Roarke?

— O que aconteceu que você não quis contar a ela? — perguntou ele, enquanto caminhavam através do barulho e da multidão até o carro dela. — O que houve de diferente dessa vez?

— Graus de distanciamento, eu acho. Eu conheço o irmão dela. Você também conhece. — Ela olhou mais uma vez para o local onde o corpo fora encontrado antes de entrar no carro. — Você me disse que queria fazer tudo o que pudesse para ajudar, e eu vou aceitar. Quero que Peabody fique com Feeney e entreviste as pessoas da equipe de atendimento. Vou precisar de ajuda para falar com o parente mais próximo da vítima.

— Quem é ele?

Ele morava perto da irmã mais nova, notou Eve. Não no mesmo prédio, nem no mesmo quarteirão, mas era perto. E tinha mantido a irmã afastada do lugar onde trabalhava. A simples localização de cada ponto falava por si só.

Ele lhe deu espaço e liberdade, deixou-a abrir suas asas, mas não queria que ela voasse para muito longe. E não permitiu que os esquisitos que frequentavam sua boate a manchassem com sua presença.

O prédio onde ele morava tinha um bom sistema de segurança. Ele era cuidadoso com essas coisas. O distintivo de Eve permitiu que ela entrasse sem problemas e subisse até o quinto andar, onde ela respirou fundo antes de tocar a campainha.

Alguns minutos se passaram antes de ela ver a luz do scanner piscando, e sabia que ele estava verificando quem era no painel de segurança, antes de atender.

Uma luz verde se acendeu e ele abriu a porta.

— Qual é, branquela? Que papo é esse de me arrancar da cama a essa hora da madrugada?

Ele era imenso. Um negro imenso, quase nu, exceto por uma minúscula sunga roxa e um monte de tatuagens.

— Preciso falar com você, Crack. Você vai ter que me receber.

Uma expressão intrigada surgiu em seu rosto, mas o gigante negro sorriu.

— Ei, você não veio me pentelhar por causa de algum barraco que rolou na boate Baixaria, certo? Esta noite não houve nada além do normal por lá.

— Nada a ver com a boate. — A boate Baixaria era a menina dos olhos de Crack, um lugar com música alta e sexo barato nas entranhas da cidade, onde os drinques eram quase letais.

Eve tinha participado de uma reunião com amigas na boate Baixaria, numa espécie de despedida de solteira.

— Merda. Vou precisar de um bom café para aturar o papo com uma tira magricela a essa hora da madrugada. Roarke, será que você não consegue manter essa branquela ocupada, para ela me deixar dormir em paz?

Eve entrou. O lugar não a surpreendeu. Nada do que Crack fazia seria capaz disso. O apartamento era espaçoso, estava arrumado e era muito bem decorado, com o que Eve imaginava ser arte africana, máscaras, cores fortes e tecidos exuberantes.

Como prova de sua preferência pela noite, as janelas largas estavam cobertas com cortinas pesadas que bloqueavam a luz da manhã em tons rubros e de safira.

— Aposto que você está louca para tomar um café também — ofereceu ele, mas Eve pôs a mão em seu braço antes mesmo de ele se dirigir para o que ela imaginou que fosse a cozinha.

— Agora não, Crack. Precisamos nos sentar. Quero que você se sente.

O primeiro sinal de irritação apareceu em sua voz.

— Que diabo está acontecendo que você não me deixa nem tomar um gole de café forte depois de me arrancar da cama antes do meio-dia?

— A coisa é ruim. Muito ruim, Crack. Vamos nos sentar.

— Alguém invadiu minha boate? Filhos da mãe, alguém arrombou a Baixaria? Eu voltei para casa faz umas duas horas. Que porra está rolando?

— Não foi a boate. Foi a sua irmã. Foi Alicia.

— Alicia? Ah, deixa disso! — Ele exibiu um sorriso de deboche e acenou, rejeitando a ideia com uma das mãos do tamanho de um prato de sobremesa. Mas Eve notou uma pontada de dor em seus olhos.

— Aquela garota não pode ter se metido em encrenca com a polícia. É uma menina de ouro. Se alguém mexer com a minha garotinha vai ter que encarar o velho Crack, Dallas, você sabe disso.

Não havia outro jeito de fazer aquilo, pensou Eve.

— Sinto muito ter de lhe contar o que aconteceu, mas sua irmã está morta. Ela foi assassinada esta madrugada.

— Qual é, isso é *papo-furado*! — reagiu ele, agarrando Eve pelos dois braços e levantando-a do chão. Quando Roarke deu um passo à frente para defendê-la, Eve balançou a cabeça para impedi-lo de continuar. — Essa é uma porra de uma mentira deslavada. Ela está na faculdade de medicina. Vai ser médica. Agora mesmo está na sala de aula. Qual é a sua? Vir aqui de manhã só para me contar mentiras sobre minha garotinha?

— Eu queria que fosse uma mentira. — Eve falou, baixinho. — Juro por Deus que queria. Sinto muito, muito mesmo, Wilson — disse Eve, usando o nome dele pela primeira vez na vida, com carinho. — Meu pesar é imenso por você. Desculpe ser eu a pessoa a lhe dar essa notícia, mas ela se foi.

— Vou ligar para Alicia agora mesmo. Vou ligar, mandá-la sair da aula e vir para casa. — O ritmo típico da sua voz desapareceu por completo. — Vou tirá-la da aula só para você ver que isso não é verdade. Sabe o que aconteceu? Você deve ter se enganado. Está enganada a respeito disso.

Ela o deixou ir e resistiu à vontade de massagear os braços nos lugares onde seus dedos haviam se enterrado em sua pele. Esperou enquanto ele ladrava em busca do *tele-link*, esperou enquanto uma voz feminina muito musical lhe disse alegremente para deixar uma mensagem, porque ela não podia atender no momento.

— É que ela está ocupada, em plena aula. — Sua voz potente, tão segura de si, começava a tremer. — Vamos até a faculdade buscá-la na aula. Você vai ver pessoalmente.

— Eu verifiquei a identidade dela duas vezes, Crack — garantiu Eve. — Fiz isso quando vi o seu nome. Vista-se, que eu vou levá-lo para vê-la.

— Não pode ser ela. Não pode ser a minha irmãzinha.

Roarke deu um passo à frente.

— Deixe que eu o ajudo a se aprontar. O quarto é por aqui? — Ele acompanhou Crack como se o homem imenso fosse uma criança.

Eve respirou fundo quando a porta do quarto se fechou.

Tornou a respirar ao ligar para o necrotério.

— Aqui é Dallas falando. Estou levando o parente mais próximo de Alicia Dilbert. Quero que ela esteja tão limpa e apresentável quanto possível. Quero-a vestida, e a sala de reconhecimento deve estar vazia. Não deve haver nenhum civil ou funcionário do necrotério quando eu chegar aí com o irmão da vítima.

Ela desligou. Pelo menos isso ela podia lhe oferecer, embora fosse muito pouco.

Ele não disse uma palavra a caminho do necrotério, se manteve com o ombros abaixados no banco de trás do carro, os braços cruzados sobre o peito largo, e óculos escuros imensos lhe cobriam grande parte do rosto.

Mas Eve sentia sua presença, a respiração fria e ofegante que o medo o fazia emitir, e o calor de esperança do seu coração acelerado.

Retrato Mortal

Ele manteve os olhos longe dos dela o tempo todo durante a viagem, e, depois também, na longa caminhada pelos corredores brancos e gelados do necrotério. Aquilo era culpa dela, sentiu Eve. Era culpa dela e não havia ninguém mais a culpar pelo medo terrível e a esperança vã que ele sentia.

Eve o levou até uma sala de reconhecimento privativa, onde ela e Roarke poderiam ficar ao lado dele.

— Olhe para o monitor — pediu Eve.

— Não vou olhar para monitor nenhum. Não acredito em nada do que vejo em uma tela.

— Muito bem. — Eve esperava essa reação, já estava preparada para ela. O vidro diante deles estava escuro, com a tela de privacidade acionada. Ela apertou um botão sob o vidro.

— Tenente Eve Dallas acompanhando Wilson Buckley, parente mais próximo. Requisito reconhecimento pessoal de Alicia Dilbert. Remover tela de privacidade.

O preto da tela se tornou cinza e depois clareou de todo. Atrás do vidro, ela jazia sobre uma mesa estreita, coberta até o queixo por um lençol branco.

— Não! — Crack esmurrou o vidro uma, duas vezes. — Não, não, não! — Depois se virou para Eve e teria pulado em cima dela se Roarke não tivesse previsto seu movimento e o puxasse para trás, empurrando-o contra a vidraça.

— Não era isso que Alicia iria querer de você — disse Roarke baixinho. — Isso não irá ajudá-la.

— Sinto muito. — Foi tudo o que Eve conseguiu dizer.

Embora ele estivesse com um olhar assassino no rosto, não se moveu.

— Deixe-me entrar — pediu a Eve. — Deixe-me ficar um pouco com ela agora, senão eu o jogo lá dentro através do vidro, junto com você. Sabe que eu sou capaz disso.

Ele realmente poderia fazer isso, e Eve também poderia atingi-lo com uma rajada de atordoar. Mas a dor já estava tomando conta dele, substituindo a fúria dos seus olhos.

— Eu vou levá-lo lá dentro — disse Eve, com toda a calma. — Tenho que ficar ao seu lado, Crack, e as câmeras deverão permanecer ligadas. Esse é o regulamento.

— Foda-se você e o seu regulamento.

Ela fez sinal para manter Roarke afastado e falou novamente no microfone:

— Vou entrar com o parente mais próximo da vítima. Por favor, esvaziem a área. Venha comigo, Crack. — Ela fez um sinal de lado, com a mão abaixada, para Roarke permanecer onde estava.

Ela entrou pela porta lateral e seguiu por um corredor curto até chegar à sala.

Havia outras mesas lá, outras vítimas à espera de serem reconhecidas oficialmente. Havia muitas outras, Eve sabia, nas gavetas refrigeradas revestidas de aço inox e alinhadas na parede dos fundos. Ela não podia evitar que ele visse o ambiente, mas encaminhou-o diretamente para Alicia, tendo o cuidado de manter a mão na coronha da arma de atordoar, para o caso de ele perder o controle.

Mas ele se dirigiu devagar até a mesa e olhou para o lindo rosto com maçãs do rosto salientes. Acariciou os cabelos brilhantes da irmã com gentileza, muita gentileza.

— Meu bebê. Minha menininha. Meu coração e minha alma. — Ele se inclinou e tocou a testa dela com os lábios.

Então, simplesmente se deixou escorregar, e seus dois metros e dez de massa sólida se transformaram em uma poça de lágrimas no chão.

Eve se ajoelhou ao lado dele e o abraçou carinhosamente.

Através do vidro, Roarke observava o homem imenso se curvar junto dela como um bebê em busca de conforto. E Eve o embalou lentamente enquanto ele chorava.

Ela mexeu alguns pauzinhos no necrotério e conseguiu uma sala para ele, lhe ofereceu água e se sentou ao seu lado, segurando sua mão enquanto ele bebia.

— Eu tinha doze anos quando mamãe engravidou novamente. Algum safado lhe fez um monte de promessas e ela acreditou nele.

No fim, ele não ficou muito tempo depois de o bebê nascer. Mamãe fazia serviço doméstico, mas trabalhava como acompanhante por fora. Colocava comida na nossa mesa, um teto sobre nossas cabeças, não tinha tempo para muito mais. Alicia foi o bebê mais lindo que já existiu. Valia ouro, também.

— Você cuidou dela? — perguntou Eve, incentivando-o a continuar.

— Não me importava com isso. Acho que até queria, mesmo. Alicia tinha quatro anos quando mamãe morreu. Não foi a prostituição que fez isso com ela. Algum panaca para quem ela fazia faxina ingeriu uma dose malhada de alguma droga, acho que foi zeus, e a atirou do alto de um prédio de dez andares. Eu já fazia segurança em boates na época, para defender uns trocados. Dava algumas porradas em maus pagadores e faturava uma grana. Cuidei da minha bebezinha. Só porque gerencio boates e quebrava uma ou outra cabeça de vez em quando, não significa que eu não pudesse tomar conta da minha irmãzinha.

— Sei disso. Você cuidou dela e fez um bom trabalho. Foi graças a você que ela entrou para a faculdade e ia ser médica.

— Era esperta e inteligente como o diabo, a minha baby. Sempre quis ser médica, sempre quis ajudar as pessoas. Por que alguém iria querer machucar uma menina tão doce?

— Vou descobrir, prometo a você. E lhe dou minha palavra de que vou cuidar dela agora. Você precisa confiar nisso.

— Se eu o encontrar antes de você...

— Não faça isso. — Para cortar a linha de pensamento dele, ela apertou com mais força a sua mão. — Se acha que eu não sei o que você está sentindo, está enganado. Só que isso não vai ajudar Alicia. Ela amava você tanto quanto você a amava, não é?

— Ela me chamava de irmãozinho grande e malvado. — Outra lágrima lhe escorreu pelo rosto. — Era a melhor coisa que existia na minha vida.

— Então, me ajude a ajudá-la. Quero os nomes das pessoas que ela conhecia. Gente com quem ela trabalhava e se divertia. Alicia tinha um namorado, alguém em especial?

— Não, do contrário teria me contado. Ela gostava de rapazes, não era fresca com relação a nada, estudava a sério e trabalhava sempre que podia na clínica. Saía com os amigos para se distrair, mas não ia muito ao meu apartamento — disse ele, com um meio sorriso. — Eu não a queria por lá.

— Mas frequentava boates. Mencionava alguma, em particular? Alguma vez ela comentou com você sobre ir a um lugar chamado Make The Scene?

— A ciberboate, claro. Muitos universitários frequentam esse lugar. Ela também ia muito a um barzinho perto da clínica. Um café chamado Zing.

— Crack, ela tirou retrato com algum profissional, recentemente, por algum motivo? Para o trabalho, talvez, ou para a faculdade? Talvez em um casamento ou uma festa?

— Para o meu aniversário, no mês passado. Ela me perguntou o que eu queria de presente, e eu disse que queria um retrato dela em uma moldura dourada. Nada dessas fotos caseiras, de amador, mas um retrato de verdade, com ela toda bem-vestida e produzida, dessas que só um fotógrafo profissional consegue tirar.

Eve manteve a voz fria enquanto anotava tudo.

— Você sabe onde esse retrato foi feito?

— Um lugar chamado Portography, na parte chique da cidade. É classudo, lá, eu... — Ele parou de falar enquanto a mente começava a trabalhar o pesar da perda. — Tenho acompanhado o noticiário. Esse é o filho da puta que anda matando estudantes? Tirando fotos deles e os matando depois? Foi ele que matou minha baby?

— Sim, foi ele. Vou encontrá-lo, Crack. Vou impedi-lo de continuar fazendo isso, e ele será trancafiado numa cela. Se eu achar que você vai atrapalhar minhas investigações tentando caçá-lo, serei obrigada a colocar você em uma cela também.

Retrato Mortal   381

— Você pode tentar fazer isso.

— Eu não vou apenas tentar — disse Eve, encarando-o. — Você me conhece e sabe que eu vou ficar ao lado dela agora, custe o que custar. Mesmo que eu tenha de trancar você até fazer o que é certo por ela. Sua irmã é minha também agora, Crack, tanto quanto sua.

Ele tentou segurar as lágrimas.

— Se qualquer outro tira dissesse isso para mim, eu não acreditaria. Se algum outro policial viesse com esse papo pra cima de mim, eu faria tudo o que fosse necessário para tirá-lo do caminho e fazer o que tenho vontade. Mas você não é uma tira qualquer, branquela. Sei que vai cuidar da minha irmãzinha. Você é a única para quem eu a entregaria.

— O que posso fazer para ajudar? — perguntou Roarke quando eles chegaram ao carro dela, na porta do necrotério.

— Você tem amigos influentes nessa clínica do East Side?

— Dinheiro, tenente, sempre consegue amigos influentes.

— Veja só o que estou pensando: talvez ele a tenha escolhido a partir dos arquivos da Portography. Essa é uma das ligações. Pode ser que ele a tenha escolhido na boate Make The Scene, que aparece o tempo todo, desde o início. Mas se ele está doente, como eu imagino, pode tê-la reconhecido da clínica. Se ele frequenta o lugar ou já frequentou, a equipe pode não ter reparado nele circulando por lá. Se ele a pegou na clínica é porque as pessoas estão acostumadas a vê-lo ali, ou reconhecem o seu rosto e não imaginam que haja algo errado. Já pedi a Louise para perguntar aos colegas, mas ela aborda as coisas pelo ângulo profissional, ou seja, nada de nomes, privacidade para os pacientes e blá-blá-blá.

— E você precisa de alguém que não seja tão meticuloso em relação à privacidade dos doentes, certo?

— Depois de três jovens mortos? Sim, é isso mesmo. Estou cagando e andando solenemente, dando adeusinhos para a privacidade. Molhe todas as mãos que achar necessário e veja se descobre alguém do sexo masculino, entre vinte e cinco e sessenta anos... Não, baixe a pesquisa para quarenta. Ele é mais novo. Procure alguém nessa faixa etária com alguma doença neurológica grave e prognóstico ruim. Consiga-me um nome.

— Combinado. O que mais?

— Isso já não é o bastante?

— Não. Quero colocar a mão na massa agora mesmo.

— Mas Summerset...

— Já conversei com ele pelo *tele-link*. Que mais?

— Você poderia usar esse cérebro esperto e seus dedos ágeis para desenterrar tudo o que puder sobre Javert. Qualquer combinação que envolva o nome Henri ou Luis. Qualquer coisa que tenha relação com os locais de desova dos corpos, com a ciberboate, as universidades, a Portography e os suspeitos já listados que eu vou informar a você, mesmo sabendo que não devia fazer isso porque você é um civil.

— Isso tudo está me cheirando a trabalho burocrático.

— E daí? — Ela sorriu.

— Ficarei feliz em ajudá-la, tenente.

— Uma pergunta: você é dono de alguns edifícios-garagem, estacionamentos de rua e subterrâneos?

— Creio que possuo alguns desses estabelecimentos em meu vasto império. Por quê?

— Consiga-me a lista dos que faturam grana por fora.

— Receio não perceber o que está insinuando. — Ele ergueu uma sobrancelha.

Ele estava de volta, notou Eve, e esperto como sempre.

— Me poupe do drama do ofendido, meu chapa. Preciso especificamente dos estacionamentos situados em um raio de dez quarteirões, entre a rua 18 e a Sétima Avenida. Ele viu a prensa que demos em Billy. Sabia que estávamos lá vigiando a van e usou outro meio de transporte para levar o corpo. Planeja tudo, é minucioso, então já tinha algum plano B engatilhado, e aposto que é ali por perto, na mesma área. Estou à procura de um carro alugado com portas traseiras, um veículo discreto, comum, em boas condições, provavelmente outra van. Se você me trouxer algo útil, eu lhe dou um prêmio.

— Você completamente nua e uma imensa quantidade de calda de chocolate?

— Tarado! Agora arrume uma carona por conta própria, seu pervertido, e caia dentro.

Ele a agarrou e lhe deu um beijo arrebatador e ardente. Ah, sem dúvida, pensou ela, ao sentir o alto da cabeça decolar como um foguete. Ele estava, definitivamente, de volta.

— Foi um prazer estar novamente acoplado a você, tenente.

— O nome é esse? — Ela fez uma pausa e o analisou com atenção enquanto ele continuava parado na calçada. — Coloque Summerset novamente em pé, em forma e fora do país, que eu levo calda de chocolate para casa.

— Vou marcar na agenda — murmurou, enquanto ela entrava no carro e saía a toda.

— Estou arrasada por causa de Crack, Dallas.

— Eu também.

— Nem sabia que ele tinha irmã. — No banco do carona, Peabody ergueu as mãos para o alto. — Acho que deveria saber desse detalhe da vida dele.

— Mesmo assim, ela continuaria morta — disse Eve, de forma direta.

— Isso é verdade, ela estaria morta do mesmo jeito. Você acha que nós deveríamos... Sei lá, enviar flores, ou algo assim?

— Não, nada de flores. — Ela pensou na cerejeira plantada para Siobhan. — Esqueça isso, Peabody, nossa função é trabalhar.

— Sim, senhora. — Peabody lutou contra o ressentimento. Crack era um amigo, e as pessoas deviam fazer *alguma coisa* pelos amigos. — Eu só queria que ele soubesse que estamos pensando nele, apenas isso.

— A melhor coisa a fazer por ele é encerrar o caso e ver que a pessoa que matou sua irmã seja encarcerada. Flores não servirão para confortá-lo, Peabody. A justiça talvez consiga, pelo menos em parte.

— Você tem razão, mas é duro quando a coisa atinge alguém tão chegado.

— É para ser duro mesmo. No dia em que você começar a achar que tudo é moleza, é melhor devolver o distintivo.

Peabody abriu a boca para protestar, insultada pelo tom de Eve, mas percebeu a fadiga e a raiva por baixo de suas palavras.

— Para onde estamos indo, senhora? Eu deveria saber ou pelo menos desconfiar. — O exame para detetive a preocupava muito e pendia sobre seu pescoço como um machado. — O pior é que não consigo.

— Como foi que ele a transportou dessa vez?

— Não sabemos. Ainda — acrescentou.

— E por que não sabemos?

— Porque ele não usou a van que estávamos vigiando.

— E por que ele não usou a van que estávamos vigiando?

— Porque... Porque sabia disso. — No último segundo, ela conseguiu transformar o tom de dúvida e levantou uma hipótese. — Você acha que Billy pode ter dado a dica ao assassino?

— Você acha isso?

Peabody trabalhou a ideia por alguns momentos.

— Não, senhora. Pelo menos, não deliberadamente. Billy é peixe miúdo nessa história, não se envolveria com um serial killer. Ganha algum por fora, mas cooperou conosco. Tem um filho, e um filho é muito importante para um pai. Não, ele não se meteria numa enrascada dessas.

Retrato Mortal

— Então, como foi que o nosso rapaz assassino percebeu que deveria manter distância da garagem de Billy?

— Outra pessoa pode ter lhe dado a dica. — Mas isso não funcionou em sua cabeça. — Pode ser que ele tenha ficado nervoso por usar sempre a mesma van. Mas não acho que seja isso — continuou, tentando uma saída. — Ele não sai do padrão, gosta de manter a rotina. Portanto, certamente sabia que tínhamos identificado a van e estávamos de tocaia. Só pode ter nos visto lá. Viu você, reconheceu seu rosto dos noticiários, sabia que você é a investigadora principal do caso e sacou minha farda também. Desistiu da van cinza.

— E como foi que ele nos viu?

— Ele nos viu... merda. Porque mora ou trabalha na área! Você disse que imaginou que ele morava por perto, e isso confirma. Ele nos viu da rua ou de uma janela.

— Estrela de ouro no seu dever de casa.

— Eu prefiro um distintivo de ouro.

Eve parou o carro a meio quarteirão do estacionamento. Queria examinar a área pessoalmente, em vez de simplesmente vê-la em uma tela de computador. Queria sentir o local, o ritmo do bairro, descobrir os possíveis pontos de observação.

Nada que fosse perto demais, refletiu. Ele teria o cuidado de não escolher um estacionamento ao lado de casa. Mas teria de ser perto o bastante para ele poder vigiar, acompanhar a ação que rolava, a operação, analisar tudo e escolher um carro-alvo.

Sim, a simpática van cinza dirigida pela velhinha. Um veículo que anda bem e não tem acessórios chamativos. Mistura-se com os outros pela rua, numa boa. Tem bastante espaço para o caso de algo sair errado e ele ter de carregar a vítima atrás.

— Ele mora por aqui — sentenciou Eve. — Mas este não é o seu espaço de trabalho. Ele vê a van saindo todos os domingos. Observa o estacionamento à noite e percebe como os negócios rolam. Mora por aqui, é discreto, vive na sua e não se mete com os vizinhos. *Low profile*, não gosta de se sobressair. É mais um na multidão, exatamente como o veículo que escolhe.

Tornou a entrar no carro e rezou para que o ar-condicionado segurasse o calor enquanto ela trabalhava.

— Comece a pesquisar os nomes dos moradores dos prédios em volta. Quero os homens solteiros, antes.

— Quais prédios?

— Todos eles, o quarteirão inteiro.

— Vai levar algum tempo.

— Então é melhor começar logo. — Eve estudou os prédios no quarteirão a oeste, focando a atenção nos andares mais altos. Um cara com um bom equipamento fotográfico provavelmente possui teleobjetivas possantes, raciocinou.

Ligando o próprio *tele-link*, começou a fazer pesquisas também.

Capítulo Vinte

Nada apareceu, e, quando o ar-condicionado começou a falhar, ela ignorou o calor e continuou trabalhando. Nuvens imensas e escuras surgiram no céu, envolvendo a rua em uma espécie de treva enlameada. Pingos de chuva grossos e pesados começaram a golpear o para-brisa, anunciados pelos assustadores grunhidos dos trovões.

— Essa tempestade parece que vai ser daquelas de arrasar. — Peabody enxugou a nuca e olhou de soslaio para o perfil da tenente. Havia um leve gotejar de suor em seu rosto, mas aquilo talvez fosse resultado do seu estado de concentração implacável, e não do calor. — Talvez o tempo refresque um pouco.

— Que nada, só vai trazer calor molhado. Porra do mês de agosto. — Mas disse isso num tom casual, quase afetuoso. — Ele está aqui, Peabody, mas onde fica o seu esconderijo? É algum lugar agradável e seguro, onde tudo é muito arrumado, nada fora do lugar.

"Muitos quadros", murmurou, olhando no escuro para o vidro lavado pela chuva. "Fotos penduradas em todas as paredes. Ele precisa apreciar o próprio trabalho. Para julgar, admirar, criticar. Seu trabalho é a sua vida. Seu trabalho é vida."

— Fotos arrumadas e emolduradas.

— O quê?

— Elas não estão espalhadas pelas paredes — explicou Peabody. — Estão arrumadas e emolduradas. Ele quer que o melhor de sua arte tenha uma boa apresentação, certo?

Com um franzir de cenho, pensativa, Eve virou a cabeça.

— Muito bom. Excelente. Arrumadas e emolduradas. E onde ele consegue o material? Fornecedor local? On-line? Ele só aceitaria coisa de boa qualidade, certo? O melhor que puder comprar. Muitas molduras, provavelmente padronizadas. Ele tem um estilo específico, e quer suas obras emolduradas também em um estilo específico. Procure os dez maiores fornecedores da cidade, para começar.

— Sim, senhora? Para onde vamos? — perguntou, ao ver Eve saindo com o carro da vaga.

— Pesquisar no computador da minha casa. O equipamento lá é muito melhor.

— Urrú! — comemorou Peabody, sem se preocupar em esconder o sorriso. — A comida é melhor também. Caraca! — Ela deu um pulo quando um dos relâmpagos rasgou o céu de uma ponta a outra. — O toró tá sério. Alguma vez, quando era criança, você se escondeu debaixo das cobertas durante uma tempestade, contando os segundos que passavam entre o raio e o trovão?

Eve tinha sorte quando *conseguia* um lençol para se cobrir quando criança, pensou. E as tempestades *não eram* a parte mais apavorante da sua vida de menina.

— Não — respondeu, simplesmente.

— Pois nós fazíamos isso. Eu ainda faço, às vezes; força do hábito. É como... — Ela viu o relâmpago ofuscar o céu e começou a contar alto: — Um... dois... três... *Bruum!* — Ela estremeceu quando o trovão ribombou de verdade, logo depois. — Está bem perto.

— Quando você ouve é porque não está tão perto a ponto de preocupar. Fornecedores de molduras, Peabody.

Retrato Mortal

— Desculpe, tô procurando. Achei três na parte norte da cidade, um no centro, dois no Soho, um em Tribeca...

— Foque-se nos que ficam perto da garagem ou das universidades. Cinco quarteirões de distância, no máximo. — Enquanto Peabody procurava, Eve seguiu um súbito instinto e ligou para a Portography. — Chame Hastings.

— Ele está no meio de uma sessão — informou Lucia, com precisão e um tom de desagrado não velado. — Ficarei feliz em lhe transmitir seu recado.

— Ele sai da sessão agora ou eu vou até aí e o arrasto pela gola. Escolha.

Lucia fez cara feia, mas colocou o *tele-link* em modo de espera; Eve foi agraciada com um desfile de fotos de Hastings, acompanhadas por um fundo musical adequado. De repente ele apareceu na tela, com suor escorrendo e o rosto afogueado.

— O quê? O quê?!... Será que eu vou ter de matar você durante o sono?

— Que ameaça burra para se fazer a uma policial, companheiro. Onde você compra suas molduras?

— O quê? O quê?!...

— Pare de dizer isso. Molduras. Onde você compra as molduras para as suas fotos? Para o seu trabalho pessoal?

— Como é que eu vou saber, porra? Que diabo de mulher! A gente pega no porão? — perguntou, aos berros. — Lucia! A gente pega as porras das molduras no porão?

— Sabe de uma coisa, Hastings, estou começando a gostar de você. Você usa as porras das molduras que pega no porão para emoldurar seu trabalho exposto nas galerias?

— Sei lá. Sei lá! — Se tivesse cabelos, Eve tinha certeza de que ele estaria arrancando-os. — Se eu descobrir essa resposta, você promete me deixar em paz?

— Talvez.

— Já dou retorno — esbravejou, e desligou na cara dela.

— Sim, eu gosto dele.

Eve estava passando pelos portões de entrada da sua casa quando ele ligou de volta.

— Temos uma porrada de molduras diferentes, todas espalhadas. Somos descuidados com elas. Para as exposições, nós não usamos as que temos aqui, segundo Lucia me explicou, porque senão todo mundo vai passar a usar as mesmas, o meu trabalho já não vai mais ser único ou uma merda dessas. Eu compro essa porra em Helsinque.

— Helsinque? — repetiu Eve, surpresa.

— Estilo simples, despojado, escandinavo. — Sua boca esboçou um raro sorriso. — Tudo isso é idiotice, eu sei, mas é assim que a banda toca. As encomendas são feitas em um lugar chamado *Kehys*. Significa *moldura* em finlandês. *Rá-rá!* Tá satisfeita?

— Tô, por enquanto.

— Ótimo. — Ele desligou na cara dela novamente.

— Esse é um homem que me agrada. Peabody!

— Já tô correndo atrás. Os dados sobre a *Kehys* já estão no forno.

— Corra atrás sozinha.

— Eu, tenente?

— Foi a sua ponta solta. Puxe-a. — Dizendo isso, Eve saltou do carro e correu em linha reta até a casa.

Balançou o corpo e os cabelos como um cão encharcado assim que pisou no saguão, e já começava a despir a jaqueta que ficara ensopada só com aquela corridinha sob o temporal. Uma voz tão fria quanto a ira de Deus ribombou no saguão impecável.

— Pare imediatamente! Isto é uma residência, e não um vestiário de piscina.

Com a jaqueta pingando pendurada na ponta dos dedos, viu Summerset se aproximando. Ele usava uma bengala, e ainda mancava muito, mas seu rosto exibia as enrugadas feições de desaprovação de sempre. Parecia um maracujá de gaveta. Ele trazia uma toalha sobre o braço.

— Ei, se você já consegue caminhar nesses cambitos ridículos que chama de pernas, por que ainda continua presente no meu universo?

Ele lhe entregou a toalha e então, com rapidez e habilidade, pegou a jaqueta dela.

— Vou partir para minhas adiadas férias amanhã de manhã. Enquanto isso, devo alertá-la de que a senhora está formando uma poça no chão.

— E eu devo alertá-lo de que você está incomodando meus ouvidos. — Ela seguiu para as escadas no instante em que Peabody entrou correndo.

— Summerset! — A alegria na voz de sua auxiliar fez Eve rolar os olhos para o teto. — Puxa, que máximo ver que você já está em pé e caminhando! Como está se sentindo?

— Bem melhor, considerando tudo, obrigado. — Ele lhe entregou uma toalha. — Seu uniforme está úmido, policial. Ficarei feliz em trazer algo seco para a senhorita usar. E levarei suas roupas para lavar imediatamente.

— Puxa, eu agradeceria muito a sua... — Ela parou de falar ao ouvir o som horrível que Eve emitiu da escada, uma espécie de rosnado gutural. — Estarei no escritório dela — sussurrou Peabody, e subiu as escadas logo atrás da tenente. — Minha roupa está molhada, Dallas — explicou. — Posso pegar um resfriado, e não quero ficar doente no meio de uma investigação, ainda mais numa época em que estou estudando loucamente nas horas de folga.

— Reclamei de alguma coisa?

— Com certeza. E muito!

Eve lançou para Peabody um olhar longo e suave que fez os cabelinhos de sua nuca se colocarem em estado de alerta.

— Vou vestir algo confortável, aconchegante e seco — anunciou.

Ela desviou de Peabody e seguiu a passos largos até o banheiro.

Por pura implicância, deixou as roupas molhadas empilhadas em um montinho encharcado, do jeito que elas caíram no chão. Isso vai deixar o "bunda magra" muito puto, pensou. Vestiu uma camiseta, um jeans, prendeu a arma no coldre e se considerou pronta.

Para dar um pouco mais de tempo a Peabody, foi à sala de Roarke, em vez de ir para o escritório.

No momento em que ele ergueu a cabeça, no instante em que sorriu, Eve sentiu que várias áreas ásperas de sua vida haviam se tornado novamente lisas.

— Olá, tenente.

— Olá, civil. — Talvez ela também merecesse um minutinho só para si mesma. Deu a volta no console, se inclinou, pegou o rosto dele entre as mãos e o beijou com força.

— Então tá... — Ele reagiu, esticando o braço e puxando-a para sentar no seu colo.

— Nã-nã-não. É só isso que você vai conseguir, por enquanto.

— Então você veio até aqui só para me torturar e atormentar?

— Garoto esperto! O que tem aí para me oferecer?

— Uma resposta muito rude acaba de surgir na minha mente, mas suponho que você esteja se referindo ao meu pequeno dever de casa, e não ao meu...

— Afirmativo. — Aliviada, ela se sentou na beira do console para olhá-lo de frente. Era bom ver que a tensão desaparecera do seu rosto e dos seus ombros. — Peabody está trabalhando em uma nova hipótese, que ela mesma levantou. E eu passei mais de uma hora ruminando outra ideia, mas até agora nada encaixou.

— Não sei até que ponto eu poderei contribuir. Embora tenha molhado várias mãos por aí, a seu pedido, e conseguido alguns nomes, nenhum deles se encaixa no perfil que você quer.

— Talvez eu esteja fora de foco. — Ela se afastou do console e foi até a janela para ver a tempestade. — Estou fora de foco desde o princípio deste caso.

Retrato Mortal

— Se é esse o problema, eu sou o culpado.

— Você não mora dentro do meu cérebro.

— *Não mesmo?* — Ele refletiu sobre a ideia. — A verdade é que não servi de nada até agora.

— Isso é engraçado — disse ela, sem se virar. — Consegui ser uma boa tira por dez anos antes de você entrar valsando na minha vida.

— Eu não entrei valsando. E tenho certeza de que você continuaria a ser uma tira fantástica mesmo se eu não estivesse ao seu lado, mas o fato é que eu distraí você. A preocupação comigo jogou sua concentração e suas prioridades para o espaço. Sinto muito por isso.

— E você acha que nunca aconteceu a mesma coisa com você, nos momentos em que estava preocupado comigo?

— Eu queria lhe dizer uma coisa. *Olhe* para mim, o.k.? — Ele esperou até ela se virar. — Vivo preso entre o terror e o orgulho sempre que você prende sua arma no coldre e sai porta afora. *Toda vez.* Mesmo assim, eu nunca aceitaria que as coisas fossem de outro jeito, pois *você* é assim e *nós* somos assim, juntos.

— Não é fácil ser casado com uma mulher que é tira. Até que você se sai muito bem.

— Obrigado. — Ele tornou a sorrir. — E você se sai muito bem sendo esposa de um ex-criminoso.

— Hurra para nós dois!

— É importante eu sentir que tenho ligação com o que você faz. Mesmo quando fico só de ouvinte, embora curta fazer mais que isso.

— Nem fale!

— Estou chateado comigo mesmo por ter tirado o seu foco deste caso, e por não ter feito o que eu mesmo gostaria que você fizesse, se estivéssemos em posição inversa. Não despejei tudo em você. Se tivesse feito isso, teríamos removido o entulho juntos, mais cedo. Da próxima vez em que estiver preocupado desse jeito, pode ter certeza de que vou arrastar você para o centro do furacão logo de cara.

Os lábios dela se abriram de leve.

— Parece bom. E, se você não fizer isso depressinha, vou te estapear até você abrir o bico.

— É justo.

— Agora, vamos dar uma olhada nos nomes.

Ele colocou a lista no telão.

— Não há nenhum homem na faixa etária que você pediu que tenha sérios problemas neurológicos.

— Talvez a doença não seja no cérebro. Talvez outro órgão esteja rateando.

— Também levei isso em consideração. Não há nenhum paciente daquela clínica com doença grave e nessa faixa etária. Posso expandir a busca, molhar mais mãos por aí, ou simplesmente economizar tempo e dinheiro hackeando os registros dos muitos hospitais da cidade.

Eve pensou na oferta. Não seria a primeira vez que ela o deixaria ultrapassar os limites da lei. Mas mesmo com as habilidades dele, certamente iria levar horas, talvez dias, para vasculhar os dados das centenas de hospitais de Nova York.

E tudo por um palpite. Uma possibilidade.

— Vamos trabalhar mais ou menos dentro das regras, por enquanto.

Eve analisou os nomes. As pessoas estavam morrendo, notou, mas não havia nenhum criminoso para caçar e prender. O assassino devia ter problemas no próprio corpo, por destino ou má sorte. Talvez houvesse tumores pipocando em lugares inconvenientes, se espalhando, se propagando, crescendo dentro do seu cérebro.

A ciência conseguiria localizá-los, se os exames fossem feitos precocemente, se o paciente tivesse um bom plano de saúde ou uma conta bancária gorda. Nesses casos o tratamento poderia erradicar a doença, e o faria. Mas às vezes era tarde demais, refletiu, ao ler a lista de nomes. Ela não fazia ideia de que a morte poderia atacar de forma tão agressiva a partir do interior do corpo.

Retrato Mortal

A maioria das vítimas era idosa, realmente. Muitas delas já haviam passado dos cem anos. Mas também havia nomes de gente mais nova, espalhados pela lista.

Darryn Joy, setenta e três anos; Marilynn Kobowski, quarenta e um anos; Lawrence T. Kettering, oitenta e oito.

Já mortos ou morrendo, notou.

Corrine A. Stevenson, cinquenta anos. Mitchell B...

— Espere, espere. Corrine A. Stevenson, exibir dados completos.

— Alguma coisa encaixou?

— Sim, e como! — Ela pegou o *tablet* e puxou informações sobre os moradores de um dos prédios que ela pesquisara, aquele que ficava no quarteirão a oeste do estacionamento.

— Essa Corrine Stevenson mora perto do estacionamento. Décimo segundo andar, com uma boa visão da área, melhor ainda se ela tiver teleobjetivas de longo alcance.

— Como uma fotógrafa certamente terá.

— Pois é. — Ela olhou novamente para a tela. — Puxa, ela morreu, depois de dois anos de tratamento, em setembro do ano passado. Não tinha marido. Tem um filho vivo, Gerald Stevenson, nascido em 13 de setembro de 2028. Aqui tem um ponto de encaixe. Pesquise o filho.

— Já estou fazendo isso — informou Roarke, atrás dela, no instante em que Peabody entrou pela porta que ligava o escritório dele ao dela.

— Dallas, consegui algo. Javert, Luis Javert. — Seu rosto estava vermelho com a descoberta. — Ele encomendou molduras do mesmo estilo das de Hastings, e no fornecedor de Helsinque. Todas do mesmo tamanho, 40 cm x 50 cm. Ele encomendou cinquenta delas e mandou enviar tudo para uma caixa postal em Nova York, West Broadway Shipping, em Tribeca.

— Como ele pagou?

— Transferência on-line. Preciso requisitar um mandado de busca dos seus dados financeiros.

— Pode requisitar. Use o meu número de distintivo. Roarke...

— Um segundinho só, tenente. Tem mais de um Gerald Stevenson em nossa fervilhante cidade, mas nenhum deles com essa data de nascimento — disse, depois de um instante. — E nenhum nesse endereço. Ele não usa o nome verdadeiro. Se ele o trocou por meios legais, vou precisar cavar mais fundo.

— Então pegue a pá. O nome dela está registrado como moradora do apartamento. Se alguém mora lá, deve ser Gerald, filho de Corrine Stevenson. Peabody! Venha comigo.

— Sim, senhora, um minuto.

— Localize Feeney — pediu ela a Roarke, no momento em que saía. — Repasse a ele o que conseguimos. Quanto mais burocratas da informática tivermos trabalhando, melhor.

— *Gênios* da informática, tenente — corrigiu ele. — *Gênios* da informática. — Flexionou os dedos como se fosse um pianista prestes a executar uma sonata dificílima.

Era bom estar de volta em campo.

Eve teve de esperar Peabody pegar o uniforme, e usou o tempo para falar com o comandante e atualizá-lo sobre o caso.

— Vai precisar de reforço, Dallas?

— Não, senhor. Se ele avistar alguma farda, poderá se assustar. Quero Baxter e Trueheart, à paisana, vigiando as saídas do prédio. O suspeito não demonstrou tendências violentas até agora, mas poderá fazê-lo caso se sinta acuado. O apartamento onde acreditamos que ele mora fica no décimo segundo andar. A única forma de sair é pela porta da frente, ou pela janela que dá na escada de incêndio. Peabody e eu ficaremos na porta. Baxter e Trueheart podem vigiar a saída de emergência.

— Você está trabalhando com um monte de dados circunstanciais, tenente. Ter uma mãe morta por câncer no cérebro não é o bastante para conseguirmos um mandado de prisão.

Retrato Mortal

397

— Então eu vou ter de ser persuasiva, senhor, e convencê-lo a me deixar entrar. — Ela olhou por sobre o ombro e viu Peabody descendo as escadas em sua roupa recém-lavada azul-verão, meticulosamente passada a ferro. — Estamos prontas, comandante.

— Vou mandar o pessoal que você pediu em quinze minutos. Vá devagar, Dallas.

— Sim, senhor. — Ela encerrou a ligação.

— Ah, nada como um uniforme limpo. — Peabody cheirou a manga da blusa. — Summerset usa alguma coisa com cheirinho de limão. Gostoso. Preciso me lembrar de perguntar o que é quando ele voltar de férias.

— Vocês dois certamente passarão momentos agradáveis trocando dicas sofre afazeres domésticos, mas talvez seja melhor nos concentrarmos nessa operação policial chatinha que já está em andamento.

Peabody estampou um semblante sério e disse:

— Sim, senhora. — Mas admirou os vincos impecáveis de suas calças, agudos como lâminas, enquanto sua tenente lhe informava os detalhes.

O prédio tinha doze andares, e Eve pensou se não seria bom colocar um homem de reforço no telhado. Não, isso seria desperdício de força policial, decidiu. Se o alvo fugisse pela janela, ela simplesmente o perseguiria e subiria até o telhado, se fosse essa a direção escolhida. O mais provável é que ele tentasse escapar para a rua, se é que tentaria escapar.

Será que ele já tinha um plano de fuga pronto? Sua especialidade era planejar tudo, e seria possível antever a possibilidade de se ver acuado em seu território.

Ela ligou para Roarke.

— Preciso de uma planta do prédio. Quero conhecer a configuração do décimo segundo andar, e saber qual é o formato e as divisões do apartamento em si. O mais rápido que você puder me transmitir, se conseguir... — Ela parou de falar ao ver um diagrama encher sua tela. — Puxa, foi realmente rápido — elogiou.

— Resolvi dar uma olhada na planta por conta própria. Como você pode ver, trata-se de um bom apartamento. Cômodos espaçosos, cozinha de tamanho razoável e dois quartos.

— Sim, tenho olhos. A gente se vê depois.

Um quarto para a mãe e outro para o filho?, perguntou-se Eve. Será que ele trabalhava no quarto vazio agora? Se trabalhasse fora do apartamento, por que pediria para as molduras serem entregues tão longe?

Se trabalhava aqui, como tinha conseguido apagar essas pessoas com tranquilizantes, passar pelo sistema de segurança e chegar ao décimo segundo andar?

Eve pretendia lhe perguntar tudo isso pessoalmente, em breve.

Ela se encontrou com Baxter e Trueheart no saguão. O lugar era pequeno, sossegado e limpo. As câmeras de segurança vigiavam a entrada e os dois elevadores com portas prateadas. Não havia porteiro, nem de carne e osso nem androide. Mas foi necessário passar seu distintivo pelo scanner da entrada para obter acesso.

— O alvo é o apartamento 1208, que dá para o lado leste, o terceiro no corredor. As janelas são, contando do norte para o sul, a sexta, a sétima e a oitava.

Ela olhou paraTrueheart com atenção. Não conseguiu evitar, pois era raríssimo ele ser visto à paisana. Se é que era possível, ele parecia ter ainda menos idade de camisa esporte e jeans do que quando usava farda.

— Onde está sua arma, Trueheart?

Ele deu uma batidinha na base da espinha, sob a camisa azul-bebê por fora da calça.

— Achei que iria atrair muita atenção se vestisse um paletó nesse calor. Sei que a roupa não está na moda, tenente, mas é bem casual para andar pela rua.

— Não perguntei da arma por uma questão de moda.

Retrato Mortal

— Moda é a última coisa em que ela iria pensar — informou Baxter, parecendo descontraído e leve com calças cáqui e camiseta verde desbotada. — Não que Dallas não esteja sempre atraente. Ainda mais porque alguém com bom gosto compra suas roupas, agora.

— Lembre-me de mandar você enxugar gelo mais tarde, Baxter. Agora temos de tentar localizar e prender um serial killer, então seria aconselhável trocarmos abobrinhas sobre o quanto nos vestimos bem outra hora qualquer.

"Comunicadores ligados", continuou ela. "Armas em modo de atordoamento leve. Vocês dois fiquem na calçada do outro lado da rua e se separem. Se virem alguém em uma das janelas do apartamento-alvo, quero um alerta imediato. Se alguém com o perfil do suspeito entrar ou sair do prédio enquanto eu estiver lá dentro, devo ser informada. Vamos pegá-lo."

Eve caminhou até os elevadores, pegando um vaso com uma samambaia falsa no caminho.

— Não sabia que você apreciava decoração de interiores, Dallas.

— Decoração doméstica é um assunto que não sai da minha cabeça. Se ele me enxergar pelo olho mágico, não vai abrir a porta. Ele me conhece.

— Ah, camuflagem.

— E você deve ficar fora da linha de visão também — ordenou a Peabody. — Precisamos que ele abra a porta, temos que confirmar que ele está lá dentro e dar uma boa olhada no seu rosto. Ligar gravador.

— Quer dizer que se ele entrar em pânico e bater a porta na nossa cara, teremos um suspeito provável e um rosto.

— Ele que permaneça trancado até chegar nosso mandado. Ninguém vai morrer hoje — declarou, ao saltar no décimo segundo andar.

Ela ergueu a samambaia, olhando através das folhas enquanto se aproximava do apartamento. Havia um olho mágico, uma tela, uma placa para identificação palmar e um instrumento para detecção de voz.

Ele não quer se arriscar, pensou Eve. É um canalha cuidadoso. Não quer que nenhum ladrãozinho barato arrombe o apartamento e leve suas coisas.

Apertou a campainha e esperou.

A luz vermelha da fechadura continuou acesa.

Tocou novamente.

— Entrega para o 1208 — disse, em voz alta.

Ao ouvir a porta atrás dela se abrir, Eve se colocou de lado e apalpou a arma.

Uma jovem saiu do 1207, e arregalou os olhos ao ver a farda de Peabody.

— Aconteceu alguma coisa? Há algo errado? Gerry está bem?

— Gerald Stevenson. — Eve pousou a samambaia. — Ele mora aqui?

— Mora. Não o vejo há alguns dias, mas esse é o seu apartamento, sim. Quem são vocês?

— Tenente Dallas, do Departamento de Polícia. — Eve exibiu o distintivo. — Quer dizer que Gerry não está em casa?

— Não. Como eu disse, não o vejo há alguns dias. Provavelmente está fora da cidade, realizando algum trabalho.

— Trabalho?

— Sim, sabe como é... tirando fotos.

— Ele é fotógrafo? — Eve sentiu o sangue acelerar nas veias.

— Artista da imagem. É assim que ele se autodenomina. É muito bom no que faz. Tirou algumas fotos minhas e do meu marido ano passado. Mas não tem trabalhado muito desde que sua mãe faleceu. Do que se trata, afinal?

— Quando sua mãe faleceu... — Eve incentivou-a a continuar. — O que houve com ele?

— O que já era de esperar. Ficou destroçado. Eles eram muito chegados. Ele cuidou dela durante toda a doença, e pode crer que,

Retrato Mortal

em alguns momentos, foi terrível. Ela foi morrendo pouco a pouco. Mark e eu fazíamos tudo o que estava ao nosso alcance, mas não havia muito o que fazer. Aconteceu alguma coisa com Gerry? Por Deus, ele sofreu algum acidente?

— Não que eu saiba, sra...

— Fryburn. Jessie Fryburn. Pois é, eu bati na porta dele várias vezes na semana passada, e tentei ligar para seu *tele-link*, só para verificar como Gerry estava. Ele me pareceu melhor ultimamente, muito melhor, e comentou que estava trabalhando direto. Se algo aconteceu, gostaria de ajudar. Ele é uma pessoa ótima, e a sra. Stevenson era uma joia, uma mulher extraordinária.

— Talvez a senhora possa ajudar, sim. Podemos entrar para conversarmos um pouco?

— Eu... — Ela olhou as horas em um elegante relógio de pulso. — Sim, claro. Preciso só avisar que vou me atrasar e remarcar alguns compromissos. — Ela tornou a olhar para Eve, para Peabody, para a samambaia que Eve colocara no chão ao lado da porta e começou a ligar os pontos. — Gerry está em apuros?

— Sim. Ele está em apuros.

Aquilo levou mais tempo do que Eve estava disposta a perder, mas o fato é que queria e precisava da cooperação de Jessie Fryburn. Ela gastou um tempo precioso para desarmar as defesas intuitivas que a vizinha levantara para proteger Gerald Stevenson, bem como sua recusa em acreditar que ele poderia estar envolvido em algo ilegal, muito menos assassinato.

Ela se manteve firme em defesa dele, a ponto de Eve sentir vontade de pegar sua lealdade retilínea e torcê-la até transformá-la num pretzel.

— Se, como a senhora insiste em afirmar, Gerry é inocente, vai ser do seu interesse e benefício encontrá-lo para esclarecermos tudo.

— *Já estou ficando de saco cheio de rodeá-la de amabilidades e boa educação,* pensou Eve.

— Ah, até parece que um homem inocente nunca foi preso nem teve seu nome arrastado na lama até sua vida ficar arruinada. — Jessie estava tão focada no calor de sua própria indignação que não reparou no olhar fulminante de Eve. — A senhora está só fazendo seu trabalho, tenente, eu entendo perfeitamente, mas é um *trabalho,* e as pessoas cometem erros no trabalho.

— Tem razão. Provavelmente seria um erro algemar a senhora neste exato momento, arrastá-la pelos cabelos até a Central e jogá-la no xadrez por impedir o curso de uma investigação, obstrução da justiça, além de ser a definição mais perfeita da expressão "pé no saco", mas a senhora compreenderia meus atos, certo? — Ela se levantou e pegou as algemas no cinto. — As pessoas realmente cometem erros todos os dias.

— A senhora não se atreveria!

— Peabody?

— Ela se atreveria, sim, sra. Fryburn. Se atreveria a fazer até pior, numa boa. E olhe que ir para a cadeia não é nada agradável.

Um rubor de insulto e indignação cobriu o rosto de Jessie.

— Vou ligar para minha advogada. Não direi nenhuma palavra mais, até fazer isso. Se ela me aconselhar a conversar com a senhora, tudo bem. Se ela não liberar... — ergueu o queixo tão alto que Eve teve de lutar contra a vontade de lhe dar um murro que a colocaria a nocaute — ... a senhora pode fazer o que achar melhor ou pior.

— Acho que ela não faz a melhor ideia do quanto "melhor" o seu "pior" pode ser. Ou o contrário, dependendo do ponto de vista — disse Peabody pelo canto da boca enquanto Jessie pegava o *telelink.*

— O único motivo de ela ainda estar em pé é que eu respeito a lealdade, e ela não tem noção de a quem está sendo leal. Ele é um sujeito formidável, tomou conta da mãe agonizante, não causa problemas. É um vizinho simpático, sossegado e organizado. Tudo isso encaixa no nosso perfil.

— E agora, fazemos o quê?

— Rebocamos essa maluca para a central, se for preciso. Enfrentamos sua advogada e convencemos Jessie a colaborar com o colega que faz retratos falados. Quero um retrato muito bem-feito dele. E quero um mandado para entrar por aquela porta do outro lado do corredor.

Ela pegou o comunicador.

— Comandante — disse, assim que seu rosto surgiu na tela. — Preciso de mais pressão aqui.

O tempo passava muito depressa e o céu escuro prometia um entardecer antecipado. Mais pancadas esparsas de chuva despencaram do céu, ameaçadoras, lançando raios e trovoadas súbitos e explosivos.

Eve duelou verbalmente com a advogada até achar que os ouvidos de uma das duas iam começar a sangrar. No fim, a relutante Jessie concordou em colaborar com um artista de retrato falado. Desde que a sessão acontecesse em seu apartamento.

— A senhora acha que estou sendo teimosa — explicou Jessie, sentada, com os braços cruzados e olhando para Eve com cara feia. —, mas considero Gerry um amigo. Acompanhei de perto tudo o que ele passou com sua mãe, e foi de cortar o coração. Eu nunca tinha visto uma pessoa morrer antes. Ela lutou bravamente e ele esteve sempre ao lado dela, nas trincheiras, lutando pela vida. E, quando ela ficou fraca demais para lutar, ele permaneceu junto dela até o fim.

Claramente comovida, mordeu o lábio para manter a voz firme.

— Ele a lavou com carinho, depois que ela faleceu. Ele lhe dava banho, a alimentava, se sentava ao lado dela. Não deixava ninguém fazer o trabalho desagradável. Nunca vi tamanha devoção em toda a minha vida. Não sei se seria capaz disso.

— Esse tipo de experiência pode levar uma pessoa a limites perigosos.

— Talvez. Pode ser, mas... Nossa, eu *odeio* isso. Ele já sofreu tanto. Quando eu o encontrei pela primeira vez, depois que tudo acabou, ele parecia um fantasma. Estava simplesmente vivendo, deixando o tempo levá-lo pela vida. Perdeu muito peso e começou a parecer tão doente quanto a mãe. Então, começou a se recuperar. Nos últimos meses ele pareceu se reequilibrar. A senhora quer me fazer acreditar que ele ficou louco e se tornou uma espécie de monstro insano, tenente, mas eu moro aqui em frente faz dois anos e meio, e sei que ele não é nada disso.

— Há três jovens mortos que olharam para ele cara a cara. Eles também não imaginaram que ele era um monstro.

— Gerry está fora da cidade, trabalhando. Está tentando colocar a vida de volta nos trilhos, a senhora vai se surpreender, tenente.

— Uma de nós duas vai — replicou Eve.

Capítulo Vinte e Um

Eve olhava atentamente para a porta do apartamento 1208, como se com o calor dos seus olhos e a força da sua impaciência pudesse fazer buracos na porta e *olhar* lá dentro.

Uma mera autorização a mantinha do lado de fora. Um simples mandado era tudo o que ela precisava.

Dados circunstanciais uma ova. Ela *sabia*.

Eve acreditava no trabalho da lei. Respeitava as regras, reconhecia a necessidade de controle. Os tiras não tinham o direito de invadir a vida privada das pessoas como tropas de assalto, com base em palpites, caprichos ou vendetas pessoais.

Uma causa provável. Ela precisava disso. E tinha. Por que um juiz não teria células cinzentas suficientes para enxergar que havia causas prováveis naquele caso?

Tenha paciência, ordenou a si mesma. O mandado poderia chegar a qualquer momento, e ela entraria por aquela porta.

Mas esperar a fez imaginar como as coisas teriam acontecido se ela tivesse ido até lá com Roarke. Será que ela usaria seu cartão mestre para abrir a porta? Que nada, ele teria passado pelas trancas antes mesmo de ela pegar o cartão mestre no bolso.

Mas é claro, nesse caso, que tudo o que ela descobrisse lá dentro não seria considerado prova admissível, num tribunal. Entrar pelo jeito mais fácil só serviria para dar de presente a Gerry Stevenson a chave para sua libertação.

Freios e contrapesos para evitar poder em excesso na sociedade, lembrou Eve a si mesma. As regras da lei.

Mas, Deus, por que estava demorando tanto?

Peabody saiu do apartamento de Jessie, onde Eve a deixara.

— Ela continua enrolando — relatou Peabody, baixinho. — Yancy chegou para fazer o retrato falado e está se mostrando amigável com ela, para ganhar sua confiança, mas a coisa vai ser demorada.

Lutando contra a impotência, Eve foi dar uma olhada no apartamento. Yancy tentava criar um ambiente descontraído enquanto abria o seu kit de trabalho. Era jovem, mas muito bom no que fazia, e mostrava segurança.

Era preciso deixá-los sozinhos, pensou. Eve tinha de ficar fora daquela sala. A testemunha já estava bronqueada, e se ela entrasse e pressionasse ainda mais, a coisa ia emperrar de vez.

— A sra. Fryburn fica mudando de ideia o tempo todo quanto aos detalhes do rosto do suspeito — continuou Peabody. — Queixo, nariz... Nem no tom da pele ela está sendo objetiva. Mas Yancy está convencendo-a a colaborar, aos poucos.

— Tô com uma vontade danada de plantar minha bota na cara dela — desabafou Eve. — Isso ia convencê-la a colaborar rapidinho.

Em vez de agredir a vizinha, Eve pegou o comunicador e ligou para Baxter. Não ia deixar seus homens na rua, andando de um lado para o outro como idiotas, à espera de Stevenson.

— *Yo, baby.* — Foi a resposta de Baxter.

— *Yo, baby?*

— Só para ter certeza de que você não me esqueceu, doçura.

— Eu nunca me esqueço de gente irritante. Vão chegar dois colegas para substituir você e Trueheart. Vocês dois devem ir para a boate e ficar por lá algumas horas.

— Ah, alguns momentos de lazer cairiam muito bem. Ouviu isso, garoto?

— Você e o garoto devem se limitar ao lazer sem álcool. — Ela calculou há quantas horas eles já estavam de serviço naquele dia. — Circulem pela boate por uma hora, só para dar uma olhada. Querem participar do cerco, caso encontremos o babaca?

— É lógico!

— Pode deixar que eu aviso. Se não conseguirmos localizá-lo hoje à noite, considerem-se dispensados às vinte e uma horas.

— Entendido. Vamos cair dentro, Trueheart, fazer um brinde à nossa ilustre tenente. — Ele piscou para Eve. A propósito, seu *hubby* está indo para aí.

— *Hubby*? Que *hubby*?

— Ahn... Acho que ele está se referindo a Roarke, tenente — informou Peabody quando Baxter desligou em meio a uma gargalhada explosiva. *Hubby... husband...* É marido, em inglês.

— Oh, Cristo. — Irritada novamente, ela foi até a porta do elevador para esperá-lo.

— Não mandei chamar você — reclamou ela, com o dedo estendido, no instante em que ele saltou no andar.

— Meu coração doeu com a sua omissão. Consegui alguns dados que você queria, tenente, e preferi trazê-los pessoalmente. — Ergueu uma sobrancelha, mas sorriu ao ver Peabody, que circulava entre os apartamentos. — Como vão as coisas por aqui?

— Lentas. O que descobriu?

— Vestígios e pistas. Alguns edifícios-garagem que faturam dinheiro por fora, o que me deixou chocado. Depois, levei um papo com o neurologista da sra. Stevenson. Sei que você não me pediu isso, especificamente, mas tomei a iniciativa. — O sorriso se abriu um pouco mais. — Estou vendo se consigo um aumento.

— É, vai sonhando. Qual foi o resultado desse papo?

— Ele me contou que a paciente era uma mulher extraordinária. Corajosa, otimista, com muita classe, que recebeu uma rasteira da vida. Por sinal, ela trabalhava na área de saúde. Era enfermeira na...

— Clínica East Side — completou Eve.

— Acertou. Seu filho era absolutamente devotado a ela, e se mostrava mais iludido do que propriamente otimista. Simplesmente se recusava a aceitar que ela iria morrer e, quando isso aconteceu, não soube lidar com a perda. Culpou os médicos, a clínica, Deus e quem mais estivesse por perto. Recusou-se a fazer terapia para trabalhar o luto e a dor. O médico receou que ele pudesse fazer algo drástico. Suicídio estava no topo da lista.

— Que pena o médico não estar certo. Ele vai nos ajudar a reconhecê-lo?

— Está disposto e ansioso em cooperar.

Ela concordou e pegou o comunicador.

— Tenho um artista de identificação aqui fazendo o retrato falado do suspeito com informações de uma vizinha que não está disposta nem ansiosa para cooperar. Ele vai acabar nos conseguindo o rosto dele, mas está levando muito tempo. Vou mandar outro artista para trabalhar junto do médico. Informe o nome dele e o andar onde está.

Quando Eve completou os arranjos e ia recolocar o comunicador no bolso, ele tocou.

— Dallas falando.

— Tenente, seu mandado foi liberado — informou o comandante.

Já não era sem tempo, ela pensou em dizer, mas se conteve.

— Obrigada, senhor. O policial Yancy ainda está tentando obter um retrato falado com a vizinha. Já pedi substituições para Baxter e Trueheart, pois o prédio deve continuar coberto. Mandei que fossem para a ciberboate, a fim de ajudar na vigilância durante uma hora, antes de mandá-los para casa. Peabody e eu vamos entrar no apartamento do suspeito assim que eu estiver com o mandado em mãos. Posso colocar os peritos em alerta?

— Pode, resolva o assunto. Vamos ver se encerramos o caso esta noite.

— Nada me faria mais feliz — concordou Eve, vendo seu rosto desaparecer enquanto a tela apagava.

— Querida. — Roarke passou a mão de leve nos cabelos de Eve, enquanto Peabody fingia olhar para o outro lado. — Você precisava entrar em um apartamento trancado e não me chamou?

— Pensei em chamar — disse ela, baixinho, e virou o rosto de frente para ele enquanto torcia para o mandado chegar logo. — Não nego que pensei em simplesmente entrar. Só que isso não seria aceito em juízo, e tem de ser. Não vou dar a esse canalha nenhuma saída pela tangente.

— Você tem razão, é claro. A sua paciência é...

Ele parou de falar quando o comunicador de Eve tocou, sinalizando a chegada do mandado.

— Filho da mãe, caraca! Até que enfim, cacete! — Ela girou o corpo e caminhou pelo corredor. — Peabody, vamos entrar.

— Talvez paciência não tenha sido a palavra certa — considerou Roarke, seguindo-a.

Ela olhou para ele rapidamente e avaliou a situação. Podia discutir com ele, ceder ou fazer parecer que a ideia tinha sido dela.

— Você entra conosco — decidiu. — Passe o spray selante. — Ela lhe jogou uma lata de Seal-It e adorou a cara de desagrado que ele fez. — Depois vai ser duro para tirar o produto dos seus sapatos de grife, garotão.

— Sim, e eles nunca mais serão os mesmos. Tudo bem, ser um bom cidadão exige alguns sacrifícios.

— Até parece que você não tem mais duzentos pares no closet. Ele tem um olho bom — explicou a Peabody. — Podemos utilizar isso.

— Sim, senhora. Eu sempre imagino mil e uma utilidades para o seu *hubby*. — Como Roarke estava entre as duas, como fator de segurança, Peabody sorriu.

— Muito divertido, Peabody. Vou gargalhar muito quando estiver dando um nó na sua língua, mais tarde. Prepare-se — ordenou Eve. — Ligar gravador.

Atrás de Eve, Roarke entregou a lata de Seal-It para Peabody, acompanhada de uma piscadela.

— Tenente Eve Dallas, policial Delia Peabody e o civil consultor Roarke foram devidamente autorizados por meio de um mandado assinado pela dra. Marcia B. Brigstone, juíza, a entrar no apartamento 1208 deste prédio, com poderes de busca e apreensão. Todos os dados pertinentes a este procedimento vieram discriminados no citado mandado. Uma equipe de técnicos de laboratório está a caminho daqui. Usarei o cartão mestre da polícia para destravar as trancas, o sistema de segurança e ter acesso ao local.

Ela inseriu o cartão e digitou a senha. O acesso foi negado.

— Droga. O suspeito instalou um sistema de segurança secundário que impede o acesso pelo cartão mestre. — Propositalmente, ela se afastou da porta, mostrou para a câmera o apartamento do outro lado do corredor e olhou friamente para Roarke. — Será necessário solicitar um aríete especial, a fim de ter acesso e cumprir o mandado de busca e apreensão.

Compreendendo a dica, Roarke passou por trás dela, pegou um dispositivo minúsculo em seu bolso e pôs-se a trabalhar nas trancas.

— Policial! — chamou Eve, ao notar que Peabody observava o trabalho de Roarke com óbvia fascinação.

— Sim, senhora, tenente — respondeu ela, sem tirar os olhos de Roarke, enquanto sua boca fazia um "uau" silencioso. Olhava com muita atenção seus dedos ágeis e, mentalmente, especulou se ele seria tão habilidoso em atividades mais... por assim dizer... íntimas.

Imaginando que sim, sentiu o coração pular e bater nas costelas.

— Policial! — repetiu Eve. — Vamos tentar novamente o cartão mestre. Enquanto isso, entre em contato com a emergência e requisite um aríete.

— Uh-huh. Isto é, sim, senhora.

— Talvez realmente seja uma boa ideia tentar usar novamente o cartão mestre antes de sua auxiliar solicitar equipamento para

Retrato Mortal

arrombar a porta, tenente. — Com o rosto sem expressão, Roarke se afastou da entrada. — Às vezes, esses dispositivos eletrônicos apresentam mau contato.

— Afirmativo. Suspenda a requisição, Peabody. Vamos tentar novamente o cartão mestre.

Graças à manipulação e às mãos mágicas de Roarke, dessa vez o cartão funcionou e a luz de segurança mudou para verde.

— Fechadura aberta. Realmente deve ter sido um mau contato — disse, olhando para Peabody.

— Sim, senhora — concordou Peabody, muito séria. — Isso acontece o tempo todo.

— Entrando no apartamento de Gerald Stevenson.

Embora Eve imaginasse que não havia ninguém em casa, sacou a pistola.

— Aqui é a polícia! — anunciou em voz alta ao abrir a porta e olhar em torno da sala. — Estamos legalmente autorizados a entrar neste imóvel. Fique onde está, com as mãos sobre a cabeça e de frente para nós. Acender as luzes!

Assim como o apartamento dos Fryburn, do outro lado do corredor, o imóvel era espaçoso. Estava obsessivamente limpo e sua decoração exalava uma atmosfera claramente feminina, pensou Eve.

Cores, texturas, plantas viçosas e enfeites estavam em toda parte. As janelas tinham a tela de privacidade parcialmente baixada, e dava para ver uma nova tempestade se formando no céu escuro.

As luzes, ligadas no máximo, iluminavam fotografias emolduradas espalhadas pelas paredes.

Peguei você, pensou Eve, mas seu rosto se manteve sério e frio, enquanto indicava a esquerda para Peabody e a direita para Roarke.

Eles vasculhariam o apartamento todo em busca de Stevenson, ou de mais alguém, antes de darem início à revista do lugar.

— Esta é uma operação da Polícia de Nova York — disse ela, em alto e bom som, embora soubesse que o local estava vazio. Mesmo assim, fechou a porta de entrada atrás de si, pois não queria deixar para o suspeito nenhuma rota de fuga.

Caminhou lentamente pela sala de estar, com seu conjunto de estofados de estampado floral e poltronas fundas e convidativas. Verificou os closets e reparou que um casaco de mulher, uma jaqueta também feminina, botas de neve e um guarda-chuva cor-de-rosa estavam misturados com roupas de inverno masculinas.

Eve foi até a cozinha, viu sobre o balcão uma tigela com maçãs vermelhas muito lustrosas e quatro canecas de café enfileiradas, da mesma cor vibrante das maçãs.

— Dallas? — Peabody chegou na porta. — Ninguém em casa.

— Ele vai voltar. — Pegou uma maçã e a atirou para cima. — Essa é a casa dele. Vamos começar as buscas.

Eve ligou para Feeney, chamando-o para trabalhar, juntamente com McNab, nos *tele-links*, computadores e eletrônicos do apartamento. Mas Roarke já estava lá, e não havia razão para esperar pelos detetives eletrônicos antes de dar início aos trabalhos.

— Quero todas as ligações dadas e recebidas. Qualquer coisa que nos informe sobre onde ele possa estar, onde trabalha, os locais que frequenta e o que faz. Quero saber se ele entrou em contato com alguma das vítimas a partir daqui.

— Conheço a rotina, tenente.

— É, eu sei. Peabody, comece pelo quarto da mãe. Precisamos achar algo que o ligue às vítimas, ou nos indique onde ele trabalha. Vou verificar o quarto dele.

Antes, porém, caminhou ao longo da galeria de fotos analisando faces, imagens, tentando achar o rosto dele em alguma das fotos.

Havia muitas fotos da sua mãe. Uma mulher atraente, de olhos calmos e sorriso suave. Havia sempre uma espécie de halo luminoso em torno dela. Será que era proposital ou acontecera por acaso?

Não, ele não deixava nada nas mãos do acaso.

Havia outros rostos, outros temas. Crianças brincando, um homem de boné segurando um suculento cachorro-quente de soja.

Retrato Mortal

Uma jovem estirada sobre um cobertor, ao lado de um canteiro de flores.

Mas nenhuma das imagens lhe chamou especial atenção, nenhuma foto das vítimas enfeitava aquelas paredes.

Será que algum daqueles rostos era o *dele?*, especulou consigo mesma.

Eve pedira a Feeney para pesquisar uma imagem que servisse para identificá-lo. Isso levaria tempo, mas talvez eles tivessem um golpe de sorte.

Em seguida, entrou no quarto do suspeito.

Era muito arrumado e organizado, como o resto do apartamento. A cama cuidadosamente feita, os travesseiros afofados. No closet, as roupas estavam arrumadas por tipo e por cor.

Transtorno obsessivo-compulsivo, decidiu. Ao mesmo tempo lhe passou pela cabeça que a loja de departamentos que Roarke chamava de closet também era tão arrumada quanto o armário do suspeito.

Ele era jovem, reparou Eve, ao ver as escolhas de roupas. Camisas da moda, botas com amortecimento a ar, sapatos com sola de gel, muitos jeans e dezenas de calças estilosas. Nada barato demais, mas também nada muito caro. Não parecia ter um estilo de vida acima do que ganhava, mas gostava de roupas. Gostava de se apresentar bem.

Imagem.

Ela começou a verificação pela escrivaninha.

Em seus arquivos muito organizados, encontrou um disco de orientação para matrícula na Columbia University, e outro com anotações de sala de um curso intitulado Explorando a Imagem, oferecido pela professora Leeanne Browning um ano atrás.

As evidências contra você estão aumentando, Gerry, pensou Eve ao etiquetá-los e lacrá-los num saco plástico destinado a provas.

Em seguida, foi até uma cômoda e começou a remexer em meias e cuecas cuidadosamente arrumadas. Enfiada no meio delas havia uma caixa revestida de pano e, dentro dessa caixa, alguns dos seus tesouros.

Um botão de rosa ressecado, uma pedra brilhante, o tíquete usado de um jogo no estádio dos Yankees e um pedaço de tecido que parecia pertencer a um cobertor.

Havia também um porta-copos típico de boates. Nele, o logotipo da Make The Scene aparecia estampado em letras azul-néon. Ela lacrou tudo isso, e também um cartão da Portography.

Eve recuou um passo e fez um levantamento do que encontrara. Ele morava naquele apartamento, mas não trabalhava ali. Aquele não era seu local de trabalho, que ele certamente mantinha separado. Ali era o espaço da mãe dele, onde ele vinha para uma refeição tranquila ou uma boa noite de sono. Mas não era ali que ele criava.

Ele não aparecia no local fazia algum tempo. Eve passou o dedo sobre uma levíssima camada de poeira em cima da cômoda. Havia muito trabalho a fazer. Ele andava ocupado demais para vir para casa e relaxar... para vir para casa e não encontrar a mãe à sua espera.

— Eve.

Ela olhou para trás, viu Roarke na porta do quarto e perguntou:

— Já acabou a pesquisa?

— Não há quase nada aqui. Ele limpa os arquivos todo mês. Se você confiscar os aparelhos, talvez consiga identificar as ligações apagadas, mas trabalhando aqui, sem ferramentas específicas, só dá para saber o que ficou registrado neste mês. Ele não era de ficar de papo com ninguém. Pediu pizza há três semanas e encomendou flores para o túmulo da mãe, que...

— Localização do cemitério? — interrompeu ela.

— Já peguei. Não há ligações dadas nem recebidas de amigos, parentes ou conhecidos. Ele deixou a voz da mãe no *tele-link*, para receber os recados.

— Mas ele fala nessas ligações. Teremos um bom registro de voz.

— Sim, isso não será difícil. — Ela percebeu algo nos olhos de Roarke, algo muito sutil.

Retrato Mortal 415

— Você quer que eu sinta pena por ele ter perdido a mãe? Você está perto demais dessa situação, e pode ter algum tipo de identificação. Desculpe, mas sua piedade deve ficar fora disso. As pessoas morrem. É horrível, mas não se lida com a perda de alguém matando três pessoas inocentes.

— Não, claro que não. — Ele suspirou. — É que existe algo patético neste lugar, no jeito como ele continua morando cercado pelas coisas da mãe. As roupas dela continuam nos closets, a voz dela é quem atende o *tele-link*. Andei por todo o apartamento e me vi diante dela o tempo todo, olhando para seu rosto em fotos por toda parte. Você entende o que ele fez?

— Não. O que ele fez?

— Ele a transformou em um anjo. Por todas as declarações, sabemos que ela era uma mulher boa, realmente especial. Mas era humana, mortal. Ele não aceitou isso, entende? Ela não podia ser humana, então ele a divinizou. Mata por ela, e Deus sabe que ela não merecia isso.

— É dela que você sente pena?

— Em grande parte. Ela devia amá-lo, certo? Ela o amava muito, pelo que sabemos. Será que continuaria a amá-lo depois de tudo o que ele fez?

— Não sei.

— Bem, acho que nunca saberemos. Olha lá, Feeney chegou — disse ele, e se afastou.

Será que Roarke estava falando da mãe de Gerald Stevenson ou de sua própria mãe?, ponderou Eve.

Ela limpou a área para os peritos e se juntou a Feeney.

— Onde está McNab?

— Foi investigar o outro quarto. Disse que ia dar uma mãozinha a Peabody.

— Aposto que não é a mão que ele quer dar a ela.

— Por favor, Dallas. — Feeney fez cara de desgostoso. — Não coloque essas imagens na minha cabeça.

— Faço questão de compartilhá-las com você, já que elas pipocam na minha mente o tempo todo. Imagens — repetiu, apontando para as paredes. — Acho que ele não aparece em nenhuma delas. Não achei nenhuma fotografia dele no espaço de sua mãe. Deveria haver. Ela devia ter alguma foto dele por aqui, talvez em um porta-retratos.

— As mães costumam ter — concordou Feeney.

— Mas isso faz sentido, especialmente se analisarmos seus trabalhos e interesses recentes. Ele tirou todas as fotos suas, por garantia.

Tentando ignorar o que poderia ou não estar rolando no quarto ao lado, Eve deu um tapinha no saco de provas.

— A mãe usava produtos Barrymore. Ele deixou a maquiagem da mãe no quarto dela.

Ela esticou o pescoço na direção do corredor.

— Yancy ainda está trabalhando com a testemunha, uma idiota teimosa. Espero que ele nos consiga um retrato falado logo, mas acho que devíamos fazer uma busca nos rostos das fotos nas paredes, para ver se topamos com algo.

— Isso vai levar um tempo. — O rosto de Feeney se iluminou. — Vou mandar McNab correr atrás disso, para manter suas mãos e sua cabeça onde devem estar.

— Por mim está ótimo. Vou dar uma força para Yancy, daqui a pouco. Se houver algum progresso, vou com Roarke dar uma olhada em algumas garagens que ele descobriu. Elas estão faturando grana por fora. Seria mais fácil se tivéssemos o rosto do cara para exibir por aí.

"Ele vai voltar, Feeney. As coisas da mãe estão aqui. Sua galeria de fotos, as roupas, suas tralhas femininas. Ainda tem comida na cozinha, e ele é compulsivo demais e muito bem treinado para deixar algo estragar. Mas tem uma sessão de fotos para terminar, e acho que pretende completar essa missão antes de voltar para casa. A vizinha tem razão, ele está fora a trabalho."

— Será que já está perto disso?

Retrato Mortal 417

— Muito perto. Ele sabe que estamos agindo. Já teve de usar o plano B. Ele não planeja matar até ser apanhado. — Com o rosto fechado, Eve largou o saco de provas sobre a mesa. — Vai matar até alcançar o que queria. Não é a emoção de matar que o impulsiona, é o trabalho, e ele tem um objetivo. Quer que vejamos o resultado, o trabalho pronto. Pode ser que ele tenha de agir mais depressa agora, para terminar a tempo e poder exibir sua obra antes de ser agarrado. Já deve ter o próximo alvo em mente.

— Tenente. — Yancy, com seu rosto jovem e bonito, estava encostado ao portal. — Acho que conseguimos. Desculpe ter levado tanto tempo. É mais difícil quando a testemunha acha que a polícia está enganada.

— Tem certeza de que ela não enrolou você, descrevendo traços errados?

— Tenho, sim. Expliquei a ela, com muita educação e gentileza, que poderia ser acusada de obstrução da justiça e assim por diante, caso me informasse feições falsas de propósito. A advogada atrapalhou um pouco e acabou confirmando o que eu disse, mas isso também atrasou os resultados.

— Vamos ver o que você conseguiu.

Ele pegou o Identi-pad e o virou, exibindo a imagem pronta.

— Santo Cristo! — O coração de Eve pulou até a garganta. — Transmita esse retrato falado para a Central. Quero que todas as viaturas e policiais de serviço recebam essa imagem o mais depressa possível. O suspeito identificado como Gerald Stevenson também atende pelo nome de Steve Audrey e trabalha como barman da boate Make The Scene. Vamos agitar isso agora mesmo, Yancy!

Ela pegou o comunicador no bolso e ligou para Baxter.

Baxter já estava ali havia mais de uma hora e não tinha visto nada fora do comum. Havia um número absurdo de pessoas, a maioria jovens, todos se enfeitando e se exibindo, circulando de um lado para outro, tomando drinques com nomes ridículos e agitando os teclados dos computadores quando não estavam se requebrando na pista de dança.

Não que ele não curtisse observar de perto corpos femininos ágeis e esbeltos dançando dentro de reduzidas roupas de verão, mas a música era alta demais e muito agressiva.

Aquilo acabou lhe provocando uma dor de cabeça moderada, e pior que isso, muito pior: o fez se sentir velho.

Ele estava louco para ir embora, colocar os pés para cima, tomar uma cerveja bem gelada e assistir a um bom filme.

Por Deus, quando foi que ele se transformara no seu pai?

O que ele precisava mesmo era se aconchegar com uma mulher, novamente. Que não pertencesse aos quadros da polícia, fosse alta e curvilínea. O trabalho estava lhe tomando muito do seu tempo de lazer. Foi nisso que deu se transferir do Departamento Anticrime para a Divisão de Homicídios, para acabar tendo Dallas acima dele de um jeito não sexual e ainda por cima com um novato para treinar.

Não que houvesse algo errado com Trueheart, admitiu, enquanto circulava com os olhos o salão e via o garoto tomando uma água com gás e batendo papo com uma coisinha linda.

O garoto era brilhante como uma estrela de xerife, ávido para aprender como um cãozinho, e capaz de trabalhar até cair duro. Baxter nunca se imaginara com a responsabilidade de treinar alguém, mas, puxa, estava adorando.

Sentia-se bem com o jeito como o garoto olhava para ele em busca de conselhos, ouvia suas histórias e acreditava nos seus relatos mirabolantes.

Puxa vida, ele estava se transformando no seu velho diante dos seus próprios olhos.

Hora de fechar a quitanda e ir para casa.

Pagou sua conta e percebeu a mudança de turno no bar. Ele não era o único ali a dar o expediente por encerrado.

Com ar casual, circulou uma última vez pelas mesas, olhando os rostos, observando os viciados em computador e analisando os

Retrato Mortal

empregados da casa. Esperou até Trueheart olhar para ele e deu uma batidinha no relógio para sinalizar que ele estava levantando acampamento.

Trueheart fez que sim com a cabeça e girou o copo sobre o bar para indicar que ia só acabar de beber e também iria para casa.

Estamos trabalhando bem em dupla, decidiu Baxter ao caminhar pela calçada em meio ao ar pesado e úmido. *O garoto está se saindo bem*. Olhou para o céu fechado e torceu para conseguir chegar em casa antes de o toró desabar.

Estava em seu carro, a dez quarteirões da boate, quando o comunicador tocou.

— Ai, que merda, Dallas! Será que um cara não tem o direito de ir para casa em algum momento do dia? — resmungou, mas atendeu com um simples: — Baxter falando, que diabos você quer agora?

— Conseguimos uma identificação visual do suspeito. Gerald Stevenson é Steve Audrey, a porra do seu simpático barman, Baxter.

Ele olhou na mesma hora para o espelho retrovisor, depois para os espelhos externos, e fez uma perigosa curva em U, sendo quase atingido em cheio por um maxiônibus e dois táxis da Cooperativa Rápido.

— Estava a dez quarteirões da boate, mas já fiz o retorno. O suspeito largou o turno na boate às vinte e uma horas, mas Trueheart ainda está lá.

— Entre em contato com ele e mantenha seu comunicador aberto em todas as frequências. Volte lá, Baxter, porque eu não quero que o garoto encare isso sozinho. Eu também já estou indo.

Baxter tentou se apertar entre táxis e ouviu quando Eve chamou Trueheart pelo comunicador.

Trueheart havia acabado de tomar sua água com gás e se sentia lisonjeado e nervoso diante da garota que viera conversar com ele e lhe pedira o número do seu *tele-link*.

Ela queria dançar um pouco, mas ele era um dançarino terrível. Além do mais, precisava ir para casa, a fim de curtir uma boa noite de sono, pois sua equipe poderia precisar dele a qualquer hora.

Sabia que estava enrubescido no instante em que informou à garota, Marley, o número do seu *tele-link* pessoal. Odiou quando sentiu o calor lhe subir pelo rosto; rezava para se livrar daquilo o mais depressa possível.

Tiras não ficavam vermelhos. Dallas certamente não ficava, nem Baxter.

Talvez houvesse algum tipo de tratamento médico para isso.

Satisfeito consigo mesmo, saiu da boate. Uma tempestade estava se armando, mas ele gostou. Adorava uma chuvarada bem barulhenta. Pensou por alguns instantes se devia pegar o metrô e ir direto para casa por baixo da terra ou se valia mais a pena ir a pé, pois morava a poucos quarteirões dali. Percebeu então que o ar parecia eletrificado.

Especulou, silenciosamente, se depois que o caso estivesse encerrado e ele contasse a Marley que era um tira ela ainda toparia sair com ele.

Talvez para uma pizza e um vídeo, algo bem descontraído. Não dá para conhecer ninguém direito numa boate onde a música é ensurdecedora e todo mundo fala ao mesmo tempo.

Viu um raio serpear loucamente pelo céu e decidiu que o metrô era melhor. Se ele chegasse em casa logo, daria para assistir pela janela ao temporal chegando. Começou a caminhar na direção sul, sempre de olho no céu.

Seu comunicador tocou. Ele atendeu, mas não chegou a falar nada.

— Oi! Vai cair um toró a qualquer instante. Você quer uma carona?

Trueheart olhou para trás e sentiu o rubor novamente lhe subir pelo pescoço, pois tinha sido pego no flagra olhando para o céu com cara de idiota, como uma criança no planetário. Na mesma hora escondeu o comunicador, colocando-o em modo de espera para ele ficar silencioso e não entregar seu disfarce.

— Eu ia pegar o metrô. — Lançou para o sujeito que conhecia como Steve Audrey um sorriso amigável. — Já acabou seu turno?

— Na verdade eu estou a caminho do meu outro trabalho. Você estava conversando com Marley?

— Estava. — O rubor lhe invadiu o resto da face. — Ela é uma garota legal.

— Sim, muito legal. — Gerry piscou, riu e estendeu a mão. — Boa sorte, então.

Sem pensar, Trueheart aceitou a mão estendida. Não foi a picada que sentiu na palma da sua mão que lhe mostrou que acabara de cometer um erro terrível.

Foram os olhos de Steve Audrey.

Ele recolheu a mão e tentou pegar a arma atrás da calça, mas seu equilíbrio desapareceu. Ele cambaleou, mas teve a presença de espírito de fechar os dedos sobre o comunicador quando eles começaram a formigar.

— Steve Audrey — murmurou, com a voz engrolada. — Ao sul da Make The Scene.

— Isso, sou eu mesmo — disse Gerry, sem ver o comunicador, já estendendo o braço para amparar Trueheart. — Está meio tonto? Não se preocupe, meu carro está pertinho.

Trueheart tentou se desvencilhar dele, fez de tudo para se lembrar dos movimentos básicos do mano a mano, mas sua cabeça girava sem parar. E Gerry já estava com o braço em torno dos seus ombros.

Sua visão apagava e voltava. As luzes e os sinais de trânsito haviam virado borrões, ou tinham halos e passavam voando ao lado dele como cometas.

— Tô meio apagado — conseguiu dizer.

— Não esquenta. — Gerry aguentou o seu peso, como um amigo de farra. — Vou cuidar de tudo. Você tem uma luz maravilhosa, e ela vai brilhar para sempre.

Capítulo Vinte e Dois

medo congelou a barriga, o cérebro e a garganta de Eve, mas ela o anulou.

— Baxter?

— Eu escutei. Estava voltando, mas peguei uma rua errada. — Eve ouviu um concerto de buzinas revoltadas no instante em que ele fez uma nova manobra arriscada. — Merda! Porra! Tô voltando, tô a menos de dez quarteirões de distância, Dallas. Caceta!

— Garagem... — disse ela a Roarke. — Qual é a mais próxima da boate, indo para o sul?

— Estou pesquisando. — Ele já estava com o *tablet* na mão, digitando dados.

— Feeney! Ele pegou Trueheart. Vamos agitar, vamos lá. Yancy, me dê esse retrato falado agora mesmo.

— E-Z Parking, na rua 12, entre a Terceira e a Quarta Avenida — informou Roarke, e os tiras voaram para a porta em bloco.

— Todas as unidades, atenção! Policial em perigo. Código Vermelho. — Ela informou a localização. — O suspeito foi identificado como Gerald Stevenson, também conhecido com Steve Audrey.

Retrato Mortal 423

Estou enviando o retrato falado dele, um suposto responsável por múltiplos assassinatos que pode estar armado.

O comunicador guinchou ao receber muitas respostas ao mesmo tempo. As unidades se colocaram em alerta. Eve parou só para lançar um longo olhar para Jessie Fryburn, que apareceu no corredor.

— Ele pegou um dos meus homens. Se alguma coisa acontecer a ele, *qualquer coisa*, eu volto aqui para voar com fúria em cima de você. Me aguarde!

Ainda distribuindo ordens e dados, ela entrou no elevador.

— Calados! — Ela ergueu a mão para interromper o bate-papo ao ouvir a voz de Gerry, leve e alegre.

"Tudo bem, numa boa. Meu amigo aqui caiu na farra, mas já vou levá-lo para casa."

"Garagem... estacionam... andar..."

Eve sentiu mais uma fisgada de pânico ao reconhecer a voz fraca e confusa de Trueheart.

"Isso mesmo. Deixei o carro estacionado nesta garagem, e já coloco você lá dentro. Talvez seja melhor você se deitar no banco de trás. Não se preocupe com nada, vou tomar conta de você. Fique relax."

— Ele o colocou dentro do carro. Baxter!

— Estou a seis quarteirões da garagem. Tá meio engarrafado aqui na Terceira Avenida, mas estou chegando.

— Diga-me qual é o tipo de veículo, Trueheart. Fale!

— Azhoqueéuavan — balbuciou ele, com a voz engrolada, ao ouvir a ordem. — Um carro escuro. Tô cansado.

— Fique comigo! — Eve saiu correndo do prédio. — Preste atenção à minha voz!

Ela entrou no banco do carona. Nem lhe passou pela cabeça dirigir o carro — não com Roarke ali. Ele era melhor numa corrida daquele tipo. Mais veloz e mais astuto. Sem dizer uma palavra, Peabody sentou no banco de trás, enquanto Feeney e McNab pegavam outro veículo.

— Ele ainda está raciocinando como um tira. — Eve enxugou o suor do rosto, enquanto Roarke saía pela rua cantando pneus. — Deixou o comunicador aberto. Peabody, monitore as transmissões, é só isso que eu quero que você faça. Entendido?

— Sim, senhora, estou com Trueheart. Eles estão se movimentando, tenente. Ouço o motor do carro e alguns sons de tráfego. Ele ligou o rádio. Sirenes. Ouço sirenes.

— Vambora, vambora, vambora... — repetia Eve, como um mantra, enquanto continuava a dar instruções. — O suspeito dirige uma van e está saindo do edifício-garagem.

Roarke colocou o carro em modo vertical, decolando inesperadamente para passar por cima de vários táxis, ao mesmo tempo que virava à esquerda em uma esquina, a uma velocidade tão elevada que fez Peabody ser jogada de um lado para outro no banco de trás como um dado dentro de um copo.

Os pneus do veículo esbarraram na parte de cima do guarda-sol de uma carrocinha de lanches na esquina, e logo o carro tornou a tocar o solo.

— Santo Deus! — Foi tudo o que Peabody conseguiu dizer enquanto os prédios pareciam passar voando.

Roarke costurava pela rua como uma serpente entre pedras. Peabody não teve coragem de olhar a que velocidade eles iam.

— Van preta, Dallas. Trueheart falou que está numa van preta, sem janela na parte de trás. Ele está quase apagando.

— Não vai apagar.

Eve não iria perdê-lo. Não podia perder aquele tira dedicado, muito jovem, com rosto de menino e que ainda ficava ruborizado.

— Ele tem de colocar o comunicador em modo de localização automática, só isso. — Sua mão formou uma bola e ela bateu na própria coxa. — Baxter, cacete, cadê você?

— Falta um quarteirão e meio. Nenhum sinal de van.

Retrato Mortal

* * *

Uma pizza e um vídeo, pensava Trueheart, enquanto rolava sem controle na parte de trás da van. Bem que ele queria dançar melhor. Teria dançado com ela, se não fosse tão desajeitado.

Nada disso, estou numa van. Uma van com painel preto. Entrei numa furada. Caraca, uma tremenda furada. Steve, o barman. Cabelos e olhos castanhos, um metro e setenta, sessenta e poucos quilos e... o que mais mesmo?

Ele me aplicou um tranquilizante. Tenho de pensar. Faça alguma coisa, faça...

Ela era tão bonita, a Marley. Bonita pra caramba.

Mas foi o rosto de Eve que surgiu em seu cérebro.

— Se liga, policial Trueheart. Relatório!

Relatório, relatório... Policial em perigo. Estou realmente em perigo. Devo fazer alguma coisa.

Ele tentou pegar a arma enfiada na parte de trás da calça, mas seu braço não cooperou. O comunicador, lembrou. Ele devia fazer alguma coisa com o comunicador.

O procedimento correto a seguir em uma situação daquelas parecia flutuar em seu cérebro, enquanto a música tocava e a van seguia suavemente através da noite.

Eve saltou do carro na porta do edifício-garagem, e voou até Baxter, que esganava o funcionário, apertando-o contra o quiosque.

Meia dúzia de viaturas e o dobro de tiras bloqueavam o cruzamento. O ar estava cheio de sirenes, gritos, ameaças, e os trovões ribombavam soltos no céu.

— Não sei do que você está falando, não sei mesmo. — O funcionário da garagem se engasgava com as palavras, seus olhos pareciam saltar das órbitas e seu rosto foi assumindo um perigoso tom castanho-escuro.

— Controle-se, policial. — Eve agarrou o braço de Baxter.

— Porra nenhuma! Você vai abrir o bico, seu merdinha de nariz chato, senão vou torcer seu pescoço como faço com um peru de Natal.

— Segure sua onda! — trovejou Eve, empurrando Baxter dois passos para trás. — Antecipando-se a ambos, Roarke prendeu os braços de Baxter atrás das costas, abrindo espaço para Eve cutucar o peito do funcionário ofegante. — Você tem dez segundos para abrir o bico antes de eu soltá-lo em cima de você. Depois o resto dos tiras vai acabar o trabalho. Quero a marca, o modelo e a placa da van que você acabou de liberar indevidamente.

— Não sei do que vocês estão...

Eve se inclinou e falou baixinho, junto dele:

— Vou fazer você sofrer mais dor do que consegue imaginar. Seu cérebro vai derreter e sair pelos ouvidos, e seus intestinos vão virar do avesso e escorrer pela sua bunda. Isso tudo vai acontecer sem deixar marcas, e todos os tiras aqui vão jurar que você morreu de causa natural.

Ele tinha tido medo de Baxter, mas não era medo o que sentia, agora. Era um terror que o deixava trêmulo e apavorado. O tira era estouradinho, mas isso poderia lhe deixar, no máximo, algumas marcas roxas. Mas a frieza que ele via naquele instante nos olhos de Eve era capaz de matá-lo de verdade.

— Chevy Mini-Mule, modelo 2051. Preto, com painel modificado. Preciso olhar a ficha para saber a placa. Não quero nenhum rolo pro meu lado. Os donos estão fora da cidade e o cara só queria alugar o carro por algumas horas.

— Escute aqui, seu furúnculo infeccionado. Você tem vinte segundos para nos informar a placa.

Ela mandou um guarda acompanhar o funcionário até o quiosque. Baxter tinha parado de se debater com Roarke. Estava imóvel agora, pálido como gelo, e um pesar profundo começava a dominar seus olhos.

Retrato Mortal

— Eu estava na direção contrária, Dallas. Estava na porra da direção errada. Deixei o garoto na boate. Queria ir para casa, colocar os pés pra cima e tomar uma cerveja. Deixei-o sozinho lá.

— E daí, você virou um tira vidente agora? Não havia como saber que a coisa ia dar nisso. — O tom de escárnio na voz de Eve era proposital, pois ela sabia que isso tiraria o peso de cima dele. — Não conhecia essa sua faceta, Baxter. Vamos ter de transferir você para a Divisão de Operações Especiais. Eles saberão usar seus talentos.

— Dallas, o garoto estava comigo.

— E nós vamos pegá-lo. — Ela se permitiu sacudir Baxter pelo braço. — Controle-se, ou você não será capaz de ajudá-lo.

A cabeça dela zumbia com um medo que se apossava de tudo, junto com a raiva e a sensação de, talvez, chegar um minuto tarde demais. Anotando a placa do carro, respirou fundo.

— Todas as unidades, atenção todas as unidades! O veículo do suspeito foi identificado. É um Chevrolet Mini-Mule 2051 com painel modificado. Placa NY 5504 Baker Zulo. Repetindo... Placa de Nova York, 5504 Baker Zulo. Quero uma busca generalizada em toda a cidade. Precisamos encontrar o veículo e o suspeito Gerald Stevenson, também conhecido como Steve Audrey. Este alerta é Código Vermelho.

Ela colocou o comunicador de volta no bolso.

— Peabody?

— Não ouvi nada nos últimos minutos, senhora, mas o carro continua em movimento. Ouvi o som típico de um dirigível para turistas, estou certa disso. Não ouvi muita coisa, mas o guia citou Chinatown.

— Eles vão para o centro, direção sul. Todas as unidades, vasculhem a área da Canal Street. Vamos agitar! Baxter, você vai comigo.

— Estou de carro e...

— Esquece o carro. — Eve não confiava nele dirigindo um veículo no estado de desespero em que estava. — Você vai comigo, eu dirijo — avisou a Roarke. — Você, Feeney e McNab, comecem a procurar gente que more na parte de baixo da Canal Street. Procurem em algum lugar perto da West Broadway, qualquer morador que se chame Javert, Stevenson, Audrey, Gerald. Homens solteiros. Um prédio com garagem e alguém que more em andares altos. Ele gosta de espaço, luz e vista.

Eve entrou no carro. Perdera um tempo precioso com Jessie Fryburn. Dez minutos antes, até mesmo cinco, e eles o teriam agarrado antes de ele pegar Trueheart.

Minutos. Tudo era uma questão de minutos agora.

— Peabody?

— Ele continua consciente, senhora. Murmura alguma coisa de vez em quando. Não consigo entender muita coisa do que fala. — Mesmo assim, ela anotara cada palavra. — Comunicador. Barman. Pizza e vídeos. Policial em perigo. Relatório.

Enquanto seguiam rumo ao centro, Eve ligou para o Departamento de Trânsito para obter a localização exata de um dirigível para turistas sobrevoando a área centro-sul de Manhattan naquele momento.

— Você consegue alguma pista da rua, Peabody?

— Está tudo silencioso. Quase não ouço buzinas agora. Dá para perceber o som de sirenes, mas nada muito perto. Ainda não. Há o som de solavancos. Acho que o comunicador talvez esteja no chão da van. Dá para ouvir os pneus passando por buracos. Acho que...

— Espere, pare de falar um instantinho. — Olhando fixamente para frente, Eve aguçou os ouvidos. — Isso é uma britadeira movida a ar.

— Ouvidos de gata — murmurou Roarke. — Vou relatar isso a Feeney.

Passaram-se minutos preciosos antes de se ouvir a voz de Feeney.

— Equipes de manutenção das ruas estão agendadas para executar obras na West Broadway, na rua Worth, na Beekman e na esquina de Fulton com Williams.

Retrato Mortal

— Temos um dirigível que passava sobre a rua Bayard. — Ela analisou o mapa de cabeça enquanto Roarke o colocava na tela. — Vamos nos dividir para averiguar todos esses locais. — Mas ela precisava seguir seu instinto. — Siga para oeste — disse a Roarke.

— Tenente — falou Peabody, do banco de trás. — Eles pararam.

No instante em que a van parou, Trueheart pegou novamente o comunicador, mesmo com pouca sensibilidade nos dedos. Havia algo que ele precisava fazer no aparelho. Colocá-lo em modo de localização! Graças a Deus ele lembrou disso. Finalmente! Mas seus dedos estavam dormentes, pareciam inchados e *apagados*. Ele não conseguia movê-los direito. Lutando para permanecer acordado, fechou o aparelho com força na palma da mão quando as portas se abriram.

Gerry foi muito gentil. Não queria machucá-lo. Não queria que ele sofresse dor. Explicou tudo isso em um tom tranquilizador, enquanto tirava Trueheart da parte de trás da van.

— Esta é a coisa mais importante que nós dois vamos fazer na vida — disse Gerry, aguentando o peso de Trueheart e movendo-o com firmeza, apesar de seus sapatos de civil se arrastarem pela calçada.

— Assassinato — murmurou Trueheart. — Você tem o direito de...

— Não, não. — Com paciência, Gerry pegou seu cartão de entrada, passou-o na fenda e colocou a palma da mão sobre o sensor para ter acesso ao prédio. — Você anda assistindo demais aos noticiários. Estou muito desapontado com o ângulo pelo qual todos estão analisando o que faço, mas eu já esperava. Tudo vai mudar quando eles me compreenderem.

Trueheart lutou para prestar atenção ao espaço à sua volta. As luzes eram suaves, ou talvez fossem seus olhos.

— Paredes brancas, caixas de correspondência, entrada com segurança, dois elevadores.

— Muito observador, você, hein? — Gerry riu baixinho enquanto esperava o elevador. — Eu também sou assim. Minha mãe costumava dizer que eu prestava atenção em tudo e enxergava coisas que as outras pessoas não viam. Foi por isso que eu me tornei um artista da imagem. Queria mostrar às pessoas as coisas que elas não viam.

Ao entrar na cabine, ele ordenou o quinto andar.

— Eu saquei você logo de cara — disse a Trueheart.

— Quinto andar.

— Sim, isso mesmo. Pois então... Assim que você colocou os pés na boate, eu saquei. Você tem uma luz muito forte. Nem todo mundo é assim. Pelo menos não mostra força nem pureza, como você. Isso o torna especial.

— Cinco... B — murmurou Trueheart, enquanto sua visão apagava e voltava, diante da porta.

— Isso mesmo, só tem os apartamentos 5-A e 5-B aqui em cima, e o vizinho do A trabalha à noite. É mais fácil assim. Vamos lá. Pode deitar um pouco ali enquanto eu arranjo as coisas.

— É um loft. No Village? No Soho? Onde?

— Pronto, pode se esticar um pouco aqui.

Ele queria lutar, mas com os braços e pernas fracos como os de um bebê, seus esforços pareciam mais petulantes que defensivos.

— Relaxe, relaxe... Não quero lhe aplicar mais nenhum tranquilizante, por enquanto. Você tem o direito de saber o que está prestes a realizar e no que está para se tornar. Me dê só uns minutinhos.

Era preciso economizar as forças, pensou Trueheart, de forma difusa. O pouco que lhe restava. Espere e observe. Observe e relate.

— Loft reformado. Muito espaçoso. Janelões. Ah, Deus. Três janelões dando para a rua, claraboias. Último andar, talvez? As paredes... Puxa vida, ó Deus. Paredes... retratos. Vejo as vítimas. Sou uma vítima. Lá está o meu retrato, na parede. Estou morto?

Retrato Mortal

* * *

— Ele está apagando, Dallas.

— Ainda não. — Eve fechou o punho e bateu no volante com força. — Está fazendo seu trabalho. Roarke, me informe alguma coisa, droga!

— Estou pesquisando. — Os cabelos dele haviam caído para frente como uma cortina negra que lhe cobria o rosto, e ele se concentrava na tela do minipad. — Tenho cinco localizações possíveis, até agora, mas há mais aparecendo. Este é um bairro muito popular para solteiros.

— Prédio de cinco andares, lofts.

— Eu ouvi, tenente. — Sua voz era calma como um lago. — Preciso de alguns minutos.

Eve não sabia se Trueheart teria alguns minutos.

Seguindo a intuição, ela seguiu a toda e atravessou a Broadway, para dar uma olhada nas ruas transversais. Ali era mais agitado, pensou ela. Um ambiente propício para artistas, simpatizantes da Família Livre, jovens boêmios e pessoas visceralmente urbanas.

Ele era jovem o bastante para querer esse tipo de ambiente, e tinha grana para bancar o estilo. Por ali, ninguém se espantaria ao ver um cara ajudando outro — ou uma garota — a entrar em um prédio. A vizinhança era sossegada. Moradores jovens. Ninguém iria questionar quem chegasse muito animado, bêbado ou doidão. Metade da vizinhança estaria exatamente assim.

As sirenes e os trovões continuavam a agitar a noite, e ela viu um raio fatiar o céu como uma faca serrilhada. E a chuva despencou.

— Deixe-me explicar tudo — disse Gerry, testando as lentes e filtros que preparara. — Minha mãe era uma mulher surpreendente. Pura e gentil. Ela me criou sozinha. Não podia se dar ao luxo de ser apenas uma mãe profissional, mas nunca me negligenciou. Era enfermeira, e passou a vida ajudando as pessoas. Então ficou doente.

Ele recuou um passo e analisou o cenário que montava.

— Isso não deveria ter acontecido. É errado uma pessoa tão altruísta e brilhante ter uma sombra dentro dela. Os médicos chamam de "sombra" os tumores que aparecem nos pacientes. Minha mãe tinha sombras no cérebro. Fizemos tudo direitinho, conforme eles mandaram, mas ela não melhorou. Apareceram novas sombras, mais profundas. Isso está errado.

Ele balançou a cabeça antes de continuar.

— Está quase pronto. Desculpe levar tanto tempo, mas quero que tudo fique perfeito. Você vai ser o último. É quem vai encerrar meu trabalho, e não quero fazer nada errado. A luz é muito importante para a imagem. Dá para mexer nela pelo computador, e isso também é uma forma de arte, é claro, mas a *verdadeira* arte está em conseguir a luz certa logo de cara. Eu estudei durante muitos anos, na escola, por conta própria, mas nunca consegui montar uma exposição em Nova York. É um mercado muito difícil.

Ele não parecia ressentido, apenas paciente. Enquanto Trueheart lutava para movimentar os dedos, observou Gerry dando um passo atrás para apreciar seu trabalho, a arte que alinhara ao longo das paredes.

Rachel Howard. Kenby Sulu. Alicia Dilbert. Todos em poses perfeitas. Todos mortos em suas molduras estreitas de prata.

Também havia outras imagens deles, Trueheart percebeu, com dificuldade. Fotos batidas sem o conhecimento deles. Gerry também as emoldurara e agrupara em outra parede.

— Fiz uma pequena exposição na Filadélfia, um ano atrás — continuou Gerry. — Uma galeria pequena, mas foi um começo. Estava chegando lá, conseguindo espaços, como deve ser. Mas, depois que mamãe ficou doente, tive de colocar tudo em compasso de espera. Saí da faculdade e me concentrei nela. Ela não queria que eu fizesse isso, mas como eu poderia me preocupar com fama e fortuna sabendo que ela estava gravemente doente? Que tipo de filho eu seria?

Retrato Mortal

"Eu a vi morrer", continuou, baixinho. "Vi o instante em que a luz desapareceu dela. Não consegui impedir, não soube como, na época. Depois, descobri um jeito de fazer isso. Só queria... Só queria ter percebido isso antes de ser tarde demais para ela."

Ele tornou a se virar e sorriu com simpatia.

— Bem, precisamos começar.

Quando ele atravessou a sala em sua direção, o suor começou a escorrer pelo rosto de Trueheart, devido ao esforço de apertar o botão de localização do comunicador.

— Onde está essa van? — Apesar da tempestade, Baxter andava com a janela aberta e a cabeça para fora, desesperado, vasculhando as ruas. — Onde está essa maldita van? — Ele afastou os cabelos de onde lhe escorriam água da chuva pelo rosto. — Todo tira da cidade está de olho e ninguém consegue achar uma porra de uma van?

Ele deve ter entrado em alguma garagem subterrânea, pensou Eve. Ou em outro edifício-garagem, mas ela não acreditava muito nisso, a julgar pelos ruídos que ouvira pelo comunicador ligado. Ele estava no nível da rua. Ela não os ouvira subindo nenhuma escada.

Estavam perto, ela *sabia* que eles estavam perto. Mas se estivessem a mais de um quarteirão de distância...

— Rua Greenwich, 207, apartamento 5-B. — Roarke ergueu a cabeça e seus olhos já não pareciam frios. — Javert Stevens.

— Todas as unidades! — convocou Eve e, ignorando as regras de trânsito, fez uma curva em U, quase derrapando. Os carros se abriram à sua passagem como o mar Vermelho, enquanto ela corria como uma bala, pela contramão, ao longo da rua Greenwich.

— O localizador foi ligado! — Peabody foi atirada com força para o canto, no banco de trás, e se agarrou no braço de Baxter. — Conseguimos! Estamos a dois quarteirões!

Ao lado dela, Baxter colocou a cabeça para dentro do carro. Enquanto começava a rezar, conferiu sua arma.

Trueheart não sabia como conseguira fazer isso, não tinha certeza de nada, mas o fato é que deixara o comunicador escorregar por entre as almofadas do sofá onde Gerry o colocara.

Tentou afastar as mãos quando Gerry o puxou, mas falhou, e seus braços despencaram no colo, sem forças.

— Vai ficar tudo numa boa, eu prometo. Não vai doer nada. Vou cuidar disso e você vai ver. É a coisa mais espetacular que você já viu. Quero que você fique em pé, para a pose. Corpo reto, como um soldado. É assim que eu vejo você... um soldado corajoso e verdadeiro. Mas não com o corpo rígido demais. Vamos ter de trabalhar um pouco essa parte.

Ele encostou Trueheart num armário que ficava à altura do seu peito e pegou os fios finíssimos que já havia fixado em torno dos seus tornozelos.

— Quer ouvir música? Vou colocar algo para tocar em um minutinho. Vou fazer essa pose em estilo de... Como é mesmo o nome? Posição de "descansar", pernas meio abertas e mãos nas costas. Vamos ver como fica.

Ele colocou os braços de Trueheart para trás e os fixou com um pouco mais de fio.

— Isso vai ficar muito bom. Depois eu vou tirar o armário e os fios na imagem do computador. Talvez fosse uma boa colocar sua camisa para dentro da calça.

Um filete de suor frio escorreu lentamente pelas costas de Trueheart. Se ele descobrisse a arma presa atrás das calças, tudo estaria acabado. Talvez já estivesse acabado, de qualquer modo.

Mas Gerry deu um passo atrás e meneou levemente a cabeça.

— Não, prefiro deixar a camisa para fora. Você vai parecer relaxado, descontraído, mas ainda em estado de alerta. Você me chamou a atenção por ter o olhar sempre alerta, na boate. Olhando em volta, observando as pessoas. Foi isso que me deu a ideia dessa pose de soldado.

Retrato Mortal 435

Ele pegou uma seringa de pressão.

— Vou lhe aplicar um pouco mais de tranquilizante, mas não tenha medo, isso não vai lhe causar nenhum desconforto. Quando eu acabar e tiver a imagem pronta, você vai compreender tudo. Vai se sentir parte de tudo.

— Não. — A cabeça de Trueheart balançou, sem rumo.

— Shh, shh, não se preocupe.

Ele sentiu uma picada no braço e se sentiu afundando em ondas suaves e brisas cálidas. E apagou.

Eve estacionou junto do meio-fio, e o carro chegou a subir na calçada, depois de derrapar de leve no piso molhado. A van preta estava parada logo à frente.

Quando o carro ainda dançava, Baxter se lançou para fora. Eve estava décimos de segundo atrás dele.

— Segure-se! — comandou Eve.

— Estou me segurando... Estou me segurando tanto que me dividi em dois só para me segurar melhor.

Ele pegou o cartão mestre.

— Reconhecimento palmar é mais rápido. — Roarke o empurrou de lado e se pôs a trabalhar com seu pequeno jogo de ferramentas ilegais para abrir a porta.

— Você não viu nada disso, Baxter — avisou ela.

— Juro que não vi porra nenhuma.

— Agora me escute... Detetive Baxter, me escute com atenção. Sou eu quem está no comando. — Ela acenou com a cabeça rapidamente quando Feeney e McNac chegaram, seguidos por três viaturas que frearam diante do prédio. — Vamos invadir com rapidez, mas de forma organizada.

Ela empurrou a porta que Roarke deixara entreaberta.

— Vamos pelas escadas, os guardas pelo elevador. Peabody, venha comigo. — Ela continuou a espalhar ordens enquanto subia.

— Baxter, Trueheart é a nossa prioridade.

— Nem precisa me dizer isso.

— Você vai pegar e proteger Trueheart. Quero uma equipe médica aqui — ladrou ela, no comunicador. — Quero uma medivan no local. Agora! Deixe o suspeito comigo, a não ser que ele o ataque diretamente. Fui clara?

— Entendi tudo.

— Ele colocou música, tenente — relatou Peabody, um pouco ofegante ao chegar ao quarto andar. — Não se ouve mais nada além da música.

— Roarke, na porta. Quero duas unidades a postos nas saídas do edifício. Ele não pode escapar. Cerquem o prédio. Deve haver dois homens em cada andar, junto da escada. Desliguem os elevadores.

O trovão que ribombou nesse instante sacudiu o piso quando eles chegaram diante da porta do apartamento 5-B.

Eve tinha a arma na mão, o sangue-frio e a cabeça clara.

— Vou por baixo — anunciou ela, agachando-se enquanto Roarke lidava com a tranca da porta.

Ele trabalhou depressa, e seus dedos longos e elegantes pareciam voar. Eve mantinha os olhos grudados neles, focados, absolutamente focados até sentir que o fecho se abriu.

— Vai!

Eve chutou a porta e se posicionou até colocar o alvo de sua arma treinada entre os olhos espantados de Gerry.

— Polícia! Largue isso! Largue e dê um passo para trás, ou vou apagar sua luz para sempre.

— Vocês não compreendem? — A voz dele permaneceu razoável, segurando o estilete fino com força. — Vou fazê-lo viver para sempre.

— Largue a arma — repetiu ela, recusando-se a se distrair com a imagem de Trueheart, com a camisa aberta, inconsciente e em posição de "descansar".

— Mas...

— Acabe logo com isso! — Baxter já corria pela sala. Para facilitar a ação, Eve baixou a arma e lançou uma rajada de atordoar na barriga de Gerry.

O estilete atingiu o chão décimos de segundo antes dele. Luzes e sombras cobriram seu corpo sobre o chão branco.

— Tudo bem, garoto, tudo bem. — As mãos de Baxter tremiam visivelmente quando ele apertou os dedos sobre a garganta de Trueheart, para sentir-lhe o pulso. — Ele está respirando. Já vamos tirar você daqui. — Sua voz ficou rouca enquanto ele lutava com os fios de aço. — Preciso de um alicate, droga!

— Aqui! — Roarke lhe entregou a ferramenta. — Deixe-me ajudá-lo.

— Cena do crime sob controle e suspeito dominado — anunciou Eve no comunicador, e apoiou a bota nas costas de Gerry, para o caso de ele voltar a si antes de ela algemá-lo. — O policial Trueheart parece não estar ferido. Onde está o médico que eu pedi?

Ela se virou e viu o loft cheio de tiras. Esperou um minuto para recuperar o fôlego e deixou a adrenalina se dissipar aos poucos. Compreendia a necessidade dos colegas de estar ali e quis lhes proporcionar esse momento.

Porém, pouco depois...

— Tem tiras demais aqui! A cena do crime está sob controle, o Código Vermelho foi suspenso. Preciso dessa área vazia. Policiais, imagino que deve haver algum crime acontecendo neste instante em algum lugar da cidade que precisa ser impedido. Bom trabalho — elogiou — e obrigada a todos.

— Excelente trabalho! — disse-lhe Feeney, colocando a mão em seu ombro enquanto observavam Roarke e Baxter colocando Trueheart no chão. Você está bem, garota?

— Tirando os joelhos, que continuam tremendo como geleia, tá tudo bem. Essa foi perto demais.

— Perto não significa nada. — Ele limpou a testa com o braço. — Estou velho demais para subir cinco lances de escada correndo. Quer que eu leve esse babaca para a detenção e preencha a ficha dele?

— Sim, seria ótimo. Mas quero ser a primeira a voar nele. Coloque-o em uma das celas e se ele falar alguma coisa sobre chamar os advogados...

— Não ando ouvindo direito ultimamente, devo estar com problemas de audição e vou procurar um otorrino. — Lançou um sorriso cruel, se agachou e pegou as algemas.

Eve foi em frente e se ajoelhou ao lado do médico que acabara de chegar.

— Ele está só meio tonto — informou o médico. — O pulso está forte e a pressão, baixa, mas não muito. Ele precisa de muito líquido e vai enfrentar uma dor de cabeça memorável, mas é jovem, forte e está em boa forma.

— Está acordando. — Baxter passou as mãos pelos cabelos, que continuavam pingando. — Olha só para isso! Qual é, garoto, acorda aí! Pare de cochilar no meio do turno, senão vai pegar mal pra mim.

Os olhos de Trueheart piscaram rapidamente. Sua visão estava borrada e sua mente, confusa.

— Senhora! — Ele tentou engolir em seco e acabou tossindo. — Tenente? Eu estou morto?

— Nem perto disso. — Ela não resistiu e segurou a mão dele. Baxter já pegara a outra. — Você fez um grande trabalho, policial Trueheart, um ótimo trabalho. O suspeito está sob custódia.

— O.k. Tô muito cansado — balbuciou ele, e tornou a apagar.

— Ele vai dormir e acordar por um tempo — disse o médico, com ar alegre. — Vamos hidratá-lo e deixá-lo em observação até amanhã. Vai estar novo em folha assim que amanhecer.

— Dallas, quero ficar com ele no hospital, como acompanhante.

— Afirmativo — disse a Baxter. — Mantenha-me atualizada sobre as condições dele. Entre em contato com a mãe de Trueheart. Antes de qualquer coisa, acalme-a, diga que ele está bem, e só depois conte que ele cumpriu seu dever.

Eve se levantou e se preparou para cumprir o dela.

EPÍLOGO

— Sabe o que é...? — explicou Gerry. — Eles todos estão dentro de mim agora. Não no corpo, entende? O corpo é apenas uma concha. Foi minha mãe quem me explicou isso. Eles estão na minha alma. Luz com luz.

— Foi sua mãe quem aconselhou você a pegar a luz deles, Gerry?

— Não. — Ele balançou a cabeça para os lados, com força. — Quem dera tivéssemos descoberto isso antes de ela morrer, pois ela ainda estaria viva. A morte *não precisa* acontecer. Todos nós podemos viver para sempre, temos essa capacidade. É só do corpo que precisamos nos livrar.

— Quer dizer... — perguntou Eve, tentando parecer razoável. — Que você se livrou do corpo de Rachel Howard, de Kenby Sulu e de Alicia Dilbert para ajudá-los?

— Sim. A luz deles era forte demais, entende? Se vocês olharem com atenção e compreenderem os retratos que eu fiz deles, vão enxergar isso. Foi minha mãe quem me falou dessa luz. Ela era enfermeira e via a luz nos olhos dos pacientes. Essa luz era forte em alguns deles, mesmo quando parecia não haver mais esperança, em termos médicos. Mas ela via essa luz e sabia que eles conseguiriam vencer a morte. Outras vezes, as pessoas achavam que os pacientes estavam reagindo bem, mas a luz não estava lá. E eles morriam. Simplesmente apagavam.

— A luz da sua mãe era forte.

— Sim, mas não o bastante. — O pesar o fez estremecer e, por um instante, seus olhos não eram os de um louco. Eram os de um jovem destroçado. — Havia sombras demais, e essas sombras sufocaram a luz. Sabe... — Ele se remexeu na cadeira novamente. Quando a dor desapareceu do seu rosto, a loucura voltou. — Estudei o trabalho de Henri Javert. Ele era...

— Eu sei. Ele fotografava os mortos.

— É uma arte fascinante. Finalmente eu entendi o que minha mãe dizia sobre a luz. Nos mortos, essa luz foi tomada, a concha ficou vazia. O trabalho de Javert era brilhante e me ajudou a encontrar o caminho. Preservar a luz e se livrar do corpo.

— Trazer a luz para dentro de você através da câmera.

— A lente é mágica. Nem tudo é tecnologia, entende? Existe também a arte e a magia. Através dela a gente pode ver a alma. Você pode olhar para uma pessoa e ver sua luz através da lente. É surpreendente. Eu tenho esse dom.

— Por que usou Hastings?

— Como assim? Não entendi a pergunta.

— Você pegou imagens do arquivo dele.

— Ah. É que admiro muito o trabalho dele. Hastings é um homem difícil, mas é um artista incrível. Aprendi muito com ele, em pouquíssimo tempo. Ele também fotografa os mortos, mas cobra pelo trabalho, não faz isso por arte. O que eu faço é arte pura.

— Você foi assistente dele em alguma sessão em que ele fotografou um morto?

— Uma vez só, mas foi fantástico. Eu estava muito pra baixo, entende, depois que minha mãe faleceu. A professora Browning me ajudou a entrar nos trilhos e retomar minha vida. Percebeu que eu

Retrato Mortal

estava passando por um mau bocado e sugeriu que eu trabalhasse um pouco como assistente de Hastings, para manter a cabeça ocupada. Trabalhei com ele só uma semana, pouco mais, mas voltei à realidade. Quando vi Rachel Howard no casamento, reparei na luz que emanava dela... foi uma epifania. Hastings percebeu também. Tive que fazer um esforço supremo para não agarrar a câmera da mão dele e tirar retratos dela, mas ele viu tudo no mesmo instante que eu. Foi então que eu percebi que ele fazia parte do meu caminho. Como um guia.

— E pegou os discos.

— Sei que não agi corretamente, sinto muito. Pagarei a multa pela transgressão — garantiu, com um sorriso de desculpas. — Mas foi para algo muito importante, tenho certeza que Hastings vai compreender e me perdoar. Voltei lá outro dia, já com tudo planejado. Ele é meio descuidado e desorganizado com os arquivos. Foi só procurar as fotos para ver o que eu queria. A luz e os rostos saltaram diante dos meus olhos.

— Mas Trueheart não estava lá.

— Trueheart?

— Meu policial. Aquele que você levou para o estúdio hoje à noite.

— Trueheart... Coração verdadeiro. Um nome perfeito para ele. Ainda não tinha completado minha pesquisa a respeito dele porque tinha outra pessoa em mente para ser o último da série. Mas assim que o vi na boate eu soube. Simplesmente soube, e hoje tudo se encaixou.

— E a boate? Por que você trocou de nome para trabalhar lá?

— É preciso ser cuidadoso. Conheço pessoas que não compreenderiam minha missão e tentariam me impedir de continuar. Pensei em criar um *alter ego*, só por garantia.

— Você já tinha escolhido um nome diferente, quando trabalhou como assistente de Hastings. Naquela época já estava planejando a sua... galeria?

— Acho que sim, pelo menos inconscientemente. Mas um monte de artistas assume um nome profissional, um pseudônimo, e eu resolvi experimentar. Escolhi o nome Javert porque o admirava muito.

— E, quando procurou emprego na boate — incentivou ela —, você já tinha o plano pronto, certo?

— Isso mesmo. Só que para a boate eu não quis complicar, quer dizer, não quis um nome difícil. Audrey era o nome do meio da minha mãe, então foi uma espécie de homenagem a ela. Estou com sede. Posso beber alguma coisa?

— Claro. — Ela fez um gesto para Peabody. — Por que escolheu aquela boate em especial?

— Porque costumava ir lá de vez em quando. Um monte de universitários frequenta aquele lugar. Quase todo mundo passa por ali, mais cedo ou mais tarde. Atender no balcão era uma boa forma de observar e escolher as pessoas. O fato de lá ser uma ciberboate ajudou. Dava para divulgar o meu trabalho de forma eficiente e privada.

— Como?

— Eu voltava lá depois de fazer os retratos e descartar as conchas vazias. Entregava um disco de dados ao VD ou o colocava na bandeja de entrada. Ninguém presta atenção. Eu sabia que Nadine Furst iria dar a notícia com destaque. Ela é muito boa, sabia?

Quando Peabody lhe trouxe água, ele pegou e agradeceu.

— O Canal 75 tem o maior ibope da cidade, eu pesquisei.

— Aposto que sim.

Bebendo, ele concordou com a cabeça.

— Você já conhece meu trabalho agora. Viu meu estúdio e minha galeria. — Vestindo o uniforme prisional laranja do Departamento de Polícia, com o tornozelo preso à perna da mesa por uma corrente e sob as luzes fortes da sala de interrogatório A, ele parecia orgulhoso.

— Sim, Gerry, eu vi.

Retrato Mortal

— Então você entende tudo. Fiz uma pesquisa sobre você também, tenente. É uma policial esperta e criativa. Tem uma luz forte. Não é pura, mas é forte. Você vai me deixar terminar o projeto, não vai? Precisa permitir que eu termine meu trabalho. Mais um retrato e eu serei imortal. Todos verão. Nós não precisamos morrer. Ninguém vai precisar perder alguém que ama, nunca mais. Ninguém mais vai sofrer ou sentir dor.

— Gerry, vou lhe perguntar só mais uma vez, para esclarecermos bem a situação. Você compreende seus direitos e obrigações?

— Sim, claro.

— E você abriu mão de ter um representante legal ao seu lado durante este interrogatório.

— Porque queria explicar o significado de tudo. Não quero que as pessoas achem que eu sou uma espécie de monstro, porque não é verdade. Sou um salvador.

— E tirou, deliberadamente, as vidas de Rachel Howard, Kenby Sulu e Alicia Dilbert?

— Preservei a luz deles — corrigiu. — Para sempre.

— E para fazer isso você levou os indivíduos citados ao seu estúdio no Greenwich Village, depois de drogá-los, e provocou a morte das suas "conchas" vitais inserindo um estilete em seus corações, certo?

— Não queria machucá-los, por isso lhes aplicava a medicação que os médicos davam a minha mãe. O remédio a fazia dormir bem e levava a dor embora.

— Você também levou o policial Troy Trueheart para o mesmo local esta noite, nas mesmas condições e com o mesmo propósito em mente?

— Sim. Queria livrá-los dos seus corpos mortais. — Uma onda de alívio inundou seu rosto enquanto concordava. — Suas conchas. Ao tirar o retrato deles em um momento tão próximo da morte eu sugava a luz deles para mim mesmo, juntava a luz deles à minha e, ao preservá-la, oferecia-lhes a imortalidade. Eles vivem em mim —

afirmou. — Quando uma última luz se juntar à dos outros, meu trabalho estará terminado. Conhecerei tudo que eles conheciam, e eles me conhecerão. Para sempre.

— Compreendido. Desligar gravação.

— Posso ir agora, tenente?

— Não, sinto muito. Há outras pessoas com as quais você também precisa conversar e explicar tudo isso.

—Ah, certo. — Ele olhou em volta, com o rosto sem expressão. — Mas preciso voltar logo ao trabalho.

A sanidade, pensou Eve, era uma linha fina e frágil na vida das pessoas. Gerry tropeçara nela. Como ele ainda podia funcionar, raciocinar, planejar e criar imagens mentais, faria tudo isso em uma cela trancada em um hospital psiquiátrico pelo resto da vida.

— Tomara que essas pessoas não me tomem muito tempo — afirmou ele, quando um guarda entrou para levá-lo de volta à cela.

Ao ver que Eve não se levantava da cadeira, Peabody foi até o bebedouro e serviu dois copos d'água.

— Meu pai costumava assistir a uns desenhos animados antigos. Num deles havia um gato falante que era completamente maluco. Pirado geral. Para mostrar isso, sempre apareciam passarinhos voando em volta da sua cabeça, chilreando.

Ela bebeu a água e observou Eve, que simplesmente olhava para o seu copo.

— Foi mais ou menos isso que eu vi nele — continuou Peabody. — Pequenos seres voando em torno de sua cabeça, só que a situação é terrível e triste demais para serem passarinhos.

— Às vezes a gente faz o nosso trabalho e encerra o caso, mas a porta parece que não se fechou por completo. Acho que esse caso vai ser assim. Roarke tinha razão. Ele é simplesmente patético. É mais fácil encarar a situação quando eles são cruéis, gananciosos ou simplesmente diabólicos. Ser patético deixa a porta entreaberta.

— Você devia ir para casa, Dallas. Todos nos devíamos ir para casa.

Retrato Mortal

445

— Tem razão. — Ela esfregou os olhos como uma criança cansada.

Mas redigiu o relatório antes de sair e o enviou, esperando fechar a porta um pouco mais. Os psiquiatras do departamento, ou qualquer outro que Gerry pudesse finalmente contratar, teriam um dia cheio com ele.

O fato, porém, é que ele nunca mais sairia daquela cela trancada.

Eve se desviou um pouco, a caminho de casa, para dar uma olhada em Trueheart. Ele dormia como um bebê, e os monitores registravam sua pulsação estável. Na cadeira ao lado da cama, Baxter estava curvado, roncando.

Eve entrou devagarzinho, se colocou ao lado da cama e ficou simplesmente olhando para Trueheart. Ele estava com uma cor boa, decidiu, e sua respiração era constante.

Amarrado à cabeceira da cama havia um balão com o formato de seios gigantescos, certamente comprado em uma sex shop.

Inclinando-se, ela sacudiu o ombro de Baxter, e o ronco foi cortado e substituído por um ar assustado. Ele acordou de repente e sua mão voou automaticamente para a arma.

— Baixe a bola, detetive — sussurrou ela.

— O garoto está bem? — Ele se ajeitou e se sentou reto na cadeira. — Merda. Eu cochilei.

— Nem me conte. Seu ronco de rinoceronte vai acabar acordando Trueheart. Vá pra casa, Baxter.

— Vim aqui só para ficar um pouco sentado ao lado dele, até ter certeza de que... Acho que eu capotei.

— Vá para casa — repetiu ela. — Durma algumas horas na horizontal, de preferência. Eles vão liberá-lo amanhã de manhã. Você pode voltar e levá-lo de carro para casa. Eu dispenso você para isso.

— Então tá. — Ele suspirou. — Obrigado. Ele fez um ótimo trabalho, não foi, Dallas?

— Fez mesmo.

— E Gerry Stevenson?

— Devidamente trancafiado.

— Bem... — Baxter se colocou em pé. — Então, acho que está tudo bem.

— Sim, está tudo bem — concordou Eve, mas, depois que Baxter saiu, ela se sentou na cadeira e ficou de vigília por mais uma hora.

Foi dirigindo para casa no instante em que o sol nascia. A tempestade havia passado e a luz que banhava a cidade era suave, bela, quase gentil. Eve imaginou que devia haver uma metáfora para aquela linda imagem em algum lugar, mas estava cansada demais para desencavar isso do cérebro.

A luz ficou mais forte no instante em que ela embicou o carro diante dos portões, e pareceu ficar ainda mais cintilante no momento em que passou por eles. A iluminação da manhã envolvia a casa imensa que se destacava contra o céu que resolvera se vestir de azul-verão.

A manhã estava excelente, ela reparou, no instante em que saltou do carro. Melhor do que há muitos dias. Semanas. Talvez anos. Ela jurou ter sentido no rosto a carícia de uma brisa.

Entrou, despiu a jaqueta e simplesmente a deixou cair no chão.

— Bom-dia, tenente. — Roarke surgiu no saguão.

— Está um dia lindo lá fora.

— Está mesmo. — Ele foi até onde ela estava, passou o dedo pela covinha do seu queixo e analisou seus olhos cansados. — Como você está?

— Já tive dias melhores, mas também já tive outros muito piores. Trueheart está bem, vão liberá-lo ainda hoje. Ele não está tão mal, considerando o sufoco que passou. Baxter resolveu paparicá-lo agora, como uma galinha faz com os pintinhos. Até que é bonito.

— Você colocou um elogio na ficha de Trueheart?

— Qual é, sou transparente? — Ela riu.

Retrato Mortal

— Para mim, sempre. — Ele a abraçou com força, puxando-a para junto dele.

— Roarke... Como ele estava quando você passou no hospital durante a noite, para visitá-lo?

Ele sorriu junto dos cabelos dela.

— Pelo jeito você vê através de mim, também. Ele me pareceu mais jovem e ainda mais entusiasmado do que de hábito, embora se sentisse cansado. Baxter lhe trouxe um balão obsceno no formato de seios enormes. Ele adorou o presente, mas pareceu um pouco embaraçado quando o amarrou na cabeceira da cama.

— Sei, eu vi quando passei lá. Está tudo certo no mundo, novamente. Ou o mais perto possível disso.

— Você está com pena dele.

Ela sabia que Roarke não falava de Trueheart agora.

— Sim — confessou ela. — Mais do que gostaria de estar. Ele ficou com a mente deformada. Talvez a morte da sua mãe tenha provocado isso, ou talvez ele acabasse assim de qualquer jeito. Os médicos de cabeça é que vão ter de desvendar esse mistério. Eu já fiz a minha parte. Acho que vou subir, me jogar de cara na cama e dormir por várias horas.

— Imagino que sim. Vamos ter que cumprir o que combinamos depois.

— O que foi que nós combinamos?

Ele a enlaçou pela cintura e seguiu na direção das escadas.

— Lembra o nosso plano para quando Summerset saísse de férias?

— Espere aí, espere só um instantinho. — Ela olhou para trás, observando o saguão atentamente. — Ele já foi? A casa está dedetizada e desratizada, totalmente livre de Summerset?

— Ele saiu faz menos de vinte minutos. Ainda mancava um pouco, mas...

— Como foi que eu não saquei? Eu deveria ter adivinhado, sentido no ar.

Ela chutou a jaqueta que ficara no chão, rebolou várias vezes, executando uma espécie de chá-chá-chá pelo corredor.

— De repente você parece ter encontrado uma fonte de energia extra — brincou ele.

— Acabo de renascer! — Rindo muito, ela girou, tomou impulso na ponta dos pés e pulou em cima de Roarke. — Vamos fazer sexo selvagem — propôs, enroscando as pernas na cintura dele.

— Bem, já que você insiste... Por acaso eu levei uma tigela de deliciosa calda de chocolate para a sala de visitas.

— Tá brincando!

— Não sou homem de brincar quando o assunto é sexo selvagem acompanhado de calda de chocolate.

Ela riu como uma idiota e esmagou a boca de encontro à dele, de forma tão enérgica e ardente que o fez cambalear para trás. E, quando os dois se empilharam um sobre o outro, no chão, Eve imaginou que a porta que ficara entreaberta em sua mente havia se fechado um pouco mais.

Este livro impresso em papel pólen soft 80g/m²
no Sistema Digital Instant Duplex da
Divisão Gráfica da Distribuidora Record.